Vier Götter wurden einst auf die Erde gesandt,
um das Zeitalter der Menschen einzuläuten.
Aus schwarzem Sand schufen sie das Reich
des Kampfes. Aus goldenem Staub erwuchs
die Weisheit. Aus roter Asche wurde der Tod
geboren. Und aus blauem Eis das Leben.
So die Legende, die noch heute Saris Schicksal bestimmt. Wie alle Achtzehnjährigen muss
sie den gefährlichen Lauf durch die vier Reiche
der Götter bestehen, bevor sie ein vollwertiges
Mitglied der Gesellschaft werden kann. Dabei ist
sie auf die Hilfe eines mächtigen Schattenbringers angewiesen, der ihr Herz ungewöhnlich
tief berührt. Aber seine Treue gilt
nicht ihr ...

Lektorat: Ulrike Schuldes, Nicole Boske
Umschlagbilder: shutterstock.com / © lina93 / © tomertu
Umschlaggestaltung: formlabor, Hamburg
Illustration & Karte: Dana Müller-Braun
Satz: Pinkuin Satz und Datentechnik, Berlin
Herstellung: Gunta Lauck
Litho: Margit Dittes, Hamburg
ISBN 978-3-551-58443-4

PROLOG

Einst wurden vier mächtige Götter aus den ewigen Hallen Nachnyls geschickt, um das Zeitalter der Menschen auf Erden einzuläuten. Sie vertrieben die herrschenden und mächtigen Alben, die sich mit den Sauriern und Drachen verbündet hatten, und beraubten sie ihrer Mächte.

Kalipar, der Gott des gerechten Kampfes, war der Erste auf Erden. Mit seiner Macht erschuf er schwarzen Sand, baute daraus sein Königreich und formte Menschen aus ihm und seiner schwarzen Magie. Er verlieh einigen von ihnen eine besondere Macht und schenkte ihnen die Gabe, den Sand zu beherrschen.

Als Zweite betrat Arasá die Erde. Als Göttin des Lichts der Weisheit schuf sie das Königreich des goldenen Staubes und schenkte den Menschen das Leben und die Erkenntnis. Sie öffnete ihnen das Tor zur göttlichen Welt und bot einigen von ihnen all ihr Gold, sodass sie mehr und weiter sehen konnten, als jeder andere Mensch es vermochte.

Der dritte Gott, der die Erde betrat, trug den Namen Tunis. Er erweckte als Wächter der Unterwelt Menschen zum Leben, denen er Flügel gab, sodass sie ins andere Reich gelangen konnten. Sein Königreich erbaute er aus roter Asche, dem verbrannten Blut ihrer Vorfahren, um sie auf ewig an sich zu binden.

Zuletzt betrat Emza die Erde. Sie sandte Eis über die Welt und fror alles ein. Doch sie erschuf Menschen, die ihre Kälte überleben konnten, und schenkte ihnen das Königreich des blauen Eises, umgeben von Leben, das zum Stillstand gebracht worden war.

Die Alben verschwanden aus den Königreichen und besiedelten die unendlichen Wildlande außerhalb der Königreiche. Doch sie einten ihre Kräfte und erschufen vier übernatürliche Masken der Sterblichkeit, die ihre Träger in den Augen der Götter zu Menschen machten.

Die Götter vereinten sich mit den Menschen, um die Barrieren zwischen Himmel und Erde hinter sich zu lassen. Sie kreierten ein göttliches Geschlecht, dessen Nachfahren dazu bestimmt sein sollten, bis zum Ende der Zeit zu herrschen. Ihr edles Blut würde sie auf ewig unsterblich machen. Denn herrschen kann nur, wer die Erde bis in alle Ewigkeit verteidigen kann und so der uneingeschränkte Gebieter ist.

Allerdings sahen die Götter die wahren Gesichter ihrer Feinde nicht, die sie liebten und deren Blut sie unsterblich machten.

Hamza, Die heilige Schrift der vier Lande

KAPITEL 1

»Das Licht des blauen Eises
kämpft nun am Firmament.
Es strahlt bis in die Wüste
aus schwarzem Turmalin.
Der Dämon war gekommen
und nahm sie mit zu sich.
Vier Völker sind gespalten
und finden nicht zurück.«

Das Lied gleitet mir wie selbstverständlich über die Lippen, während ich mir die schwarze, lederbesetzte Hose überstreife.

»Arasá, lasse mich ziehen durch das Reich des Lichts, der Liebe und Heilung. Sei mein Schutzschild mit deinem goldenen Staub«, flüstere ich das Gebet, das ich so oft zusammen mit meiner Mutter gebetet habe, und verbinde mir meine Brüste mit der schwarzen Bandage, bevor ich das enge, dunkle Oberteil darüberziehe.

»Kalipar, gib mir die Kraft, ein Krieger auf deinem Pfad zu sein. Lege mir die Waffen deines schwarzen Sandes in die Hände.« Es sind beruhigende Worte, die ich gern sage, während ich meinen Körper verschleiere. Ich lege das goldene Korsett an, das kurz un-

ter meinen Brüsten endet und sie nach oben drückt. Die Bandagen helfen schon seit Monaten nicht mehr. Ich bin erwachsen geworden.

»*Tunis, erlaube mir, an deinem Tisch des unendlichen Todes und der Unterwelt zu speisen, bis ich zu roter Asche vergehe.*« Nachdem ich die Schnallen festgezogen habe, nehme ich die schwarze Sturmhaube und stülpe sie über meinen Kopf, bis nur noch mein Gesicht zu sehen ist. Keine einzige meiner goldenen Haarsträhnen darf hervorschauen. Während ich die schwarze Kapuze darüberziehe und das schwarze Tuch, das alles bis auf meine Augen verdeckt, an der linken Seite feststecke, atme ich schwer ein und aus. Ich hasse es, mich derart verhüllen zu müssen. Aber das ist nicht nur mein Schicksal. Jeder, der the Run noch nicht bestanden hat, lebt als Phantom in unserer Gesellschaft und muss ein Tahill tragen. Als Namenloser, der sich verhüllen muss und niemanden berühren darf, weil er noch kein Mitglied der Gesellschaft ist.

»*Emza, gib mir die Kraft deines blauen Eises. Lass mich eintreten in ein Reich, in dem alles Leben erstarrt ist, und die Hektik des Tages vergessen.*«

Ich kenne das Gebet nur bis hierhin. Marra hat damals viel mehr gesagt, aber ich habe mir nur den Anfang gemerkt und jetzt kann ich sie nicht mehr danach fragen. Ich schiebe den Gedanken beiseite, bücke mich und binde meine schwarzen Stiefel fest, bevor ich aus meinem Zimmer trete. Eigentlich ist es eher so etwas wie ein Dachboden, mit einer alten Leiter. Es gibt keine Türen, keine Privatsphäre. Nur Stroh, auf dem ich nachts unruhig schlafe.

Mein Blick fällt auf meinen kleinen Bruder Jarrusch und meine Hände ballen sich automatisch zu Fäusten, während ich den letzten Meter hinabspringe und vor dem Esstisch lande.

»Was machst du hier?«, frage ich ihn.

Dann sehe ich zu unserem Vater hinüber, der in sich gekehrt neben Jarrusch sitzt. Er zuckt immer wieder und sein Kopf wippt hin und her. Seit Marras Tod ist es, als würde er Gespenster sehen. Dunkle Wesen. Nur uns sieht er seitdem nicht mehr.

»Ich hatte Hunger«, brummt Jarrusch in einem für ihn eher aufmüpfigen Ton.

Ich schlucke schwer, um nicht die Beherrschung zu verlieren. Sein Leben ist auch so schon schwarz genug. Ständig in diesem Loch eingesperrt zu sein und nie nach draußen gehen zu dürfen.

»Warum hast du wieder dieses Gebet gesprochen?«, fragt er mit erhobenen Brauen, als ich mich neben ihn setze und mir die Kruste des Brotes nehme, die er nicht mag.

»Weil man das eben so macht«, gebe ich zurück.

Sein Gesichtsausdruck wird noch skeptischer. »Aha.«

»Weil es mir hilft, zu mir zu finden und zu Marra. Und weil die Götter es dann vielleicht gut mit dir und mir meinen.« Beschwingt kneife ich ihm in seine rosige Wange.

»Sie werden es nie gut mit uns meinen. Außerdem sind sie unsere Feinde, Sari.«

»Du bist zu jung, um mir das zu erklären«, sage ich streng und deute auf das Brot auf seinem Teller. »Iss auf, und dann …«

»… ab in deine Kammer«, führt er den Satz wütend zu Ende.

Ja, heute stimmt etwas nicht. Er ist nie begeistert davon, dass er fast den ganzen Tag in einem kleinen Loch unter unseren Dielen leben muss. Aber heute ist er besonders zornig.

»Was ist los?« Ich lege meine Hand behutsam auf eines seiner Beine und sehe in sein deformiertes Gesicht. Seine Augen wirken klein und unsymmetrisch hinter seinen geschwollenen Lidern, und doch sieht man in einen Ozean aus Liebe, wenn man hineinblickt. Seine Lippen sind schmal und kaum zu erkennen und eine Narbe zieht sich bis zu seiner Nase, die viel schmaler ist als die anderer Menschen, aber für mich gibt es keinen schöneren Anblick. Vor allem dann nicht, wenn seine Augen vor Begeisterung aufleuchten, während er ein Buch liest oder unsere heilige Schrift, die ihm den Glauben an die Götter zurückgibt. Trotzdem ist sein Leben anders als das all der anderen. Ein Versteckspiel, denn Mutanten wie er müssen eigentlich gemeldet werden. Angeblich haben sie starke übersinnliche Fähigkeiten, die für die Gesellschaft nützlich sind. Doch ich glaube ihnen kein Wort. Genauso wenig, wie Marra es tat. Sie hat Jarrusch von Anfang an versteckt und behauptet, ihr Kind sei bei der Geburt gestorben. Ja, sie, Varra und ich standen vor einem Grab und haben es beerdigt. Und nur wir wussten, dass der in dem goldenen Leintuch unseres Königreichs eingewickelte Leichnam nicht das Baby Jarrusch, sondern ein Schwein war, das Varra an dem Tag getötet hatte.

Marra hat Jarrusch jahrelang vor unserem Monarchen und seiner Armee versteckt. Und als sie starb, übernahm ich das für sie. In all den Jahren habe ich mich Jarrusch nie ohne meine Verhüllung gezeigt. Möglicherweise würde es ihn nicht einmal stören, aber ich will nicht, dass er denkt, er sei anders als ich. Denn das ist er nicht.

»Auch wenn ich in einem Loch lebe, weiß ich, was morgen passiert, Sari«, zischt Jarrusch jetzt und klingt dabei reifer als ein Achtjähriger. Wahrscheinlich ist er mit seinem Schicksal erwachsener als Gleichaltrige. Genau wie ich.

»Wir haben darüber geredet. Varra wird sich um dich kümmern und ich werde ganz schnell wieder hier sein.« Ich streiche ihm eine goldene Strähne aus seinem dreckigen Gesicht.

»Du lügst! Du weißt nicht, ob du überhaupt wiederkommst!«

»Zweifelst du etwa an meinen Fähigkeiten?«, frage ich lachend, obwohl mir selbst übel wird, wenn ich an das denke, was mir morgen bevorsteht. Ich weiß nicht viel über den Lauf, weil niemand darüber sprechen darf, aber ich werde mich allein durchschlagen und die Prüfungen der Götter bestehen müssen.

»Nein, aber …«

»Nichts aber. Ab mit dir in deine Kammer. Nur bis die Arasás die Hausdurchsuchungen erledigt haben.« Ich schlucke schwer. Ich hasse es, dass die Armee des Monarchen, die hier in unserem Königreich für Ordnung sorgt, den gleichen Namen trägt wie unsere Göttin. Die Hausdurchsuchungen sollen verhindern, dass wir illegale Sachen wie Tabak bei uns haben oder eben Mutanten, die nicht gemeldet wurden. Mein Blick fällt auf Jarruschs Handgelenk. Sein leeres Handgelenk.

»Wo ist deine Münze, Jarrusch?« Ich schließe kurz die Augen, weil ich keine Lust habe, ihn ständig ermahnen zu müssen. Aber er macht es mir nicht leicht.

»In meiner Kammer«, gibt er kleinlaut zurück.

»Leg sie an, wenn du unten bist.«

Ich sage nichts weiter. Jarrusch weiß genau, wie wichtig diese Goldmünze ist, die an unseren Armbändern hängt. Ich hätte lebensnotwendige Dinge damit kaufen können, doch stattdessen habe ich Lederbänder gekauft und die Münzen daran befestigt. Wir tragen sie als Armbänder und Obolus für Tunis, den Gott des Todes. Falls uns etwas passiert, werden wir sicher in das Reich der Unterwelt übergehen können. Zumindest besagt das die Hamza, unsere heilige Schrift.

»Und was machst du?«, fragt Jarrusch mit hoher, bissiger Stimme und steht auf, damit ich den Tisch zur Seite ziehen kann.

»Ich gehe in die Stadt, um weiteres Essen zu sammeln.«

Seit Monaten versuche ich so viel Essen wie möglich zu beschaffen. Der Lauf kann fünfzig Tage dauern. Wenn ich nicht dafür sorge, dass mein Varra und Jarrusch genug Vorräte haben, werden sie verhungern.

Ich öffne die Luke im Boden und blicke noch einmal zu Jarrusch. Die geschwollene vernarbte Haut an seinen hervorstehenden Wangenknochen ist rot und wund.

»Du sollst dich nicht kratzen, Jarrusch. Es hat mich fast das Leben gekostet, dir diese antibiotische Salbe zu besorgen. Also verschwende sie nicht.«

»Aber es juckt und es ist hässlich!« Tränen steigen ihm in die Augen und sofort senkt er den Blick, damit ich es nicht sehe.

»Sag das nie wieder!«, fahre ich ihn an und fasse ihn unter das Kinn, um seinen Kopf leicht anzuheben. »Nie wieder, verstanden?« Es bricht mir das Herz, seine großen goldenen Augen so voller Trauer zu sehen. »Du bist wunderschön!«

Jarrusch zieht die Luft ein, dann nickt er mit zusammengepressten Lippen, drückt mir einen Kuss auf die Wange und verschwindet in seinem kleinen Loch.

Als ich die Klappe schließe, merke ich, wie eine Träne in den schwarzen Stoff tropft, der meine untere Gesichtshälfte bedeckt. Ich hasse es, meinen kleinen Bruder einsperren zu müssen. Viel lieber würde ich ihn mitnehmen. Ihn durch die Wälder bis in die Stadt bringen, damit auch er die Welt sehen kann. Aber das darf ich nicht. Sie könnten ihn entdecken und mir wegnehmen.

»Ich gehe jetzt«, sage ich, an meinen Vater gerichtet, und sehe ihn auffordernd an.

Doch er reagiert nicht, also drehe ich mich, ohne zu zögern, um, nehme meine Waffen und verlasse die kleine Hütte. Ich habe es versucht. Mehr als einmal habe ich versucht, ihn aus seiner

Trance zu holen. Ich habe vor ihm gestanden, ihn angeschrien und geschüttelt. Ich habe ihn an den Schultern gepackt, obwohl es Phantomen wie mir untersagt ist, andere Menschen zu berühren. Ich habe geweint und gefleht. Aber er ist kein Teil dieser Welt mehr. Mit meiner Mutter ist auch er verschwunden und wird nie zurückkehren. Zumindest glaube ich das.

Als ich in die warme Luft vor unserer Hütte trete, wünscht ein Teil von mir, ich könnte sie auf meiner Haut spüren. Die Sonne fühlen, wie sie daraufscheint. Aber bald wird es so sein. Ja, in naher Zukunft bin ich kein Phantom mehr und muss mich nicht länger verhüllen. Dann gehöre ich zur Gesellschaft und darf anziehen, was ich will. Und ich darf auch berühren, wen ich will, ohne Angst haben zu müssen. Denn dann bin ich keine Namenlose mehr, sondern durch die Prüfungen der Götter ein vollwertiges Mitglied der Königreiche.

Ich schließe kurz meine Augen und atme tief ein und aus.

Bevor ich den Lauf antrete, habe ich noch etwas zu erledigen. Jarrusch darf es nicht erfahren. Niemand darf das.

Ich gehe weiter über den goldglänzenden Weg durch den Wald, der in die Stadt führt. Und obwohl ich mein Ziel genau kenne, bleibe ich immer wieder auf den kleinen Waldwegen stehen, mustere die uralten Biraks um mich herum und denke nach. Wäge das ab, was mich schon seit Langem beschäftigt. Immer wieder. Jedes Jahr in dieser Jahreszeit findet der Lauf statt. Alle Phantome, die in den vergangenen zwölf Monaten achtzehn geworden sind, müssen daran teilnehmen. Wenn sie es innerhalb von fünfzig Tagen durch die vier Lande schaffen, sich ihren Prüfungen stellen und sie erfolgreich abschließen, werden sie als echte Mitglieder in eines der vier Königtümer aufgenommen und müssen nicht länger Phantome sein. Doch die vier Lande, die sogenannten Utlands unserer Königreiche, beherbergen Monster – mörderische Tiere und dunkle Gestalten – und unseren schlimmsten Feind. Das abscheulichste aller Wesen. Uns selbst. Aber wenn ich diesen Lauf und alle seine Prüfungen bewältige, wird alles anders sein.

Ich weiß noch, wie es war, als ich das erste Mal diese Verhüllung tragen musste. Marra hat sie mir angezogen und dabei das Gebet gesprochen. Sie hat nie an die Vereinigung der Königreiche geglaubt, aber gelernt, mit ihr zu leben. Mit dem Monarchen, der die Herrschaft aller göttlichen Königreiche übernommen hat und sie zu einem machte.

Damals durfte ich zum ersten Mal vor unsere Tür treten. Bis wir fünf Jahre alt sind, müssen wir zu Hause bleiben. Danach dürfen wir das Haus zwar verlassen, aber nur wenn wir komplett verhüllt sind.

Als ich die Stadt von Weitem sehe, bleibe ich stehen. Wenn ich den goldenen Staub sehe, der den Boden bedeckt und aus dem die Häuser gebaut sind, träume ich jedes Mal von einer anderen Welt, einer Welt, in der unser Monarch Marruk Karis und seine Leute nicht existieren. In der er die Königsfamilien nicht abgeschlachtet und damit bewiesen hat, dass sie keine wahren Nachfahren sind. Laut unserer heiligen Schrift, der Hamza, müssten die wahren Herrscher unsterblich sein. Die Königsfamilien waren es nicht, denn sie starben an jenem Tag vor neunzehn Jahren. Marruk Karis siegte, schloss alle Königreiche zum Vereinten Königreich zusammen und ernannte sich selbst zum alleinigen Herrscher.

Mein Mund wird trocken, als ich an Marruk Karis denke, und vor allem an seinen Sohn Jeri. Jerimias Karis war der ganze Stolz seines Vaters, bis er bei dem Run vor zwei Jahren starb. Und mit ihm starb damals auch ein Teil von mir. Jeri war für mich nicht nur der Sohn des Monarchen gewesen. Er war mein Freund gewesen. Mein Verbündeter. Mein Geliebter. Er war der Einzige gewesen, der von Jarrusch wusste.

Immer wieder stahl er Essen und Medikamente aus dem Palast seines Vaters und brachte sie uns. Und er half, als Jarrusch eine gefährliche Infektion bekam. Nur seinetwegen lebt mein kleiner Bruder noch. Nur seinetwegen wurde auch ich geheilt, als die große Grippewelle das Königreich des goldenen Staubes heimsuchte. Den Teil des Königreichs, in dem wir leben. Jeri war nie wie sein Vater gewesen. Er war besser, und wahrscheinlich hat ihn genau das sein Leben gekostet.

Unter meinen Schuhen raschelt der goldene Staub von Arasá. Mein Königreich ist nach der Göttin benannt. Ich wünschte, ich hätte sie und ihre Nachfahren noch sehen können. Die Könige und Königinnen, die der Monarch umbringen ließ. Aber das war vor meiner Zeit. Und sie werden nie zurückkehren.

»Sari!«

Ich drehe meinen Kopf und verenge meine Augen zu Schlitzen, als ich Kerim erkenne, meinen besten Freund, wenn man das in dieser Welt so nennen kann.

»Ruf mich nicht bei meinem Namen!«, zische ich, während er in seiner schwarzen Verhüllung neben mich tritt. Sari ist der Name, den Marra mir gab. Und das, obwohl wir keinen tragen dürfen. Erst wenn wir in die Gesellschaft aufgenommen wurden.

Kerims grüne Augen glänzen. Grün ist eine ungewöhnliche Augenfarbe für einen Bewohner des Königreichs des goldenen Staubes. Aber es ist nicht unmöglich. Meine sind so wie die der meisten unseres Volkes – golden. Und trotzdem würde Kerim mich aus hundert Meter Entfernung erkennen. Wir alle erkennen uns. Wenn man jahrelang nur verhüllt herumläuft, lernt man,

Menschen anders wahrzunehmen. Details ihrer Haltung und Besonderheiten an ihrem Gang zu sehen.

»Warum denn nicht?«, lacht er und geht neben mir den Weg entlang.

»Weil wir genau genommen keine Namen haben, Kerim!«

»Wenn wir den Lauf hinter uns haben, dürfen wir uns einen Namen geben. Und deiner wird Sari sein. Er gehört einfach zu dir. Also kann ich dich auch jetzt schon so nennen.«

Ich schüttele nur den Kopf. Kerim weiß besser als ich, dass man hart bestraft wird, wenn man sich schon vor der Aufnahme in die Gesellschaft einen Namen gibt. Wir sind nur Phantome. Er wurde aus diesem Grund schon zweimal ausgepeitscht. Aber vielleicht ist es seine Art, sich dagegen zu wehren.

»Hast du Angst vor dem Lauf?«, fragt er, als wir am Marktplatz unserer Hauptstadt Golassa ankommen. Viele Menschen laufen hektisch hin und her, um bei den verschiedenen Händlern ihre Waren zu kaufen oder zu tauschen. Einst war der Platz prunkvoll und die Kaufleute reisten mit ihren goldenen Wagen an. Marra hat mir viele Geschichten darüber erzählt. Jetzt sind die Häuserwände aus Sandstein brüchig und farblos, und die kunstvollen Malereien, die unsere Historie darauf darstellen, sind kaum mehr zu erkennen. Der goldene Staub am Boden lässt nur noch erahnen, wie glanzvoll die Gebäude einst gewesen waren, bevor er von den Wänden und Dächern, von den Bäumen und selbst von den Menschen hier gerieselt ist. Man hat ihn weggefegt und uns damit einen Teil unseres Erbes, unserer Geschichte genommen. Die Stände der Händler bestehen jetzt nur noch aus brüchigem Holz und zerrissenen Leinentüchern, die ihre Waren vor der sengenden Sonne schützen sollen.

»Nein«, schwindle ich. Wobei es keine echte Lüge ist, denn

Angst habe ich nur davor, nicht zurückzukommen und Jarrusch damit dem Tod zu überlassen.

»Ich habe auch keine Angst«, sagt Kerim mit geschwellter Brust und ich weiß, dass er es ernst meint.

Aber ich weiß auch, dass er die Sache nicht auf die leichte Schulter nehmen sollte, sonst wird es ihn eines Tages mehr kosten als ein paar Narben auf dem Rücken.

»Ich habe gehört, dass die Achtzehner aus dem Königreich Kalipar schon zwei Jahre vor dem Lauf trainiert werden, um ihn zu überleben.« Kerim sieht sich um, als würde er womöglich mitten in Golassa einen Kalipar entdecken. Golassa ist die Hauptstadt des Königreichs Arasá, benannt nach der Göttin des Lichtes, die unser Königreich des goldenen Staubes erbaut hat. Arasá liegt im Süden, und nur der blutrote Fluss, der Sanguis, der durch alle vier Königreiche fließt, verbindet uns mit Kalipar im Südosten. Man sagt, dass dieser Fluss selbst oben im Norden, wo das Königreich Emza liegt, seine Bahnen zieht. Mitten durch die eisernen Berge und das blaue Eis, das Ezmas gesamtes Land bedeckt. Er fließt durch das Königreich Tunis im Westen und in den dunklen Wald hinein, in dem unser Lauf bald beginnen wird.

»Sollen sie doch. Die aus Kalipar haben nur ihre Stärke. Wir haben unseren Verstand.« Ich tippe mir gegen die schwarze Kapuze und lächle Kerim an. Zwar kann er meinen Mund nicht sehen, aber er wird mein Lächeln an meinen Augen erkennen.

Als ich auf einen Stand mit Fischen zugehe, stöhnt Kerim neben mir.

»Was genau willst du mit all dem Essen, Sari? Gib deine Münzen lieber als Tribut ab.«

Ich verenge meinen Blick. Kerim war in letzter Zeit immer dabei, wenn ich Essen gekauft habe. Aber auf die Idee, dass ich zu

Hause jemanden ernähren muss, ist er bisher noch nicht gekommen. Wir kennen uns zu lange, sind zusammen aufgewachsen und zur Schule gegangen. Er würde niemals glauben, dass ich einen Bruder habe.

»Der Fisch ist in Salz eingelegt. Er hält sich lange und wir können ihn nach dem Lauf noch essen«, brumme ich schulterzuckend.

»Es wäre besser, du würdest dir durch einen Tribut etwas Kraft verschaffen. Jetzt hast du noch die Chance.«

Ich presse meine Lippen aufeinander. Wir Phantome können unser Leben lang Tribute zollen. Je nachdem, wie viele Münzen man im Laufe der Zeit gesammelt hat, kann man sie kurz vor dem Lauf einsetzen, um mehr Kraft zu erhalten. Wenn man nichts abgibt, bekommt man sie entzogen. Aber all die Münzen, die ich in den letzten Jahren hart erarbeitet habe, sind für Essen oder Bücher für Jarrusch draufgegangen.

Es ist nur eine der Gaben des Monarchen, Menschen Kraft zu geben oder sie ihnen zu entziehen. Eine von vielen grundlegenden Fähigkeiten, die ihn so mächtig machen.

»Es ist meine Entscheidung, Kerim.« Die Härte meiner Worte bringt ihn endlich dazu, zu schweigen.

Ich nestle in dem kleinen Geldbeutel an meiner Hüfte herum. Noch drei Goldmünzen. Ich muss sie klug einsetzen. Und dieser Fisch könnte schneller verderben, als mir lieb ist. Was, wenn Jarrusch ihn isst, während ich beim Run bin, und eine Vergiftung erleidet? Wer sollte ihm dann helfen?

Ich lecke mir über meine spröden Lippen und wende mich von dem Stand ab. Mein Blick wandert zur Sonne, die tief am Horizont steht. Die Wintersonnenwende steht kurz bevor. Der Tag, an dem wir loslaufen werden. Morgen. Mein Herz wird schwer und ich suche verzweifelt nach dem besten Essen, das ich für Varra und Jarrusch kaufen kann. Am Ende entscheide ich mich für Getreide. Wir haben eine kleine Mühle zu Hause und Jarrusch weiß, wie er das Getreide mahlen muss, um Teig daraus zu machen, den er zu Brot verarbeiten kann. Ohne Salz ist es zwar geschmacklos, aber sie werden davon leben können. Salz ist so teuer, dass es sich nur die obere Schicht leisten kann.

»Wie viel Weizen bekomme ich hierfür?«

Ich strecke dem Händler mit meinen behandschuhten Fingern einen Goldtaler entgegen. Er wirft mir einen abfälligen Blick zu und hebt dann einen Sack in die Höhe. Das wird für Jarrusch und Varra nicht reichen. Schweren Herzens hole ich noch einen weiteren Taler heraus und gebe ihm beide für einen zweiten Sack.

»Ich hole die Säcke auf dem Rückweg ab«, sage ich und gehe weiter.

Kerim folgt mir nach einer kurzen Pause, in der er das Geld anstarrt, das ich dem Händler gegeben habe.

»Woher hast du das?«

Ich atme genervt ein und hebe meine Brauen, auch wenn er das kaum sehen kann. »Arbeit.«

»Phantome dürfen nicht arbeiten«, entgegnet er skeptisch. Mein Herz pocht laut gegen meine Rippen.

»Es gibt Menschen, die es mir trotzdem erlaubt haben, für sie zu arbeiten.«

»Du hast gekämpft!«, knurrt er, fast schon zornig.

Ich entgegne nichts. Es geht ihn nichts an, womit ich mein Geld verdiene, wenn Varra es schon nicht tut.

Kämpfe sind verboten. Und trotzdem gibt es genug Männer, die ihre Söhne durch einen Kampf trainieren und abhärten lassen wollen. Sie sind ihre einzigen Erben, also zahlen sie viel Geld dafür, dass starke Phantome wie ich ihre Söhne zusammenschlagen. Ob sie dadurch tatsächlich etwas für den Lauf lernen, wage ich zu bezweifeln. Die Tiere im Wald, die Kälte und der Hunger werden viel stärkere Gegner sein als andere Achtzehner. Außerdem die vier großen Prüfungen der Königreiche. Niemand weiß genau, was bei diesem Lauf passieren wird und was wir tun müssen. Keins der Phantome. Und die Mitglieder der Gesellschaft tragen ein Mal auf ihrer Haut, das ihnen verbietet, darüber zu sprechen. Selbst wenn sie es wollten. Sie könnten es nicht.

»Es ist unter deiner Würde, Jungs zu verprügeln, weil ihre Väter es wollen.«

»Die Kalipar kämpfen ihr Leben lang. Nur weil ich eine Arasá bin, heißt das nicht, dass Kämpfen unter meiner Würde ist, Kerim.«

Er schnauft und ich nehme mein letztes Goldstück in die Hand. Ich sollte Essen dafür kaufen, aber ich kann nicht. Jarrusch ist allein zu Hause, und solange ich weg bin, wird ihm auch noch langweilig sein. Er braucht etwas, womit er sich die Zeit vertreiben kann.

Ich steuere auf eine kleine Buchhandlung in einer Seitengasse am Ende des Marktes zu und suche unter den Titeln einen, der ihn interessieren könnte. Kinderbücher mag er nicht, dafür ist er viel zu intelligent. Also entscheide ich mich für eines über die Geschichte unserer Königreiche, mit Passagen aus unserer heiligen Schrift.

Kerim schweigt die ganze Zeit, bis ich der Verkäuferin meinen letzten Taler gebe und das Buch in meiner schwarzen Umhängetasche verschwinden lasse.

Aufgebrachte Rufe und Schreie ertönen, als meine Füße wieder in den goldenen Staub unserer Stadt treten. Ich hasse das raschelnde Geräusch, denn es fühlt sich an, als würden wir mit jedem Schritt das Königreich hinter uns lassen und die Macht unserer Göttin zertrampeln.

Einst hat das Königreich im Licht des goldenen Staubes gefunkelt. Die Gebäude und die Schlösser wurden aus diesem glänzenden Puder erbaut und schenkten der ganzen Stadt Licht. Jetzt stehen die Paläste nicht mehr, ihr goldener Staub weht durch unsere Straßen und verliert jeden Tag an Glanz.

Wir haben gerade wieder den Markplatz erreicht, als sich vor uns eine Menschenmenge bildet.

»Schon wieder eine Steinigung?«, brummt Kerim neben mir. Mein Blick wandert zur Mitte des Platzes, wo ein Pranger steht, an dem ein Phantom festgebunden wurde. Es ist ein Arasá wie wir, und obwohl nur seine Augen zu sehen sind, kann ich seine Panik erkennen.

»Wir sollten es uns nicht ansehen«, sage ich, an Kerim gerichtet, und wende mich ab, doch da hält er mich am Arm fest und deutet zu dem Jungen am Pranger.

»Das passiert, wenn sie dich beim Kämpfen erwischen, Sari«, sagt er leise.

»Das ist es mir wert«, zische ich und beiße die Zähne zusammen, als der erste Stein geworfen wird.

Eine Frau aus der Gesellschaft schreit vor Freude, und dann folgen weitere Steine. Es will nicht in meinen Kopf oder mein Herz hinein, wie man so grausam sein kann. Wie man dort stehen kann als einer von uns und einen Jungen aus dem eigenen Königreich mit Steinen bewerfen kann. Sie werden ihn nicht töten, aber er wird wochenlang Schmerzen haben. Zum Glück ist er noch kein Achtzehner. Den Lauf hätte er so nicht durchgestanden.

»Ich muss noch etwas erledigen«, sage ich, als ich endlich meinen Blick von dem schreienden Jungen abgewendet habe, und sehe Kerim ernst an. »Allein.«

Er mustert mich und ich schweige.

»Bitte sei vorsichtig, Sari«, sagt er schließlich und ich nicke.

Dann gehe ich die kleinen, steilen Gassen von Golassa hinauf bis zur Kathedrale. Es ist heiß unter den schwarzen Klamotten. Aber nur, weil das hier die Stadt des Lichts ist. Morgen, wenn ich in den Wald gehe, wird es eisig sein. Tiefster Winter.

Ich presse meine Lippen aufeinander, als ich an der heiligen Kathedrale ankomme. So schnell ich kann, öffne ich die riesigen Flügeltüren und trete hastig ein.

Im Inneren erkenne ich ein paar Menschen der Gesellschaft, aber auch Phantome. Vor allem zwei von ihnen ziehen meine Aufmerksamkeit auf sich. Sie sind komplett in Schwarz gehüllt, ohne goldene Ornamente. Es ist die Verhüllung der Kalipar.

Während ich an den Sitzreihen entlanggehe, hallen meine Schritte von den wunderschön bemalten Wänden wider. Das Geräusch lässt mich innerlich erstarren.

Trotzdem setze ich weiter einen Fuß vor den anderen, bis ich zu den Vorhängen komme, die die Kapelle der Wahrheitsbringerinnen vom Hauptschiff der Kirche trennen.

»Tritt ein!«, sagt eine warme, liebevolle Stimme dahinter.

Panik macht sich in mir breit. Mein Blut rauscht und mein Puls überschlägt sich. Ich muss es tun. Ich bin stark, doch ich brauche eine Gabe, um den Lauf auf jeden Fall überleben zu können.

Tief atmend trete ich ein. Vor mir erstreckt sich ein langer, leerer Gang. Kurz frage ich mich, woher die Stimme gekommen ist, doch dann gehe ich vorwärts, bis weitere Vorhänge meinen Weg versperren. Diesmal warte ich nicht auf die Stimme, sondern hebe eine Hand, streiche den Stoff zur Seite und trete dahinter. Mein Blick fällt auf einen goldenen Thron. Darauf sitzt eine Frau mit glänzenden hellen Haaren. An ihrer Stirn hat sie goldene Hörner, und ihre Nase und ihr Mund sind von einem perlenbesetzten Netz verdeckt. Sie trägt ein goldenes bauchfreies Oberteil, das nur ihre Brüste kaschiert. Ihr Blick scheint mich zu durchbohren, während ich sie stumm mustere. Ein weißes Tattoo windet sich wie ein Baum von ihrem Herzen bis zu ihrem Gesicht hinauf und auf ihrem ganzen Körper sind unzählige Namen in der Schrift der Götter eintätowiert.

Neben ihr knien zwei weitere Frauen, die aussehen wie sie, aber keine Tätowierungen tragen.

Ohne ein Wort bedeutet sie mir mit einer leichten, majestätischen Geste, vor ihr niederzuknien.

Ich gehorche sofort.

»Du willst also eine Gabe von mir«, haucht sie.

Ich nicke stumm. Meine Stimme ist nicht greifbar. Ich kenne unzählige Geschichten über die Wahrheitsbringerinnen, über ihr Aussehen und ihre geruhsame, friedvolle Art. Aber auch darüber, dass sie dir mehr nehmen können, als dir lieb ist. Und trotzdem bin ich überwältigt von ihrer Aura, die so düster und warm zugleich ist.

Sie wird mir eine Gabe schenken, falls ich mit magischen Fähigkeiten gesegnet bin. Aber im Gegenzug wird sie mir eine Erinnerung nehmen, die eng mit meinen Gefühlen verknüpft ist. Vielleicht bin ich danach nicht mehr dieselbe. Aber ich werde eine größere Chance haben, zu Jarrusch zurückzukehren. Es wird eine Gabe sein, die mir hilft, den Lauf zu überleben.

Die Wahrheitsbringerin erhebt sich, schickt die beiden anderen weg und kommt dann auf mich zu. Sie legt ihre Hand ganz vorsichtig an meine Wange und hebt mein Gesicht ein wenig an.

»Du bist sehr stark«, haucht sie und legt den Kopf kaum merklich schief. »Bist du dir sicher, dass du die Gabe haben möchtest?«

»Ja!«, presse ich endlich hervor, doch tief in mir schreit alles Nein. Ich wollte das hier nie. Wollte nie gezeichnet werden und auch niemals eine Gabe nutzen. Genau das war es, was meine Marra getötet hat. Aber jetzt habe ich keine andere Wahl. Ich muss es tun. Für Jarrusch. Ich muss noch stärker werden, als ich es gegenwärtig bin.

Die Frau lächelt liebevoll und umfasst mit beiden Händen mein Gesicht. Für einen winzigen Moment fühle ich mich so geborgen wie seit Ewigkeiten nicht mehr.

Sie schließt ihre Augen, und auch meine Lider werden plötzlich schwer und sinken hinab. In mir wird alles warm und leicht. So leicht, dass ich beinahe all meine Sorgen vergesse und mich am liebsten in ihre Arme fallen lassen würde. In die der Wahrheitsbringerin, die meine Rettung und mein Untergang zugleich sein kann.

Vor mir erscheint meine Marra. Ihre Augen sind vor Schreck weit aufgerissen und aus einer Wunde in ihrer Brust tropft Blut. Viel zu viel Blut und auch viel zu schnell.

»Du musst auf Jarrusch aufpassen, Sari!«, presst sie atemlos hervor. »Er ist mächtiger, als du glaubst. Du musst …«

»Was muss ich?«, frage ich panisch und presse meine Hände auf ihre Wunde. Sie brennt wie Feuer. Es waren die Tunis, die Wächter der Unterwelt, die meine Mutter zu sich holen wollen.

»Marra!«, flehe ich sie an. Sie muss bei mir bleiben. Ich kann das nicht allein bewältigen. Ich bin nicht stark genug.

»Doch, das schaffst du«, flüstert sie. Ihre Gabe ist Gedankenlesen. Am stärksten ist sie, wenn es sehr emotionale Gedanken sind.

»Der Monarch wird dich töten. Deine Gabe … er darf nicht … nicht sehen, wer …«

»Ich habe keine Gaben«, widerspreche ich ihr.

Sie lächelt leicht und sinkt in meine Arme. »Du hast viele Gaben. Du darfst es auch Jeri nicht sagen. Versprich es mir!«

Ich nicke, weil ich nicht imstande bin, etwas zu erwidern. Tränen fluten meine Augen und rinnen über meine Wangen.

»Ich …« Ihr versagt die Stimme, und bevor sie ihre Augen für immer schließt, küsst sie mich auf die Stirn, wie sie es schon getan hat, als ich noch ganz klein war. »Ich liebe dich, Sari.«

Die Erinnerung wird immer schwächer. Ich will sie festhalten. Will sie wieder zurück in mein Herz sperren, aber da ist sie bereits verschwunden und ich öffne meine Augen.

Die Wahrheitsbringerin führt ganz langsam ihre Hand an ihre Schläfe und öffnet das Perlennetz, das ihren Mund verhüllt. Als sie es zur Seite schiebt, erkenne ich ihre wunderschönen Lippen, die mit zwei goldenen Strichen bemalt sind. Sie öffnet sie und kommt näher. So nah, dass ich ihren Atem an meinem Ohr spüren kann.

»Auch du bist eine Wahrheitsbringerin, Sari Lakar.«

Bevor die Worte bei mir ankommen, spüre ich einen glühenden Schmerz an meinem linken Arm. Das Symbol meiner Gabe brennt sich in meine Haut und zeichnet mich für immer. Es besiegelt auf ewig mein Schicksal, denn wenn ich den Lauf überlebe, bin ich gezwungen von nun an eine Wahrheitsbringerin zu sein.

KAPITEL 2

Hamza, Passus II Arasá, Vers 151

Und Arasá sprach: »Jene von Euch, deren Geist rein ist, werden Gaben des goldenen Staubes besitzen. Doch nur wenige davon sind Heilsbringerinnen. Ich nenne sie die Wahrheitsbringer, und sie werden sich und ihr Leben opfern, um Euch das Wissen und die Weisheit zu schenken und Euch die Gabe zu nennen, die tief in Euch verborgen liegt.«

Arasá prüfte die ersten Menschen auf ihre Gaben. Sie fand zwei Wahrheitsbringerinnen unter ihnen und brachte sie in den großen Tempel des goldenen Staubes zu ihrer Reinigung. Als sie nackt und sauber vor ihr standen und Diener ihnen ihre Gewänder anzogen, formte sie erneut Worte mit ihren Lippen, aber in der Sprache der Götter: »Yos ha te stangest gif. Pero remembar, se es alo a burder.«

Eine der Wahrheitsbringerinnen verstand die Sprache der Götter und übersetzte die Worte der Göttin des Lichts mit leiser Stimme: »Ihr habt die mächtigste aller Gaben, aber wisset stets, sie ist auch eine Bürde.«

Ich renne den steilen, schmalen Weg von der Kathedrale zum Marktplatz hinunter. Was, zu den vier Göttern, habe ich getan? Wie konnte ich nur so leichtsinnig sein? Die Gabe der Wahrheitsbringerin wird mir im Wald nicht helfen. Nein, sie wird eher dafür sorgen, dass ich nach dem Lauf bei den anderen Wahrheitsbringerinnen arbeiten und leben muss. Natürlich werde ich Geld verdienen. Aber wie soll ich es zu Jarrusch bringen, wenn ich an den Orden der Wahrheitsbringerinnen gebunden bin?

Ich schlucke schwer und renne weiter über den Marktplatz, wo der Junge, nach dem sie mit Steinen geworfen haben, gerade auf eine Trage gehoben wird. Ich werde das schaffen. Ich werde Boten bezahlen, damit sie meinem Vater Geld bringen, und er wird … er muss dann für sich selbst und für Jarrusch sorgen.

Der Wind peitscht in meine Augen, während ich über den Waldweg zu unserer Hütte renne. Die zwei Säcke Getreide verlangsamen meine Schritte.

Die Gabe hat mir etwas weggenommen. Ich spüre es. Es ist, als wäre plötzlich ein Loch in mir, dort, wo vorher Liebe war. Es fühlt sich an, als hätte ich etwas Wichtiges vergessen. Etwas von so großer Bedeutung, dass es mich mein Leben kosten könnte.

Als ich bei der Hütte ankomme, erstarrt mein Körper. Die Armee durchsucht gerade unser Haus. Die Tür steht offen und ganz hinten erkenne ich Varra, der im Stuhl hin und her wippt und dabei schreckliche heulende Töne von sich gibt.

Kontrollen sind normal. Sie finden fast täglich statt, damit wir keine illegalen Substanzen bei uns aufbewahren oder Putsche aushecken. Ich glaube kaum, dass sie nach all den Jahren, die Marra schon tot ist, einen Mutanten bei uns vermuten. Aber vielleicht einen flüchtigen Achtzehner, der es nicht rechtzeitig nach

Hause geschafft hat. Würden sie aber Jarrusch finden, würde er mitgenommen und Varra eingesperrt werden.

Ohne noch weiter darüber nachzudenken, stürme ich hinein und stelle die beiden Säcke ab, während ich die Arasás ignoriere, die gerade unseren Heuboden inspizieren. Ich fülle ein Tongefäß mit Wasser, um es Varra an den trockenen Mund zu halten. In mir breitet sich Panik aus. Angst, dass sie Jarrusch entdecken könnten. Aber ich bleibe ganz ruhig und riskiere nicht einmal einen Blick zu der Klappe im Boden.

Als Varra mich erkennt und ich ihm vorsichtig und unbeobachtet einige Strähnen aus dem Gesicht streiche, um sie in seinen grauen Knoten am Hinterkopf zu stecken, beruhigt er sich langsam.

»Dauert das noch lange?«, frage ich die Wachen. Angriff ist die beste Verteidigung. Das hat Marra mir beigebracht. Ich drehe mich wutschnaubend um, verschränke die Arme vor der Brust und starre die Männer an.

»Wir tun hier nur unsere Arbeit«, brummt der Jüngere der beiden. Ich erkenne ihn sofort. An seinen Augen, seinem Gang und seiner Haltung. Er hat den Lauf im vergangenen Jahr nur knapp überlebt. Am letzten Tag, als man die Restlichen schon für verloren hielt, humpelte er schwer verletzt zur Bibliothek der Hamza, um die letzte Prüfung zu bewältigen. Es gelang ihm, in die Gesellschaft aufgenommen zu werden.

Damals, vor dem Lauf, als er noch genau wie ich ein Phantom war, fand ich immer, dass er gütige Augen hat. Aber diesen Ausdruck hat er in den Utlands zurückgelassen. Jetzt sehe ich nur Dunkelheit und Kälte.

»Mein Varra ist schwach und krank. Es wäre schön, wenn …«

»Wag es nicht, einem Mitglied der Gesellschaft etwas vorzuschreiben, namenloses Phantom!«, knurrt der andere. Er ist älter und grausamer. Sein Gesicht ist übersät von Narben. Wahrscheinlich hat er sich diese Wunden bei seinem Lauf zugezogen.

»Bitte«, gebe ich nach und hebe beschwichtigend meine Hände, bevor ich mir ebenfalls ein Gefäß mit Wasser nehme und mich setze. Mein Arm brennt und juckt fürchterlich, aber ich kann mich jetzt nicht darum kümmern. Ich will ihnen keinen Hinweis darauf geben, dass ich bei einer Wahrheitsbringerin war. Das würde die Sache nur verkomplizieren. Vor allem, wenn sie mir meinen Ärmel hochreißen und das Symbol erkennen würden. Erkennen, dass ich jetzt auch eine Wahrheitsbringerin bin.

»Wir sind hier fertig«, sagt der Alte und geht Richtung Tür.

Und gerade als auch der Junge sich zum Gehen wendet, ertönt unter mir ein knarrendes Geräusch. Ich erstarre vor Schreck, aber mein Körper reagiert. Ich drehe mein Bein leicht und streiche dann mit meiner Hand darüber.

»Verletzt?«, fragt der Junge und mustert mich genau. Doch er betrachtet auch die Diele unter meinem Fuß. Eigentlich war das Geräusch zu laut, um nur von einer kleinen Bewegung meines Beines ausgelöst worden zu sein.

»Ein Krampf«, lüge ich und sofort verengen sich seine Augen. »Ich trainiere seit ein paar Wochen für the Run. Aber wir haben nicht genug Geld, um Vitamine für mich zu kaufen.«

Ich deute auf das Innere unserer kärglichen Hütte. Es ist bekannt, dass viele von uns mit Übersäuerung zu kämpfen haben. Uns allen fehlt Magnesium, das viel zu teuer ist, als dass es ein Normalsterblicher erwerben könnte.

»Na, dann werden wir ja bald sehen, ob sich das Training gelohnt hat«, sagt der Wachmann und dreht sich endlich um.

Erst als die Tür hinter ihm krachend ins Schloss fällt, wage ich wieder zu atmen. Meine Lunge brennt und meine Kehle fühlt sich an, als wäre sie mit ätzender Säure gefüllt.

Ich lege mein Gesicht in meine Hände und bin kurz davor, zu weinen. Zu heulen und zu schluchzen. Aber ich muss stark bleiben. Vor allem für Jarrusch. Er hockt jetzt unter mir in seinem Loch und steht sicher Todesängste aus. Da kann ich ihm nicht noch zeigen, wie sehr ich selbst von der Furcht gepackt wurde. Nein.

Ich warte fast eine Stunde, in der ich keinen Ton von mir gebe, bis ich die Wachen draußen nicht mehr höre. Dann schiebe ich endlich den Stuhl und den Tisch zur Seite und befreie Jarrusch aus seinem düsteren Loch. Er springt mir freudig entgegen und klammert sich an mir fest, als würde er mich nie wieder loslassen wollen.

Er ist zu schlau für diese Welt und will nur ungern zugeben, dass er Ängste hat. Doch am meisten ängstigt er sich davor, dass ich nicht wiederkomme. Unsere Umarmung kann ihn ein kleines bisschen davon erlösen.

Nur mich erlöst sie nicht. Stattdessen versuche ich mein Herz zu verschließen. Meine Seele, die so grauenvoll schreit. Nicht aus Angst um mein Leben, sondern wegen Jarrusch. Ich würde alles für ihn geben. Und genau deshalb muss ich den Lauf überleben. Sein Leben steht an erster Stelle.

»Ich muss noch einmal los«, flüstere ich dann gegen meine innere Stimme an. Ich muss noch einen letzten Auftrag erledigen, für den ich bezahlt wurde. Dafür muss ich ausgerechnet in die Schenke, zu der ich als Phantom eigentlich keinen Zutritt habe. Das werde ich Jarrusch aber nicht sagen. Er würde sich nur unnötig Sorgen machen.

»Aber wohin gehst du?«

»Ich muss, Jarrusch. Frag nicht.« Mit diesen Worten erhebe

ich mich und werfe einen Blick auf Varra, der sich immer noch panisch nach allen Seiten umsieht.

»Kannst du …?«, wende ich mich an Jarrusch.

»Nein! Ich geh da nicht wieder rein.«

Ich will nachgeben. Will ihm so gerne sagen, dass er machen darf, was auch immer er will. Dass er durch den Wald springen und spielen darf. Ich möchte nicht diejenige sein, die ihn ständig einsperrt. Aber ich muss es tun. Zu groß ist die Gefahr, dass man ihn entdeckt und einsperrt. Ein Mutant wird in unserer Gesellschaft nicht geduldet.

»Es reicht mir!«, schreie ich ihn zornig an und deute auf das Loch im Boden.

Er starrt mich verzweifelt an, als würde etwas in ihm zerbrechen, und im gleichen Moment zersplittert es auch in mir. Eines Tages wird er verstehen, warum ich das getan habe. Er muss. Wenn es dann nicht zu spät ist und seinen Charakter für immer geprägt hat.

Schließlich nickt Jarrusch und klettert ohne ein weiteres Wort in das Loch im Boden hinein. Mit zusammengebissenen Zähnen und schmerzendem Kiefer schließe ich die Klappe und schiebe Tisch und Stuhl darüber. Dann bücke ich mich und lege meine Hand auf das Holz. Eine Träne, die ich nicht aufhalten kann, tropft auf den Boden.

»Ich bin gleich zurück«, flüstere ich.

So schnell ich kann, laufe ich durch den Wald, ohne wirklich zu rennen. Das wäre zu auffällig, falls mich Wachleute hier sehen. Durch die Durchsuchung bin ich viel zu spät dran. Mein Herz schlägt unerbittlich gegen meine Rippen und der Wind kühlt mein heißes Gesicht.

Als ich endlich an der Schenke ankomme, atme ich einmal tief durch, bevor ich eintrete und mich umsehe.

Ich bin um einiges zu spät. Aber das Phantom, auf das ich heute angesetzt bin, ist nicht da. Vielleicht ist es schon wieder weggegangen, was sicher meinen Untergang bedeuten würde. Der Mann, der mich für diesen Kampf bezahlt hat, ist einflussreich und mächtig. Würde ich seinen Job nicht erledigen, wäre ich eine tote Frau. Nein, ein totes Phantom, eine Leiche ohne Namen. Das Gold hat er mir im Voraus bezahlt. Ich habe es heute für den Weizen und das Buch ausgegeben. Er würde mich töten lassen, wenn ich nicht liefere.

»Trinkt Ihr etwas mit mir?«

Die tiefe Stimme eines Mannes dringt an mein Ohr, als ich mich an einen der Tische setze. Ich wende ihm meinen Kopf zu und verenge die Augen. Er ist ein Phantom der Kalipar. Aber nicht irgendeins. Er trägt ein Netz über seiner Augenpartie. Er ist ein Schattenbringer. Mit all meiner Kraft bemühe ich mich, keine Angst zu zeigen. Schattenbringer sind das Gegenstück der Wahrheitsbringerinnen. Doch sie bringen keine natürlichen Gaben, sondern die finsteren und bösen. Sie bringen schwarze Magie, die schlimmsten Gaben, die es gibt. Lässt sich jemand eine Gabe von einem Schattenbringer nennen, verliert er keine gute Erinnerung, sondern eine schlechte. Etwas, das auf den ersten Blick vielleicht sogar verlockend klingt, aber dieser Kerl hier vor mir könnte mir die Erinnerung an meine Mutter nehmen, wenn sie auch nur mit einem einzigen negativen Attribut verbunden ist. Er könnte einen Schatten über mich legen. Ein Loch, das ich nie wieder füllen könnte. Ja, er wäre sogar in der Lage, mir die Erinnerung an Jarrusch zu nehmen, und niemand würde ihn je wieder aus seinem Versteck holen.

Die dunklen Gaben sind mächtiger als die guten, weshalb ihr Preis höher ist, und jedes Mal, wenn man eine solche Gabe erhält, wird auch die Seele dunkler, und am Unterarm sticht eine neue schwarze Ader hervor. Ein weiterer Grund, warum diese Gaben monumentaler sind. Es gibt keine Symbole, anhand derer man erkennen könnte, welche Magie das Gegenüber besitzt. Da sind nur diese schwarzen Tätowierungen. Ich könnte wetten, dass dieser Kerl hier einige schwarze Adern auf seiner Haut trägt.

»Ich habe keine Münzen«, gebe ich ehrlich zu und wende mich ab.

Einige Schattenbringer verdecken ihre Augen, weil sie durch die Augen ihre Gaben überbringen und Erinnerungen nehmen können. Im Gegensatz zu den Wahrheitsbringerinnen, die es durch ihre Stimme bewirken und deshalb den Mund verhüllen.

»Zwei Met«, bestellt der Schattenbringer.

Ich fixiere ihn.

»Macht zwei Soetbeer daraus, Obra«, rufe ich dem Wirt zu.

Ich kann die dunklen Augen des Kalipar glänzen sehen. Etwas an ihm ist anders als an seinen Gefährten. Ich kann ihn nicht so leicht durchschauen wie andere Menschen und ihre Beweggründe. Auch wenn mein Gefühl bei anderen nicht immer richtigliegt, habe ich doch meist eine vage Ahnung davon, wenn ich jemandem begegne. Bei ihm jedoch stoße ich gegen schwarze Mauern.

»Ein Phantom, das eine andere Meinung äußert … Sehr selten.«

»Ein Phantom, das bereits ein Schattenbringer ist, ebenfalls.«

Er zuckt mit den Schultern und nimmt das Bier entgegen. Dann reicht er mir den zweiten Krug und hebt seinen leicht an. »Ich trage viele Gaben.«

Das bezweifle ich nicht. Seine Aura ist so immens, dass ich mich nur schwerlich auf dem Stuhl halten kann.

Ich stoße mit ihm an und sehe dann zur Tür, durch die gerade mein Auftrag stolpert. Ich kann es kaum fassen, aber mir wird jetzt klar, warum sein Vater der Meinung ist, dass ich ihn schlagen soll, bis seine Vernunft zurückkehrt. Oder das erste Mal in seinem Leben auftaucht. Der Junge ist tatsächlich betrunken, obwohl morgen auch für ihn der Run beginnt

»Kennt Ihr das Phantom?«

Ich sehe wieder zu dem Fremden. »Ich denke, alle Phantome kennen sich hier. Vor allem die aus demselben Jahrgang.«

Mein Auftrag zieht wieder meine Aufmerksamkeit auf sich, als er laut nach dem Obra ruft.

»Das darf doch nicht wahr sein«, raune ich vor mich hin, während ich das Phantom beobachte, das ich schlagen soll. Er hat sich mit Freunden getroffen, die alle bereits Mitglieder der Gesellschaft sind, und bestellt einen Met. Dann beginnen sie ein Kartenspiel.

Der Kerl neben mir reagiert sofort. »Sollt Ihr dem etwa die Flausen aus dem Kopf prügeln?«

Ich schließe kurz meine Augen und trinke einen Schluck. »Ich rede nicht über meine Arbeit.«

»Arbeit …«, knurrt der Schattenbringer verächtlich. »Dabei dürfen Phantome doch gar keine Arbeit verrichten.«

Seine Stimme klingt gefährlich und langsam frage ich mich, ob er als Spion des Monarchen hier ist. Am Ende lande ich noch heute Nacht am Pranger. Nein. Dafür würden sie niemals einen Schattenbringer einsetzen.

»Ich würde es bevorzugen, wenn Ihr mich allein lassen würdet«, sage ich zu ihm.

»Um allein zu sein, ist das hier der falsche Ort, oder nicht?« Er legt den Kopf ein wenig schief.

Ich muss mich beeilen, also nehme ich meinen Becher und stoße dabei absichtlich gegen seinen. Er fällt um und das Bier läuft ihm über die Handschuhe. Mein Blick verengt sich und tatsächlich streicht er sie sich von den Fingern. Meine Augen verharren kurz auf seiner nackten, leicht gebräunten Haut, dann lächle ich unter meinem Tahill. Genau das, was ich brauche. Ich streiche meine Handschuhe von meinen Fingern, ziehe eiserne Ringe aus meiner Tasche und lege sie an, bevor ich die Handschuhe darüber streife.

»Ich habe keine Zeit für Eure Spielchen. Ich muss etwas erledigen, ehe ich den Lauf antrete. Also entschuldigt mich.« Ich trinke den Tonbecher aus, knalle ihn auf die Theke und stehe dann auf.

»Phantom!«, schreie ich wütend durch den Raum.

Mein Opfer weiß genau, dass es angesprochen ist, dreht sich um und sieht mich fragend an.

»Kann ich dir helfen?«

»Ich habe eine Botschaft für dich.« Ich sehe mich im Schankraum um. Keiner der Anwesenden würde mich verraten. Sie alle sind gerade in illegale Angelegenheiten verstrickt. Der Obra duldet, dass in seinem Gasthaus Glücksspiele ausgetragen werden, und schenkt Alkohol an Phantome aus. Dann gibt es einfache Leute, die Zigarren und Pfeifen rauchen, obwohl Tabak nur der oberen Schicht erlaubt ist. Und ganz hinten sitzt eine leichte Dame mit ihrem Freier, die ebenfalls gegen das Gesetz verstoßen. Und sogar gegen das Kalipar-Phantom habe ich etwas in der Hand. Er scheint ebenfalls Kämpfe auszutragen, denn ich habe gesehen, dass seine Knöchel blutig, verkrustet und blau sind – so wie meine. Mit diesen Informationen muss ich nicht warten, bis mein Phantom zurück zu seinem reichen Vater geht, und ihn im Wald abpassen. Ich kann ohne Bedenken meinen Auftrag ausführen.

»Was für eine Botschaft?«, lallt mein Opfer und beginnt zu lachen.

Ich recke meinen Hals, was sein Lachen sterben lässt. Dann gehe ich auf ihn zu und trete den Stuhl unter ihm weg. Der Junge knallt laut auf den Boden und starrt mich fassungslos an.

»Was …?«

»Du musst morgen den Lauf antreten!«, knurre ich ihn an. Ich beuge mich über ihn, packe ihn und ziehe ihn zu mir hoch. »Und du kleiner Bastard sitzt hier rum und betrinkst dich!« Ich balle meine Hand zur Faust und ramme sie ihm dreimal in den Magen. »Wehr dich gefälligst!«

»Nein«, wispert er und sinkt sofort zurück auf den Boden, als ich ihn loslasse. Er weint. Wimmert wie ein Baby oder ein verwundetes Tier, und in diesem Moment begreife ich, dass er keine Chance hat, den Lauf zu überleben. Aber mir geht es längst nicht mehr darum. Längst nicht mehr um einen Job. Ich bin wütend, weil er das alles nicht ernst nimmt. Weil er the Run nicht als bedrohlich wahrnimmt, während bei mir alles davon abhängt – mein Leben und das meines Bruders und meiner gesamten Familie.

Ich drehe mich um. Das hier hat keinen Sinn. Ich muss weg, zurück zu Jarrusch. Doch der Kalipar versperrt mir den Weg. Er ist riesig.

»Was?«, fauche ich und hebe meine Fäuste. Wenn er kämpfen will, werde ich Widerstand leisten.

»Ich habe ebenfalls eine Botschaft.«

Oh nein, er ist tatsächlich nicht nur ein Schattenbringer, sondern auch ein Zelot. Einer, der für Geld Leute schlägt, genau wie ich. Ich habe nicht damit gerechnet, dass ich sein Auftrag sein könnte.

Meine Augen werden zu Schlitzen. »Na, dann – los!«

Er zögert kurz, packt dann meine Schultern, zieht mich zu sich und rammt mir sein Knie in den Unterleib. Ich beiße mir auf die Zunge, um nicht zu schreien, und kann meine Beine nicht daran hindern, nachzugeben. Ein lautes Klingen lässt meinen Kopf beinahe zerspringen und auf einmal spüre ich diesen grausam stechenden, pochenden Schmerz. Ich keuche auf.

»Du hast keine Tribute gezollt, Phantom«, sagt er, als würde diese Erklärung es besser machen. Als würde es damit gerechter sein. Aber das hier ist keine Gerechtigkeit. Nichts davon. Auch meine Aufträge sind es nicht. Doch dieser Kerl hier kommt vom Monarchen und hält alles, was er tut, für legitim.

Der Schattenbringer beugt sich zu mir und nimmt dann meine Hand, um mich ruckartig in die Senkrechte zu ziehen. Ich stehe auf wackligen Beinen und pralle gegen seine starke Brust.

»Ich hätte dir das Bein brechen sollen«, raunt er dicht neben meinem Ohr. Dann lässt er mich los und geht.

Keiner der Anwesenden bewegt sich. So wie auch keiner eine Regung gezeigt hat, als ich zugeschlagen habe.

Als ich endlich wieder atmen kann, humple ich aus der Schenke und den kleinen Waldweg zurück zu unserer Hütte. Ich will nicht weinen. Aber die Tränen kommen unweigerlich. Sie strömen über mein Gesicht und tränken mein Tahill, als hätte ich sie all die Jahre nur für diesen Moment angesammelt.

Als ich eine dunkle Gestalt vor mir im Wald erkenne, bricht plötzlich Zorn aus mir heraus. Es scheint wieder der Kalipar zu sein. Ein Teil in mir will gehört werden. Das Mädchen, das sich ungerecht behandelt fühlt. Die Frau, die viel zu früh erwachsen werden musste.

»Hey!«, knurre ich und sehe, dass er stehen bleibt. Ich gehe auf ihn zu, bis ich nur wenige Zentimeter vor ihm zum Stehen komme und in seine dunklen Augen blicke. Er hat sein Netz abgenommen und kurz verliere ich mich in seinen schwarzen Augen. Ein Feuer scheint darin zu brennen.

»Was wollt Ihr, Phantom?«

Er ist anders. Redet anders. Aber vielleicht liegt es auch nur daran, dass er ein Kalipar ist. Ich bin noch nicht vielen von ihnen begegnet.

»Macht Euch das Spaß?«, frage ich bitter.

Er tritt aus dem Schatten der Bäume in die vom Mond erhellte Lichtung, auf deren Boden der goldene Staub der gefallenen Stadt glimmt.

»Was genau?«

»Phantomen einen Tag vor ihrem Run die Kraft zu nehmen.«

Ein raues Lachen ertönt hinter seinem Mundschutz.

»Genau das wolltet Ihr doch gerade bei dem Jungen in der Schenke tun. Und ich habe Euch keine Kraft genommen, sondern eine Lektion erteilt. Der Monarch selbst hätte keine Gnade walten lassen.«

Ich beiße die Zähne zusammen. »Das war etwas völlig anderes.«

Der Kalipar beugt sich vor und ich sehe, wie er neben meinem Gesicht seinen Mundschutz löst, damit ich jedes Wort seines leise geraunten Satzes genau verstehe.

»Selbstgerechtes Verhalten wird Euch nicht weit bringen. Im Gegenteil. Es wird Euch den Tod bringen.«

»Ist das eine Eurer Weisheiten, Schattenbringer? Muss ich dafür etwas bezahlen?«, entgegne ich verächtlich und lache höhnisch.

Er kommt noch ein Stück näher.

»Ich sage Euch eine wahre Weisheit«, raunt er, redet aber nicht weiter. Als wüsste er genau, dass er nur warten muss, um meine Neugier zu entfachen.

»Und die wäre?«

»Es wird Euch aber tatsächlich etwas kosten.«

»Ich soll für eine Weisheit zahlen, die wahrscheinlich nicht einmal eine ist?« Ich pruste und will mich umdrehen, doch er hält mich auf.

»Ich kann sie Euch nicht sagen, wenn Ihr nicht mit einer Bezahlung einverstanden seid.«

»Und was wollt Ihr dafür haben?« Ich hebe meine Brauen.

Er kommt mir wieder verdammt nah, hebt seine Hand und betastet meinen Mundschutz. Als er auch seinen lüftet und sich noch mehr nähert, weiche ich zurück.

»Was tut Ihr da?«

»Euch ein Geheimnis verraten«, flüstert er und berührt ganz sanft meine Lippen.

Mein Herz flattert. Ein Teil von mir spürt das Verlangen nach einer Berührung. Nach Nähe. Die einzigen Menschen, die ich je berührt habe, waren meine Marra und Jarrusch. Das hier ist etwas vollkommen anderes. Und es ist verboten. Aber es bewegt mich bis tief in meine Seele.

Er rückt näher und ich spüre nun deutlich seine kühlen Lippen auf meinen. Und dann sehe ich ein Licht. Ein schwaches blaues Licht. Ich spüre Emza, die Göttin und erste Herrscherin des Königreichs aus blauem Eis.

Als ich wieder zu mir komme und die Augen öffne, ist der Schattenbringer verschwunden.

Ich schnappe nach Luft und sehe atemlos in den Wald um mich herum. Habe ich mir diesen Kerl etwa nur eingebildet?

So schnell ich kann, laufe ich den restlichen Weg nach Hause und befreie Jarrusch aus seiner Kammer.

Der Abend zieht an mir vorbei, als wäre ich nur ein stummer Beobachter. Als wäre ich gar nicht hier in unserer Hütte. Jarrusch und ich essen zusammen. Wir lachen und spielen ein altes Spiel. Ich kippe einen Eimer mit Wasser über ihn, damit er sich waschen kann, und gehe dann alle Vorräte mit ihm durch, weil ich möchte, dass er sich während meiner Abwesenheit gut versorgen kann. Er hört mir aufmerksam zu und trotzdem werde ich mit jedem Wort unruhiger. Die Angst um ihn vertreibt sogar die Gedanken an den merkwürdigen Schattenbringer und seine Lippen auf meinen.

»Sari! Ich weiß, wie man Brot backt«, brummt Jarrusch und verdreht die Augen.

Ich wende mich ihm irritiert zu, fange mich aber schnell wieder. »Back es nur abends. Erst wenn die Kontrollen vorbei sind. Und wenn die Wachen gegangen sind, bleibst du noch eine Stunde in deinem Versteck. Verstanden?«

»Ja. Wie immer.«

»Und denk an …«

»Sari! Bitte, lass das.« Er greift nach meiner zitternden Hand. »Ich schaffe das. Du scheinst nicht genug Kraft zu haben.«

»Aber ich habe doch dich«, gebe ich schwach zurück und fahre ihm durch seine goldenen Locken. »Wenn es einen Grund gibt, diesen Lauf zu überleben, dann, um wieder zu dir zurückzukommen.«

Er kichert und versteckt sein Gesicht hinter meinem Arm. Ich nehme seine Hand und führe ihn zu seinem kleinen Loch.

»Sari?«, fragt er zögernd und sieht mich mit großen Augen an. »Darf ich heute Nacht bei dir schlafen? Nur diese eine Nacht?«

Ich presse meine Lippen aufeinander und will ihm seinen Wunsch schon ausschlagen, doch dann entscheide ich mich ermattet dafür, es zuzulassen. Auch nachts kann es Kontrollen geben. Vor allem nach meinem bissigen Auftritt vor den Wachleuten heute Nachmittag. Aber das hier ist vielleicht unser letzter Abend. Für immer.

»In Ordnung«, flüstere ich und bringe ihn zu meiner Leiter. »Na los! Bevor ich es mir anders überlege!«, treibe ich ihn an und sofort klettert er die knarrenden Holzsprossen hinauf wie ein kleines Äffchen. Lächelnd folge ich ihm und lege mich neben ihn auf mein Strohbett.

»Ziehst du dein Tahill nicht aus, wenn du schläfst?«, fragt er interessiert und mustert das Tuch, das meinen Mund verhüllt.

Ich überlege kurz, entschließe mich dann aber, ihm die Wahrheit zu sagen. »Eigentlich schon. Aber jetzt bist du hier und ...«

»Du musst dich nicht vor mir verstecken, Sari«, flüstert er ein wenig enttäuscht.

Ich nicke und löse dann das Tuch, nehme die Kapuze und die Sturmhaube ab und lache leise, als ich Jarruschs ehrfürchtigen Blick auf meine langen goldenen Haare sehe.

»Du bist wunderschön. So schön wie Emza«, haucht er schüchtern und nimmt eine meiner Strähnen zwischen seine kleinen Finger.

»Emza war die Schönste der Götter«, erwidere ich ungläubig.

»Und du bist die Schönste der Menschen.«

Wieder lache ich, und dann erzähle ich ihm die Geschichte der

Götter, die ich ihm schon so oft erzählt habe. Und erst als sein Atem schwer und gleichmäßig wird, erlaube ich mir vor Verzweiflung zu weinen. Ich weine so lange, bis mich die Dunkelheit in einen traumlosen Schlaf zieht.

••• ● •••

Die Fanfare ertönt und lässt mich panisch hochschrecken. Jarrusch liegt immer noch in meinem Arm und schläft. Ich bin zu spät, viel zu spät aufgewacht. Wenn die Fanfare erklingt, werden bald alle Phantome zum Wald gebracht.

»Jarrusch!« Ich schüttle ihn und er kommt langsam zu sich.

»Ich muss gehen.« So schnell ich kann, stehe ich auf und ziehe mir wieder mein Tahill an, bevor ich die Leiter hinunterspringe.

»Los, Jarrusch!«, rufe ich nach oben und warte ungeduldig, bis er endlich herunterkommt. Seine Augen sind voller Tränen.

»Ich bin bald wieder da. Ich verspreche es dir«, sage ich und ziehe ihn an meine Brust. Am liebsten würde ich ihn nie wieder loslassen. Aber ich muss los. Wenn ich zu spät komme, habe ich schon verloren.

»Pass auf dich auf«, sage ich noch, küsse ihn auf die Stirn und helfe ihm in sein Loch. Den Tisch schiebe ich nicht darüber, denn in den nächsten fünfzig Tagen muss er selbstständig hinaus- und hineinklettern können.

»Ich glaube an dich, Sari«, sagt er, als ich die Klappe schließe. Ich starre sie sekundenlang an, bevor ich losrenne. Ich bringe es nicht übers Herz, mich von Varra zu verabschieden. Er würde es nicht einmal bemerken, und das würde mich bloß zornig und wütend machen. Jetzt zählt nur noch, dass ich rechtzeitig da bin.

Ich renne durch den Wald, bis ich endlich am Marktplatz angekommen bin. Die anderen Phantome sitzen bereits auf dem riesigen Karren, der uns zum Anfangspunkt des Laufes bringen wird. Keuchend stelle ich mich vor die Wache, die ein Klemmbrett in der Hand hält.

»Aus welchem Haus stammst du?«, fragt er und hebt seine Brauen.

»Lakar«, stoße ich hervor. Es ist der Nachname meines Varras. Das einzige Erkennungsmerkmal, das ich besitze.

»Du bist spät«, brummt er, hakt meinen Namen aber auf seiner Liste ab und lässt mich auf den Karren steigen.

Mein Herz schlägt heftig gegen meine Rippen. Jetzt ist es so weit.

»Wo warst du?« Kerim setzt sich neben mich und mustert mich, als wäre ich von allen guten Geistern verlassen. Und genau so fühle ich mich auch. Panik macht sich in mir breit. Ich habe Jarrusch zurückgelassen. Mit meinem verrückten Vater, der sich nicht um ihn kümmern wird. Schwer atmend schließe ich meine Augen und verscheuche den Gedanken. Ich muss mich jetzt auf diesen Lauf konzentrieren. Und dann nach Hause zurückkehren.

»Ich habe verschlafen«, erwidere ich und begegne Kerims besorgtem Blick.

»Verschlafen …«, wiederholt er, als hätte das Wort für ihn keinerlei Bedeutung.

Mit einem Ruck setzen sich die Wisente in Bewegung, die vor den Karren gespannt sind, und wir fahren über den holprigen Weg durch den Wald. Mit mir sitzen noch siebzehn andere Phantome auf dem Gefährt. In Gedanken versunken betrachte ich die Bäume und Gräser, an denen wir vorbeifahren. Es wird immer kälter. So kühl, dass meine Lippen nach einer Weile zu beben beginnen. Dann lichtet sich der Wald allmählich, und wir fahren an den blauen Eisbergen entlang, die das Königreich der Emza von unserem trennen. Es sind riesige Felsen, die weit oben in weißen Bergspitzen enden. Dunkle Wolken hängen darüber und lassen sie noch bedrohlicher wirken.

Nach ein paar Stunden steuern wir an einigen Tempeln und verlassenen Burgen vorbei, und es wird wieder ein wenig wärmer, als wir schließlich das Königreich Tunis erreichen. Dort wird der Lauf beginnen. In der Bibliothek der Hamza findet unsere letzte Prüfung statt, und wenn wir den Lauf und alle Prüfungen bis dahin bestehen, werden wir als Mitglieder in die Gesellschaft aufgenommen.

In Tunis zu sein löst ein qualvolles Brennen in meiner Brust aus. Meine Mutter wurde hier tödlich verletzt, nachdem sie einen Auftrag erledigt hatte, bei dem sie zu viel über die Machenschaften des Königreichs aus roter Asche erfahren hat. Sie konnte mir nie wirklich sagen, was es war. Ich habe nur belauscht, was sie Varra darüber erzählt hat. Er wollte sie daran hindern, hierher zurückzukehren, aber sie sah es aus irgendeinem Grund als ihre Pflicht an.

Der Boden von Tunis ist mit roter Erde bedeckt. Es ist das Blut seiner Vorfahren, denen an jeder Weggabelung ein Mahnmal aufgestellt wurde. Skulpturen von leidenden, blutenden Menschen, Staubgeborenen, die vor unserer Zeit, vor der Epoche der Götter, gelebt haben. Und es gibt auch Statuen von Tunis, dem Gott des Tores zwischen der Unterwelt und den Lebenden. Die meisten Darstellungen zeigen ihn mit schwarzen Flügeln. Andere hingegen mit einem Dreizack, mit dem er den Boden spalten und in das Reich der Toten gelangen kann, wie die Hamza berichtet.

Mein Kiefer verkrampft sich, als ich ihre Tempel und Gedenkstätten an mir vorbeiziehen sehe. Sie sind wunderschön. So schön, dass ich es kaum ertrage. Ich hasse Tunis für das, was sie meiner Marra angetan haben. Was sie mir und Jarrusch damit angetan haben.

Dann erreichen wir endlich unser Ziel. Es ist ein riesiger Platz am Rande des grünen Waldes, wo bereits alle anderen Phantome aufgereiht stehen, die an dem Lauf teilnehmen werden. Mein Puls beschleunigt sich und meine Hände ballen sich zu Fäusten, als ich die verhüllten namenlosen Phantome der Tunis an ihren roten Ornamenten erkenne. Die weiblichen tragen Gürtel und rötlich glänzende Stahl-Korsette. Sie waren es, die meine Mutter töteten.

Rote Asche schwebt durch die Luft und legt sich auf mein Tahill.

Der Wagen kommt zum Stehen und eine Wache scheucht uns vom Karren. Von Weitem erkenne ich den Monarchen, der auf einem prunkvollen Podest am Rand des Platzes thront. Neben ihm sitzt seine Frau Ankara, die immer in Begleitung ihrer zwei Schwestern unterwegs ist. Alle drei tragen Tücher über ihren Mündern. Man erzählt sich, dass der Monarch seinen beiden Schwägerinnen in der Nacht der Hochzeit mit Ankara die Zungen herausgeschnitten hat, damit ihre Macht als Drillinge ihn nicht umbringen kann. Ich weiß nicht, ob das stimmt, aber ich würde es ihm zutrauen. Jeri hat nie über seine Mutter oder seinen Vater geredet. Aber jedes Mal, wenn ich nach ihnen fragte, habe ich die Furcht in seinen Augen aufblitzen sehen. Und es ist kein Geheimnis, dass Geschwister, deren Gaben ähnlich sind, mächtiger sind als andere. Zwillinge oder gar Drillinge können unvorstellbare Mächte besitzen.

Nachdem wir uns in die Reihen der Wettbewerbsteilnehmer

gestellt haben, starre ich unseren Monarchen an. Marruk Karis hat alle Mitglieder sämtlicher Königshäuser mithilfe des Schlächters der Götter getötet. Ich hasse ihn. Aber er ist unser Monarch und ich bin ihm verpflichtet. Seine eisenfarbenen Haare glänzen in der aufgehenden Sonne. Sein grauer Bart, der nur noch wenige schwarze Haare behalten hat, bewegt sich hin und her, als würde Karis auf etwas herumkauen. Wie immer trägt er den roten Umhang des Königs der Tunis. Den Umhang, den er der Leiche des Königs entriss, als er ihn tötete.

Neben seinem Podest stehen unzählige Wachen, die zu keinem Königreich gehören. Sie sind einzig Marruk unterstellt. Man erkennt sie an den silbernen Ornamenten an ihrer schwarzen Wächteruniform. Wir Phantome stehen in einer Reihe, ebenfalls umgeben von Wachmännern.

»Phantome!«, eröffnet der Monarch seine Ansprache und lässt eine lange Pause folgen. »Heute ist der Tag gekommen, an dem ihr in den Wald entlassen werdet. Nur diejenigen von euch werden den Lauf überstehen, die es durch ihre Stärke und ihre Kraft verdient haben, Teil unserer Gesellschaft zu sein und einen Namen zu erhalten.«

Ich beiße die Zähne zusammen und denke an all die Achtzehner, die wegen seiner Ideale und der Krankhaftigkeit seines Hohen Rates in den Utlands unserer Königreiche gestorben sind. Sie wären es alle wert gewesen, einen Namen zu tragen und Teil der Gesellschaft zu sein. Ein Teil unserer Königreiche und der Götter. The Run hat schon zu Zeiten der Götter stattgefunden, aber man erzählt sich, dass der Monarch ihn noch viel grausamer gemacht hat, sodass viele tapfere Achtzehner ihn nicht bestehen konnten.

Ich atme schwer und sehe mich um. Ich versuche die anderen

Mitglieder des Hohen Rates zu erblicken, aber niemand weiß, wie sie aussehen. Sie könnten sich genauso gut als Wachen verkleidet haben, nur damit ihre Identität weiterhin verschleiert bleibt. Das Gesicht des Hohen Rates ist und bleibt der Monarch. So wie auch niemand den grausamen Schlächter des Monarchen kennt. Vielleicht ist er nur eine Legende. Möglicherweise existiert dieses Monster aber wirklich, das all die Könige im Schlaf tötete.

»Tretet nun vor!«, ordnet Karis jetzt an.

Eine Armada von Wachen drängt uns in einer Reihe auf den Monarchen zu. Frauen in langen Gewändern breiten ihre Hände über ihn aus und errichten eine Mauer aus schwarzem Sand. Sie beherrschen die Gabe des Gottes Kalipar und können den turmalinfarbenen Sand befehligen. Sie verdecken die Sicht auf das erste Phantom, das zu dem Monarchen getreten ist.

Die meisten Phantome bleiben eine ganze Weile hinter dem dunklen Schleier und treten danach mit kraftvoller Ausstrahlung zurück auf den Platz. Nur ein Einziger von ihnen wirkt schwach und gebrochen, nachdem er bei dem Monarchen war.

Als ich an der Reihe bin, verkrampft sich mein Kiefer. Ich will Karis nicht sehen. Ich will nicht, dass er mich anfasst. Alles, wonach ich mich sehne, ist, diesem grausamen Herrscher ein Messer in den Bauch zu rammen.

Sein dunkler Blick legt sich mörderisch auf mich. Dann hebt er ganz langsam und bedrohlich seine Hand und löst mein Tahill. Seine Augen wandern erst über meine goldenen Haare, dann über mein Gesicht, ehe sie an meinen Lippen hängen bleiben.

»Du hast keine Tribute gezollt, Phantom«, stellt er fest. Ich nicke nur. In der Gegenwart des Monarchen ist es uns Phantomen nicht gestattet zu reden, außer wir werden ausdrücklich dazu aufgefordert. »Deshalb werde ich dir einen Teil deiner Kraft nehmen.

Deine Ausdauer und auch dein Überlebenswille werden während des Laufs geschwächt sein. Ich hoffe, du weißt, dass du das allein dir selbst zu verdanken hast.«

Am liebsten würde ich ihn anspucken. Er hat keine Ahnung. Selbst wenn ich Jarrusch nicht hätte ernähren müssen, hätte ich kein Geld verdienen dürfen, um für den Lauf Tribute zollen zu können. Und Varra ist nicht mehr in der Lage, arbeiten zu gehen.

Der Monarch legt seine Finger an meine Schläfen und schließt die Augen. Im nächsten Moment strömt Macht durch mich hindurch. Macht, die allmählich schwächer wird und mir im Gegenzug all meine Kraft raubt. Meine Beine zittern und schmerzen. Mein Herz pumpt schnell und meine Lunge brennt. Meine Brust wird schwer.

»Nun das Mal«, raunt er, zieht mein schwarzes Oberteil herunter und legt seine Hand auf meine Schulter. Ein Brennen durchzuckt mich, als das glühende Mal sich in meine Haut beißt. Das Mal des Laufs – eine Windrose mit allen Himmelsrichtungen in einem Kreis.

Er zieht das Tahill wieder über meinen Kopf und befestigt meinen Mundschutz. Erst dann darf ich wegtreten. Ich bin völlig erschöpft, aber ich lebe. Und dieser Bastard wird mich nicht daran hindern, den Lauf zu überstehen und zu meiner Familie zurückzukehren.

»Die Wintersonnenwende ist gekommen. In fünfzig Tagen, wenn der Mond seine volle Größe erreicht, müsst ihr zurück sein. Ansonsten wird euer Leben den Utlands übergeben«, ruft der Monarch über den Platz. Er hat inzwischen auch das letzte Phantom gekennzeichnet und die Frauen haben ihre Mauern aus schwarzem Sand fallen lassen. Karis nickt ein paar Wachen zu, die sich sofort vor uns aufstellen und ihre Speere auf uns richten.

Während im Hintergrund einige Trommeln schlagen, drängen sie uns Schritt für Schritt in Richtung Wald. Mein Herz schlägt im Gleichtakt mit. Es donnert gegen meine Brust, als wollte es sich einen Weg hinaus erkämpfen. Schwäche überkommt mich immer wieder, aber ich sporne meinen Leib mit meinem Geist und einem einzigen Wort an. *Jarrusch*. Und dann ertönt erneut die Fanfare.

»Lauft!«, brüllt der Monarch mit infernalischer Befriedigung in der Stimme und wir rennen los.

Ich bin schnell. Das war ich schon immer, aber es dauert nur ein paar Sekunden, bis mich die Kalipar überholt haben und zwischen den dunklen Bäumen verschwinden. Ich suche noch kurz nach Kerim, der ein Stück hinter mir läuft. Vielleicht werden wir uns wiedersehen. Vielleicht begegnen wir uns im Wald, vielleicht aber auch erst nach dem Lauf oder nie wieder. Bei dem Gedanken wird mein Herz schwer. Aber ich darf nicht daran denken. Hier geht es um mich. Und vor allem um Jarrusch.

Für uns Phantome ist es streng verboten, zusammenzuarbeiten. Ich habe keine Ahnung, wie sie das überwachen wollen, wenn wir tief im Wald sind. Aber eine Strafe würde wohl keiner von uns riskieren.

Während ich die ersten Bäume passiere und die Dunkelheit des Waldes mich verschluckt, werde ich langsamer. Ich hatte nie ein Problem mit der Finsternis. Im Gegenteil. Bisher habe ich mich nachts am sichersten bewegt. Dann, wenn ich wusste, dass mich keine Seele sieht. Dass mich niemand verurteilt und die Angst verschwunden ist, jemand könnte bei Licht in meinen Augen lesen, dass ich ein Geheimnis habe. Aber jetzt … jetzt erdrückt mich die Dunkelheit. Die Einsamkeit und meine Gedanken.

Allmählich verschwinden alle anderen Phantome um mich herum. Sie sind zwischen den Bäumen abgetaucht und schneller als ich, während meine Kraft nicht einmal dafür reicht, wirklich zu rennen. Trotzdem schleppe ich mich weiter. Alles schmerzt. Meine Brust brennt, als hätte ich ein Gift getrunken, und ich bleibe immer wieder stehen, um nach Atem zu ringen. Aber ich nehme den Schmerz an. Es ist meine Bürde. Etwas, das ich empfinde, weil ich Jarrusch beschützt habe. Weil ich keinen einzigen Tribut gezollt habe. Und das ist jede Qual wert.

Ein brennendes Ziehen auf meiner Haut lenkt meine Aufmerksamkeit auf sich. Kurz sehe ich mich um, bevor ich meinen Ärmel ein wenig hochschiebe und das Mal des Laufs betrachte. Es ist eine Windrose mit drei Kreisen und schmalen Strichen in alle Richtungen. Ich kann ihre Magie förmlich durch meine Adern fließen spüren. Wie einen Ruf meiner Instinkte, welchen Kurs ich einschlagen muss. Und jetzt trifft mich die Erkenntnis: Ich muss eine Aufgabe erledigen, hier im Wald, bevor ich die Malsprüfung antreten kann.

Vorsichtig streife ich meinen Ärmel wieder über das dunkle Mal und renne weiter. Der Monarch hat mir nicht nur meine Kraft genommen. Er hat auch dafür gesorgt, dass ich während des Laufs früher Durst und Hunger bekomme als alle anderen. Also muss ich jetzt Nahrung und Wasser suchen. Seit meiner Kindheit wusste ich mir immer gut zu helfen. Schon mit vierzehn habe ich mir selbst Waffen gebaut, um zu jagen und am Leben zu bleiben. Damit durch mich auch Jarrusch und mein Vater überleben konnten. Aber Waffen durften wir nicht mit zum Lauf nehmen. Aus Furcht vor dem Monarchen habe ich mich an diese Regel gehalten.

Ich renne weiter, bis ich einen kleinen Felsvorsprung entdecke, unter dem ich mich schützen kann. Vor den Tieren und den andersartigen Gefahren, die in diesem roten Wald, der res fore genannt wird, auf mich warten könnten.

»Kalipar, gib mir die Kraft, ein Krieger auf deinem Pfad zu sein. Lege die Waffen deines schwarzen Sandes in meine Hände«, summe ich leise und sehe in die Baumkronen. Ich brauche den Gott des Kampfes, damit er mir meine Kraft wiedergibt.

Meine Augen suchen den dunklen Wald um mich herum ab. Angst erfasst jede Faser meines Körpers. Nur mein Wille, zu Jarrusch zurückzukehren, ist stärker als diese Angst. Also suche ich den Boden unter mir nach einem Stein ab, den ich als Waffe verwenden könnte.

Das soiel te das kann nicht weit entfernt sein, das Erdreich des Todes, das sich, wie auch das Königreich, durch die rote Asche auszeichnet. Also suche ich weiter, bis ich einen schwarz glänzenden Obsidian entdecke, der durch erkaltete Lava entstanden ist. Hier in Tunis besteht der gesamte Boden aus roter Asche. Erkaltetes, brennendes Blut.

Schwer atmend grabe ich nach einem weiteren, größeren Stein, bis ich ihn gefunden habe. Ich lege den Obsidian vor mir auf den Fels.

Marra trug immer ein Messer aus Obsidian bei sich, weil es außergewöhnlich scharf und massiv war. Als ich vierzehn war, habe ich mir das erste Mal selbst eines angefertigt.

Mit all meiner verbliebenen Kraft schlage ich mit dem größeren Stein auf den Obsidian ein, bis sich endlich ein scharfer, nicht zu kleiner Splitter löst.

Am liebsten würde ich vor Freude schreien, aber meine Angst, entdeckt zu werden, ist zu groß. Der Himmel hat sich bereits in Dunkelheit gehüllt und die Geräusche des Waldes werden allmählich leiser.

Ich stehe auf und gehe zu einem kleinen Baum, den ich biegen kann, um lange Stücke seiner Rinde mit meinem Stein abzuschneiden. Dann hebe ich einen Stock auf und spalte ihn. Aus der Rinde ziehe ich dicke Fäden, stopfe den Stein in den Schlitz des Stockes und binde ihn mit den Rindenfäden fest.

Es ist nicht die gefährlichste Waffe, die ich je in der Hand hatte, aber um mir Nahrung zu besorgen und mich im Notfall verteidigen zu können, wird sie reichen.

Ich bin nicht mehr in der Lage aufzustehen und lasse die Müdigkeit zu, bis es vollständig dunkel geworden ist.

Bilder prasseln auf mich ein. Bilder von Marra, aber auch von Varra, der redet und lacht, und dann erscheint Jarrusch vor mir.

»*Wach auf!*«

Blinzelnd und benommen versuche ich die Umgebung um mich herum wahrzunehmen, bis ich endlich begreife, wo ich bin, und mich erhebe. Das Obsidian-Messer halte ich fest in meinen Fingern. Das Mal auf meiner Haut muss mich geweckt haben. Oder der Geist meiner Marra.

Ich muss Wasser finden, bevor ich seinem Ruf folgen kann, also konzentriere ich mich auf die Geräusche des Waldes. Auf das leise Fiepen eines Tieres und die Schreie der Eulen. Das Plätschern eines Flusses ist nicht zu hören.

Ich gehe weiter. Rennen kann ich nicht mehr und immer wieder muss ich stehen bleiben, um mich an einem Baum abzustützen.

»Verdammt«, knurre ich leise vor mich hin und berühre meine feuchte Stirn. Dieser elende Monarch hat mich austrocknen lassen. Er hat mir alles genommen und die Hitze hier raubt mir noch den Rest.

Es vergehen Stunden oder nur Minuten, aber ich spüre, dass ich meinem nächsten Ziel näher komme, dem Erdreich des Todes. Es wird heißer und auch das Mal auf meiner Haut beginnt erwartungsvoll zu brennen. Es weist mir den Weg. Beinahe ist es, als würde es mir mein Ziel und meine Aufgabe direkt in meine Haut und in meinen Verstand brennen.

Mein Blick gleitet über die Bäume, bis ich einen Birakbaum entdecke, der sich durch seine weiße Rinde auszeichnet. Biraks, die früher Birken genannt wurden, tragen viel Saft in sich, und ich bin immer noch durstig.

Ich stolpere auf den Baum zu und lege mein Ohr gegen den hellen Stamm. Es dauert einen Moment, aber dann höre ich den Baumsaft in seinem Inneren nach oben rauschen, wo er seine Blätter mit Flüssigkeit versorgt.

Als ich die hellste Stelle der Rinde gefunden habe, lege ich mein Messer leicht schräg dagegen und ramme es hinein, bis ein wenig Saft heraustropft.

Ich lecke einen Tropfen davon ab, und während ich mir einen hölzernen Keil schnitze, frage ich mich, ob Marra mir das alles gezeigt hat, weil sie wusste, was passieren würde.

Völlig in Gedanken schlage ich den Keil in das kleine Loch und sehe lächelnd dabei zu, wie der Baumsaft darüber hinabrinnt. Sofort halte ich meine Zunge darunter, bis ich mich irgendwann auf den Boden lege und das Wasser in meinen Rachen tropfen lasse.

Für einen winzigen Moment will ich einfach nur hier liegen bleiben und die Flüssigkeit des Baumes trinken. Aber ich muss weiter. Und ich brauche Nahrung. Also stehe ich auf, nehme mein Messer und gehe los. Stolpere unendliche Stunden durch den Wald.

••• ● •••

Die Nacht kehrt zurück und ich habe immer noch keine Nahrung gefunden. Mein Bauch schmerzt vor Hunger. Ich gehe trotz der Dunkelheit weiter. Meine Sicht verschwimmt immer wieder, und dann spüre ich ein Kribbeln in meinen Fingern. Es zieht sich langsam meine Arme hinauf und lässt mich frösteln. Meine Lider zucken unruhig, und dann rinnt mir kalter Schweiß über den Rücken.

»Oh nein«, stoße ich hervor, als ich begreife, dass mein Kreislauf allmählich zusammenbricht.

»Wenn du jemals solche Symptome bekommst, Sari, dann ist es wichtig, dass du das Blut wieder in deinen Kopf bekommst«, höre ich die Stimme meiner Marra. Ich nicke, als würde sie neben mir stehen, lege mich vor einen Baum und hebe meine Beine gegen ihn. Schwindel und Übelkeit überkommen mich. Meine Kehle brennt. Ich kämpfe dagegen an. Aber der Brechreiz ist so groß, dass ich meinen Kopf zur Seite beuge und mich übergebe. Es ist nur Galle, bitterer, brennender Schaum und das wenige Wasser des Birakbaums.

Mein Bewusstsein schwindet und meine Beine rutschen bleischwer an dem Baumstamm herab.

Ich will aufstehen, stolpere aber und lande kopfüber in einer kleinen Pfütze. Mit meiner letzten Kraft hebe ich mein Gesicht und betrachte das Wasser unter mir. Es ist schmutzig und es riecht nach Tod. Ich starre weiter. Starre gegen die schwarzen Gestalten an, die mich in eine Bewusstlosigkeit reißen wollen, und versuche meine Sinne zu behalten. Ich muss überleben!

Dann senke ich meinen Kopf und trinke das Wasser. Ein Würgereiz lässt meine Kehle verkrampfen, aber ich unterdrücke ihn und lecke das kostbare Nass auf wie ein durstiges Tier. Ich trinke, so viel mein Magen vertragen kann, und drehe mich dann zur

Seite, bevor meine Sicht endgültig verschwimmt. Das Letzte, was ich sehe, ist das blaue Licht zwischen den Bäumen, das in unzähligen Eisdiamanten gebrochen wird.

KAPITEL 3

Hamza, Passus IV Emza, Vers 678

Emza trat auf das Eis ihres Königreichs und sah den Stillstand. Sie sah, wie Leben zu Eis ward.

Doch da war einer, der dem Eis trotzte. Hinter ihm erschienen viele, und Emza war nicht länger allein.

»Wagt es nicht, mich zu verraten«, sprach Emza zu ihrem Volk. »Denn Hitze, Feuer und Tod werden euch verfolgen, sobald ihr dieses Eis verlasst. Wisset, dass ich eure Körper verfluche. Dass ich den Tod verfluche, die Weisheit und den Kampf. Wisset, dass ihr schwach seid, wenn ihr vergesst, wer ihr seid.« Sie schritt vorwärts und berührte die Wange des ersten Lebenden. »Übt Rache, wenn euch Unheil zuteilwurde. Übt Rache, wenn euren Liebsten ein Leid zugefügt wurde. Übt Rache, wenn ihr seid, wo ihr nicht sein dürft. Dies ist euer Fluch.«

Als ich die Augen öffne, ist zwischen den Bäumen immer noch dieses helle bläuliche Licht. Als würde mir Emza den Weg weisen.

»Bin ich tot?«, frage ich in die unendliche Stille hinein.

»Nein.« Ich erkenne die fremde Stimme sofort. Sie gleicht

meiner auf grausame Art, und ich weiß, dass ich sie nie wieder hören werde.

»Steh auf, Sari.« Marra klingt herrisch.

Wut kocht in mir hoch. Es war immer so. Ich habe alles getan, was sie von mir wollte. Aber jetzt kann ich das nicht mehr. Ich kann nicht weitergehen.

»Wach auf! Deine Aufgabe ist es, Jarrusch zu schützen. Nur dafür lebst du!«

Ich höre meine Mutter, als würde sie neben mir stehen.

»Nein!«, brülle ich zurück und schlagartig umgibt mich wieder Dunkelheit. Blinzelnd versuche ich etwas zu erkennen. Und dann sehe ich die Pfütze neben mir, in der kaum noch Wasser ist.

Die Stimme meiner Mutter ist immer noch so präsent, dass ich tatsächlich nach ihr suche. Ist es wahr? Existiere ich nur, um Jarrusch zu beschützen? Aber warum?

Vorsichtig stehe ich auf und versuche nachzudenken. Mich auf das zu konzentrieren, was mir das Mal auf meiner Haut sagt.

Ich muss durch den roten Wald zum Erdreich des Todes gelangen. Wenn ich die Aufgabe dort erledige und das Gefängnis der Asche erreiche, kann ich meine erste Malsprüfung absolvieren, um das Mal des Tunis zu erhalten. Vielleicht wird mir dann neue Kraft verliehen.

Ich spüre meine Beine kaum noch, als der Himmel über mir schon wieder dunkel wird und der Wald allmählich in der Finsternis verschwindet.

Schwer atmend bleibe ich stehen. Ich scheine den ganzen Tag geschlafen zu haben. Es ist, als wäre mir jegliches Zeitgefühl abhandengekommen. Aber ich muss weiter. Weiter nach Nordost. Das zumindest lässt mich das Mal auf meiner Haut spüren.

Meine Augen suchen die Umgebung ab, bis ich ein paar Pflanzen entdecke, die essbar aussehen. Ich stolpere darauf zu und falle vor ihnen in den Dreck. Doch als ich sie abreiße, tropft milchiger Saft heraus. Ich schreie stumm und werfe das ungenießbare Zeug weg. Ich greife nach weiterem Grünzeug, reiße es aus und schmeiße es herum, bis ich vor Schwäche zusammenbreche. Weißlicher Saft bedeutet, dass es giftig ist. Auch das hat Marra mir beigebracht.

Es gibt nichts zu essen hier, und ein Tier werde ich in meiner Verfassung sicher nicht erlegen können.

»Ich hasse dich!«, zische ich einer der Pflanzen zu, und ich weiß, dass meine Worte nicht ihr gelten, sondern dem Monarchen und meiner Marra. Aber viel mehr noch als ihnen gelten sie mir selbst. Ja, ich hasse mich für meine Schwäche und dafür, dass ich all die Jahre so darauf konzentriert war, stark zu sein, dass ich nie gelernt habe, wie ich mich verhalten muss, wenn ich es nicht sein kann.

Ich fluche weiter, während ich mich wieder aufrapple und mich endlich auf den Weg mache.

Etliche Male stütze ich mich an Bäumen ab und ringe nach Atem. Ich kralle meine Fingernägel in die raue Rinde, bis sie splittern, nur um etwas anderes zu spüren als diesen Hunger. Mein Magen schreit in mir. Meine Lunge brennt und scheint immer kleiner zu werden. Als würde sie sich mit jedem Schritt zusammenziehen.

Als ich Stunden später zwischen zwei Bäumen hindurchgehe, stürze ich in der Dunkelheit beinahe in eine Grube. Nie zuvor hätte ich gedacht, dass ich jemals so machtlos und schwach sein könnte. Dass ich wie eines der Mädchen sein würde, denen ich the Run niemals zugetraut hätte.

Ich lege den Kopf schief, während ich die Grube genauer betrachte. Es ist ein ausgedorrter Wasserlauf.

»Ein beschissener, ausgetrockneter Fluss!«, knurre ich wütend.

Mein Verstand ist noch nicht benebelt genug, um nicht zu begreifen, was hier gerade passiert. Der Hunger, die Hitze und die Kälte bei Nacht lassen mich durchdrehen.

Ich schlage mit der Hand auf die trockene Erde. »Was habe ich den Göttern nur getan?«

Doch dann fällt mein Blick auf Spuren. Die frische Fährte eines Tieres. Meine Augen weiten sich und richten sich wieder auf den Boden vor mir.

»Wenn es hier Tierspuren gibt, ist das Wasser nicht weit«, flüstere ich mir selbst zu und ramme meine Finger in den trockenen Boden. Mit all meiner Kraft beginne ich zu graben. Meine restlichen Fingernägel splittern und meine Hände beben. Aber ich scharre weiter. Grabe wie eine Verdurstende, die ich auch bin. Etwas kann mit dem Wasser in der Pfütze nicht gestimmt haben. Wahrscheinlich auch nur eine Tücke des Waldes. Es hat meinen Durst nicht verschwinden lassen.

Ich lache auf, als ich endlich auf Wasser stoße. Lache hysterisch, während ich so lange weitergrabe, dass ich meinen Kopf in das Loch stecken und trinken kann.

Ich verharre so eine halbe Ewigkeit und trinke immer wieder, bis mein Körper zufrieden ist und ich aufstehe. Aber eigentlich habe ich Hunger, und der wird nicht gestillt.

»Du darfst nicht zu lange an einer so einsehbaren Stelle bleiben!«, sage ich zu mir selbst, um die Ausweglosigkeit und Angst, die sich in mir breitmacht, zu vertreiben.

Der rote Wald, te res fore, beherbergt schreckliche Tiere und Wesen, die niemand zu Gesicht bekommen will. Die gefährlichsten, von denen ich je gehört habe, sind die Purratis, große rotschwarze Raubkatzen, deren Augen ihre Beute erstarren lassen.

Marra hat mir von ihnen erzählt und dass ich sie niemals ansehen darf. Und eine leise Stimme in meinem Kopf verrät mir, dass Marra mich auch darauf nicht grundlos vorbereitet hat.

Als ich eine geschützte Stelle für den Rest der Nacht gefunden habe, suche ich den Boden rundherum ab. Irgendeinen Hasenbau oder etwas in der Art muss es hier doch geben. Aber ich resigniere viel zu schnell, denn ich habe keine Kraft mehr und will möglichst wenig Lärm machen.

Und dann höre ich ein leises Geräusch. Meine Instinkte reagieren sofort – ich hebe rasch das Messer und ersteche die Agame, die neben mir über den Felsen gelaufen ist. Sie besitzt winzige Flügel, die viel zu klein für ihren Körper sind. Ein Nachfahre der Saurier, die vor Tausenden von Jahren hier gelebt haben. Ein Mutant. Genau wie Jarrusch einer ist. Und ich habe sie getötet. Ohne auch nur eine Sekunde zu zögern.

Ich verscheuche den Gedanken und betrachte die kleine Echse. Dann packe ich sie und beiße in ihre ledrige Haut, während mein Körper sich immer wieder schüttelt. Ekel überkommt mich, lässt meinen Leib erzittern und meine Kehle würgen. Bis ich schließlich widerwillig das rohe Fleisch herunterschlinge.

Ich wünschte, ich könnte mich anders ernähren und müsste jetzt nicht das Blut und das ungekochte, schleimige Gewebe in meinem Mund spüren. Ich wünschte, so vieles wäre anders …

Nachdem ich die Knochen abgenagt und weggeworfen habe, schleiche ich zum nächsten Baum, um mir ein paar Äste mit Blättern abzureißen.

Es ist wirklich kalt nachts, also brauche ich etwas, um mich zuzudecken. In Golassa ist es immer warm. Doch die Gebiete außerhalb der Königreiche haben ihre ganz eigenen Jahreszeiten, die grausam sein können. Und der Monarch nutzt sie für sich, um uns den Lauf zu erschweren.

Erschöpft lege ich mich unter die Blätter und starre eine ganze Weile in die Leere. Jedes Geräusch lässt mich zusammenzucken. Meine Brust ist erfüllt von bitterer Furcht, die alles in mir zum Brennen bringt. Ich fühle mich so einsam wie noch nie in meinem Leben. Ich vermisse Jarrusch. Sehne mich nach jemandem, der mich tröstet und mir sagt, dass alles gut werden wird. Dass ich das hier schaffen kann.

Und ja, ich vermisse meine Mutter. Ich trauere dem Bild einer Frau hinterher, an deren Schulter ich mich ausweinen könnte. Jemandem, der mir zeigen könnte, dass es okay ist, keine Heldin zu sein.

Stattdessen habe ich nur gelernt, immer stark zu sein. Aber das hier fühlt sich schlimmer an. Schwerer noch zu ertragen als die Angst in den Nächten, wenn die Wachen unsere Hütte durchsucht haben. Denn damals war ich noch widerstandsfähig und wusste, dass ich sie töten würde, sollten sie Jarrusch entdecken.

Ich hatte keine Zeit, schwach zu sein. Und jetzt erschlägt mich die Zeit.

••• ● •••

Früh am Morgen schrecke ich plötzlich durch ein Geräusch auf.

Panisch sehe ich mich um. Jeder Laut, jedes Geraschel, jedes Knistern lässt meine Wirbelsäule und meinen Nacken unruhig prickeln. Als die Angst zu groß wird, stehe ich auf und schlage mich weiter durch den Wald. Die Schatten der Dämmerung sind meine Feinde. Sie sind wie Monster, die mich umbringen wollen.

Als es auf einmal neben mir raschelt, hebe ich mein Messer und starre in das morgendliche Zwielicht. Mein Herz pocht laut in meinen Ohren. Meine Brust hebt und senkt sich immer schneller.

»Geh weg!«, schreie ich und beginne zu weinen.

Am liebsten würde ich wegrennen und mich in einer Erdmulde verkriechen. Stattdessen bleibe ich wie erstarrt stehen und sehe mich um. Stille. Und dann wieder ein Geräusch. Ich drehe mich um. Mein Kiefer bebt. Gänsehaut zieht sich wie ein schmerzhafter Schatten über meinen Körper.

»Geh weg!«, schreie ich wieder. Ich schreie meiner Angst entgegen. Doch sie bleibt.

Augen beobachten mich. Ich spüre, dass mich jemand durch das Dickicht beobachtet.

»Bitte, geh weg!«, schluchze ich und sinke auf meine Knie. »Bitte!«

Meine Finger schmerzen so sehr, dass ich sie nicht mehr von meinem Stock lösen kann. Ich klammere mich daran fest, er ist das Einzige, was mir noch geblieben ist.

»Bitte!«, flüstere ich immer wieder, während meine Tränen allmählich verebben.

Das Tier, oder was immer es war, entfernt sich. Unter Qualen stehe ich auf und gehe weiter, bis ich am Boden einige Nüsse finde. Als ich sie genauer betrachte, weiß ich sofort, dass sie giftig sind, also schmeiße ich sie nur wütend in den Wald. Ich brauche dringend Nahrung, aber ich finde einfach nichts, außer meiner eigenen Machtlosigkeit, die all die Jahre hinter der Maske meiner Stärke versteckt war.

Ich prüfe eingehend die Bäume und Sträucher um mich herum, während ich weitergehe. Stundenlang gehe ich in die Richtung, die mir das Mal an meinen Körper weist. Die Tage hier im Wald scheinen verkürzt zu sein.

Als es wieder Abend wird, lege ich mich unter ein paar Blätter und verfluche den Monarchen und unsere Welt. Ja, ich verfluche sogar die Götter, die uns verlassen haben und den grausamen Monarchen nicht aufhalten. Ich schreie und heule, obwohl ich weiß, dass es gefährlich ist. Dass es eines der anderen Phantome zu mir führen könnte. Einen schrecklichen Moment lang habe ich sogar schon darüber nachgedacht, dass ich dann wenigstens etwas zu essen bekäme. Der Gedanke lässt mich sofort würgen.

Ich schließe die Augen und versuche meine Gedanken auszublenden. Aber mein quälender Hunger frisst sich durch meinen Verstand und meinen Körper. Er ist übermächtig und lässt alles andere verblassen. Selbst die Angst.

Dann höre ich plötzlich ein leises Knurren. Ich erstarre. Meine Lippen beben und mein Körper braucht einige Sekunden, bis ich endlich aufstehe und nach dem Messer greife. Ich kann in der Dunkelheit kaum etwas erkennen, aber ich spüre den Purratis, die Raubkatze, die sich mir nähert. Und zum ersten Mal habe ich wirklich Angst um mein Leben.

Wieder ertönt dieses Knurren des Purratis. Wahrscheinlich hat ihn mein Geruch angelockt. Seine federleichten Schritte kommen näher und ich weiß, dass ich keine Chance gegen ihn habe. Ich hätte sie nicht einmal, wenn ich ausgeschlafen, gesättigt und stark wäre. Meine Brust krampft sich bei dieser Erkenntnis zusammen. Ich werde sterben.

»Hey, Purratis, komm schon«, wispere ich, weil meine Marra mir einmal erzählt hat, dass diese Wesen Angst vor menschlichen Stimmen haben. »Ich bin Sari«, stottere ich.

Das Knurren kommt näher. Meine Stimme schreckt ihn nicht ab. Ich sehe mich um und überlege, ob ich wegrennen soll. Aber dann wird er mich verfolgen, und er ist flinker und kann in der

Finsternis mehr sehen als ich. Diese Biester rennen schneller als der Wind.

In der nächsten Sekunde tritt der Purratis direkt vor mir zwischen die Bäume. Er bleckt seine Zähne und mein Herz stolpert, als sich seine grausamen Augen auf mich richten. Sein Körper und seine Iriden leuchten leicht, weshalb ich ihn in der Finsternis erkennen kann. Das Blut in meinen Adern gefriert. Der Stein in meiner Hand zittert und mich packt Schwindel.

Was soll ich jetzt tun?

Ich weiche panisch einen Schritt zurück. Doch der Purratis holt den Abstand sofort auf und starrt mich weiter an.

»Sieh ihm nicht in die Augen!«, sage ich laut zu mir selbst. Aber auch wenn er mich nicht zum Erstarren bringt, habe ich keine Chance. Der Purratis duckt sich und springt dann auf mich zu. Ich schreie, als seine riesigen Tatzen meine Schulter streifen. Schmerz erfüllt mich, während ich aushole und den Stein gegen seine Schläfe schmettere.

Er zuckt kurz zurück. Aber das wird ihn nicht aufhalten. Ich krieche hastig über den Boden, um von ihm wegzukommen. Doch in diesem Moment öffnet der Purratis sein riesiges Maul, zuckt zusammen und knurrt heulend auf. Er kippt zur Seite und ich sehe mit offenem Mund dabei zu, wie er auf den Boden sinkt und dort reglos liegen bleibt.

Mein Blick wandert zu einem Pfeil, der in seinen Rippen steckt. Blut sickert aus der Wunde. Ich bin wie erstarrt. Ich …

Nein. Das ist unmöglich. Pfeil und Bogen sind Waffen, die wir nicht mit zum Lauf nehmen dürfen. Meine Gedanken überschlagen sich. Mein Verstand kann immer noch nicht begreifen, dass ich nicht tot bin.

Ich weiche einen Schritt zurück. Ich könnte hierbleiben und

das Fleisch des Purratis essen. Aber die Gefahr ist zu groß, dass der Bogenschütze mich hier vorfindet und überwältigt. Panik ergreift mich und ich renne los. Ich renne, so schnell ich kann, und falle immer wieder zu Boden. Die Wunde an meiner Schulter blutet. Eine warme Flüssigkeit fließt mein Tahill hinab und ich merke, dass ich immer schwächer werde. Meine Muskeln streiken. Brennen. Es ist, als würde jeder Schritt mir Säure in meine Glieder pumpen.

»Beruhige dich, Sari!«, bläue ich mir selbst ein, als ich das Blut an meinen Knien entlanglaufen spüre. Ich muss besonnen bleiben. Wenn ich weiterrenne, werde ich noch mehr Blut verlieren. Wer auch immer dieses Biest erschossen hat, hat mich gerettet und mir nichts angetan. Vermutlich hat er das Tier nur getötet, um es essen zu können. Wahrscheinlich wäre es ihm egal gewesen, wen von uns beiden der Pfeil trifft. Und wahrscheinlich hätte mich der nächste Pfeil durchbohrt. Übelkeit klettert meine Kehle hinauf.

Schwer atmend bleibe ich stehen und halte mich an einem Baumstamm fest. Weit hinten im Wald erkenne ich ein Feuer. Ohne weiter darüber nachzudenken, renne ich los, bis ich kurz vor einem kleinen Lager zum Stehen komme. Neben dem Feuer liegt ein schlafender Tunis. Seine roten Armschienen stechen mir in die Augen. Meine Brust brennt. Meine Kehle verengt sich. Die Tunis sind schuld am Tod meiner Marra. Mein Verstand ist benebelt. Ich habe zu lange nichts getrunken und viel zu viel Blut verloren. Ständig sehe ich Bilder vor mir, wie im Rausch, und kurz blitzt ein Bild meiner Mutter vor meinem inneren Auge auf. Aber ich kann es nicht fassen. Nicht greifen. Er ist schuld. Ich spüre nur noch Hass.

Mein Kiefer verhärtet sich, als ich den Stein hebe und einen

Schritt auf das schlafende Phantom zugehe. Adrenalin jagt durch meine Venen. Ich werde ihn töten. Er muss sterben. Ich setze einen Schritt vor den anderen, bis ich direkt vor ihm stehe. So nah, dass ich seinen kratzigen Atem hören kann. Dann hole ich aus.

»Willst du wirklich einen schlafenden Jungen töten?«

Erschrocken drehe ich mich um und starre in das Gesicht eines jungen Mannes. Er trägt das schwarze Tahill der Kalipar. Er steht einfach da, angelehnt an einen Baum, mit einem schiefen Lächeln auf den Lippen, als würde ihn die Szene belustigen.

Ich beiße die Zähne zusammen. Ich bin mir sicher, dass ich ihn schon einmal gesehen habe.

»Geh weg! Das geht dich nichts an«, zische ich voller Zorn und fasse den Stein fester.

»Ach nein?« Er lächelt weiter. Diese Stimme …

»Nein!« Ich gehe einen Schritt auf ihn zu. »Du hast keine Ahnung, was sein Volk mir angetan hat. Er hat es nicht verdient, zu leben.«

»Sein Volk?« Er schüttelt herablassend den Kopf. »Genau deshalb hat die Welt gebrannt. Genau deshalb wurden all die Alben, Saurier und Drachen vertrieben. Weil jeder von uns nur Rache im Kopf hatte.«

Er stößt sich von dem Baum ab und tritt direkt vor mich. Er ist groß und wirkt so mächtig, dass mir übel wird. Und plötzlich weiß ich es. Ich habe mir das nicht eingebildet. Er war in der Schenke. Er hat mich geküsst.

»Du hast viel Blut verloren. Außerdem hat dich ein Purratis verletzt. Du bist nicht du selbst. Dieser Tunis hier ist nicht dein Feind.« Er deutet zu ihm hinab. »Würdest du genauer hinsehen, würdest du vielleicht sogar begreifen, dass er dein Verbündeter ist. Es macht genau dasselbe durch wie du. Und du willst ihn kaltblütig im Schlaf ermorden für etwas, das einer seines Volkes getan hat. Ich denke, dass du es bist, die es nicht verdient hat zu leben.«

Mein Körper zittert. Er ist mir viel zu nah und seine Worte treffen mich. Sie verletzen mich, weil er recht hat. Ich weiche einen Schritt zurück.

»Was macht diese Wunde mit mir?«, frage ich wie in Trance.

»Die Krallen des Purratis besitzen ein Gift, das dich Wut und Rachegelüste empfinden lässt. Und es ruft Halluzinationen hervor. Aber diese Rachegelüste existieren in deinem Herzen nicht wirklich.«

»Gut, dann lasse ich ihn leben«, sage ich völlig von Sinnen und will gerade gehen, als er mich am Arm festhält.

»Wir dürfen nicht zusammenarbeiten«, fahre ich ihn an und will seine Hand von mir nehmen. Doch als ich seinen Ärmel ein wenig hochziehe und die schwarzen Adern darauf erkenne, weiten sich meine Augen. Sein ganzer Arm trägt die Zeichen der Schattenbringer. Er hat unzählige dunkle Gaben. Die schlimmsten und mörderischsten Gaben von allen. Für jede davon wird nur ein winziges Stück Ader schwarz. Und dieser junge Mann hier … Ich packe auch seinen anderen Arm und starre auf die Symbole der Wahrheitsbringerinnen. Es sind die Embleme, die seine hellen Gaben kennzeichnen. Mein Mund wird trocken, und als ich mich endlich wieder gefasst habe, reiße ich mich los. Dieser Typ ist mächtiger als jedes Geschöpf, dem ich bisher begegnet bin. Und für jede seiner Gaben wurde ihm eine Erinnerung genommen. Er ist übermächtig und emotionslos. Ohne Vergangenheit.

Als ich das endlich begriffen habe, stürme ich los. Ich renne, so schnell ich kann, doch ich komme nicht weit. Ständig blitzen Bilder vor mir auf und mein Körper ist ausgelaugt. Der Schattenbringer ist mir auf den Fersen. Er packt meinen Arm und reißt mich zurück. Unsanft lande ich auf dem Waldboden. Ich kann kaum atmen. Meine Sicht verschwimmt, doch ich erkenne noch, wie sich sein schönes, entblößtes Gesicht, das so gar nicht zu ihm zu passen scheint, über mich beugt. Sein Tahill ist ihm verrutscht.

»Wehr dich nicht. Sonst wirst du sterben.«

Schreiend öffne ich die Augen und schlage um mich. Dunkelheit. Erdrückende Finsternis und die Erkenntnis, dass ich hier ganz allein bin, überwältigen mich.

»Komm zurück!«, schreie ich und fange an zu schluchzen. Dann spüre ich den leichten Schmerz an meiner Schulter und sehe zu der Stelle. Jemand hat einen Streifen Leinen über die Wunde gebunden. Er ist nur leicht von meinem Blut getränkt. So schnell ich kann, löse ich die Schlinge und starre auf die Kratzer. Sie sind fast verheilt. Wie ist das möglich? Und wie lange war ich bewusstlos?

Mit dröhnendem Kopf sehe ich mich in dem schwarzen Wald um. Noch mehr als zuvor bedrückt mich die Einsamkeit. Ich hatte Angst vor diesem Kerl. Und trotzdem war es das erste Mal seit Tagen, dass ich mich nicht allein und hilflos gefühlt habe.

Ich schlucke gegen meine trockene Kehle an, ramme meine schmerzenden Hände in den Boden und stehe auf. Mein einziges Ziel muss jetzt das soiel te das sein – das Erdreich des Todes. Mühsam gehe ich weiter und suche nach dem Tunis, den ich hier vorgefunden habe. Aber er ist längst verschwunden. Wenigstens hat er ein paar Knochen und Knollen in der Asche seines verbrannten Feuers zurückgelassen. Er hatte offensichtlich genug Kraft, um sich einen Hasen oder etwas in der Art zu fangen.

Ich lasse mich auf meine Knie sinken und ziehe mit zittrigen Händen einen dieser Knochen aus der schwarzen Asche. Dann nage ich das wenige, harte Fleisch ab. Tränen mischen sich in meinen Händen mit der schwarzen Asche und tropfen in dunklen Perlen zu Boden.

Ich greife mir eine der Knollen, beiße einmal hinein und versuche zu schmecken, ob sie bitter ist. Pflanzen, die nach dem Erhitzen noch beißend schmecken, sind meist giftig. Diese hier ist bitter, weshalb der Tunis sie wahrscheinlich zurückgelassen hat. Trotzdem beiße ich ein Stück ab und kaue es, bevor ich es wieder ausspucke und eine Weile warte. Als ich mir sicher bin, dass meine Schleimhäute sich normal anfühlen, esse ich die Knolle.

Dann nehme ich weitere Knochen und nage jede Sehne, jeden winzigen Muskel ab. Bis ich schließlich die Knochen zerbreche und auch noch das Knochenmark herauslecke. Dann stehe ich auf und gehe weiter.

Ich laufe, so schnell es mein Körper zulässt, der immer wieder von Schwindel gepackt wird, bis ich plötzlich gegen etwas Hartes und Kaltes stoße. Ich falle beinahe hin, kann mich aber gerade noch fangen und starre auf den toten Purratis vor mir. Warum hat der Kalipar ihn nicht mitgenommen und sein Fleisch gegessen?

Mit zusammengepressten Lippen beobachte ich die Maden und Insekten, die sich schon auf seinen Kadaver stürzen. Enttäuscht balle ich meine Hände zu Fäusten und gehe weiter.

Vor mir sehe ich immer wieder weiße kleine Flocken, die vom Himmel rieseln. Ich habe nie zuvor Schnee gesehen. Aber so stelle ich ihn mir vor. Doch es ist nur eine Einbildung. Trotzdem strecke ich meine Hand aus, fange die kleinen eisigen Dinger, die zwischen meinen Fingern zu Wasser zerschmelzen, und lecke meine feuchten Hände ab.

Nach einer gefühlten Ewigkeit spüre ich eine unbändige Kälte in mir, die mir all meine Schmerzen nimmt. Ich lasse mich auf den Boden fallen und bleibe einfach liegen.

»Du musst weitergehen, Sari«, höre ich Jarruschs Stimme in meinem Kopf.

»Ich will mich nur kurz ausruhen«, flüstere ich. Meine Stimme ist nur noch ein Hauchen. Leiser als all die Geräusche des Waldes, die mir keine Angst mehr machen. Als hätte mein Körper die Fähigkeit verloren, sich zu fürchten.

»Es ist Asche, Sari.«

Ich versuche meine Lider zu öffnen. Um mich herum rieselt immer noch der weiße Schnee vom Himmel. Er ist so wunderschön, dass ich lächeln muss.

»Das ist kein Schnee«, flüstert Jarruschs Stimme, als wäre sie der Wind, der mir sanft über die Haut streicht.

»Doch«, sage ich und lächle noch mehr.

Jarrusch wollte immer Schnee sehen. Als er einmal nicht einschlafen wollte, versprach ich ihm, dass wir eines Tages nach Emza gehen würden, um das weiße Wunder zu sehen. Und jetzt kann ich es ihm zeigen. Jetzt kann auch er es sehen.

»Sari!« Jarruschs Stimme ist so laut, dass ich erschrecke und mich blinzelnd umdrehe. Wo bin ich?

Ich richte mich auf und blicke auf den weißen Wald um mich herum. Vorsichtig strecke ich meine Finger aus und reibe die Asche zwischen den Fingerkuppen.

Asche … Das bedeutet …

»Ich bin da«, flüstere ich, als würde ich es zu Jarrusch sagen. Als wäre es ein Versprechen, dass ich zu ihm zurückkomme.

Ich stehe auf und schleppe meinen Körper weiter. Genau in die Richtung, wohin mich das Mal des Laufs treibt.

Wankend komme ich an dem Eingang einer Höhle an. Der Himmel über mir ist blutrot gefärbt.

Ich erinnere mich kaum an die letzten Meter – oder waren es Meilen? Waren es Stunden oder Tage, bis ich hier angekommen bin?

Ich schüttle den Kopf, atme tief ein und betrete die Höhle. Mein Herz pocht laut, und von irgendwoher höre ich rauschendes Wasser. Es muss ein Fluss sein. Mein Körper drängt mich zu ihm. Ich will diese Prüfung am liebsten vergessen und etwas trinken. Aber das darf ich nicht.

Die Höhlenwände sind von glühenden Adern durchzogen. Sie liefern das einzige Licht, das den düsteren Weg beleuchtet. Zischend stoßen sie immer wieder Rauch und flammende Funken aus. Das also ist das soiel te das, das Erdreich des Todes, wo mich meine Prüfung erwartet. Genau so habe ich es mir vorgestellt. Nur eines habe ich mir nicht ausmalen können – diese Gier, dieses Verlangen hineinzugehen. Ich will die Anweisungen seiner Stimmen erhalten und sie zufriedenstellen. Dieser Drang ist sogar noch größer als der nach dem Wasser, das mich vor dem Tod retten kann.

Die Stimmen rufen meinen Namen. Einen Namen, den ich mir selbst gegeben habe, obwohl ich noch keinen tragen darf. Trotzdem kennen sie ihn. Sie kennen mich. Alles von mir. Meine Seele.

Ich erreiche eine gewaltige Steintreppe, die tief ins Innere des Felsens führt. Zu beiden Seiten erkenne ich unzählige rot glühende Gegenstände in breiten Regalen. Aber meine verschwommene Sicht nimmt sie kaum wahr. Sie sehen aus wie Glühwürmchen, die in Glas eingeschlossen wurden. Erst als ich die schmale Treppe an den Regalen vorbei hinuntergehe, erkenne ich, was sie wirklich sind: Sanduhren. Aber es ist nicht Sand, der die abgelaufene und noch verbleibende Zeit misst, sondern Lava.

Ich steige weiter die Treppe hinunter und kralle meine Finger in die Steinwände, um nicht zu fallen. Ich sehe mir die Sanduhren an und fühle mich wie in Trance.

Als ich ganz unten ankomme, ist alles um mich herum düster. Ich muss wieder zu vollem Bewusstsein kommen. Muss klar im Kopf werden. Denn dieser Ort hier ist gefährlich, das spüre ich instinktiv, auch wenn er mir das Gegenteil vermitteln will.

»Habe Respekt, Sari«, wiederhole ich leise die Worte meiner Mutter. »Habe Respekt, aber nie Angst. Respekt lässt dich vorsichtig und angemessen handeln. Angst blockiert dich.«

Ich nicke mir selbst und der Stimme meiner Marra zu, schließe kurz meine Augen, und als ich sie wieder öffne, starre ich auf einen Wassertrog. Ohne lange darüber nachzudenken, renne ich darauf zu und trinke das Wasser, das süßlich schmeckt.

Dahinter entdecke ich den Eingang zu einer weiteren kleinen Höhle, in der etwas rötlich glänzt und mich anlockt. Ich höre angenehme Stimmen, die mich zu sich holen wollen. Ich gehorche ihnen und betrete die kleine Höhle, in deren Mitte ein steinerner Tisch steht. Ich fühle mich wie schwerelos, als ich zwei Sanduhren darauf entdecke. Die eine ist oben noch voller Lava. Die andere beinahe abgelaufen.

»Ein Leben für ein anderes. Der Tod verlangt immer einen Preis. Nimmst du ihm ein Leben, musst du deines geben«, flüstert die Stimme. Ich weiß nicht, ob sie nicht vielleicht Marra gehört. *Der Tod verlangt immer einen Preis. Zwei Sensen, ein Pfeil, gepaart mit einem Opfer. So findet der Tod, was nie zu verblühen droht.*

Ich erinnere mich an ihre Worte, die so ähnlich klangen.

Ich trete näher, lege den Kopf schief und sehe wie gebannt dabei zu, wie die Lava nach und nach heruntertropft. Gleich ist die Zeit abgelaufen.

Ich beiße die Zähne zusammen und versuche meinen Geist auf dieses Rätsel zu lenken. Wenn das hier das Erdreich des Todes ist, was sind diese Sanduhren? Tote Seelen?

Vorsichtig hebe ich meinen Arm und berühre das Glas mit meiner Fingerspitze.

»Der Tod verlangt immer einen Preis. Nimmst du ihm ein Leben, musst du deines geben«, wiederhole ich die Worte der geheimnisvollen Stimme. Ist diese Lava in den Sanduhren also Leben? Lebenszeit? Und muss ich meines geben? Aber für wen?

Eine Stimme fährt wie ein stechender Schmerz durch meinen Kopf und ich stürze auf den Felsboden. Diese Stimme ist so grell und durchdringend, dass ich mir sicher bin, dass mein Kopf gleich platzen wird. Und dann sagt sie ein Wort. Einen Namen: Jarrusch.

Ich öffne meine Augen und sehe mich um. Ich liege zusammengekauert wie ein Säugling auf dem Boden und vor mir läuft immer noch Lava durch die Sanduhr. Ich stehe auf, stürme auf die Sanduhr zu und will sie hochheben, um sie umzudrehen. Aber sie lässt sich nicht bewegen.

Nein. Das darf nicht passieren. Das darf nicht Jarruschs Lebenszeit sein. Woher wissen sie, dass er lebt? Am Ende ist das alles nur ein dummer Trick, damit ich die Prüfung nicht bestehe.

Aber ich bin im Erdreich des Todes. Wahrscheinlich wissen die Stimmen über jedes Lebewesen aus den vier Landen Bescheid. Auch über Jarrusch.

»Was soll ich tun?«, rufe ich durch die riesige Höhle des Erdreichs. Aber niemand antwortet mir. Ich bin allein. Und das hier ist meine Aufgabe. Soll ich Jarrusch etwa sterben lassen? Niemals. Da würde ich lieber selbst in Tunis' Unterwelt fahren.

Ich greife nach der anderen Sanduhr, von der ich mir sicher bin, dass sie meine Lebenszeit abbildet. Ich bin verpflichtet, mein Leben dem Tod zu geben, weil er Jarrusch nicht haben kann. Nur das ergibt Sinn.

»Lass ihn sterben.«

Ich erschaudere. Wie kann die Stimme nur etwas so Grausames sagen?

»Nein!«, schreie ich sie an.

Diese Stimme hat keine Vorstellung davon, wie lange ich schon lebe, nur damit er lebt. Wie es war, seinen kleinen schmächtigen Körper in meinen Armen zu halten, als Marra starb und ich selbst noch ein Kind war. Wie es war, ihn großzuziehen. Ihm das Lesen und Schreiben beizubringen. Und wie schrecklich es war, ihn immer wieder in diese elende Kammer sperren zu müssen. Ich liebe ihn so rein und selbstlos, dass ich mein Leben für seines geben würde.

»Nein!« Ich hebe meine Hand, als wollte ich meine Sanduhr zerschlagen. Aber wem drohe ich hier gerade eigentlich? Wen interessiert es? Das hier ist mein eigenes Leben.

Langsam kriecht Panik in meine Glieder. Jarruschs Uhr wird jede Sekunde ablaufen und er wird sterben. Oder ist das alles nur ein dummes Spiel? Ist es mein eigener Verstand, der mir einen Streich spielt? Habe ich das Rätsel falsch gedeutet?

Ich trete vor und greife nach meiner Sanduhr. Doch meine Hand erstarrt, als sich die Uhr plötzlich öffnet. Ich strecke meinen Arm nach Jarruschs Uhr aus, um auch sie zu öffnen.

Ich denke keine Sekunde lang nach. Ich schütte einfach meine

Lava in seine Uhr. Meine Lebenszeit in seine. Ich überliste den Tod.

Als die Hälfte meiner Lava in Jarruschs Glas gelandet ist, versiegt sie plötzlich. Als würde eine unsichtbare Macht sie aufhalten. Ich will die Sanduhr gerade wieder schließen, als ich hinter mir Schritte höre.

»Was hast du da getan?« Es ist die Stimme des Schattenbringers. Sie klingt furchteinflößender als zuvor … und ein wenig besorgt.

»Das ist meine Sache!«, zische ich, stelle die Uhren ab und schließe sie.

»Was haben die Stimmen dir gesagt? Wessen Sanduhren sind das, Sari?«

Ich drehe mich um und funkle ihn erzürnt an. Schon wieder trägt er seinen Mundschutz nicht. Meine Brust verkrampft sich.

»Das ist meine Sache!«, wiederhole ich zornig.

Woher kennt er meinen Namen? Warum folgt er mir? Was will er von mir?

»Was. Haben. Sie. Dir. Gesagt?«, erwidert er langsam und eindringlich. Zorn glitzert in seinen dunklen Augen.

»Das geht dich nichts an! Du hast mich allein gelassen«, schreie ich und umfasse meinen Kopf. Ich höre Stimmen. Es ist ein Gewirr aus schrecklichen, bedrohlichen und lauten Stimmen, die alle gehört werden wollen.

Der Schattenbringer kommt auf mich zu und reißt mir die Hände vom Kopf, ehe ich mir die Haare ausreißen kann. Aber ich will alles loswerden. Will die Stimmen aus meinem Kopf vertreiben. Und ich will nicht, dass er mich anfasst. Er ist gefährlich.

»Sie bestrafen dich«, raunt er und umfasst meine Handgelenke grob und viel zu fest. Aber dieser Schmerz ist nichts gegen den in meinem Kopf. Und dann höre ich eine dieser Stimmen auf einmal ganz klar.

»Wenn du Jarrusch retten willst, musst du im Fluss Sanguis baden«, sagt die Stimme sanft und liebevoll.

»Ja«, erwidere ich und befreie mich aus dem Griff des Schattenbringers. »Das ist die Lösung.«

»Was?«

Ich antworte nicht, stehe einfach auf und renne zum Ausgang der Höhle, um einen Weg zu dem rauschenden blutroten Fluss zu finden. Ein winziger Teil in mir weiß, dass ich nicht darin baden darf. Niemand darf es, und diejenigen, die es versucht haben, sind für immer von dieser Welt verschwunden. Aber ich muss es tun, ich muss Jarruschs Leben retten.

»Sari!«, knurrt der Schattenbringer hinter mir, doch ich vergesse ihn sofort wieder. Da ist nur dieses eine Ziel. Dieser eine Gedanke. Dieser eine Wille.

Während ich weiterrenne, stoße ich immer wieder gegen die glühenden Höhlenwände, aber es ist mir egal. Es geht um Jarruschs Leben …

Der Schattenbringer ist mir wieder auf den Fersen. Er packt mich von hinten und wirbelt mich herum. Die Wunde an meiner Schulter schmerzt, aber ich nehme sie kaum wahr. Ich schlage um mich. Trete, bis er loslässt und ich aus der Höhle stolpere. Sofort raffe ich mich wieder auf und renne weiter. Immer weiter. Ich bleibe mit meinem Tahill an den Ästen hängen und es zerreißt. Aber was hat dieses Ding überhaupt noch für einen Sinn?

Wenig später erscheint vor mir der blutrote Fluss Sanguis. Meine Augen weiten sich. Ich habe ihn schon einmal gesehen. Er fließt am Rand von Golassa am Hospita de Lit vorbei, dem Krankenhaus des Lichts. Aber jetzt wirkt er noch verlockender, noch …

»Sari!« Die Stimme des Schattenbringers dringt kaum zu mir durch. »Geh nicht hinein.«

»Doch!«, schreie ich und schüttle den Kopf, um ihn abzuschütteln. Jarrusch ist in Gefahr. »Ich muss das tun.«

Der Schattenbringer kommt näher. Ganz vorsichtig und bedacht, bis ich seine Hand auf meiner Schulter spüre.

»Sari«, flüstert er rau. »Du darfst nicht auf sie hören. Das ist deine Aufgabe.«

»Nein«, wehre ich ab und schüttle wieder den Kopf. Wieder und wieder. Als wäre ich verrückt geworden. »Meine Prüfung besteht darin, Jarrusch zu retten. Meinen Bruder.«

Ich sehe in das Gesicht des Schattenbringers. In sein bildhübsches Gesicht. Ist er vielleicht gar nicht echt, sondern ein Teil meiner Aufgabe? Habe ich den Lauf längst verloren, weil er mich berührt und gerettet hat?

»Jarrusch ist in Sicherheit«, sagt er leise.

»Was?« Ich weiche einen Schritt zurück. »Woher willst du das wissen?« Ich sehe mich aufgewühlt um. Warum rede ich überhaupt mit ihm über Jarrusch? Er darf nichts über ihn wissen.

»Diese Stimmen wollen dich nur in die Irre führen.«

»Das stimmt nicht«, sage ich tränenerstickt und sehe wieder zu dem Fluss hinüber, dessen mächtige blutrote Wogen vorüberrauschen. Mein Herz brennt wie Feuer. »Seine Lebenszeit war aufgebraucht, ich habe ihm meine gegeben …« Ich befreie mich aus seinem Griff und renne los, direkt auf den Fluss zu. Aber der Schattenbringer packt mich und reißt mich zu Boden. Ich trete nach ihm, doch er ist zu stark. Er greift nach meinem Tahill und reißt es mir von meinem Gesicht.

Ich erstarre und auch er hält fassungslos inne. Seine Augen sind auf mein Gesicht und meine Lippen gerichtet. Die Zeit scheint stillzustehen. Seine Hand wandert an meine Wange und streicht ganz sanft darüber, bevor er seinen Mund öffnet.

»Es war nicht seine Sanduhr, Sari.«

Ich winde mich unter ihm, bis ich mich von ihm löse und weiter zum Fluss robbe.

»Doch, es war …«

»Nein«, sagt er sanft und ist mir nun so nah, dass sein Atem auf meinen Lippen kitzelt. »Es war deine Uhr.«

»Was?« Ich öffne meinen Mund, um etwas zu sagen, doch er nimmt ganz vorsichtig meinen Mundschutz und legt ihn mir wieder über mein Gesicht. Er verharrt kurz an meiner Schläfe. Plötzlich kommt mir das Tahill wie eine harte Mauer zwischen uns vor.

»Es war deine Lebenszeit, die beinahe abgelaufen war.«

»Das ist … unmöglich«, stottere ich und will wieder zurückweichen. Ich muss in diesen Fluss. Ich muss …

»Sari.«

»Habe ich ihm Lebenszeit gestohlen?«, frage ich schockiert. Ich presse meine Hand auf den Stoff des Tahills und sinke auf die Knie. Mein Verstand kehrt zurück und verscheucht die Stimmen. Das war es also mit der starken Sari. Ich dachte, ich kann das hier. Ich dachte, dass ich schlauer bin als all die Jungs, die ich verprügelt habe. Aber in Wirklichkeit bin ich nur ein dummes Mädchen, das sich schon bei der ersten Prüfung blenden lässt und nur durch die Hilfe eines Schattenbringers bis hierher gekommen ist.

»Du bist stark, Sari«, raunt er und geht vor mir in die Hocke.

»Kannst du etwa meine Gedanken lesen?«

»Deine Ängste«, korrigiert er mich. Dann hebt er mein Kinn leicht an. »Es war meine Lebenszeit, die du genommen hast, nicht deine oder die von diesem Jarrusch.«

Ich schlucke schwer und sehe in seine dunklen Augen. Darin steht kein Vorwurf. Kein Zorn.

»Ich … ich muss zurück und sie dir wiedergeben«, wispere ich und will schon aufstehen, als er mich davon abhält.

»Du wärst beinahe gestorben. Der Sanguis hätte dich dein Leben gekostet, Sari. Und ich habe dich davor bewahrt. Genau wie es die Sanduhren prophezeit haben. Der Tod hat seinen Preis verlangt. Von mir.«

»Aber …«, stottere ich, immer noch völlig verwirrt von all den Stimmen in mir. »Warum verlierst du dafür deine Lebenszeit?«

Er hebt langsam einen Mundwinkel. »Weil das ein Gesetz der Natur ist. Ich schenke dir meine Lebenszeit, indem ich dich beschütze.«

»Sollte das nicht belohnt werden?«, frage ich heiser. Mein Kopf pocht laut und erdrückt mich fast. Aber wenigstens sind diese Stimmen jetzt verschwunden.

»Gute Taten werden in dieser Welt nicht belohnt, Sari.« Der Schattenbringer erhebt sich und streckt mir seine Hand entgegen, um mir aufzuhelfen. »Das weißt du wahrscheinlich besser als ich. Deine Lebenszeit war nicht ohne Grund aufgebraucht.«

Ich lasse mich von ihm hochziehen, und als ich gegen seine Brust pralle, bin ich wieder vollkommen bei mir.

»Du hast diesem Jarrusch so oft das Leben gerettet, dass deines beinahe zu Ende war, nicht wahr?«

Ich beiße die Zähne zusammen und nicke.

»Du bist nicht schwach, Sari. Du bist stark. Und diese Stärke hätte dich hier fast das Leben gekostet.«

»Ohne dich wäre ich tot«, zische ich bitter, weil ich endlich begreife, wie grausam diese Welt ist. Und weil ich begreife, was passiert wäre, wenn ich in diesen Fluss gestiegen wäre.

»Wer seine Lebenszeit opfert, um ein Leben zu retten, hat selbst Rettung verdient.«

Ich sage nichts. Wir kennen uns nicht. Und doch gibt er mir seine Lebenszeit, ohne es zu bereuen.

»Warum beschützt du mich? Warum, wenn du mich in Golassa noch geschwächt hast?«

Er bleibt stumm. Ich mustere seine starke dunkle Gestalt und seine kühlen Augen. Sie wirken nicht gütig. Nicht wie die eines Menschen, der anderen etwas gibt. Es muss irgendeinen Grund dafür geben.

»Bin ich wichtig für dich?«

Er legt seinen Kopf schief und befestigt seinen Mundschutz. Als müsste er die Mauer wieder errichten, die uns trennt.

»Du bist für die ganze Welt wichtig, Sari aus dem Hause Lakar«, sagt er ruhig. »Und eines Tages wirst du auch verstehen, warum. Aber nicht heute. Du hast noch einen langen Weg vor dir.« Er drückt mir ein schwarzes Messer in die Hand, das er aus seinem Mantel gezogen hat.

»Aber …«, sage ich, doch im nächsten Moment umgibt mich schon eine tiefe, ruhige Dunkelheit. Als das rötliche Licht wenig später wiederkehrt, ist der Schattenbringer verschwunden und ich bin allein.

K A P I T E L 4

Te das es imorta. – Der Tod ist unsterblich.

Leitspruch des Königreichs der roten Asche

Inschrift am Tor des Todes

Tunis, der Gott des Tores zwischen der Unterwelt und den Lebenden, gründete sein Königreich und benannte die Hauptstadt nach seinem Vater Raccara. Sie wurde die Stadt des Todes genannt.

Das Königreich beherbergte die erste heilige Schrift in der Bibiliothek der Hamza, biblio te hamza.

Der gefährlichste Ort in Tunis war das Erdreich des Todes, te soiel te das, wo die Toten herrschten.

Doch Tunis bestimmte einen anderen Ort zu seinem Wohnsitz – das Gefängnis der Asche, casta te ahh. Dort konnte man jahrhundertealte Seelen schreien hören. Denn wer seinen Tod mit Sünden antritt, wird nie das Tor des Todes erreichen und Frieden finden. Te gat de das.

Nur wer Tunis treu ist und seine Eigenschaften in sich vereint, ist auch würdig, durch das Tor zu gehen.

Ich habe kaum geschlafen, als ich mich aufrappele und weitergehe. Das Mal auf meiner Haut und die nahende Hitze verraten mir, dass es nicht mehr weit zum casta te ahh ist. Meine Marra hat mir viel über dieses Gefängnis der Asche erzählt und über diejenigen, die dort eingesperrt wurden. Es sind die grausamsten Menschen und schrecklichsten Wesen, die es in den vier Landen je gegeben hat. Sie verriet mir auch, dass sie so übel gefoltert werden, dass hinterher keiner von ihnen mehr eine Identität besitzt. Da ist nur noch ein Loch, wo vorher eine Seele war. Egal wie düster sie auch gewesen sein mag – niemand hat so etwas verdient.

Meine Furcht vor der Malsprüfung wächst mit jedem Schritt. Was, wenn ich einem von diesen Gefangenen begegnen muss? Wenn ich gegen diese seelenlosen Wesen kämpfen muss? Was, wenn ich nicht genug Stärke besitze?

Dennoch gehe ich weiter. Mein Herz macht einen Sprung, als ich wieder rauschendes Wasser höre. Meine Schritte beschleunigen sich, bis ich endlich einen Fluss vor mir sehe. Ich beuge mich an seinem Ufer herab und trinke ein wenig von dem Wasser. Dann wasche ich meine Hände und mein Gesicht, bevor ich das Tahill wieder befestige und den Fluss nach Leben absuche. Die Strömung wird es mir sicher unmöglich machen, einen Fisch zu fangen. Aber in den Flüssen unserer Königreiche leben auch die Buschfische. Sie sind langsamer als ich und scheuen das Sonnenlicht, weshalb sie sich tagsüber verstecken und kaum bewegen.

Ich suche nach Steinen, die diesen Fischen ein Versteck bieten könnten, nehme einen Stock und befestige mit ein paar Algen das Messer des Schattenbringers daran. Mit diesem Stock stochere ich in jede kleine Felsspalte, bis ich endlich einen Fisch erwische. Das Leopardenmuster des Fischs sticht mir in die Augen, als ich ihn aus dem Wasser ziehe. Jedes Muster ist einzigartig. Ohne lange darüber nachzudenken, schlage ich mit einem Stein zu, um ihn von seinen Qualen zu erlösen.

Normalerweise essen Menschen diese Fische nicht. Aber ich muss. Der Hunger zwingt mich. Deshalb entzünde ich ein kleines Feuer und brate den Fisch, bevor ich es schnell wieder lösche und ihn vorsichtig esse. Ich achte auf seine Gräten und frage mich, welcher Mensch ich wohl sein werde, wenn ich nach Hause zurückkehre. Das hier ist nur der Anfang und ich fühle mich jetzt schon, als hätte ich meine Seele aufgegeben.

Als ich fertig bin, lege ich mich ein wenig hin. Ich ruhe nicht lange, bis ich wieder aufbreche, und der heiße Wind, der mir ins Gesicht bläst, macht mich langsamer. Dann lichtet sich der Wald und ich sehe eine riesige steinerne Festung, die vor mir in den dunklen Himmel ragt. Kleine Sterne glühen am Firmament. Der Mond versteckt sich hinter Wolken. Das Gefängnis der Asche liegt verlassen da. Kein Leben. Da sind nur die gefallenen kleinen Planeten, deren Explosion wir hier als winziges strahlendes Licht wahrnehmen.

Ich atme tief ein und sammle all meinen Mut und all meine Kraft zusammen. Die letzten Tage waren hart. Sie hätten mich fast das Leben gekostet. Aber ich habe es überlebt und bin stärker daraus hervorgegangen.

Ich setze einen Schritt vor den anderen. Mein Körper trägt mich über den trockenen roten Boden, der unter mir bedrohlich zischt. All das Grün habe ich im Wald hinter mir gelassen. Die Hitze vergeht und die Kälte des Todes tritt ein. Hier riecht es nach Schmerz, Angst und Vergänglichkeit. Und doch gehe ich weiter. An diesem Ort wird meine Malsprüfung stattfinden und ich werde mir das erste Mal der Götter holen. Ich werde die Prüfung bestehen und mich vor dem Gott Tunis als würdig erweisen.

Als ich endlich auf dem steinernen Weg ankomme, der zu der Festung führt, sehe ich nicht mehr hoch. Ich konzentriere mich auf die grauen kleinen Steine, die den Weg zu meinem Sieg bedeuten werden.

Mit bebendem Körper komme ich vor dem riesigen Holztor zu dem Heiligtum des Tunis an. Meine Kehle ist eng und mein Mund wird trocken, als es sich wie von selbst knarrend öffnet, um mich einzulassen.

Vor mir erstreckt sich ein Innenhof, den ich wie in Trance durchquere. Erst vor einer weiteren großen Flügeltür halte ich an. Ich atme ein letztes Mal tief durch, dann hebe ich die Hände und stoße die Tür auf, um die Eingangshalle der Festung zu betreten.

Unzählige Augen richten sich auf mich und mein schmutziges Tahill, das an einigen Stellen leicht zerrissen ist, aber immer noch genug von meinem Körper verdeckt.

Düstere Gesichter starren mich erwartungsvoll an, während ich durch den gigantischen Saal schreite. Fackeln entzünden sich neben mir und beleuchten die finsteren Gestalten. Die Tür knallt laut hinter mir zu, und dann ist alles still. Erst als ich vorn an einer Art Altar ankomme, beginnen die Gestalten um mich herum zu murmeln. Ein dumpfes und doch ohrenbetäubendes Geräusch.

Schritte ertönen, im Gleichtakt mit meinem Herzen. Ich sinke auf die Knie, weil mir mein Instinkt sagt, dass sich das gehört. Und als ich den Kopf hebe, erkenne ich auch den Grund dafür: Die Schritte verstummen und ich schaue hinauf in das Gesicht des Monarchen.

»Phantom aus dem Hause Lakar«, sagt er monoton und sieht sich um. »Wir haben uns hier versammelt, um dir die Prüfung des Gottes Tunis abzunehmen.«

Ich presse meine Lippen zusammen. Ein schrilles Geräusch in meinem Kopf will mich durcheinanderbringen und lässt meinen Kopf beinahe bersten. Aber meine Furcht darf mich nicht hindern. Also schärfe ich meinen Geist und konzentriere mich auf Marruk Karis' Augen. Auf die Augen, die sein Sohn Jeri von ihm geerbt hat. Mein Freund Jeri.

»Bist du bereit, Phantom?«

Ich nicke. Der Monarch reicht mir seine Hand. Als ich sie ergreife, durchfährt mich ein grausames Gefühl. Als könnte ich all die Abgründe seiner Seele sehen und spüren. Da ist nichts als Bösartigkeit und Mordlust, Machtgier und Kalkül.

»Shadbrig Keeran!«, sagt er laut, lässt mich los und weicht ein paar Schritte zurück, während ein anderer Mann vor mich tritt. Als ich in seine Augen sehe und seinen Geruch wahrnehme, erstarrt alles in mir zu Eis.

Es ist der Schattenbringer. Er wirkt kühl, gelassen und machtvoll. Als wüsste er nicht, wer ich bin. Als hätte er mir nicht schon zweimal das Leben gerettet.

»Folgt mir«, sagt er mit seiner rauen Stimme und hält mir seine behandschuhte Hand entgegen.

Ich ignoriere das Schreien in mir und lege meine Finger in seine.

Er geht mit mir hinter den Altar und in einen Raum, von dem eine Treppe hinunter in den Keller führt. Wir steigen hinab, während mein Blick immer wieder zu ihm hinüberwandert. Wer ist dieser Schattenbringer? Warum hat er mir geholfen? Oder gehört das alles zu dem perfiden Spiel des Monarchen? Keeran ist deutlich erkennbar kein Phantom mehr.

Ich öffne meinen Mund, um etwas zu sagen, doch er hebt sofort seine Hand und bedeutet mir zu schweigen.

Hinter uns ertönen Schritte. Sie folgen uns in die Kellergewölbe der Festung. Es ist eine Krypta, die Steine auf dem Boden sind übersät mit Namen von Verstorbenen. Und auch in die Wände sind Namen in kleine Vierecke aus Stein gemeißelt.

Die Berührung des Schattenbringers brennt sich wie bittere Säure in meine Haut, weil er und seine Absichten mir Angst machen. Doch es lodert auch ein Verlangen nach dieser Berührung in mir. Nach seiner Nähe und nach dem Vertreiben der Einsamkeit. Nach seinen Lippen, die mir das Licht der Emza zeigten.

»Ke…«, will ich es mit dem Namen versuchen, mit dem der Monarch ihn gerufen hat, doch diesmal bringt er mich nicht mit einer Handbewegung zum Schweigen, sondern schickt Schmerzen durch meinen Körper. Ich keuche auf und will mich krümmen, aber er packt meine Finger fester und hält mich fest.

»Schweigt, Phantom! Das Reden ist Euch nur gestattet, wenn Ihr dazu aufgefordert werdet!«

Der Schmerz verebbt, aber meine Enttäuschung bleibt. Auch wenn wir uns nicht gut kennen und ich ihm nicht vertraue – in den letzten Tagen war er der Einzige, der mir Sicherheit gab, und die nimmt er mir gerade wieder. Als würde er in meine Brust greifen und mein Herz herausziehen.

Er führt mich an Fackeln vorbei, deren Lichter unheilvolle Schatten an den Wänden tanzen lassen. Schließlich bleibt er stehen und sieht mich erwartungsvoll an.

»Hier ist ihre Seele«, wendet er sich an den Monarchen, der uns mit den anderen schwarz gekleideten Personen gefolgt ist. Ich will fragen, was er damit meint, wage es aber nicht und blicke nur auf das Grabmal, vor dem wir stehen geblieben sind. »Lenieus von Garasta« ist der Name des Toten, der hinter den Mauern schlummert.

»Erwecke seine Seele zum Leben!«, befiehlt Keeran, lässt mich los und tritt zu den anderen.

Ich fühle mich nackt und hilflos unter ihren Blicken.

»Aber wie?«, frage ich scheu.

Niemand sagt etwas. Sie starren mich nur an.

Wie zum Teufel soll ich eine Seele zum Leben erwecken?

Ich wende mich von ihren bohrenden Blicken ab und starre auf den Grabstein. Muss ich ihn da herausholen? Aber in diesem kleinen Grab kann höchstens seine Asche liegen.

Ich versuche mich an alles zu erinnern, was meine Marra mir gesagt hat. Aber wie man eine Seele erweckt, hat sie mir nie erklärt.

Mein Körper bebt und meine Haut prickelt, als ich die Stimme des Schattenbringers hinter mir höre. »Du kennst die Lösung. Suche in dir.«

Ich habe keine Ahnung, ob er laut gesprochen hat oder nur in meinem Kopf. Aber was auch immer es ist, ich weiß nicht, wie ich dem, was er sagt, Folge leisten soll. In mir existiert diese Antwort nicht.

Konzentrier dich!, sage ich zu mir selbst und sehe mich dann um. Ich suche nach einem geeigneten Werkzeug, denn mehr, als diesen Stein aufzubrechen, fällt mir nicht ein. Aber hier ist nichts. Ich habe nur meine bloßen Hände, und das Messer will ich nicht herausnehmen, denn sie würden es mir abnehmen.

Also beginne ich mit den Fäusten gegen den Stein zu schlagen, bis meine Knochen schmerzen. Aber ich vergieße keine einzige Träne, obwohl das eine unlösbare Aufgabe für mich ist. Ich komme nicht an die Asche heran, und selbst wenn … Wie soll ich aus der Asche eine Seele erwecken?

»Lenieus?«, frage ich in die Stille hinein. Meine Stimme hallt von den Wänden wider und lässt Scham und Hitze in meine Brust und meinen Kopf schwappen. Aber ich unterdrücke es. »Bitte, hilf mir!«

Doch er antwortet natürlich nicht. Ich will ihn anschreien. Ihn und Keeran, weil er mir nicht hilft. Aber das darf ich nicht.

»Lenieus?«, frage ich wieder. Doch es ist zwecklos. Das weiß ich genau. Auch wenn mir nichts anderes einfällt. Und Keerans Gegenwart erdrückt mich. Ist er in einer solch hohen Position im Gefolge des Monarchen, dass er hier anwesend sein, ja sogar das Wort führen darf? Dabei dachte ich, er würde mich beschützen. Aber was tut er hier? Warum ist er bei meiner Prüfung dabei?

Mein Blick wandert zu Keeran. Zu seinen Augen, die nicht durch ein Netz verhüllt sind wie bei unserer ersten Begegnung. Er ist als Schattenbringer hier. Mein Herz hämmert laut gegen meine Brust. Ich könnte mir eine Gabe von ihm geben lassen. Aber was, wenn er mir dafür die Erinnerung an Marra nimmt oder die an Jarrusch?

»Ich kann nicht«, flüstere ich beinahe flehend.

Er erwidert meinen Blick beinahe ausdruckslos und trotzdem höre ich, was er hinter dieser Fassade sagt. »Du musst!«

Meine Lippen beben, als ich mit letzter Kraft noch einmal gegen den Stein schlage. Dann drehe ich mich resigniert und doch widerwillig um. Der Monarch sitzt mittlerweile auf einer Art Thron, der am hinteren Ende der Krypta steht. Seine Männer haben sich zu beiden Seiten versammelt.

Mein Blick fällt voller Verzweiflung auf Keeran.

»Shadbrig«, presse ich hervor. »Nennt mir eine Gabe!«

Ein Raunen ertönt und der Monarch klatscht erfreut in seine Hände. Am liebsten würde ich ihn anspucken. Ihn und diese Männer, deren Gesichter mich für immer verfolgen werden.

»Du kannst wählen, Phantom«, ergreift der Monarch das Wort und steht auf. »Er kann dir im Gegenzug eine Erinnerung nehmen. Oder du erledigst hier und jetzt noch eine weitere Aufgabe.«

Ich sehe von ihm zu Keeran, der kaum merklich den Kopf schüttelt. Es ist, als würde ich mir diese Bewegung nur einbilden. Und doch war sie da.

»Ich wähle die zweite Aufgabe«, beschließe ich gegen Keerans stummen Rat.

Er holt tief Luft, fasst sich aber sofort wieder und bedeutet mir weiterzugehen. Der Monarch wirkt beinahe euphorisch, als wir einen anderen höhlenartigen Raum unter der Festung betreten. Da hockt ein Phantom auf dem Boden und scheint zu warten, bis es uns bemerkt und hastig aufsteht.

»Er hat dieselbe Wahl getroffen«, erklärt der Monarch und tritt vor.

Als ich begreife, was hier passiert, warum dieser Junge sich plötzlich kampfbereit hinstellt, will ich meine Entscheidung zurücknehmen. Sie ändern. Ich weiche ein paar Schritte zurück und spüre Keerans warme, starke Hände, die mich wieder auf den Jungen zuschieben. Ich begreife, dass es zu spät ist. Dass ich entweder sterben oder diesen Jungen töten muss.

Ich presse meine Kiefer zusammen und starre auf die steinernen Sitzreihen, die rund um den Kampfplatz aufragen. Noch mehr Gesichter. Noch mehr Gestalten und unter ihnen einige Phantome. Sind das diejenigen, die ihre Prüfung bereits erledigt haben? Und zur Belohnung dürfen sie jetzt dabei zusehen, wie wir uns gegenseitig abschlachten? Diese Welt ist widerlich und falsch. Jeder Einzelne von uns ist falsch, weil niemand den Mund aufmacht, um das zu verhindern. Weil wir alle nur tun, was uns befohlen wird.

Wie das perfekte Beispiel, eine lebendige Demonstration von Karis' Macht, stehe ich einfach nur da und warte, bis sie mir sagen, was ich tun soll. In mir keimt ein winziger Funken Hoffnung, dass wir beide leben dürfen. Mit all meiner Kraft klammere ich mich an diesen Gedanken und sehe zu Keeran hinüber, der neben mir steht. Seine Miene ist eine eiskalte Maske der Gelassenheit. Das alles war nur ein Spiel. Er hat mir nicht aus selbstlosen Gründen geholfen. Nein.

»Kämpft! Nur einer von euch darf überleben«, sagt Keeran mit gleichgültiger Stimme und streckt die Hand aus, um uns das Kampffeld zu überlassen.

Meine Augen wandern zu dem Jungen. Aber ich habe keine Zeit, ihn zu mustern. Er stürzt sich mit all seiner Kraft auf mich und rammt mir seine Faust ins Gesicht. Ich spucke Blut, als ich keuchend auf dem harten Steinboden lande.

Als er mich erneut attackieren will, trete ich zu. Ich trete so fest gegen seine Beine, dass er zu Boden fällt und ich mich auf ihn stürzen kann. Meine Faust landet immer wieder auf seinem Gesicht, bis seine Nase mit einem schrecklichen Geräusch bricht. Er packt meinen Kopf und knallt seine Stirn gegen meine. Meine Sicht verschwimmt und kurz taumle ich nach hinten. Er nutzt diesen Moment und rammt sein Knie in meinen Magen. Zweimal. Dreimal. Wieder spucke ich Blut.

Ich habe schon so viele von ihnen verprügelt. Ich weiß, dass ich es kann, während mein gesamter Körper von Schmerz erfüllt ist. Aber das hier ist etwas anderes. Dieser Kampf wird mit dem Tod enden.

Und als der Gedanke an Jarrusch in meinen Geist zurückkehrt, treffe ich eine Entscheidung. Eine, die mich alles kosten wird. Aber ich habe keine Wahl. Ich muss.

Mit einer fließenden Bewegung ziehe ich das kleine Messer aus meinem Tahill und stoße es ihm in die Wade, als er gerade wieder zutreten will. Er schreit bestialisch auf, bevor er neben mir zu Boden sinkt.

Ich gehe in die Knie und beuge mich über ihn. Ich habe unfair gespielt. Das spüre ich in meiner Seele und ich sehe es in seinem fassungslosen Blick. Meine Hände zittern. Meine Augen wandern hinab auf das blutige Messer und ich lasse es fallen, als hätte es mich vergiftet. Erschrocken weiche ich zurück. All diese Augen starren mich an. Stieren mir in meine betrügerische Seele. Ich kann ihn nicht töten. Keeran sieht mich an, als wollte er mich zerfleischen. Als würde er diesen Jungen eigenhändig umbringen, wenn ich es jetzt nicht tue. Aber ich werde es nicht tun. Ich kann es nicht. Das ist keine Schwäche. Es ist Stärke.

Der Junge steht wieder auf und kommt humpelnd näher. Ich will zurückweichen, doch er packt mich, während ich versuche loszurennen. An Keeran vorbei und … ein reißendes Geräusch durchbricht die tödliche Stille. Ich sehe hinab auf meinen entblößten Oberkörper. Nein! Kälte erfüllt mich und ich schlage meine Hände vor meine nackten Brüste und meinen unverhüllten Mund.

»Nein!«, wispere ich und sinke auf die Knie. Ich versuche dem Jungen den Stoff meines Tahills wegzuziehen. Aber er klammert sich daran und starrt meinen nackten Körper an. Meine Lippen. Meine Brüste. Etwas in mir zerbricht. Tränen fließen aus meinen Augen und meine Haut brennt wie Feuer. Ich spüre die Blicke all der Gestalten im Raum schmerzhaft auf mir.

»Nein«, keuche ich abermals und zerre weiter an dem Stoff. Ich muss hier weg. Mich verstecken. Dort, wo mich niemand sieht. So schnell ich kann, rapple ich mich wieder auf und stürze auf den hinteren Teil des Gewölbes zu, um mich dort zu verstecken.

Keeran folgt mir. Sein Kiefer ist verkrampft.

»Monarch, unterbindet das!«, zischt er, doch Karis schaut mit kranker Belustigung auf das Häufchen Elend, zu dem ich geworden bin. Ich kauere wie ein angeschossenes, ängstliches Tier in der Ecke. Karis betrachtet meine nackte Haut, als würde es ihm Vergnügen bereiten. Ich sehe im Augenwinkel, wie der Junge mein Messer vom Boden aufhebt.

So werde ich also sterben. Nackt und begafft von Hunderten Augen. Aber das hier ist viel mehr als nur nackt sein. Es ist, als hätte mir jemand einen Schnitt in meine Brust zugefügt und meine Seele offengelegt.

»Monarch!«, knurrt Keeran nun. Seine Lippen sind ein schmaler Strich. Seine Augen sind auf mein Gesicht gerichtet. Ich vergieße keine weitere Träne. Bin wie versteinert. Das Phantom kommt näher, und dann hebt der Monarch endlich seine Hand. »Das reicht.«

Die Zeit steht still. Wie in Zeitlupe sehe ich dabei zu, wie Keeran seinen schwarzen Umhang löst und auf mich zukommt, während der Junge hinter mir erleichtert ausatmet und das Messer wegwirft.

»Keeran!«, ruft der Monarch gebieterisch. Der Schattenbringer erstarrt mitten in seiner Bewegung. »Sie ist entblößt.«

»Das sehe ich«, knurrt Keeran. Seine schwarzen Augen treffen mich.

»Du darfst ihr nicht helfen. Auf ihr Vergehen steht eine Strafe.«

Ich öffne fassungslos den Mund, weil ich nicht begreife, was hier passiert. Ich will seinen Umhang nehmen, um mich zu bedecken. Aber Keeran bleibt einige Meter von mir entfernt stehen.

»Marruk«, spricht Keeran den Monarchen mit seinem Vornamen an. Seine Stimme klingt flehend. »Lasst sie sich vorher bedecken.«

Der Monarch überlegt eine Weile. Dann leckt er sich über die Lippen und nickt. »Sie darf sich ihren Stofffetzen über die Brüste binden.«

Keeran atmet erleichtert aus und kommt zu mir. Er greift nach dem Stoff meines Tahills und bindet ihn mir über die Brüste. Mein Herz fühlt sich an, als wäre es zu Eis gefroren.

Keeran hilft mir aufzustehen, und sogleich kommen zwei Wachen auf mich zu, packen mich und bringen mich zu einer Steinwand im hinteren Teil des Gewölbes, in die vier Ringe eingelassen sind. Sie befestigen meine Arme und Beine mit schweren rostigen Ketten. Ich sehe Keeran an, als würden seine dunklen Augen mir Schutz bieten. Aber niemand hier wird mich schützen. Im Gegenteil. Sie werden es sein, die die Steine auf mich werfen.

»Phantome!«, ruft der Monarch zu den Gestalten auf der Tribüne. »Tretet vor.«

Ich zähle sechzehn Gestalten. Sechzehn Phantome haben es also vor mir hierhergeschafft. Sie alle stellen sich jetzt vor mir auf und bekommen einen Stein gereicht, um mich zu bestrafen. Dem Monarchen ist es egal, dass ich keine Schuld an meiner Entblößung trage. Phantome, die ihre Haut zeigen, werden gesteinigt.

Ich spüre meinen Körper kaum, als der Monarch seinen Mund bewegt und das erste Phantom einen Stein auf mich schleudert. Unter ihnen erkenne ich Alana und Nastasya, zwei Arasá-Phantome, mit denen ich zur Schule gegangen bin. Ich presse die Zähne zusammen. Kämpfe gegen den Schmerz und die Verzweiflung an. Ich werde weder schreien noch weinen. Diese Genugtuung werde ich ihm nicht geben.

Ich wende meinen Blick von Keeran ab und sehe in die Augen

des Monarchen. Es ist eine Provokation, und das wissen wir beide. Genauso wenig wie man unaufgefordert sprechen darf, ist es auch nicht gestattet, ihm direkt in die Augen zu sehen. Aber ich wende meinen Blick selbst dann nicht ab, als der nächste Stein gegen meinen Kopf kracht und mir bohrende Schmerzen zufügt. Blut läuft meine Schläfe hinab.

Ich sehe Karis auch dann noch fest an, als meine Beine nachgeben und mich nur noch die Ketten an meinen Handgelenken aufrecht halten. Er soll es sehen. Er soll sehen, dass ich entschlossen bin, ihn zu töten. Vielleicht nicht heute. Aber eines Tages. Sein Blick verrät mir, dass er spürt, was ich denke. Aber es ist mir egal. Denn während des Laufs befolgen alle Achtzehner nur die Regeln der Götter und nicht die des Monarchen. Seine Gebote gelten hier nicht.

Als der zehnte Stein gegen meinen Körper prallt, lässt meine Stärke nach, und ich spüre, wie sich Tränen in meinen Augen sammeln.

Doch dann ist der Schmerz mit einem Mal verschwunden. Ich will aufkeuchen, aber irgendetwas hindert mich daran. Es ist eine Art Magie, die ich spüre. Mein Blick bleibt standhaft auf den Monarchen gerichtet. Ich sehe Keeran nicht an. Dabei weiß ich genau, dass er es ist, der mir gerade die Schmerzen nimmt. Der verhindert, dass ich vor dem Monarchen zusammenbreche. Und so überlebe ich auch noch die letzten sechs Steine, bevor mich die Wachen von den Ketten befreien und ich mich auf meine wackligen Beine stelle.

»Nun nenne ihr ihre Gabe!«, befiehlt der Monarch gelangweilt. Er verliert allmählich das Interesse. Als würde es ihm keinen Spaß mehr machen, mich zu quälen.

Keeran tritt näher. Sein Geruch dringt in meine Nase, und obwohl ich eigentlich Angst vor ihm habe, gibt er mir Sicherheit. Keerans Hand wandert an meine Wange. Dann schließt er seine Augen und atmet tief ein. Er zieht mich in einen Strudel aus Macht und Gefahr. Dann öffnet er seine Lider und sieht mich streng an.

»Eure Gabe, Phantom, ist die der Psychometrie.«

Blinzelnd versuche ich zu begreifen, was das bedeutet. Ich habe einmal in einem Buch darüber gelesen. Die Gabe der Klarheit. So wird sie heute vor allem genannt. Menschen, die diese Fähigkeit besitzen, sind in der Lage, die wahre Beschaffenheit der Dinge zu sehen, die sie anfassen.

Ich nicke und gehe dann zurück in die Krypta, zu dem Grabmal, das man mir zugewiesen hat. Ohne länger nachzudenken, lege ich meine geschundene Hand auf den Stein und lausche meiner inneren Stimme. Ein Brennen schießt durch meinen Unterarm. Ein kleines Stück meiner Ader wird schwarz und leuchtet dann silbern auf. Und auf einmal weiß ich es: Das hier ist kein normaler Grabstein, hinter dem sich die Asche eines Toten verbirgt. Nein. Er wurde aus den verbrannten Überresten von Lenieus hergestellt.

Ich lausche weiter, um herauszufinden, was ich tun soll. Die Antwort brennt sich in meinen Verstand. Aber ob es der Tote ist, der es mir sagt, der Stein oder Keeran, der sich wieder in meinen Kopf gestohlen hat, weiß ich nicht.

Mein Geist kennt nun die Antwort. Das hier prüft mich auf die Eigenschaften des Tunis – Tod, Feuer und Asche. Das ist der Grabstein von Lenieus. Fehlt nur noch … Blut.

Ich bücke mich, hebe einen kleinen Stein vom Boden auf und schneide mir damit eine Wunde in meine Handfläche. Wie in Trance berühre ich mit der Hand den Grabstein und schließe meine Augen. Ich spüre, wie sich mein Blut mit der Asche verbindet und sich etwas in mir verändert. Es ist, als würde der Geist des Toten in mich fahren, um auf ewig mein stummer Begleiter zu sein.

»Vereint durch Blut und Asche«, flüstere ich die Worte, die mir diese neue Stimme in meinem Kopf eingibt. Dann öffne ich meine Augen und drehe mich zu dem Monarchen, Keeran und all den Männern um.

Der Monarch mustert mich, als würde er mich am liebsten umbringen. Er hat gesehen, was in meinen Augen stand, als sie mit Steinen nach mir warfen. Es war Trotz. Und das kann er nicht ertragen. Aber ich habe meine Aufgabe erledigt.

Er tritt näher. So nah, dass ich seinen rauchigen Atem riechen kann und erschaudere.

»Phantom aus dem Hause Lakar. Du hast dich vor dem Gott Tunis als würdig erwiesen«, sagt er monoton. Seine Stimme hallt von den Wänden wider. Aber ich konzentriere mich nur darauf, stark zu bleiben. All meine Kraft in meine Beine fließen zu lassen, damit ich nicht unter der Wucht meines geschundenen Körpers zusammenbreche.

KAPITEL 5

Hamza, Passus I Kalipar, Vers 374

Und Kalipar schritt aus seinem Palast aus schwarzem Sand und sah über die Menschen, die sich vor ihm versammelt hatten. Nicht nur sein Volk hatte sich dort auf dem turmalinfarbenen Platz versammelt und wartete begierig auf seine Worte. Auch Staubgeborene der anderen Königreiche waren gekommen. Menschen, die das Aussehen der Götter nach außen trugen.

Er hob seine Hand und ließ Sand aus schwarzem Turmalin um sie wehen, bis einige von ihnen ganz davon eingehüllt waren – drei Männer, die die besondere Gabe besaßen, den Menschen die dunklen Mächte zu nennen, die in ihnen schlummerten.

Es waren keine Wachen vonnöten. Die drei kamen freiwillig und nahmen seine Salbung entgegen. Sie fügten sich in ihr Schicksal und opferten ihr magieloses Leben, um das eines Schattenbringers zu führen.

Kalipar brachte sie in seine Hauptstadt, in die heilige Kapelle von Kassarim, und schenkte ihnen für ihre Bereitschaft, sich auf ewig dem Nennen von Gaben zu widmen, drei schwarze Krüge, aus denen sie allerdings erst trinken durften, kurz bevor ihr Leben ein Ende nahm.

Schreie. Markerschütternde Schreie mischen sich in meinem Kopf mit meinen eigenen. Ich sehe Jarrusch. Sehe die Wachen, die ihn aus seinem Loch zerren und mitnehmen. Ich kratze sie, beiße zu und schreie weiter. Bis ich endlich erwache. Meine und Jarruschs Laute sind verstummt. Aber die anderen bleiben. Es sind uralte Klagerufe.

Mein müder Blick fällt auf die Gitterstäbe, hinter denen ich eingeschlossen bin. Das steinerne Gemäuer des Burgverlieses ist nass und kalt und bietet kaum Platz. Ist das eine weitere Bestrafung für meine Entblößung?

Ich sehe hinab auf meinen nackten Oberkörper und den Stofffetzen, der zumindest meine Brüste bedeckt. Ein Instinkt, der so tief in mir verankert ist, dass ich ihn wohl nie loswerden kann, ich will meinen Körper wieder verdecken.

Alles tut so verdammt weh. Jeder einzelne Muskel und jedes Stück Haut an meinem Körper. Ich wünschte, Keeran würde kommen und mir wieder den Schmerz nehmen. Aber niemand kommt. Zwei ganze Tage lang erscheint keine Menschenseele. Ich sehe es an der Sonne und dem Mond, die im Wechsel hinter dem kleinen vergitterten Fenster auftauchen. In einer der Ecken liegen Brot und eine Schale Wasser, die nach Tod schmecken. Und doch esse und trinke ich alles.

Dann endlich höre ich Schritte. Habe ich den Lauf verloren? Diese Frage beherrscht mich, seit ich wach bin. Selbst meinen Körper habe ich schon Dutzende Male untersucht, in der Hoffnung, irgendwo das Mal des Tunis zu finden. Aber da sind nur das Mal der Wahrheitsbringerin und die schwarze Ader an meinem rechten Arm.

»Phantom des Hauses Lakar?« Eine Wache erscheint vor den Gittern meiner Zelle. Hier in Tunis sind sie in rote Gewänder gekleidet und tragen ein Netz aus kleinen Knochen vor ihren Mündern. Auch ihr Helm besteht zu großen Teilen aus Gebeinen und Blut. Aber ich bin nicht einmal mehr in der Lage, eingeschüchtert zu sein.

»Ja«, krächze ich, wie es sich gehört, und erhebe mich unter Qualen.

»Das Fest beginnt.«

»Welches Fest?«, frage ich und sehe mich irritiert um. Ich sitze seit Tagen in einem Kerker und jetzt soll ein Fest stattfinden?

»Ihr müsst Euch baden und anziehen«, sagt der Wachmann mit einem strengen Blick auf meine nackte Haut. Ich erschaudere unter seinen gierigen Augen. Dann öffnet er das Gitter und führt mich durch die steinernen Gänge. Durch riesige Fenster kann ich den in Dunkelheit gehüllten Innenhof erkennen, der spärlich beleuchtet wird. Wir müssen also im oberen Bereich der Festung sein. Er öffnet eine Tür und schiebt mich in eine Art Therme. Im Boden ist ein großes Becken mit dampfendem Wasser eingelassen und die Fenster sind hier komplett verhüllt.

Ich denke gerade, dass er mich allein lassen wird, damit ich mich ausziehen kann, doch er schließt die Tür hinter sich und wartet daneben. Ich starre erst ihn, dann die dampfende Badewanne und das neue Tahill an, das fein säuberlich gefaltet auf einem Hocker liegt.

»Ich …«, stammle ich und beiße mir auf die Unterlippe. »Ich darf mich nicht entblößen.«

»Ihr müsst. Ich darf Euch nicht allein lassen. Ihr habt eine neue Sicherheitsstufe erhalten.«

Ich schüttle den Kopf und will mich gerade weigern, als es klopft und Keeran eintritt. Er trägt ein dunkles Gewand wie für einen festlichen Anlass.

»Du kannst gehen«, wendet er sich an die Wache. »Ich passe auf sie auf.«

Der Wachmann zögert kurz, doch als Keeran ihn drohend ansieht, verlässt er den Raum.

Keerans Blick wandert erst zu mir, als die Wache verschwunden ist. Sofort schlage ich mir die Hände vor den Mund und die Brust. Er tritt auf mich zu, berührt meine Schultern und dreht meinen Rücken zu sich, um den Knoten des Stoffes zu lösen. Ich spüre seine kühlen Finger. Mein Herz pocht laut und unerbittlich gegen meine Brust, während sich in mir ein Gefühl von Scham und das Verlangen nach menschlicher Nähe mischen.

Er reicht mir das Ende der Leinenstreifen, ehe er zu einem der Fenster schreitet.

»Ich werde nicht hinsehen«, sagt er kühl und blickt nach draußen.

Ich zögere, lasse den Stoff aber erst fallen, als ich in das heiße Wasser steige und immer wieder vor Schmerz aufkeuche, wenn die Wärme meine Wunden berührt. Vorsichtig ziehe ich im Wasser noch den Rest meines Tahills aus, der mir geblieben ist.

»Waren alle Phantome des Laufs in Zellen?«, frage ich in die Stille hinein und schrubbe mir mit einer harten Bürste den Schmutz von meinem Leib.

»Nein«, gibt Keeran knapp zurück. »Alle anderen haben sich zwei Tage lang gestärkt. Das musstest nur du erleiden.«

Ich nicke, auch wenn ich weiß, dass er mich nicht sehen kann. Ich habe diese Strafe verdient. Nicht, weil der Junge mich entblößt hat. Sondern eher, weil ich dem Monarchen mit Trotz begegnet bin. Ich habe das hier selbst heraufbeschworen. Aber ich bereue mein Verhalten nicht.

»Bist du fertig?«

Ich mustere Keerans große, machtvolle Gestalt. Ich würde ihm gern so viele Fragen stellen. Aber etwas sagt mir, dass das hier nicht der richtige Ort dafür ist. Also antworte ich nur: »Ja.«

Er holt ein Handtuch, bevor er zu mir an die Wanne tritt und es so hält, dass ich aufstehen kann, ohne dass er meinen Körper sieht. Und doch fühle ich mich nackt und beobachtet.

Als ich mich erhebe, landen seine Augen zunächst auf meinen Schultern. Sein Blick ist zornentbrannt, und ich meine, seine Wut in mir zu spüren. Seine Seele verabscheut diesen Anblick. Die Wunden und blauen Flecken, die mir die Steine eingebracht haben. Seine Augen wandern ganz langsam zu den Narben, die der Purratis auf meiner Haut hinterlassen hat. Drei gewaltige Kratzer, die meine Schulter auf ewig schmücken werden.

»Leg dein Tahill an.«

Erst jetzt bemerke ich, dass er mich schon wieder ganz vertraut anspricht. Es ist, als wären wir uns in diesen privaten Momenten viel näher als sonst.

»Warum …?«, beginne ich, doch er wirft mir sofort einen mahnenden Blick zu.

»Zügle dich, Sari. Ich weiß nicht, wie oft ich dir dein erbärmliches Leben noch retten kann.«

»Warum tust du es überhaupt, wenn es so erbärmlich ist?«, fauche ich leise, während ich mich abtrockne.

Er dreht sich um und ich beginne mich anzuziehen.

»Ich habe meine Gründe. Und die haben nichts mit dir und deinem Leben zu tun.«

Ich knurre, sage aber nichts mehr. Was auch immer er davon hat – mir gilt das Ganze hier nicht. Nichts davon. Ich bin nur eine Figur auf seinem Spielfeld. Als ich mir gerade meinen Mundschutz umlegen will, kommt er erneut auf mich zu.

»Bitte, zügle dich!«, wiederholt er und es klingt, als würde er flehen.

»Warum?«

»Weil du sonst sterben wirst. Tu es für diesen Jarrusch.«

Mein Rückgrat versteift sich, als er seinen Namen nennt und als mir bewusst wird, wie gefährlich es ist, dass der Schattenbringer des Monarchen den Namen meines Bruders kennt.

»In Ordnung«, zische ich. »Wenn du seinen Namen vergisst und nie wieder aussprichst.«

Ich bemühe mich nicht einmal, die Drohung durch einen warmen Ton zu überspielen. Er soll wissen, dass ich begriffen habe, dass ich nur eine Spielfigur in seinem Spiel bin, die er braucht, um zu gewinnen. Und dass ich das gegen ihn verwenden kann.

Er nickt und streckt mir seine Hand entgegen.

Keeran geleitet mich durch die Festungsgänge, bis wir plötzlich einen anderen Trakt der Burg erreichen, als wären wir durch ein Tor in eine andere Welt getreten – in einen majestätischen, prunkvollen Palast. Die Wände sind nicht mehr aus rohem, unbehandeltem Stein, sondern aus rotem Marmor gefertigt. Überall hängen Gemälde und die Fenster sind von dichter roter Seide umrahmt.

Mein Blick wandert auf den Boden, in dessen schwarzem glattem Stein rote, glühende Adern fließen.

»Warum begleitest du mich hierher?«, frage ich und versuche die wertvollen Gegenstände hier nicht so anzustarren. Sie bedeuten mir nichts. Sollten mir nichts bedeuten.

»Weil ich dir als Begleitung zugewiesen wurde, Sari.«

»Was bedeutet das?«, frage ich, als wir vor einer Flügeltür stehen bleiben, hinter der Musik und Gelächter ertönt.

»Der Monarch hat dich als Gefährdung für das vereinte Königreich eingestuft. Deshalb wirst du vom heutigen Tag an bewacht.«

»Und du bist meine Wache?«, frage ich lachend.

Er ist ein allgewaltiger Schattenbringer. Warum sollte der Monarch ihn derart erniedrigen?

»Jedes Phantom bekommt einen Partner an seine Seite gestellt, um die Eislande zu überqueren. Du hast einen mächtigen Begleiter erhalten, weil …«

»Weil ich so gefährlich bin?«, überspiele ich die Erleichterung, die sich in meiner Brust breitmacht, als ich begreife, dass ich ab jetzt nicht mehr allein weiterziehen muss.

»Er möchte dich besonders im Auge behalten. Und jetzt belassen wir es dabei und du stellst keine weiteren Fragen mehr.«

Er wartet nicht auf eine Erwiderung. Stattdessen stößt er die Türen auf, als wäre er es leid, meine Stimme zu hören.

Mein Blick fällt auf den riesigen Tisch in der Mitte des Raums. Ich entdecke den Monarchen sofort. Neben ihm sitzt seine Frau Ankara, ihre beiden Schwestern stehen hinter ihr. Neben Ankara sitzt Angelic, ihr jüngster Sohn, Jeris kleiner Bruder. Meine Brust brennt. Und im nächsten Moment erblicke ich den jungen Mann auf der anderen Seite des Monarchen. Er wirkt auf den ersten Blick fremd. Aber dann erkenne ich seine Augen und seine Haltung. Ich stocke. Jeri? Er lebt? Wie ist das möglich?

Seine goldenen Augen sind voller Erleichterung auf mich gerichtet. Dann wandert sein Blick zu Keeran und ich sehe Hass und Angst darin. Jeri hat Angst um mich.

Blinzelnd versuche ich zu begreifen, was ich da sehe. Jeri lebt … Das ist unmöglich.

So fest ich kann, presse ich meine Kiefer aufeinander, um nicht zu schreien oder zu schluchzen. Das alles ist zu viel. Vielleicht gab es vor diesem Lauf eine Sari, die dachte, sie wäre stark genug für das alles hier. Aber ich bin es nicht.

Mein Herz will nicht begreifen, was da passiert. Was die letzten Tage geschehen ist. Es hat schon vor langer Zeit akzeptiert, dass ich ihn nie wiedersehen werde. Ich habe es mit all meiner Macht verschlossen. Und jetzt kann ich es nicht mehr öffnen.

»Das letzte Phantom, Eure Hoheit«, sagt Keeran neben mir mit erhabener Stimme und führt mich an einen Tisch, an dem bereits alle anderen Phantome sitzen, während er selbst am Königstisch Platz nimmt. Ich verenge meine Augen, als ich die Gedanken an Jeri endlich abgeschüttelt habe. Wie mächtig muss dieser Keeran sein, dass er derart in der Gunst des Monarchen steht?

»Wunderbar«, sagt Karis und erhebt sich. »Esst euer letztes Mahl, bevor ihr zu den Eisbergen von Emza aufbrecht, wo ihr nicht nur die Kälte überwinden müsst, sondern auch eine weitere harte Prüfung auf euch wartet.«

Mehr sagt er nicht. Als wäre er der vielen arroganten Worte müde, die er sonst bei Ansprachen von sich gibt. Seine Augen landen auf mir. Ein Lächeln umspielt seine Lippen. Aber alles, was in seinen Iriden steht, ist grausames Kalkül. Er will mich tot sehen. Dafür, dass ich die Steine ertragen habe, ohne zu schreien. Dass ich ihn dabei fest angesehen habe. Er kann nicht leiden, wenn seine Machtdemonstrationen schieflaufen. Das alles kann ich spüren, als würde ich seine Gedanken lesen. In seine Seele sehen.

Ich setze mich und trinke etwas von dem Gebräu, das sie uns bereitgestellt haben, zucke aber sofort zusammen. Warum geben sie uns Alkohol? Zögernd stelle ich den Becher ab, doch die Stimme des Monarchen lässt mich innehalten.

»Phantom des Hauses Lakar, trinkt mit mir!«, fordert er mich auf.

Mein Blick wandert ganz langsam zu Karis, dann erhebe ich mein Glas und strecke es ihm entgegen.

»Gelobet sei der einzige und wahre Herrscher der vereinten Königreiche und der vier Lande. Erwählt durch die Hand unserer Götter«, sage ich, setze mein Glas an meine Lippen und trinke. Er sieht mir mit böser Befriedigung dabei zu. Ich weiß, dass ich das Glas leeren muss.

Als ich es endlich abstelle, dröhnt mein Kopf. Mein Körper wehrt sich mit aller Kraft. Eine junge Frau kommt mit einem Krug und füllt mein Glas wieder auf, aber ich nehme es kaum wahr.

Ich sehe hinauf zum Kopfende des Tisches. Jeri schaut mich voller Trauer an, Keerans schwarze Augen sind kühl auf mich gerichtet, während er selbst von seinem Met trinkt. Er wirkt teilnahmslos und gelangweilt.

Als die Speisen gebracht werden, esse ich langsam und in kleinen Happen. Die letzten beiden Tage habe ich fast nur schmutziges Wasser zu mir genommen. Ich will meinen Magen jetzt nicht überfordern.

Ich sehe mich um. Als ich Kerim entdecke und etwas sagen will, schüttelt er nur den Kopf und senkt seinen Blick. Hastig esse ich weiter. Er will also nicht, dass unsere Verbindung gesehen wird. Nastasya, die neben ihm sitzt, wirft mir immer wieder traurige Blicke zu. In der Schule waren wir eine Zeit lang wirklich gut befreundet. Ich war sogar ein paarmal bei ihr zu Hause. Aber so wie fast alle Freundschaften, die ich je schloss, endete auch diese, weil ich sie nie mit zu mir nehmen konnte und kaum Zeit für sie hatte.

Der Abend zieht sich in die Länge. Und obwohl ich weiß, dass erst am nächsten Tag die Eisberge von Emza auf mich warten, würde ich am liebsten sofort dorthin aufbrechen. Ich will nichts mehr als von hier weg. Weg von diesen lügnerischen Menschen.

Von den Phantomen, die neben mir sitzen und lachen und speisen, obwohl sie vor Kurzem noch Steine auf mich geworfen haben. Ich will sie alle anschreien. Anspucken. Gleichzeitig weiß ich, dass sie dazu gezwungen wurden. Jeder, der den Stein nicht gegen mich erhoben hätte, wäre doppelt so hart bestraft worden wie ich. Also schweige ich, esse und trinke weiter meinen Met, auch wenn er mir Übelkeit bereitet.

Nach einer gefühlten Ewigkeit fordert der Monarch uns endlich auf, zu ihm zu treten, damit er uns das Mal des Tunis schenkt.

Als ich an der Reihe bin, gehe ich mit zittrigen Beinen nach vorn. Marruk Karis sieht mich nachdenklich an, bevor er sich zu mir beugt und meinen Ärmel hochschiebt.

»Sag mir, Phantom, was ist dein größtes Geheimnis?«

Ich stocke und sehe auf seinen Arm, der jetzt vor mir schwebt. Ich versuche die Male von Karis' Gaben zu erkennen. Aber ich kann sie nicht entziffern, denn ich bin zu unwissend.

Jarrusch. Sein Name kommt mir immer wieder in den Sinn. Sein Gesicht. Die Erinnerung daran, wie ich ihn in seine Kammer sperre. Nein! Das darf der Monarch nicht sehen.

»Ich werde einfach nachschauen«, flüstert er höhnisch und packt fester zu.

Doch als er direkten Zugriff auf mich hat, ändert sich das Bild von Jarrusch und es erscheint eine Wahrnehmung, die ich nicht kenne – ein Bild von Keeran und mir. Ich sehe ihn das erste Mal ohne Verschleierung. Seine dunklen Haare hängen tropfend in seine Augen. Sein Oberkörper ist nackt und lässt einen Blick auf seine Tätowierungen zu. Dann erkenne ich mich selbst. Meine Hand streicht über Keerans starke Brust und mein Gesicht kommt ihm immer näher. Näher und näher. Meine Lippen berühren seine ganz sanft …

»Interessant«, lacht der Monarch und holt mich aus diesem Traum zurück. »Das Phantom hier begehrt Euch, Keeran.«

Der Schattenbringer sieht mich mit erhobenen Brauen an. »Wer tut das nicht?«

Ich öffne meinen Mund, um ihm zu widersprechen. Aber es ist, als wäre meine Zunge gelähmt.

»Er würde dich niemals anfassen«, sagt der Monarch und greift meinen Arm noch etwas fester.

»Hiermit erhältst du das Mal des Tunis«, murmelt er.

Gleißender, brennender Schmerz zuckt durch meinen Arm. Ich sacke in mich zusammen, falle auf meine Knie und schreie stumm, während sich das Wappen des Tunis in meine Haut brennt.

Als Letztes bildet sich der Leitspruch der Tunis über dem Kreis. *Te das es imorta.* Der Tod ist unsterblich.

Der Monarch winkt zwei Wachen herbei, die mich durch den riesigen Saal schleifen. Ich bin noch kräftig genug, um allein aufstehen. Aber ich mache es nicht. Es hat keinen Sinn, dem Monarchen meine Willensstärke zu demonstrieren. Je mehr ich ihm davon zeige, desto entschlossener wird er sie brechen wollen.

Wachleute bringen mich in ein Zimmer mit einem Bett. Ohne lange nachzudenken, lege ich mich darauf und bin bald eingeschlafen.

Doch dann weckt mich ein seltsames Gefühl. Nervös sehe ich mich in der Dunkelheit um, bis mein Blick auf einen Schatten vor dem Fenster fällt.

»Du musst damit aufhören, Sari.« Seine Stimme jagt Eis und Feuer durch meine Glieder.

Vorsichtig richte ich mich auf, um ihn genauer beobachten zu können, während er sich mir zuwendet und näher kommt.

»Ich kann dich nicht beschützen, wenn du …« Er fährt sich durch sein Haar und setzt sich dann neben mir auf das Bett.

Mein Herz schlägt laut und schnell. Ich bin nicht in der Lage, etwas zu erwidern.

»… wenn du ihn immer wieder herausforderst. Verstehst du?«

»Wann habe ich ihn herausgefordert?«, entgegne ich zornig.

»Du hast noch nie einen Tribut gezollt, Sari. Allein das ist schon Grund genug, dich nicht als Teil der Gesellschaft zu akzeptieren. Außerdem hast du dich entblößt und ihm direkt in die Augen gesehen, als du gesteinigt werden solltest. Und dann diese Erinnerung.«

»Warst du das?«, frage ich leise. »Mein großes Geheimnis?«

Die Bilder tauchen wieder vor mir auf. Er, sein halb nackter Körper und dieser Kuss, der anders war als die Berührung, mit der er mir meine Bestimmung gezeigt hat.

Er nickt. Dann hebt er seine Hand und streicht mir sanft das Tahill von meinem Mund und von meiner Schulter. Sein Kiefer bebt, als er all meine Wunden entdeckt.

»Es tut mir leid, dass ich dich nicht davor schützen konnte«, flüstert er so rau und so voller Schuld, dass ich ihm wirklich glaube.

»Warum? Warum willst du mich beschützen? Du … du bist der Shadbrig des Monarchen.«

»Sari …«, raunt er und atmet schwer. »Dein Kopf ist kein sicherer Ort. Der Monarch wird jede Möglichkeit nutzen, um deine Ängste und Pläne daraus hervorzuholen.«

»Und du wirst nicht immer da sein, um meine Geheimnisse zu schützen«, ergänze ich.

Er nickt.

»Du solltest jetzt schlafen«, raunt er, doch ehe er aufstehen kann, halte ich ihn fest. Er sieht mich fragend an, bis sein Blick sich verändert und einen begierigen Ausdruck annimmt.

Mein Atem geht schnell und auch seine Brust hebt und senkt sich unregelmäßig. Als ich begreife, was ich da tue, schrecke ich zurück. Meine Finger, die gerade seine Haut berührt haben, brennen.

»Sari …«, haucht er wieder.

»Ich will nicht allein sein«, flüstere ich viel zu ehrlich. Er presst seine Lippen zusammen und dreht sich dann um. Ich sehe nicht hin, höre aber, wie seine Schritte an der Tür innehalten.

»Versuch bitte, dich zusammenzureißen.«

»Warum, Keeran?« Ich schüttle den Kopf. »Du hast mir nichts zu sagen. Du magst mir bei den Prüfungen geholfen haben. Aber nur, weil du deine eigenen Ziele verfolgst!« Meine Stimme wird lauter und zorniger. Mein Blick wandert zu seinem angespannten Rücken. »Du benutzt mich. Genau wie all die anderen!« Meine Lippen beben, als ich stumm »Genau wie meine Marra« hinzufüge. Aber ich spreche es nicht aus. »Und du hast nichts dagegen getan, als er mich völlig grundlos steinigen lassen wollte! Du bist sein verdammter Schattenbringer! Du arbeitest für ihn. Du …«

»Urteile nicht über mich. Du kennst mich nicht«, knurrt Keeran bedrohlich, aber er dreht sich nicht um.

»Du hast mir dein Knie in den Magen gerammt. Du hast dabei zugesehen, wie ich gedemütigt und verletzt wurde. Du hast mich zwei Tage in dieser Zelle darben lassen. Behaupte jetzt nicht, dass du mich beschützen willst oder dass du mein Freund bist, Keeran. Das ist alles, was ich von dir verlange.«

»Ich werde nicht zulassen, dass du wirklich verletzt wirst.«

Ich stehe auf, packe ihn an der Schulter und drehe ihn zu mir um. Wut kocht immer noch in mir. Wut auf ihn, aber vor allem auf mich selbst.

»Ich bin längst verletzt, Keeran!«, schreie ich ihn an. Seine dunklen Augen ruhen lauernd auf mir.

»Ich bin verletzt. Und du machst alles nur schlimmer.«

»Schlimmer?« Er geht an mir vorbei zurück ins Zimmer. »Du hast bei deiner kleinen Aufzählung vergessen, dass das alles Dinge waren, die du selbst verschuldet hast. Und ich habe dir trotzdem mehr als einmal beigestanden.«

»Geh!«, fauche ich und deute auf die Tür. »Verschwinde einfach!« Alles in mir verkrampft sich.

»Wie du willst«, knurrt er und geht wieder zur Tür. Doch als er die Klinke berührt, hält er inne.

Sekunden oder Minuten vergehen, in denen sich keiner von uns bewegt, bis er sich schließlich zu mir umdreht und mich packt. Seine Finger streichen über meine Wange und schieben meine Kopfbedeckung nach hinten.

»Es war nicht geplant, verdammt«, faucht er heiser.

Er drängt mich sanft gegen die kühle Steinwand. Doch als ich unter seinen Berührungen zusammenzucke, lässt er sofort von mir ab und stemmt seine Hände rechts und links neben mir gegen die Wand. Ich spüre seinen Atem auf meiner Haut und das leichte Prickeln, das seine Berührungen auf meinem Körper hinterlassen haben.

»Was war nicht geplant?«, frage ich mit fester Stimme.

Sein Körper, er, ist mir so nah, dass alles in mir brennt.

»Es war nicht geplant, dass ich dich begehre, Sari«, raunt er und sieht mich durchdringend an.

Ich schlucke und versuche meinen Atem zu beruhigen. Meine Hände zittern.

Keeran wendet kurz sein Gesicht ab und flucht leise in der Sprache der Götter, bevor er seine Hand ganz leicht in meinen Nacken legt und kurz verharrt.

»Du bist wie Gift für mich.« Er schließt einen Moment seine Augen, als müsste er sich zusammenreißen. »Du bist verdammtes Gift, Sari!«, knurrt er dann und schlägt seine Faust neben mir auf die Wand. Staub bröselt hinab und lässt mich erschaudern. Keerans dunkle Strähnen fallen ihm in seine düsteren Augen.

»Warum?«, bringe ich endlich heraus.

Er ist so groß, so dunkel, dass ich unwillkürlich Furcht empfinde. Aber nicht vor ihm, sondern vor mir und vor dem, was seine Nähe in mir auslöst. Eine Vertrautheit, die ich nicht erklären kann. Aber da ist noch mehr. Ein Verlangen nach Verbundenheit. Nach seiner Nähe.

»Es gibt Dinge von großer Bedeutung. Von ihnen hängt unsere Zukunft ab. Die Zukunft der Königreiche. Und das hier steht uns allen im Weg.«

»Dann schaff es beiseite!« Ich sehe ihn fest an.

Seine Hand schiebt sich in meine Haare. Er kommt näher. So verdammt nah, dass sein warmer, keuchender Atem mein nacktes Ohr kitzelt und mich schaudern lässt. Und dann spüre ich seine Lippen. Er küsst mich ganz sanft. Ich öffne meinen Mund, um nach Luft zu schnappen. Um zu atmen, während mein Körper in Flammen steht.

»Ich kann vieles aus dem Weg schaffen, Sari«, flüstert Keeran gegen meine Haut, ehe er sich wieder zurückzieht. »Aber dich nicht. Nicht, dass ich dich will. Dass ich alles an dir will.«

Ich fahre leise stöhnend mit der Zunge über meine Lippen und versuche wieder zur Vernunft zu kommen. Etwas in mir befiehlt mir, ihn wegzustoßen. Er ist so verdammt gefährlich. Aber ich spüre nur Vertrauen. Und wünsche mir nichts sehnlicher, als dass er nie wieder aufhört mich zu berühren.

Er atmet gegen meine Wange. Mein Körper bebt. Dann drückt er mich fest gegen die Wand, und als ich seinen Körper an mir spüre, keuche ich laut auf.

»Keeran«, flüstere ich.

Er lässt sofort von mir ab und sieht mich prüfend an. Er mustert jeden einzigen Zentimeter meines Gesichts.

»Ja, Sari?«, fragt er dann rau. »War es nicht genau das, was du wolltest?«

Meine Kehle verkrampft sich. »Nein.«

Er legt seinen Finger an mein Kinn. Ganz sanft hebt er mein Gesicht an und kommt näher. Seine Augen sind fest auf meine gerichtet, bis sie sich schließen und seine Lippen meine berühren. Mein Herz explodiert, als ich seine Zunge spüre. Ich öffne meinen Mund ein wenig und seine Zunge streicht vorsichtig über meine. Es ist wie eine Bitte, ein Flehen. Und dann greife ich in seinen Nacken und küsse ihn. Es ist anders. Anders als diese unschuldigen Küsse, die er mir bisher gegeben hat. Und auch anders, als ich es mir vorgestellt habe. Er stöhnt, als sich meine Finger in seinen Nacken bohren, sein gesamter Körper bebt.

Ich schmecke Keeran, rieche ihn. Und bin mir sicher, dass ich nie wieder etwas anderes fühlen will.

Der Kuss wird leidenschaftlicher und er hebt meinen Körper leicht an, während er mich immer noch gegen die Wand drückt. Seine Hand wandert an mein Oberteil, doch bevor er es einfach wegreißen kann, hebe ich meine Hände und stoße ihn von mir. Er weicht ein paar Schritte zurück, während ich benommen blinzle.

Er beißt sich auf die Unterlippe und atmet schwer. Immer wieder knurrt er wie ein Tier. Seine schwarzen Augen durchbohren mich.

»Das hätte nicht passieren dürfen«, sagt er dann und geht mit geballten Händen zur Tür.

»Keeran«, rufe ich, um ihn aufzuhalten.

Er bleibt stehen, dreht sich aber nicht zu mir um.

»Tu das nie wieder!«

»Es tut mir leid«, raunt er und verschwindet.

••• ● •••

»Wir brechen auf!«, höre ich Keerans ungeduldige Stimme von draußen.

Mit schweren Gliedern erhebe ich mich und öffne die Tür.

»Wie ich sehe, bist du schon fertig.«

Ich nicke nur. Er weiß genauso gut wie ich, dass ich den Rest der Nacht wach war und nur auf diesen Moment gewartet habe.

Mit festen Schritten führt er mich aus der Festung hinaus. Im Hof sind weitere Phantome versammelt, doch Keeran steuert auf zwei Gestalten zu, die offenbar nicht am Lauf beteiligt sind.

»Das sind Red und Medisa«, sagt er und deutet auf einen jungen Mann und eine junge Frau, die mich skeptisch mustern.

»Sie sind Ausbilder im Kampfcamp *fihtcamp te strogs.*«

»Ich scheine wirklich sehr gefährlich zu sein«, gebe ich knapp zurück und senke meinen Kopf, um sie zu begrüßen. Einem Phantom ist es nicht gestattet, anderen Menschen die Hand zu reichen. Auch wenn ich diese Regel gestern Nacht häufig gebrochen habe. »Ich bin Sari.«

»Glaub mir, das weiß ich«, lacht dieser Red. Er ist eindeutig ein Tunis. Seine dunklen Haare leuchten in der Sonne leicht rötlich und seine Augen glühen wie Feuer. »Keeran hat nichts von dir …«

»Red«, unterbricht Keeran ihn streng.

»Er hat erzählt, wie nervig ich bin?«

Red nickt nüchtern, wirft Keeran aber einen merkwürdigen Blick zu.

»Hat man ab hier etwa Begleiter, die einem helfen dürfen?« Ich sehe das Mädchen an. Medisa. Mustere ihre dunkel glänzenden Haare und den harten Ausdruck in ihrem Gesicht. Fast so, als wäre sie jemand, der schon viel erlebt hat. Zu viel, als dass sie diese Maske jemals ablegen könnte. Denn darunter scheinen Schmerz und Trauer zu liegen. Und auch bei Red kann ich eine solche Trauer sehen. Eine Vergangenheit, die er hinter sich lassen will, was ihm aber nicht gelingt. Und doch wirkt er im Gegensatz zu Keeran locker und lebhaft.

Medisa hebt kühl ihre Brauen. »Ja. Wir dürfen dir helfen.«

»Aber man soll den Lauf doch ganz allein bewältigen.«

»Wer sagt das? Die Leute, die ihn erlebt haben, aber nicht darüber sprechen dürfen? Du hast keine Ahnung, was der Lauf in Wirklichkeit ist, Phantom. Also trau denjenigen, die ihn schon hinter sich haben.«

Ich nicke und presse meine Lippen zusammen. Es ist wahrscheinlich besser, sich nicht mit ihr anzulegen.

Bevor wir losgehen, sehe ich ein letztes Mal zum Gefängnis der Asche zurück. Ich wäre gern noch einmal Jeri begegnet. Insgeheim habe ich gehofft, er würde mich in meinem Zimmer aufsuchen und mir erklären, warum der Freund, um den ich getrauert habe, lebt.

»Komm!«, weist Keeran mich an.

Ich gehorche und folge ihm und meinen beiden Begleitern in den Wald. Wie erwartet tut Keeran so, als wäre nie etwas zwischen uns gewesen. Und ich gebe mir alle Mühe, die Wut und Enttäuschung zu unterdrücken, die ich dabei empfinde.

Mit jedem Schritt in den Wald hinein wird es kälter. Wind pfeift um meine Ohren. Ein kühler Lufthauch, der meine Haut streichelt und mir ein Gefühl von Heimat gibt. Einer Heimat, die nicht meine ist. Es nie war. Der Boden unter uns ist immer mehr von weißem Staub bedeckt. Dieses Mal ist es wirklich Schnee. Doch mein Herz kann sich nicht daran erfreuen.

Ich gehe einige Schritte hinter den anderen her. Sie drehen sich nicht einmal um. Sehen nicht nach, ob ich bei ihnen bleibe, denn auch sie wissen, dass ich keine Wahl habe. Dabei waren die blauen Eisberge von Emza schon immer das, wovor ich mich am meisten gefürchtet habe. Diese gigantischen Berge und die Grube des Stillstands, tief in ihrem Inneren, auf die wir jetzt zusteuern. Das Mal auf meiner Haut verrät mir, dass dort meine nächste Prüfung auf mich wartet.

Als wir abends Rast machen, lasse ich die anderen zurück und gehe an eine kleine Wasserstelle, um etwas zu trinken und meinen Arm zu kühlen. Das Mal brennt höllisch und auch die Wunden bohren brennenden Schmerz in meinen Körper.

Als ich aus meinem Oberteil schlüpfe und mich nach vorn beuge, fühlen sich meine Rippen an, als wären sie geprellt. Ich keuche auf.

»Sari …«

Ich bedecke meinen Körper sofort wieder, als ich Keerans Stimme höre.

»Es tut mir leid«, raunt er und tritt aus dem Schatten der schneebedeckten Büsche.

»Jemand muss sich deine Wunden ansehen«, sagt er sanft und geht neben mir in die Hocke.

Ich weiche vor ihm zurück. Er darf mich nicht erneut nackt sehen.

»Ich habe Medisa mitgebracht«, sagt er dann und mein Blick fällt auf die junge Kalipar, die hinter ihm erscheint.

»Wir Phantome dürfen das nicht«, stoße ich gepresst hervor. Ich spüre meinen Körper kaum noch und doch so intensiv. Es ist, als würde er nicht mehr zu mir gehören.

»Keiner von uns wird es dem Monarchen erzählen«, sagt Keeran und legt seine Hand auf meine Schulter. Wieder weiche ich vor ihm zurück. Er ist nicht so gut, wie er tut. Ich spüre es in seiner Seele, die mir deutlich ins Gesicht schreit, dass ich für ihn nur ein Mittel zum Zweck bin.

»Aber …«, stottere ich und sehe mich um.

»Vertrau mir.« Er erhebt sich und schiebt Medisa in meine Richtung, bevor er selbst verschwindet.

»Hey«, sagt sie und legt den Kopf ein wenig schief. Ihre dunklen, elysischen Augen ruhen auf mir. Sie sind mit schwarzen Strichen umrahmt. Ihre olivfarbene Haut glänzt im Mondlicht. Ihre finster glänzenden Haare hat sie sich nach hinten geflochten. Sie sieht aus wie eine typische Kalipar, ganz im Gegensatz zu Keeran, dessen Haut zwar braun gebrannt, aber nicht wie die der Menschen aus den östlichen Landen gefärbt ist.

»Ich will mir nur ansehen, ob eine der Wunden entzündet ist. In Ordnung?«, fragt sie und greift nach meiner Schulter.

Ich zucke unter ihrer Berührung zusammen.

»Ich kann nicht.«

Sie setzt sich neben mich in den kühlen Schnee und lächelt mir aufmunternd zu.

»Ich hatte vor sechs Jahren meinen Lauf«, beginnt sie zu erzählen. Ihre Stimme nimmt sofort einen belegten Unterton an. »Schon damals wurden mir Keeran und Red als Bewacher zugeteilt.«

Ich wiege den Kopf hin und her. »Warum darfst du mir das erzählen?«

»Weil du deinen Lauf gerade erlebst. Deshalb hindert das Mal mich nicht daran, dir davon zu berichten.«

»Und jetzt bist du selbst eine Aufpasserin?«

»Einige der Phantome werden nach ihrer letzten Prüfung sofort zum *fihtcamp* einberufen. Auch ich gehörte dazu. Ich war eine Kämpferin durch und durch.«

»Und wolltest du das?«

Sie zuckt enttäuscht mit den Schultern. »In dieser Welt fragt dich niemand, was du willst, Sari. Merk dir das. Sie entscheiden und du musst dich fügen. Sonst stirbst du.«

Ich nicke und sehe dann auf das Spiegelbild des Mondes im Wasser. »Was will Keeran von mir?«

Medisa bleibt eine Weile still, bevor sie antwortet.

»Er will seine Aufgabe erfüllen. Der Monarch ist ihm wohlgesonnen, und das …«

»Wir wissen beide, dass Keeran mächtiger ist als Marruk Karis, oder?« Ich wende mich ihr zu.

Sie sieht mich an, als hätte ich gerade etwas angesprochen, was uns alle töten kann.

»Ich habe noch nie jemanden gesehen, der so mächtig ist«, rede ich einfach weiter. »Und der Monarch hört auf ihn. Sicher nicht, weil er seine Meinung so sehr schätzt. Ich habe es gespürt. Er hat Angst vor Keeran.«

Medisa hebt kurz ihre Brauen, dann rückt sie ein Stück näher.

Während sie meine Wunden begutachtet und ein paar davon auswäscht, scheint sie nachzudenken. Über das, was sie mir sagen darf, und das, was sie besser geheim hält.

»Hast du von dem Schlächter der Götter gehört?«, fragt sie geistesabwesend, während sie meinen Rücken inspiziert.

»Natürlich. Jeder kennt die Geschichte von dem Henker, der alle königlichen Familien getötet hat«, gebe ich knapp zurück und zische, als sie eine Kruste löst, um die Entzündung herauszulassen.

»Das ist Keeran. Er ist es, den sie so nennen.«

»Er hat das getan?«, frage ich fassungslos und drehe mich erschrocken um.

Sie nickt nur.

»Das … ist unmöglich«, hauche ich und will aufstehen, um sofort wegzurennen.

Aber Medisa hält mich fest. »Ich bin noch nicht fertig.«

Die Mitglieder der Königshäuser wurden vor neunzehn Jahren abgeschlachtet. Wie kann Keeran dafür verantwortlich sein?

»Warum erzählst du mir das?«, frage ich mit bebender Stimme. Ich habe Angst. Angst vor der Brutalität, die in Keeran schlummert.

»Weil du wissen sollst, dass du recht hast. Niemand in dieser Welt ist mächtiger als er.«

»Er hat unsere Könige ermordet! Und ihre Kinder!«, appelliere ich an ihren Verstand, weil sie so abgeklärt klingt. So verdammt gelassen.

Wieder drehe ich mich um und greife nach ihren Händen. »Wie kannst du das unterstützen? Und warum lässt er den Monarchen herrschen, wenn er doch mächtiger ist und ihn töten könnte?«

»Der Monarch hat Keeran in der Hand«, flüstert sie so leise, als könnten der See und die schneebedeckten Bäume uns hören.

Ich lache freudlos. »Womit kann man jemanden in der Hand haben, der keine Erinnerungen und keine Gefühle mehr hat?«

»Das sollte Keeran dir selbst sagen, Sari.«

»Ich werde kein Wort mehr mit diesem Monster reden!«, zische ich und löse mich nun vollends von ihr. »Und auch nicht mit dir, die du diesen Mörder unterstützt.«

Medisa schüttelt den Kopf und steht auf.

»Sei nicht dumm, Sari. Denn Keeran hat etwas gegen dich in der Hand.«

»Woher willst du das wissen?«, fauche ich in der Hoffnung, dass Keeran ihr nichts von Jarrusch erzählt hat.

»Es ist eine meiner Gaben, das zu spüren. Zwischen euch existiert ein Band. Es ist wie ein stummer Handel. Ihr kennt beide ein Geheimnis des anderen. Eines, das ihm teurer ist als alles auf der Welt.«

Ich verenge meine Augen, doch sie macht auf der Stelle kehrt und geht, noch bevor ich sie fragen kann, um welches Geheimnis es sich handelt. Ich weiß nichts über Keeran. Nur, dass er mir geholfen hat. Aber das wird dem mächtigsten Wesen der Welt wohl kaum den Kopf kosten. Jarrusch ist mein Leben. Was also sollte ich wissen, was im Gegenzug so wichtig für den Schattenbringer ist?

Ich gehe nicht zurück zu den anderen, sondern lege mich neben einen Busch ans Ufer der Wasserstelle. Er war es. Er hat sie alle getötet und dem Monarchen damit das Instrument in die Hand gedrückt, uns alle zu peinigen, zu unterdrücken und zu quälen. Er ist verantwortlich für unser aller Not.

Als ich ein Geräusch neben mir höre, greife ich nach seinem Messer, das er mir immer noch nicht weggenommen hat. Ich stürze mich auf ihn und drücke ihm den kühlen Stahl an die Kehle.

»Du bist ein Mörder!«, knurre ich.

Seine Lippen verziehen sich zu einem süffisanten Schmunzeln. Es ist ein so kaltes, morbides Lächeln, dass ich ihn anspucke. Keeran presst seine Kiefer zusammen, als müsste er seine Wut unterdrücken, und wischt sich dann meinen Speichel vom Gesicht.

»Und du?«, fragt er herablassend und voller Genugtuung. »Du wolltest den Jungen in deiner Prüfung wohl nicht töten, um selbst zu überleben?« Er lacht.

»Ich habe nicht getötet! Im Gegensatz zu dir, der unschuldige Kinder im Schlaf ermordet hat.«

Er legt den Kopf ein wenig schief und lacht wieder. Aber da ist kein Leben in diesem Ton. »Und jetzt, Sari? Hast du jetzt Angst vor mir?«

»Ich verabscheue dich!«, sage ich mit fester Stimme und drücke noch weiter zu. Blut rinnt langsam und warm über meine Hand.

»Ohne mich wärst du längst tot«, raunt er und wirft mir einen unergründlichen Blick zu. »Und ohne mich hätte der Monarch dein größtes Geheimnis gesehen.«

»Du warst es also«, stoße ich hervor und knurre wie ein Tier. Ich wusste, dass er dieses Bild von uns beiden in meinen Kopf gepflanzt hat, damit der Monarch Jarrusch nicht sehen kann.

»Warum hast du das getan?«

»Weil ich dich noch brauche. Und das wahre Gesicht brauche ich auch.«

»Das was?« Ich schüttele irritiert den Kopf. Warum lässt er das hier zu? Wir wissen beide, dass ich keine Bedrohung für ihn bin und dass er das Messer in meiner Hand mühelos zum Schmelzen bringen könnte.

»Deinen Bruder.«

»Er ist kein wahres Gesicht!«, erwidere ich und schneide immer tiefer.

Doch Keeran zuckt nicht einmal. Als würde er keine Schmerzen fühlen.

»Oh doch, Sari. Und wenn du ehrlich zu dir selbst bist, dann weißt du es. Und du weißt auch, warum der Monarch Mutanten wie Jarrusch zu sich holt. Er hat Angst vor dem wahren Gesicht. Und gleichzeitig braucht er es.«

Mein Unterkiefer bebt. Alles bebt in mir. Selbst meine Hand, die das Messer an seine Kehle drückt. Woher weiß Keeran, dass Jarrusch ein Mutant ist?

»Nein.« Aber letztendlich weiß ich, dass er recht hat. Das wahre Gesicht ist eine der gefährlichsten Gaben. Denn derjenige, der sie besitzt, kann die wahren Gesichter der Menschen erkennen. Er kann hinter die Masken sehen, die sie sich fein säuberlich erschaffen und aufgesetzt haben. Das ist vor allem für den Monarchen und den hohen Rat gefährlich.

»Das wahre Gesicht allein stellt keine Gefahr dar«, sage ich, um Jarrusch zu beschützen.

Und dann wird es mir mit einem Mal klar: Das Gegenstück zu einem wahren Gesicht ist der Seelenseher. Genau wie bei der Frau des Monarchen und ihren Schwestern ist es möglich, diese beiden Kräfte zu vereinen. Aber das geht nur bei Geschwistern und wenn der andere Geschwisterteil … ein Seelenseher ist.

»Ich bin eine Seelenseherin«, stoße ich atemlos hervor, als ich es begriffen habe. Als ich endlich verstehe, warum ich so oft die Seelen von Menschen spüre. Ihre Ängste, Ihre Begierden. Alles von ihnen.

»Nein«, sage ich noch einmal, als Keeran seinen Mundwinkel hebt. Ich weiche zurück und lasse das blutige Messer fallen.

Keerans Wunde schließt sich augenblicklich – wieder eine seiner zahlreichen Gaben.

»Deshalb beschützt du mich?«, frage ich beinahe enttäuscht. Ich habe keine Ahnung, warum. Oder was ich gehofft habe, warum er es tut. Aber ja, ich spüre tief in mir Enttäuschung, Wut und Angst, weil er so viel über mich und mein Leben weiß. Und über Jarrusch.

»Ja«, raunt er, als wäre es nichts.

»Und du brauchst uns?«

»Ja«, sagt er wieder.

»Wofür?«

»Das, liebe Sari, kann ich dir leider nicht verraten.«

»Ich hasse dich!«, spucke ich ihm entgegen und will wegrennen, doch er hält mich mit eisernem Griff an meinem Arm fest. Schmerz zuckt durch meine Adern, und doch ist da auch Wärme. Wärme, die meine unterkühlten Glieder erhitzt und sie entspannen lässt.

»Ich habe sehr viel geopfert und riskiert, damit ich dich bei mir habe. Wage es nicht, jetzt zu fliehen.«

»Lass mich in Ruhe!«, schreie ich aus vollem Halse. Er darf mich nicht benutzen. Und vor allem Jarrusch nicht. Ich hätte es wissen müssen. Er gehört zum Monarchen. Was habe ich erwartet? »Hast du mich deshalb geküsst? Warst du deshalb letzte Nacht bei mir? Was willst du von meinem Bruder und mir? Willst du uns dem Monarchen ausliefern?«

»Ich habe keine ernst gemeinten fleischlichen Gelüste dir gegenüber, Sari. Falls es das ist, was dich interessiert.«

Ich reiße meine Augen auf und starre ihn an. »Was hat er gegen dich in der Hand? Und was hast du mit uns vor?«

Die Frage scheint ihn zu überraschen, denn er lässt meinen

Arm los und sieht mich nachdenklich an. »Das weißt du jetzt also.«

Ich stocke. Natürlich. Er geht davon aus, dass ich es längst in seiner Seele gesehen habe. Dabei wusste ich bis jetzt nicht einmal, dass ich dort danach suchen kann.

»Du wusstest es nicht, hab ich recht?«

Meine Zähne klappern vor Wut. »Nein«, zische ich. »Ich wusste es nicht. Ich hatte niemanden, der es mir hätte erklären können. Mich darauf vorbereiten können.«

Ich höre die Bitterkeit in meiner Stimme, aber es ist mir längst egal, ob Keeran sieht, wie schwach und gebrochen ich wirklich bin. Er kennt meine Ängste. Kann in mir lesen wie in einem Buch. Er weiß, dass ich ohne ihn längst tot wäre und eigentlich nur für Jarrusch lebe. Nicht einmal für mich selbst.

»Du wirst trainieren müssen«, wechselt er ganz plötzlich das Thema. »Vor allem dafür, dass niemand dein echtes Wesen sieht. Medisa und Red werden dir dabei helfen.«

»Ich …«

»Du solltest dich nicht sträuben wie ein kleines Kind, Prinzessin«, fährt er mir dazwischen. »Wenn der Monarch herausfindet, was deine Gabe ist, wird er wissen, dass du ein Gegenstück besitzt. Und dann wird er Wachen in eure Hütte schicken und …«

»Ist gut«, knurre ich und gehe einen Schritt auf ihn zu. Er ist riesig und so stark, dass ich um meine Fassung ringe.

»Was hat er gegen dich in der Hand?«, frage ich Keeran erneut. »Und bevor du mir einen Vortrag hältst, dass ich es selbst herausfinden kann – ich bevorzuge Ehrlichkeit, statt in deiner Seele herumzuwühlen, als hätte ich ein Recht dazu.«

Keeran hebt kurz seine Brauen, dann nickt er anerkennend, wobei mir sein Geruch nach Nacht und Verbranntem in die Nase steigt. Warum fühlt es sich so sehr nach Zuhause und Sicherheit an, wenn er mir nah ist? Wenn ich seine Wärme spüre, als würde sie zu mir gehören, und seinen Geruch einatme, als würde ich nie wieder etwas anderes riechen wollen?

»Karis besitzt meine Vergangenheit.«

Ich erstarre, blinzle dann, um mich von seinem Geruch abzulenken, und sehe in seine schwarzen Augen, die plötzlich von einem Schleier aus Traurigkeit ummantelt sind. Seine Iriden glänzen im hellen Mondschein.

»Alles?«, frage ich, weil es keinen Sinn macht, nachzufragen, woher der Monarch diese Vergangenheit hat. Es ist offensichtlich, dass Keeran kaum noch Erinnerungen besitzen kann. Bei all den Gaben.

»Ich war einst dem König der Kalipar unterstellt«, fährt er ruhig und gelassen fort. »Das ist eine der wenigen Erinnerungen, die ich noch habe. Er und die anderen Könige reichten mich herum, nachdem er mich billig auf einem Sklavenmarkt gekauft hatte. Sie schickten mich zu Schattenbringern und Wahrheitsbringerinnen in jedem Königreich, damit sie mir Gaben nannten. So sammelte ich unzählige Gaben, um endlich das Werkzeug der königlichen Macht sein zu können. Und als die Könige alle starben, wurde ich das Werkzeug des Monarchen.«

Ich schlucke schwer und versuche mein Mitgefühl mit ihm zu unterdrücken. Er ist ein Mörder.

»Ich war achtzehn Jahre alt, als der König mich erwarb, und bald darauf erhielt ich eine Gabe, die mich nicht mehr altern ließ.«

»Und jetzt hat der Monarch all deine Erinnerungen?«, fragte ich.

Keeran nickt. »Er hat sie bei den Shadbrigs und Trubrigs eingesammelt, um sie gegen mich zu verwenden. All die Erinnerungen an das, was vor meinem Kauf passiert ist. Die Erinnerung an meine Familie, an mein Leben. Vielleicht sogar an Freunde.«

»Das bezweifle ich«, sage ich mit erhobenen Brauen, was ihm tatsächlich ein kleines Lächeln entlockt. »Hast du die Könige wirklich getötet?«

Seine Lider zucken kurz, dann sieht er zu Boden. »Sie hatten es verdient.«

»Ihre Kinder auch?«

Er atmet tief ein und aus, bevor er mich wieder ansieht. »Komm, du solltest noch ein wenig ruhen, bevor wir morgen die Eisberge erreichen. Es wird dir viel abverlangen.«

»Eins noch«, halte ich ihn auf und berühre seinen Arm. Warum habe ich kaum Angst vor ihm? Er hat unschuldige Kinder getötet. Und ja, vielleicht haben die Könige ihn benutzt. Aber das hat niemand verdient. Und erst recht kein Kind.

»Warum hast du mir Emza gezeigt? Damals, bei unserem …«

»Kuss?«, spricht er aus, was ich nicht aussprechen kann. Sein Mundwinkel hebt sich. »Ich weiß nicht, was du gesehen hast.«

»Warum?«, hake ich nach.

»Es ist deine Bestimmung, Sari. Was es zu bedeuten hat, weiß ich nicht.«

»Zeig es mir noch einmal«, fordere ich.

Er legt den Kopf ein wenig schief. »Dein ganzer Körper strahlt Verachtung mir gegenüber aus. Und du verlangst, dass ich dich küsse?«

Er verzieht den Mund, als wüsste er nicht, ob er mich mutig oder dumm finden soll.

»Ich will wissen, wer ich in Wahrheit bin«, sage ich leise. Silbriger Nebel bildet sich vor meinem Mund und lodert förmlich in meinem Herzen, weil ich die Worte nicht zurücknehmen kann.

»Das weißt du nicht?«, hakt er nach und kommt näher. Seine Wärme erschlägt mich beinahe.

»Nein«, spreche ich die Wahrheit aus, die mich verfolgt, seit Marra gestorben ist. Von diesem Tag an habe ich für Jarrusch gelebt, nicht für mich selbst.

Keeran kommt noch immer näher. Mit machtvollen, gleißenden Bewegungen geht er am Ufer der Wasserstelle entlang, und dann spüre ich seine warmen Finger an meiner kühlen Wange.

»Willst du das wirklich?« Seine Stimme ist rau und löst ein wohliges Prickeln auf meiner Haut aus, meine Wirbelsäule entlang und bis in meinen Nacken.

Ich nicke. Keeran kommt näher. Ich spüre seinen Atem auf meinen Lippen, und dann berühren seine Lippen ganz zart meinen Mund. Es ist nur eine unschuldige Berührung, und doch brennt meine Brust. Mein Puls schlägt laut in meinen Ohren und ich bin sekundenlang wie betäubt, bis ich das Gefühl, das diese Berührung auslöst, verscheuche und meine Augen schließe.

Wieder erscheint ein blaues Licht. Aber es ist nicht grell. Es ist warm und wunderschön, obwohl es aus einer kalten Farbe besteht. Und dann sehe ich sie. Emza, unsere wunderschöne Göttin. Neben ihr zeichnet sich ein Mann ab. Er steht ihr in Schönheit kaum nach. Doch dann reißt sein Gesicht in zwei Hälften und dahinter erscheint … ein anderes, hübsches Gesicht. Es stammt nicht von dieser Welt. Seine Haut glänzt weiß und ich spüre in seiner Seele, dass es mit all den Dingen dieser Welt verbunden ist. Mit dem Wind, der Erde … mit der gesamten Natur. Dieses Wesen ist die Natur. Und hinter ihm erscheint ein weiterer Mann. Ich erkenne ihn sofort. Es ist Kalipar. Er mustert die Natur mit tiefem Schmerz, und dann sieht er Emza an. Emza, die Liebe und Hoffnung in ihm weckt.

Keerans Lippen lösen sich von meinen. Seine Augen ruhen jetzt nachdenklich auf mir. Er scheint etwas zu begreifen. Etwas in mir zu sehen. Sein Mund öffnet sich, als wollte er etwas sagen. Aber er schweigt und weicht einen Schritt zurück.

»Wir müssen schlafen.«

»Hast du das auch gesehen?«

Er antwortet nicht, dreht sich einfach um und geht. Und während ich ihm folge, schreit seine Seele mir Schmerz und Trauer entgegen. Was auch immer diese Vision für mich bedeutet. Für ihn hat sich etwas geändert. Und ich weiß nicht, ob das gut oder schlecht für mich ist.

KAPITEL 6

Stasis es lifere. – Stillstand ist Leben.

Leitspruch des Königreichs des blauen Eises, gegründet von Emza, der Göttin des Lebens

Inschrift in der Grube der Unendlichkeit

Emza, die Göttin des Lebens und des Stillstands, gründete ihr Königreich und benannte die Hauptstadt nach dem Geburtsort des Gottes Kalipar, Bonara. Dieser Ort wurde auch die Stadt des Stillstands genannt.

Mächtige blaue Eisberge, die ble ice montar, grenzten das Königreich von allen anderen ab. Sie wurden erschaffen, weil Emza von ihren Geschwistern verraten worden war.

Der gefährlichste Ort in Emza war die Grube des Stillstands, die pitmé te stasis.

Emza aber herrschte vom See des Eises aus, dem lak te ice. Dort wird Leben erweckt und Leben zum Stillstand gebracht.

Nur wer Emzas Eigenschaften, die Unendlichkeit und das Auferstehen, ris, und ein reines Herz, purhat, in sich vereint, ist Emzas und ihres Gefolges würdig.

In dieser Nacht träume ich das erste Mal nicht von Jarrusch, sondern von Keeran. Von Keerans Lippen auf meinen und von seinem tätowierten Oberkörper. Ich träume, wie er sich schützend vor mich wirft, als ein Pfeil mich durchbohren will, und wie er stirbt. Für mich stirbt. An meiner Stelle.

Als ich aufwache, lasse ich mir nichts anmerken. Zumindest versuche ich es, denn jeder meiner drei Begleiter wirft mir besorgte Blicke zu, als würde ich furchtbar aussehen. Und so fühle ich mich auch. Dennoch erhebe ich mich von dem moosbedeckten Waldboden, esse etwas von dem Fleisch des Hörnchens, das Medisa gejagt und gegrillt hat, und gehe dann weiter. Es ist einfacher, seit sie bei mir sind, und trotzdem kann ich mich noch nicht damit anfreunden. Auch wenn sie meinen Hunger, meinen Durst und die Einsamkeit vertrieben haben, weil sie Waffen besitzen, kräftig sind und diese Umgebung und ihre Wasserstellen genau zu kennen scheinen.

In dieser Welt wird dich niemand fragen, was du willst. Medisas Worte gehen mir nicht aus dem Kopf, denn sie sind so wahr, dass es wehtut. Ich wurde in diese Welt geboren. Ich kenne es nicht anders. Und doch existiert in mir eine Seele, die frei sein will. Vielleicht besitzt jeder Mensch diesen Teil in sich. Egal, wie er aufwächst und erzogen wird. Vielleicht ist das der tiefste und ursprünglichste Instinkt eines jeden Menschen. Freiheit. Frei wählen zu können. Doch das bleibt mir und all den anderen verwehrt. Und meinem Bruder Jarrusch bleibt es erspart.

Nachdem wir ein paar Stunden lang auf einem Schotterpfad durch den Wald gegangen sind, erkenne ich die Gipfel der Eisberge hinter den Bäumen und atme erleichtert aus. Ich habe es tatsächlich bis hierher geschafft, bis zu meiner nächsten Prüfung. Jeder Schritt der letzten zwei Tage ist mir bewusst. Ich habe sie alle gezählt, um die Schmerzen zu unterdrücken und mir selbst zu beweisen, wie stark ich bin.

»Jetzt sollten wir alle wachsam sein«, sagt Red, der bisher kaum ein Wort mit mir geredet hat. Aber wenn er sich unbeobachtet fühlte, habe ich ihn dabei ertappt, wie er mich anstarrte.

Ich kenne viele Geschichten über die Eisberge von Emza. Über die grausamen Wesen, die sie angeblich beherbergen. Manche Legenden behaupten sogar, dass noch Saurier darin leben, die sich vor den mächtigen Göttern in den Höhlen versteckt haben.

Wenig später erreichen wir den schmalen Pfad, der den ersten steilen Berg hinaufführt. Mein Magen verkrampft sich, je höher wir steigen. Der Weg ist so eng, dass wir hintereinandergehen müssen, bis wir an einen kleinen Felsvorsprung gelangen. Doch kurz davor stolpere ich über einen Stein und stürze beinahe den Abhang hinab. Mein Schrei hallt von den kalten Eiswänden wider, als Red meine Hand ergreift und mich auf das Plateau hinaufzieht. Ich falle auf die Knie und starre ihn fassungslos an, während er wütend schnauft.

»Pass verdammt noch mal auf, Phantom!«, schreit er.

Der Schock sitzt noch tief, aber meine Wut auf Red ist so groß, dass ich mich hochrappele und auf ihn zustürme. Ich schubse ihn voller Wut und knurre: »Was ist dein Problem?«

»Mein Problem?«, entgegnet er genauso laut und zornig. »Mein Problem ist, dass wir dich dummes Ding an der Backe haben. Du würdest hier doch keinen Tag allein überleben.«

»Ich habe euch nicht darum gebeten, mich zu begleiten! Ich brauche euch nicht!«, schreie ich und spüre, wie Tränen in meine Augen treten. Es sollte mich nicht stören, was er über mich denkt. Aber das tut es.

»Aber *Keeran* hat mich gebeten!«, gibt er wütend zurück.

»Und? Ist er etwa dein Herrscher?« Ich lache. »Du kannst machen, was du willst!«

»Du hast keine Ahnung«, faucht Red.

»Dann erklär's mir!«, gebe ich zwischen zusammengepressten Zähnen zurück.

Er packt mich, dreht meinen Arm nach oben und schleudert mich wieder auf den harten, kalten Boden. Dann beugt er sich über mich und kommt mir verdammt nah. »Wenn du für ihn den Tod bedeutest, dann bringe ich dich um!«

Ich sehe zu Keeran hinüber, der an die Felswand gelehnt dasteht und uns zusieht, als wäre das hier ein interessantes Schauspiel.

»Kannst du auch mal was sagen?«

»Regle deine Streitereien selbst, Sari«, erwidert er kühl. Keeran will, dass ich lerne, allein zurechtzukommen. Dabei weiß er genau, dass ich es kann. Er hat mich in Golassa kämpfen gesehen.

Ich stehe auf, balle meine Hände zu Fäusten und ramme Red eine in den Unterleib und eine gegen die Nase, sodass er sich krümmt.

»Unterschätze mich nicht, Tunis!«, knurre ich, und als er mit Hass darauf reagiert, wie ich das Wort Tunis ausspreche, begreife ich, was sein verdammtes Problem mit mir ist. Er war da, als ich das Tunis-Phantom im Schlaf töten wollte. Oder Keeran hat es ihm erzählt.

Ich bleibe ruhig, während er sich wieder zu seiner vollen Größe aufrichtet. Aus seinen Augen und seiner Seele strömt mir ein wenig Anerkennung entgegen. »Keeran ist erwachsen. Wenn er sich dafür entscheidet, mein Begleiter zu sein, und wenn du ihm aus irgendeinem Grund ewige Treue geschworen hast, ist das deine Sache.«

»Du bist genauso gefährlich wie deine Marra!«

Mein Verstand setzt aus. Ein schrilles Geräusch in meinem Kopf lässt mich auch seine Schreie nicht mehr hören, als ich mich auf ihn stürze, zuschlage und kratze. Immer wieder tanzen schwarze Flecken vor meinen Augen, aber ich verscheuche sie und halte mich an meinem Bewusstsein fest.

»Rede nicht über meine Mutter!« Meine Stimme ist nicht wiederzuerkennen, sie dringt dumpf in meine Ohren. Meine Kehle vibriert. Offenbar, weil ich immer weiterschreie, bis mich zwei Hände packen und von Red wegziehen. Ich schnappe nach den Händen und winde mich. Trete, bis etwas meinen Körper betäubt. Es ist, als würde ein Medicus mir Medizin spritzen. Mein Puls beruhigt sich und meine Sicht wird wieder klar. Mein Blick wandert zu Red. Er ist blutüberströmt und starrt mich fassungslos an.

Als ich sehe, was ich in meiner Wut angerichtet habe, begreife ich plötzlich, was in mir steckt. In mir steckt ein zorniger, mörderischer Teil, der all diese Jungen verprügelt hat und auch den Mann am Lagerfeuer töten wollte. Ein Teil, den ich selbst bisher nicht wahrhaben konnte.

Ich winde mich in Keerans Armen, presse mein Gesicht gegen seine Brust und schreie all meine Wut in die Welt hinaus. All den Zorn, der in mir lebt. Und ich weine all die Tränen, die mir noch geblieben sind.

Keerans Arme legen sich sanft um mich, drücken mich noch fester an ihn, und dann lässt er Schatten um uns tanzen. Er schützt mich vor mir selbst und lässt mir gleichzeitig die Möglichkeit, ich selbst zu sein.

Meine Knie geben nach, doch er hält mich so fest, wie mich nie zuvor ein Mensch festgehalten hat. Nicht einmal meine Marra hat mich so in den Arm genommen.

»Ich bin schwach«, schluchze ich irgendwann und ich spüre, wie er den Kopf ganz sanft schüttelt und mir am Scheitel über mein Tahill streicht.

»Du bist nicht schwach, Sari. Du bist gebrochen. Und du hast versucht, es zu ignorieren.«

••• ● •••

Als ich in dieser Nacht von einer Blumenwiese träume, auf der ich mit Jarrusch liege, bis wir aufstehen und Fangen spielen wie echte Geschwister, weiß ich nach dem Aufwachen, dass es Keeran war, der mir diese Vision in den Kopf gesetzt hat. Er will mich stärken. Und ich bin ihm dankbar dafür, auch wenn er es aus egoistischen Gründen tut.

Wir verlassen die kleine Berghöhle, in der wir Rast gemacht haben, und Medisa und er gehen über den schmalen Pass aus Eis. Red und ich bleiben noch zurück und werfen uns unschlüssige Blicke zu.

»Ich hätte deine Mutter nicht erwähnen sollen«, sagt Red schließlich, als ich gerade aufbrechen will. »Das war falsch.«

Ich drehe mich um und mustere seine Kratzwunden im Gesicht.

»Und ich hätte dich nicht so zurichten sollen.«

»Unsere Familie lässt uns Dinge tun, die wir nie für möglich gehalten hätten, Sari aus dem Hause Lakar.« Er zögert kurz, ehe er zu mir tritt. Sein Blick wandert zu meinen goldenen Augen. »Deine Mutter hat meine Mutter getötet.«

Ich erstarre. Zuerst will ich es abstreiten. Aber ich weiß, dass er die Wahrheit sagt. Nicht nur, weil ich es deutlich in seiner Seele spüren kann. Ich bin mir auch sicher, weil ich meine Marra kenne. Sie hat mit allen Mitteln für uns gekämpft.

»Das tut mir leid.«

»Es war nicht deine Hand, die das Messer führte, Sari. Es war ihre. Und ich habe das vergessen.«

Ich schlucke gegen meine trockene Kehle an und hebe dann meine Hand. »So wie *ich* vergessen habe, dass es einzelne Menschen waren, die sie getötet haben, und kein ganzes Volk.«

Er nickt und greift nach meinem Arm. Es ist eine versöhnliche Geste. Eine, die ich als Phantom nicht verwenden darf. Aber ich war viel zu lange immer nur das Mädchen, das nicht auffallen wollte. Nur um dann für Vergehen gesteinigt zu werden, die ich nicht zu verantworten hatte.

Ich bemühe mich, nicht hinabzuschauen, denn der Gebirgspfad ist noch schmaler und gefährlicher geworden. Der Wind peitscht uns harte Eissplitter ins Gesicht und ich bin zum ersten Mal wirklich dankbar für mein Tahill. Sehen kann ich allerdings nicht viel, weshalb ich mich an die glatte Eiswand neben mir klammere. Ein falscher Schritt und ich falle. Meine Knie zittern, doch Red bemerkt es immer, wenn ich beinahe einknicke, und hält mich an der Hüfte aufrecht.

»Wir haben bald den Gipfel erreicht!«, schreit er mir durch den eisigen Schneesturm zu.

Ich habe es immer für ein Gerücht gehalten, dass befeindete Kerle sich nur eine Schlägerei liefern müssen, um daraus als Freunde hervorzugehen. Aber Red und ich scheinen das perfekte Beispiel dafür zu sein. Auch wenn wir noch immer keine richtigen Freunde sind und es wohl nie sein werden – seit unserem Streit sind wir so etwas wie Verbündete.

Als wir den Berggipfel erreichen, traue ich meinen Augen

kaum. Vor mir liegt ein Höhleneingang mit einer blauen, eisigen Treppe hinab in das Innere des Berges.

»Warum liegt der Eingang hier oben und nicht am Fuß des Berges?«, frage ich Red, der neben mir steht.

»Ich reiche seit Jahren Petitionen dafür ein«, sagt er, zwinkert mir zu und schiebt mich zur Treppe. »Vorsicht, die Stufen sind glatt.«

Dann beginnt unser Abstieg, der Stunden dauert. Meine Füße rutschen immer wieder auf dem Eis, aber meine Angst hält mich oben. Diesmal lähmt sie mich nicht. Ich nehme sie an und wandle sie in Respekt um. Genau wie meine Marra es mir beigebracht hat. Ich frage mich immer wieder, warum Marra seine Mutter getötet hat, lenke mich dann aber ab, indem ich die Stufen zähle. Schließlich kommen wir an einer kleinen Einbuchtung an.

»Diese Höhle führt in den nächsten Eisberg«, sagt Keeran und sieht mich nachdenklich an, als ich mich neben ihn stelle und meine Hand an der Wand abstütze.

»Wie hätte ich das alles allein finden sollen?«, frage ich.

»Gar nicht«, erwidert Red, während er die niedrige Felsenhöhle betritt. »Deshalb hat jedes Phantom ja Begleiter zur Seite gestellt bekommen.«

»Und worin besteht dann die Prüfung? Es mit dir auszuhalten?«, frage ich mit einem müden Grinsen.

Red lacht und inspiziert die Höhle.

»Deine Prüfungen musst du am Ende allein bestehen. Selbst wenn wir dir den Weg weisen und ihn mit dir gehen, musst du diese mörderische Kälte allein aushalten«, erklärt Keeran, als wäre er mein Lehrer.

Ein grausames, animalisches Schreien dringt durch die Höhle zu uns und lässt mich erstarren.

»Was ist das?«

Keeran verzieht den Mund und überlegt. »Ein Eislöwe oder ein Saurier.«

Er sagt es, als könnte ihm diese Welt nichts anhaben. Als würden nicht Dutzende Menschen am Tag für genau diese Geschichten und Märchen gehängt werden. Das verdeutlicht mir seine Macht nur noch mehr.

»Wo sind die anderen?«, frage ich, um mich von dem Gedanken abzulenken, wir könnten wirklich einem Saurier begegnen.

»Welche anderen?«, will Medisa nun wissen und sieht mich interessiert an.

»Die Phantome und ihre Begleiter. Warum begegnen wir ihnen nicht?«

»Schlaue Frage«, raunt Keeran und legt einen Finger auf seine Lippen, als müsste er entscheiden, was er mir sagen darf und was nicht. Vielleicht lauscht er auch dem Mal auf seiner Haut, um herauszufinden, was ihm gestattet ist preiszugeben.

»In diesem Jahr nehmen neunundvierzig Phantome am Lauf teil.«

»Aber …«

Er wirft mir einen zornigen Blick zu, weil ich ihn unterbrochen habe. »Neunundvierzig haben es geschafft, das Mal des Tunis zu erhalten, indem sie die Asche eines Verstorbenen erweckt haben, genau wie du.«

Ich schlucke schwer. Als wir losgelaufen sind, waren wir sicher noch zwanzig mehr. Zwanzig junge Menschen sind gestorben oder irren noch irgendwo im Wald umher. Sie kämpfen um den letzten Rest, der von ihrem Leben übrig geblieben ist.

Auch ich würde zu ihnen gehören. Wäre da nicht Keeran gewesen …

»Also gibt es auch neunundvierzig verschiedene Wege. Dieser hier wurde dir zugeteilt, Sari.«

»Lass mich raten«, zische ich. »Es ist der gefährlichste.«

»Du bist schlauer, als du manchmal den Anschein erweckst.«

»Wirke ich etwa dumm?«, frage ich erschrocken.

»Wenn alle mit Steinen nach dir werfen und du dabei unentwegt den Monarchen anstarrst, um ihm deine Stärke zu demonstrieren, sodass er sie dir logischerweise austreiben will, Sari, ja, dann wirkst du tatsächlich dumm und töricht.«

Ich erwidere nichts. Vor allem weil ich weiß, dass er recht hat. Aber könnte ich wählen, würde ich es wieder genauso machen.

»Und jetzt lass uns gehen«, sagt Red.

Er deutet mit einem Nicken in die Dunkelheit der Höhle. Medisa geht entschlossen vor und ich folge ihr rasch, damit ich nicht ständig auf Keerans Rücken starren muss. Obwohl diese Düsternis hier sowieso keinen Blick zulässt.

Es ist stockfinster, sodass ich schon nach ein paar Metern meine Hände ausstrecken und mich an den eisigen Wänden entlangtasten muss. Unter mir knackt es immer wieder, als würde ich über Glas oder … Knochen gehen. Und mein Instinkt sagt mir, dass es das Zweite ist.

Als mich das Schweigen meiner Begleiter zu erdrücken droht, beginne ich zu summen. Mir ist egal, dass sie es hören. Und so summe ich weiter, bis ich irgendwann anfange, ganz leise auch den Text zu singen, der mich an meine Kindheit erinnert.

»Das Licht des blauen Eises,
kämpft nun am Firmament.
Es strahlt bis in die Wüste
aus schwarzem Turmalin.

Der Dämon war gekommen
und nahm sie mit zu sich.
Vier Völker sind gespalten
und finden nicht zurück.«

Als ich kurz stehen bleibe, höre ich Medisa vor mir plötzlich ganz leise singen:

»Das Gold auf unsrem Haupte
zerfließt im Wind der Macht.
Es weht bis in die Feuer
aus roter Asche Blut.«

Und dann ertönt Reds Stimme von weit hinten:

»Der Mythos war geboren
und alle glaubten ihm.
Doch hinter all den Lügen
gab's einen, der entfloh.«

»Ich kannte diese Strophen nicht«, flüstere ich gegen die Stille an, die mit einem Mal noch erdrückender ist als zuvor.

»Mich wundert, dass du die erste kennst. Das ist ein Lied der Alben, Sari«, sagt Keeran vorsichtig, als könnte mich diese Information zerbrechen, und berührt sanft meine Schulter. Ich will mich gegen seine Berührung wehren, weil diese Hände unschuldiges Blut vergossen haben. Aber ich tue es nicht.

»Wirklich?« Ich schließe kurz meine Augen. Marra hat mir nie erzählt, woher dieses Lied stammt. Ich dachte immer, es wäre eine Hymne derer, die den Monarchen für eine Bestie halten.

»Te lit de ble ice
fiht nunc at firmamé.
Es shin ant at te deser
de blah tourmalé.
Te demos bit apire
y takt se wi tu yo se.
Fur fulk art clové
y fint thes se no bach«,

übersetzt Keeran die erste Strophe in die Sprache der Götter. Oder vielmehr in die der Alben, wenn ich seinen Worten Glauben schenken kann. Und das kann ich. Ich glaube ziemlich viel von dem, was Keeran sagt. Und das, obwohl ich ihm misstrauen sollte.

Wir gehen in bedrückendem Schweigen weiter. Als hätte das Lied einen Schleier über unsere Herzen gelegt und würde sie nun mit den eiskalten, schwarzen Fingern der Trauer gefangen halten.

Ein erneuter Schrei der Bestie lässt uns innehalten. Er hallt durch die finsteren Höhlen und jagt mir einen Schauer über den Rücken. Es ist so dunkel, dass ich nicht einmal meine eigene Hand vor Augen erkennen kann. Ich kann nur das kühle, feuchte Eis um mich herum ertasten. Es ist eng. So verdammt eng, dass meine Angst größer und größer wird. Keiner von uns sagt auch nur ein Wort, bis wir nach ein paar Sekunden weiterlaufen.

Kratzende Geräusche und ein dröhnendes Schnaufen dringen an meine Ohren und werden immer lauter. Mit jedem Schritt fährt mir Furcht durch meine Glieder und meine Adern. Mein Herz pocht laut und schnell gegen meine Rippen.

»Sei wachsam«, raunt Keeran dicht bei mir. Ich kann ihn nicht sehen, doch ich spüre seine Nähe.

»Muss ich ihn töten?«, frage ich mit bebender Stimme und

umfasse Keerans Messer an meiner Hüfte. »Ist das meine Aufgabe?«

»Besinne dich auf das, was du kannst, Sari«, ermahnt er mich. Als wüsste er, dass ich das Messer nutzen will. Aber was kann ich sonst? Ich kann den Menschen Gaben verleihen, in ihre Seelen sehen und die Wahrheit der Dinge erkennen, die ich berühre. Doch all diese Fähigkeiten würden mir in einem Kampf rein gar nichts bringen.

»Es ist dunkel«, flüstert Keeran mir zu. »Du hast einen gewaltigen Vorteil, weil du Seelen auch ohne deine Augen erkennen kannst.«

»Hat ein Saurier denn eine Seele?«

»Natürlich.«

»Und wie finde ich sie?«, frage ich weiter.

»Hör auf deine Gabe. Hör auf dein Inneres, Sari.«

Er sagt es, als wäre es ein Kinderspiel. Trotzdem nicke ich, schließe meine Augen und suche in der Finsternis um uns herum nach Leben, während ich weitergehe.

Zuerst spüre ich nur Reds Seele. Eine gewisse Trauer liegt darin. Sie versperrt mir den Weg zu Reds Zerrissenheit, die sie auslöst. Und dann ertaste ich Medisa. Bilder blitzen vor mir auf. Eine Szene, in der ein Mann auf sie einprügelt. Doch dann verschließt sie sich vor mir und faucht zornig, als hätte sie es bemerkt. Und auf einmal spüre ich eine weitere, uralte Seele, die weniger komplex ist als die eines Menschen. Ich bleibe stehen und suche weiter nach Informationen. Und plötzlich spüre ich sie so nah, dass ich erschrocken Luft hole.

»Pass auf!«, schreie ich Medisa zu und höre, wie sie ihr Schwert zieht, während ein heulendes Geräusch ertönt.

Der Saurier, oder welches Tier es auch immer ist, lauert direkt neben Medisa. Seine Seele schreit, und dann spüre ich, wie er ein paar Meter zurückweicht, um in seiner dunklen Höhle auf uns zu warten. Alles hier riecht nach Tod. Nach verwesendem Fleisch und Knochen.

»Verdammt«, knurrt Medisa zornig. »Warum habe ich ihn nicht gehört?«

Keeran lacht leise und zufrieden hinter mir und im nächsten Moment flutet Licht die Höhle. Blaues Licht, wie ich durch meine geschlossenen Lider erkenne. Als ich sie öffne, sind aller Augen auf mich gerichtet, und auch der Saurier starrt mich an. Ich blicke auf meine Arme und auf meine Beine – dieses merkwürdige Leuchten scheint von meinem Körper auszugehen.

»Lass das!«, knurrt Keeran und greift nach meinen Schultern. Er schüttelt mich, bis das sonderbare Licht verschwindet. Was war das?

Da stürzt sich der Saurier auf mich und kratzt mich mit seinen großen, scharfen Krallen. Ich schreie vor Schmerz und sinke zu Boden. Keeran packt mich und zieht mich mit sich, während Medisa und Red gegen die Bestie kämpfen.

»Ich muss zurück!«, zische ich und winde mich unter Keerans Griff.

»Du bist zu schwach!«, schreit er mich an, lässt mich aber los.

Das hier ist meine Aufgabe. Ich kann meine Begleiter nicht alles für mich machen lassen. Ich muss die Herausforderungen und Hindernisse, die im Königreich des blauen Eises auf mich warten, genauso erledigen wie alle anderen, bevor ich die Malsprüfung antreten kann.

Keeran stöhnt, während ich zu Red und Medisa zurückrenne.

Ich denke an dieses blaue Licht, und schon taucht es wieder auf. Obwohl es fremd ist und ich nicht verstehe, woher es kommt, ist es mir auf eine seltsame Art vertraut. Als würde es schon immer zu mir gehören.

Keeran knurrt, doch dieses Mal lasse ich mich nicht davon abhalten. Ich betrete die Höhle des Sauriers. Seine Augen sind grausam auf mich gerichtet. Er bleckt seine zahllosen Zähne und mein blaues Licht spiegelt sich in seiner schuppig-ledrigen Haut. Die Bestie ist riesig und steht auf ihren Hinterbeinen, während ihre kurzen Arme mit den gewaltigen Klauen nach Medisa greifen.

Was tue ich jetzt? Wenn Red und Medisa dieses Vieh nicht erledigen können, wie soll es mir dann gelingen?

»Sari!«, brüllt Keeran, als der Saurier sich in Bewegung setzt und auf mich zustürmt.

Genau in dieser Sekunde zuckt eine Angst durch meinen Kopf, die nicht meine ist. Es ist die des Sauriers. Und sie verrät mir, wo er verwundbar ist. Wie ich an sein Herz herankomme. Ich zögere kurz, doch als er sich mit seinen messerscharfen Zähnen auf mich stürzt, steche ich, so fest ich kann, unter seinem linken Arm zu. Der Saurier heult bestialisch auf. Der Klagelaut hört sich beinahe menschlich an, und ich spüre eine weitere Angst dahinter. Diesmal ist es Keeran. Keerans Seele schreit, während er den Saurier von mir reißt und in meine geöffneten Augen starrt. Erst als er meinen unversehrten Körper sieht, beruhigt er sich langsam. Sein Herz will mich nicht verlieren. Nicht die Seelenseherin in mir. Sondern mich, Sari.

KAPITEL 7

Hamza, Passus IV Emza, Vers 1

Nachnyl ist Vergangenheit. Bewahrt sei das Neue. Gepriesen sei die Welt der Sterblichen, die die vier Götter erschaffen haben. Zurück bleibe all das Leid, all die Liebe und der Hass, der die Götter verbunden hat. Stillstand ist fern von Leid. Starre begräbt die Liebe.

Eine Liebe, die Emza in ihr Verderben zog und sie auf ewig die Erbschuld ihrer Nachkommen wird tragen lassen.

Stillstand ist alles.

Stillstand ist Leben.

Stasis es lifere.

Kälte ergreift Besitz von mir. Eine schreckliche monströse Eiseskälte. Nicht, weil das Eis sich durch den Stoff meines Tahills in meine Haut brennt. Nein. Weil ich die Angst, die der Saurier in seiner Seele trug, genutzt habe, um ihn zu töten. Ich fühle mich, als hätte ich unfair gekämpft. Als hätte ich es nicht verdient, zu überleben. Und doch wäre ich gestorben, wenn ich es nicht getan hätte.

»Sari«, flüstert Keeran und nimmt meinen Mundschutz ab,

als wollte er sich vergewissern, dass auch mein Mund unversehrt geblieben ist. Aber wir beide wissen, dass er mich in Wirklichkeit nur ansehen will.

Ich mustere seine Gesichtszüge. Sie sind trotz der Narben, deren Ursache er vergessen hat, wunderschön. Sein Aussehen steht im Kontrast zu seiner tödlichen Macht. Und doch will ich in diesem Moment nur ihn sehen. Ihn und jeden Makel in seinem Gesicht. Die kleinen, feinen Narben, die sich über sein Antlitz ziehen, als würden sie die Geschichte erzählen, die er vergessen hat.

Aber mein Bild von Schönheit war immer ein anderes. Für mich gibt es niemanden, der schöner und perfekter ist als Jarrusch. Für mich sind es die Unvollkommenheiten, die uns zu dem machen, was wir sind.

»Warum hast du nichts getan?«, frage ich ohne jeglichen Vorwurf. Ich weiß, dass er den Saurier hätte töten können. Wahrscheinlich im Handumdrehen.

»Du wolltest es selbst tun«, erwidert er, befestigt meinen Mundschutz und hilft mir dann auf.

Wahrscheinlich würden viele andere denken, dass er mich nicht gerettet hat, weil ich ihm nicht genug bedeute. Aber mir zeigt es das Gegenteil. Er hat mich kämpfen lassen, damit ich mir selbst beweisen kann, dass ich stärker bin, als ich glaube.

Medisa kommt zu uns und schaut Keeran wütend an.

Die gesamte Höhle ist mittlerweile strahlend hell, als wäre allein der Saurier der Grund für die Dunkelheit gewesen.

»Das nächste Mal lässt du bitte nicht zu, dass Saris Kampfeswille uns alle in Gefahr bringt.« Mit diesen Worten stapft sie an uns vorbei.

Keeran beachtet sie kaum, klopft sich die Eiskristalle von seiner schwarzen Kleidung und sieht mich fragend an. »Bist du bereit?«

»Für was?«, entgegne ich und lächle ein wenig. »Wie kann man für all das bereit sein?«

Keeran grinst ebenfalls und zuckt dann kaum merklich mit den Schultern. »Du wusstest dir zu helfen. Das ist immerhin ein Anfang.«

Wir setzen unseren Weg durch die unterirdische Bergwelt fort und passieren ein unendliches Labyrinth aus Höhlen und Gängen. Meine Beine brennen, meine Kehle ist trocken und die Müdigkeit scheint mich jeden Moment zu übermannen. Es fühlt sich an, als wären wir schon tagelang unterwegs, als ein Heulen die Stille durchbricht, das mir so willkommen ist, dass ich nicht einmal Angst verspüre. Tag und Nacht verschwimmen in diesen Bergen zu einem Strom aus Schmerz, Einsamkeit und Schwäche.

»Das war ein Icewulf«, knurrt Red hinter mir und zieht sein Schwert.

Keeran legt seine Hand auf Reds und bringt ihn so dazu, es wieder zurückzustecken.

»Es ist eine Wülfin. Sie hat einen frischen Wurf bei sich.«

»Dann wird sie uns erst recht angreifen«, erwidert Red zornig.

»Woher weißt du das?«, mische ich mich ein.

Keeran und Red sehen mich nachdenklich an.

»Ich höre es an der Art ihres Heulens, Sari«, sagt Keeran und kommt näher.

Wieder heult die Wülfin auf. Keeran hebt seinen Finger, als wollte er mir sagen, dass ich genau zuhören soll.

»Sie singt viel höher als gewöhnlich.«

Ich nicke nur, denn ich habe keine Ahnung, auf welche Art sie sonst heult. Aber Keeran versteht, er sieht diese Welt auf eine andere Art. Auf eine natürliche Art. Er nimmt alles wahr.

»Lasst uns einen Umweg nehmen.«

»Wir müssen in die Grube des Stillstands«, erwidert Red zwischen zusammengebissenen Zähnen. »Sari hat keine Zeit mehr. Die Mals-Prüfung wartet nicht.«

Zögernd sehe ich zu ihm hinüber. Sie stehen zu dritt vor dem Höhleneingang. Das Blau des Eises leuchtet schwach, sodass ich ihre Gesichter erkennen kann. Sehen kann, dass ich nur ein Fremdkörper in dieser Gruppe bin, während sie sich besprechen. Das Pochen des Mals auf meiner Haut erinnert mich daran, dass meine Zeit rasch schwindet. Als würde es Panik in meine Glieder pumpen.

»Die Wülfin wird uns töten. Oder wir töten sie, aber dann hat ihr Wurf keinerlei Überlebenschancen. Willst du das?«

Red knurrt und schüttelt den Kopf.

»Medisa, wie können wir der Wülfin ausweichen? Welchen Weg können wir nehmen?«

Medisa, die sich nicht an der Diskussion beteiligt hat, stößt sich von der Wand ab und leckt sich nachdenklich über die Lippen.

»Wir können durch die Grotten der Unendlichkeit gehen«, höre ich da meine eigene Stimme sagen.

Kurz tritt Stille ein und alle starren mich an.

»Ich habe in einem Buch davon gelesen«, versuche ich mich an einer Erklärung. Aber in Wahrheit war es meine Marra, die mir davon berichtet hat.

»Stand in diesem Buch auch, was uns dort erwartet?«, fragt Keeran düster.

»Schenket denen Unendlichkeit, die endlich sind. Machet die Wirklichkeit wahr. Lasset ziehen, was du siehst, und erheben, was du bist«, wiederhole ich, was meine Marra mir gesagt hat. Es sind die Worte der Emza. Zeilen, die aus der heiligen Hamza gestrichen wurden. Aber ich kenne sie. Ich weiß, dass in den Grotten

der Unendlichkeit meine anderen Wirklichkeiten auf mich warten. Realitäten, in denen eine andere Sari lebt. Wirklichkeiten, die nicht zu mir gehören und doch ein Teil von mir sind.

»Und das willst du überleben?«, fragt Keeran.

»Ich werde es sicher überleben. Es ist eher die Frage, ob ich dort wieder herauskomme, nicht wahr?«

»Es ist nicht einfach, all seine Wirklichkeiten zu sehen, Sari. Du lebst in dieser hier. Was, wenn dir eine andere besser gefällt?«

»Dann lasse ich sie ziehen!«, fahre ich Keeran an, der leicht mit den Lidern zuckt. »Ich gehöre hierher. Das ist mein Leben. Ein anderes habe ich nicht.«

Natürlich habe ich Angst davor, einem anderen Bild meiner Wirklichkeit zu begegnen, in dem Jarrusch und ich frei leben dürfen. Aber ich werde mich nicht darin verlieren. Denn wenn ich das tue, bleibt Jarrusch trotzdem in dieser Welt und ich muss ihn hier zurücklassen.

Ich weiß, dass die Grotte der Unendlichkeit einem die Möglichkeit gibt, eine andere Realität zu leben. Aber diese Chance bekomme nur ich.

»Werdet ihr es denn überleben?«, frage ich Keeran bissig.

Er mustert mich nachdenklich. Fast als wüsste er nicht, ob er darüber reden darf.

»Wir alle waren bereits in der Grotte der Unendlichkeit und haben ihr widerstanden. Wir werden nicht noch ein zweites Mal herausgefordert.«

Wir steigen die eisigen schmalen Wege des Eisbergs hinab, bis wir ganz in der Tiefe angekommen sind. Hier weht ein kühler Wind, obwohl wir Meilen unter der Erde sein müssen. Das Gebirgstal unterscheidet sich kaum vom Rest der Eisberge. Schmale Höhlen, blaues Eis, das ganz leicht schimmert. Wenig später erreichen wir eine Höhle, in der Wasser von den Wänden tropft. Jedes Mal, wenn es zischend auf dem Boden landet, fahre ich erschrocken zusammen. Es ist das einzige Geräusch, das die furchterregende und gleichzeitig friedvolle Stille hier durchbricht. Mein Herz pocht heftig gegen meine Rippen, als wir an einer kleinen Quelle vorbeigehen. Darüber steigen Nebelschwaden auf und verdecken die Sicht.

»Wir haben auf Euch gewartet«, flüstert eine singende Frauenstimme.

Ich sehe mich um und versuche herauszufinden, woher sie kam. Doch als ich begreife, dass die anderen nicht darauf reagiert haben, wird mir klar, dass sie nur in meinem Kopf existiert.

»Wir müssen Euch etwas zeigen.«

Jemand zieht an meinem Verstand und an meiner Seele. Es ist, als würde er mich in eine andere Realität holen wollen. Soll ich ihm meine Zustimmung geben? Oder ist genau das der Punkt, an dem ich mich wehren muss, um nicht von den anderen Wirklichkeiten verschluckt zu werden?

»Es ist sehr wichtig«, flüstert die Stimme, und in diesem Moment entscheide ich, es zuzulassen.

Meine Sicht verschwimmt. Mein Geist spaltet sich auf, und dann ist alles von einem hellen Licht erfüllt.

»Sarralaris! Wach auf!«

Die Stimme kommt mir bekannt vor. Und doch scheint sie aus einer anderen Welt zu stammen.

Ich öffne meine Augen und sehe in die von Keeranath.

»Sie kommen!«

Ich stehe von dem riesigen moosbedeckten Bett auf, in dem ich gelegen habe. Meine Augen wandern über die elysische Wald-

landschaft, die aussieht, als wäre das hier ein üppiges Königreich. Unser Königreich. Für einen winzigen Moment sehe ich hinauf zum sternenbedeckten Himmel und zu den beiden Neumonden. Es ist Zeit.

»Die Götter kommen.«

»Wie haben sie uns gefunden?«, frage ich erschrocken und greife nach meinem Waffengurt und dem Köcher.

»Sie suchen seit Monaten nach den Alben. Sie wissen, dass sie betrogen wurden. Wir müssen fliehen.«

Ich mustere sein menschliches Antlitz. Er wird nie aussehen wie ein Alb. Genauso wenig wie ich. Wir tragen die Maske der Sterblichen für immer.

»Wir müssen jetzt fliehen«, wiederholt Keeranath.

Ich nicke und er wirft mir noch einen Blick zu, bevor er mir eine helle Strähne aus dem Gesicht streicht und dann vorausgeht. Er führt mich über die Brücken aus Wurzeln und Baumstämmen, die ich elegant überwinde, als hätte ich nie etwas anderes getan.

»Ich kann meine Tochter nicht hierlassen«, sage ich, als er an dem kleinen Palast unserer Urväter vorbeigeht.

»Sie ist in Sicherheit. Sie suchen nicht nach ihr, sondern nur nach dir, Sarra.«

»Nein!«, erwidere ich, und als ich mich gerade zu dem Palast drehen will, trifft mich ein Schmerz, den ich nicht zuordnen kann. Ich blinzle und starre hinab auf den Pfeil, der in meiner Schulter steckt. Ein Pfeil mit schwarzem Gefieder.

»Die Kalipar! Sie sind hier!«, stoße ich hervor.

Keeranath schreit Befehle, und schon stürmen Hunderte Alben von allen Seiten herbei und lassen Pfeile auf die Kalipar herabregnen. Auch auf uns wird weiter geschossen. Doch Keeranath treffen sie nicht, und bevor er mich der Gefahr entreißen kann, durchbohrt ein weiterer Kalipar-Pfeil meinen Körper. Er rammt sich durch meine Brust, und ich spüre, dass er mein Herz streift. Ich sinke auf die Knie und spucke Blut. Keeranath packt mich und beugt sich über mich. In seinen Augen steht Panik und Rachedurst.

»Keeran!«, nenne ich ihn bei seinem menschlichen Namen. Dem Namen, den ihm sein Vater gab, als er noch nicht wusste, dass seine Mutter eine Albin war. »Du musst sie beschützen!« Meine Stimme ist nur noch ein schwaches Krächzen. Ich weiß, dass ich sterben werde. Ich habe mein Erbe an meine Tochter weitergegeben. Aber als mein Blick auf eine der Lilien fällt, die unser Volk als Wappen auf der Brust trägt, weiß ich, dass mich der Tod ohnehin geholt hätte.

»Wenn sie meine Tochter in die Finger kriegen, werden sie sie einsperren und quälen.«

»Du wirst sie retten!«, knurrt Keeranath und ballt die Hände. In seinen Augen sehe ich die Lüge, denn auch er beginnt zu begreifen, dass ich nicht überleben werde.

»Mach nicht dieselben Fehler wie dein Vater«, flüstere ich und ziehe sein Gesicht zu mir, um ihm einen zarten Kuss auf die Stirn zu hauchen. »Du bist so viel besser als er.«

Ich schließe meine Augen und gebe mich der Schläfrigkeit des Todes hin.

Als ich sie wieder öffne, starre ich in Keerans Augen. Ich bin wieder in der Realität angekommen und versuche zu verstehen, was ich da gerade gesehen habe. Diese Bilder waren uralt. Aus einer Zeit, in der die Götter noch lebten. Und Keeran … er war da.

»Was ist passiert?«, fragt er zögerlich und sieht sich um.

»Keeranath«, hauche ich den Namen, den sie für ihn verwendet hat. Sarralaris, die Frau, in deren Geist ich gerade geschlüpft bin. Sie hat vor Jahrhunderten an Keerans Seite gekämpft.

Keerans Lider zucken, als würde für den Bruchteil einer Sekunde eine Erinnerung an diese Zeit zurückkehren.

»Wer ist das?«

Ich zögere. Mein Herz und meine Seele sind sicher, dass er es war. Aber ich kann es ihm nicht sagen.

»Nur … Niemand«, erwidere ich und stehe auf. Neben mir sprudelt friedlich die kleine Quelle und stößt immer noch ihre Nebelschwaden in die Luft. Warum hat mir diese Stimme seine Erinnerung gezeigt? Ich war im Geist dieser Sarralaris.

»Sari …«, beginnt Keeran, hält dann aber inne und sieht zu einem Höhleneingang am Rand der Quelle. »Wir müssen weiter. Hör nicht mehr auf sie.«

Ich nicke und folge ihm. Red und Medisa sind bereits am Ursprung der Quelle angekommen und verschwinden beinahe in dem silbrig glänzenden Nebel. Keiner von ihnen scheint diese Stimmen gehört zu haben. Aber wider Erwarten haben sie mir keine weitere Wirklichkeit gezeigt. Oder etwa doch? Spielte diese Szene vielleicht gar nicht in der Vergangenheit?

Mein Kopf dröhnt, als ich weitergehe. Und plötzlich höre ich neue Stimmen.

»Du weißt, dass es wirklich ist.«

»Ihr wollt mich nur verwirren!«, schreie ich sie an.

Keeran sieht kurz über die Schulter zu mir, sagt aber nichts, während er mich am Ufer des glänzenden Wassers entlangzieht.

»Du musst uns zuhören. Du sollst erfahren, wer dein Gefährte in Wahrheit ist.«

Ich berühre meine Stirn mit zwei Fingern und streiche mir fahrig darüber, während ich einen Fuß vor den anderen setze.

Der Boden unter mir ist schlammig. Nicht gefroren. Bin ich überhaupt noch hier? In meiner Wirklichkeit? Mein Körper ist immer noch schwach und die blutenden Wunden lassen ihn dumpf und schwer werden.

Und dann erscheint wieder das Licht.

»Nein!«, brülle ich durch die eintretende Stille, bevor ich ihn abermals sehe. Keeran.

»Ihr müsst sie aufnehmen«, raunt er, während er sich unsicher umsieht.

»Aber sie ist eine Emza!«, beschwert sich die Frau, die neben ihrem Mann in der Tür steht. Ihre goldenen Haare wehen glitzernd im Wind. Keerans Blick fällt auf die Stadt hinter ihm. Ich erkenne sie sofort. Es ist Golassa. Einige ihrer Paläste zeichnen sich golden vor dem Horizont ab und leuchten so strahlend, wie ich es noch nie gesehen habe.

»Bitte«, fleht Keeran.

Doch die Frau verschränkt nur die Arme vor ihrer schmutzigen Schürze.

»Margarete«, brummt ihr Mann sanft und berührt ihre Schulter. »Sieh sie dir doch an.«

Der Blick der Frau wandert zu dem kleinen Bündel in Keerans Armen. Es ist ein Baby, nicht einmal ein Jahr alt.

»Sie werden uns steinigen, Hukaris«, sagt sie. »Willst du das? Wir haben eigene Kinder!« Die Frau schüttelt zornig den Kopf, weil sie längst weiß, dass sie das Kind nicht abweisen wird.

»Mein Name ist Keeranath. Ich werde wiederkommen, jeden Monat zum Vollmond, und euch Nahrung bringen.«

»Dos wi nevre seer te bastard agai«, zischt die Frau wütend zu ihrem Mann. »Wir werden diesen Bastard nie wiedersehen.«

»Yos wi. Ai wi apire. Tak es as oach«, erwidert Keeran und schlägt sich dann dreimal mit der Faust gegen die Brust. »Ihr werdet. Ich werde auftauchen. Nehmt es als Schwur.«

Die Frau verengt ihren Blick, wirkt aber plötzlich aufgeschlossener. Sie hat nicht damit gerechnet, dass Keeran die Sprache der Götter spricht.

»In Ordnung«, sagt sie widerwillig und streckt ihre Hände aus.

Keeran zögert einen Moment, bevor er ihr das Kind in die Arme legt und in schwarzem Nebel verschwindet.

Ich komme zu mir. Und wieder ist Keeran da, um mir aufzuhelfen. Diese Visionen, oder was auch immer sie sind, lassen meinen Körper erschlaffen.

»Was hast du dieses Mal gesehen?«, fragt er beinahe nervös.

»Ich glaube, dass ich dich gesehen habe«, flüstere ich.

»Das war nicht echt, Sari«, sagt er und berührt mein Tahill. Ich wünschte, er würde es abnehmen und mich wieder küssen. Ja, ich will seine Lippen wieder auf meinen spüren. Will ihn spüren.

»Es war deine Vergangenheit.«

»Woher willst du das wissen?« Seine Augen leuchten in dem Blau der Grotte, die wir immer noch nicht passieren konnten.

»Ich kann es in deiner Seele spüren.«

Wieder zögert er. Als wüsste er nicht, ob er nachfragen soll. Ob er es überhaupt wissen will.

»Wie weit lag diese Vision zurück?«, fragt er schließlich mit belegter Stimme.

»Einige Jahrhunderte«, flüstere ich, weil ich es kaum auszusprechen vermag.

»Und du bist sicher, dass es keiner meiner Vorfahren war?« Seine Augen sind fest auf mich gerichtet.

Angst ergreift mich. »Ja.«

»Ganz bestimmt?«

»Keeran. Ich habe dich erkannt. Ich habe dich gespürt, auch wenn du jünger warst. Ich würde dich immer spüren.«

Meine Worte scheinen ihn zu treffen, denn er weicht ein Stück zurück und tritt hinein in das Wasser der Quelle. Doch nur so weit, dass seine Knöchel leicht bedeckt sind.

»Du warst es. Nicht dein Vorfahre. Aber …«

»Aber was?«, fragt er und zieht sich noch weiter zurück. So, als wäre ich giftig.

»Aber meine Vorfahrin war bei dir, Keeran. Und … sie war eine Emza.«

Mein Blick fällt auf seine Hände, die sich unruhig bewegen. Der Rest seines Körpers ist der Inbegriff der Ruhe.

»Was?«

»Was was?«, stellt er eine Gegenfrage. Ich hebe meine Brauen und trete näher.

»Keeran!«, rufe ich, doch er bleibt kühl und gelassen. Meine Finger wandern zu meinem Mundschutz und mit einer kleinen Bewegung löse ich ihn. Keerans Augen sind starr auf meine gerichtet. Sein Kiefer verkrampft sich. Und dann sieht er hinab auf meine Lippen. Hunger und Begehren blitzen in seinen Augen auf.

»Was soll das, Phantom?«, fragt er herablassend.

»Nenn mich nicht so.« Ich gehe einen Schritt auf ihn zu und tränke auch meine Stiefel im Wasser. Um unsere Beine streicht der feuchte, glitzernde Nebel. Verschlingt sie.

»Wie soll ich dich sonst nennen? Sari? Prinzessin? Herrscherin?« Er lacht blasiert. Als würde er mich für die Bedeutung meines Namens verachten. Als wüsste er nicht ganz genau, dass meine Marra es war, die mir diesen Namen gegeben hat.

»Wenn du sagst, dass es vor Jahrhunderten war – was daran ist seltsam? Dachtest du, deine ersten Vorfahren wären Arasá gewesen?« Er schüttelt ungläubig den Kopf.

»Ja, das dachte ich«, knurre ich, weil ich nicht wage auszusprechen, was sie außerdem noch war.

»Und jetzt bist du traurig, weil du nicht von reinem Blut bist?« Er hebt seine Brauen.

»Meine Vorfahrin war eine Albin! Und du bist ein Alb!«, schreie ich ihn an und meine Worte hallen durch die Grotten der Unendlichkeit.

Diesmal zuckt er nicht zusammen. Er wusste es. Er wusste, dass in unseren Adern das Blut der Alben fließt.

Ich stolpere ein paar Schritte zurück. Ich habe gehofft, er würde es abstreiten. Doch stattdessen steht er nur da, als wäre er versteinert. Er hätte es mir am liebsten für immer verheimlicht.

»Du wusstest es.«

Keeran bewegt sich immer noch nicht. Die Bilder aus den Visionen blitzen wieder vor mir auf. Die Bilder des Kindes, das ebenfalls einer meiner Vorfahren war. Ich lache hysterisch auf.

»Ich kann es nicht gebrauchen, dass du jetzt durchdrehst, also beherrsche dich, Sari«, sagt er gebieterisch.

»Warum, Keeranath? Weil du mich brauchst?«

Keeran nickt. »Ja, ich brauche dich und deinen Bruder.«

Ich stürme auf ihn zu und ramme ihm meine Faust ins Gesicht. Es scheint, als würde er es kaum spüren. Dann packt er mein Handgelenk und sieht mich an.

»Sie haben mir alles genommen, Sari. All meine Erinnerungen. Aber mein Erbe konnten sie mir nicht nehmen. Das kann man jemandem nicht mehr nehmen, sobald er geboren ist.«

»Was für ein Erbe?«

Er antwortet nicht. Stattdessen drückt er noch fester zu.

»Lass mich los!«, schreie ich. Tränen laufen über meine Wange. Ich wusste, dass Keeran mich nur ausnutzen will. Dabei hat ein dummer, naiver Teil in mir tatsächlich geglaubt, dass er mir nah sein wollte.

»Hast du mich nur deshalb geküsst?«

Er sieht mich kühl an. Keine Regung.

»Hast du mich geküsst, um dir mein Vertrauen zu erschleichen?«, wiederhole ich.

»Dass ich dich körperlich begehre, gehörte nicht zu meinem Plan.«

»Zu deinem Plan?«, stoße ich fassungslos hervor und will mich aus seinem Griff lösen. »Lass mich los!«

»Ich kann nicht«, raunt er. »Du darfst das nicht wissen.«

Seine dunklen Augen durchbohren mich, und ich spüre, wie er versucht Zugang zu meinen Erinnerungen zu bekommen.

»Nein!«, schreie ich und umschließe seinen starken Arm mit meinen schmalen, vernarbten Fingern. Ich muss zuerst handeln. Ich muss ihm die Erinnerung an Jarrusch nehmen.

Ich schließe die Augen und Dunkelheit umfängt mich. Ich suche in der Verschwommenheit und Leere. Und dann sehe ich plötzlich etwas Bedeutsames. Ich sehe Keerans Erinnerungen und sie sind alle – mit mir verbunden.

»Sari!«, höre ich ihn sagen. »Mach das nicht!«

»Du willst es doch auch machen!«, gebe ich gepresst zurück.

Versuche mich mit all meiner Macht gegen seine zu wehren.

»Du darfst nicht …« Er keucht auf, als ich die Erinnerung an unsere erste Begegnung zu greifen bekomme. »Du darfst sie nicht nehmen.«

»Warum?«

»Ich würde dich töten.«

»Wollen wir mal sehen, wer wen zuerst umbringt!«, belle ich und nehme seine Erinnerungen an mich. Es sind so viele Details. Die Art, wie mein goldenes Haar sich im Wind bewegte. Mein entblößter Körper, den er nicht angesehen, sondern nur verdeckt hat. Ich spüre ein Lächeln in seiner Seele, als ich statt Met zwei Soetbeer bestelle, und dieses Schmunzeln kommt immer wieder. Es ist, als hätte ich den düsteren Teil seiner Seele vertrieben. Aber jetzt – jetzt kehrt er zurück.

Als ich die Augen öffne, bilden sich Male seiner neuen Gaben auf seinem Unterarm. Sein entsetzter Blick ist auf mich gerichtet. Doch die Augen, in die ich jetzt schaue, sind nicht mehr die von Keeran. Es sind die des Schlächters. Die eines Mörders. Und ich beginne zu begreifen, was ich getan habe. Ich habe ihm das Einzige genommen, was ihn menschlich gemacht hat. Und das – war ich.

Ich zücke mein Messer, stoße es ihm in sein Bein, und dann renne ich los. Ich renne schneller als je zuvor. Seine hasserfüllten Schreie verfolgen mich, bis sie sich schließlich in den unendlichen Tunneln hinter mir verlieren.

Auch Red und Medisa sind verschwunden.

Jetzt erst begreife ich wirklich, was ich getan habe. Zitternd setze ich mich in eine dunkle Nische im Eis.

Ich konnte nicht aufhören, ihm die Erinnerungen zu nehmen. Als wäre ich in einem Wahn. Und jetzt bin ich aus seiner Seele verschwunden und er will meinen Tod.

»Verdammt!«, knurre ich und presse meine Lippen zusammen.

Ich muss weiter. Er wird mich verfolgen. Er wird mich jagen. Auch wenn er nicht mehr weiß, wer ich bin. Er weiß, was ich getan habe. Neben all den Königen, Sklaventreibern und Menschenhändlern, die ihm seine Erinnerungen gestohlen haben, bin ich es, die ihm jetzt auch noch den Rest genommen hat.

Heiße Tränen brennen in meinen Augen, als ich aufstehe und weitergehe. Was habe ich getan?

Ich verachte mich so sehr, dass ich irgendwann entscheide, nicht länger darüber nachzudenken, sondern weiterzurennen. Ich habe keine Chance, wenn er mich findet. Wenn ich nicht schnell genug bin.

Seine Erinnerungen quälen mich bei jedem Schritt. Es fühlt sich so falsch an. So verdammt verkehrt und doch so gut. Als wäre seine Vergangenheit eine Droge, die mich berauscht. Aber ich weiß, dass es seine Erinnerungen sind. Dass sie nicht mir gehören.

Immer wieder sehe ich meine eigenen Lippen und spüre, wie er sie ansieht. Aber was mich wirklich stutzig macht, ist etwas, das er in der Schenke in mir gesehen hat. Etwas, das ihn nach Jahrhunderten das erste Mal wieder hat fühlen lassen. Und ich habe es ihm genommen.

»Sari!« Medisas Stimme dringt durch die eisigen Höhlen zu mir und lässt mich erschaudern.

Ich laufe noch schneller. Ich will sie nicht sehen.

»Ich bin allein!«, ruft sie und für einen Moment bleibe ich stehen. Angst brennt sich in jeden Millimeter meiner Haut. Beißt tiefer, bis in meine Adern und Venen. Bis hinein in jeden meiner Muskeln.

»Wirst du mich töten?«

»Nein!«

Ich warte und sehe mich in der dunklen Höhle um. Warte auf meinen Untergang oder meine Erlösung. Und dann steht sie vor mir. Hass erfüllt ihre dunklen Augen. Ihre Nasenflügel beben und sie keucht. Zornig schlägt sie mir ihre flache Hand ins Gesicht. Der Schlag schmerzt, aber ich nehme ihn mit der Gewissheit entgegen, dass ich ihn verdient habe.

»Was hast du dir dabei gedacht?« Ihre Lippen beben und ihre Hand zuckt, als wollte sie noch einmal zuschlagen.

»Er wollte mir eine Erinnerung nehmen und ich … ich habe mich gewehrt.«

»Indem du ihm alles nahmst?« Sie spuckt vor mich auf den Boden.

»Ich habe nur seine Erinnerungen an mich genommen!«, fahre ich sie an.

»Du hast es immer noch nicht verstanden, oder?« Medisa lacht geringschätzig. »Ihr seid Schicksalsgefährten, Sari. Eure Schicksale sind ineinander verwoben.« Sie sieht mich eindringlich an. »Und auch all eure Vorfahren waren miteinander verbunden.«

»Nein!«, rufe ich verzweifelt und gehe weiter. Das ist ein Hinterhalt, in den Keeran mich locken will.

»Renn weg, Sari. Aber du weißt, dass es wahr ist!«

»Nein!«, schreie ich aus vollem Halse und drehe mich wieder um. »Er will mich und meinen Bruder nur benutzen, Medisa. Er will uns an den Monarchen verkaufen oder zu eigenen Zwecken verwenden, weil wir die Wahrheit hinter den Menschen sehen. Ist dir das etwa egal?«

»Du hast keine Ahnung, wer Keeran ist!«

»Oh doch!«, erwidere ich und breche in Tränen aus. Ich will nach Hause zu Jarrusch, aber vor allem zu Marra. Ich will, dass sie mich in den Arm nimmt und über meinen Kopf streicht. Dass sie singt, wie als ich noch ein Kind war.

»Weißt du, was eine Wahrerin ist?«, fragt Medisa und tritt durch die bläuliche Höhle zu mir.

Mein Kiefer bebt, während ich den Kopf schüttle.

»Manche von uns haben die Gabe, Erinnerungen zu wahren, Sari. Wir erhalten diese Gabe von den Wahrheitsbringerinnen und den Schattenbringern, die sie den Menschen genommen haben. Meist arbeiten die Wahrerinnen für den Monarchen, um ihm alles Nützliche zu berichten. Manchmal aber bleibt ihre Gabe unentdeckt.« Medisa hebt ihren Ärmel und zeigt mir das Symbol der Wahrerin.

»Keeran nannte mir diese Gabe und versteckte mich vor dem Monarchen«, fährt sie fort. »Dafür wahre ich seit Jahren die letzten Erinnerungen, die ihm geblieben sind. Nur die an dich wollte er mir nicht geben.«

Ich schlucke gegen die bittere Galle an, die sich in meiner Kehle bildet.

»Warum tust du das für ihn?«

»Weil er mein Herrscher ist, Sari. Keeran ist der Erstgeborene des Gottes Kalipar und einer Albin, die den Jungen mit sich nahm und versteckte. Keeran ist der rechtmäßige Herrscher und König des Königreichs Kalipar. In seinen Adern fließt das unsterbliche blaue Blut der Götter.«

Meine Augen weiten sich, während ihre Worte auf mich einprasseln.

»Deine Worte sind Hochverrat!«, ist das Einzige, was mir dazu einfällt. »Wenn Karis das erfährt, landet ihr alle am Galgen.«

Medisa lächelt nur, als wäre der Monarch ein Scharlatan, der ihr keine Angst macht.

»Es gibt da etwas, was du sehen musst. Auch wenn ich damit Keerans Vertrauen missbrauche. Es ist eine Erinnerung, die ich für ihn bewahre, die aber auch er kennt.«

Ich balle meine Hände zu Fäusten und bleibe stehen. Vielleicht hat sie ja recht. In der heiligen Hamza steht geschrieben, dass die letzten Nachfahren der Königsfamilien nicht sterben können. Und doch ist keiner aus den Königsfamilien mehr am Leben – außer Keeran.

Medisa kommt einen Schritt auf mich zu und verlässt damit den bläulichen Schein. Jetzt kann ich sie kaum noch erkennen. »Ich tausche diese Erinnerung gegen die, die du ihm genommen hast.«

Ich beiße die Zähne zusammen und nicke. Ich will sie sowieso nicht haben. Sie gehören nicht mir.

Medisa nickt ebenfalls und hebt dann ihre Hand. Behutsam legt sie ihre Finger an meine Schläfe und schließt die Augen.

Im nächsten Moment überkommt mich Übelkeit und ein Strudel aus Bildern, bis eines davon scharf wird.

KAPITEL 8

KEERAN

»Shadbrig, eine Frau wünscht eine Audienz.«

Ich hebe nur eine Braue und mustere den Abt des Ordens. Er besitzt keinerlei Gaben, auch wenn er gern welche hätte. Doch das ist nicht sein Schicksal. Stattdessen dient er uns Schattenbringern. Und vor allem dient er mir. Denn ich bin der Mächtigste von ihnen. Es bedürfte nur ein Fingerschnipsen und ihrer aller Existenz wäre ausgelöscht.

Ich verschwende keine Worte an den armseligen Wurm, sondern bedeute ihm nur mit zwei Fingern, die Frau hereinzulassen. Er verbeugt sich und verschwindet dann. Kurz darauf erscheint eine junge Frau. Sie ist kein Phantom mehr, doch ich spüre ein zweites Leben in ihr, weshalb mein Blick auf ihren Bauch fällt. Ihre von den Göttern gesegneten Umstände kann man allerdings noch nicht erkennen.

»Was wünscht eine schwangere junge Frau von einem Schattenbringer?«, frage ich ohne Umschweife.

Sie knickst vor mir, während ihre Lippen ein leises »Shadbrig« formen. Es wirkt, als würde sie mich verachten.

Ich erhebe mich von dem Stuhl in der Kapelle des Ordens und gehe um sie herum. Nur der Priester oder ich, der Schattenbringer des Ordens, dürfen überhaupt auf dem Heiligen Stuhl Platz nehmen.

Ich mustere ihre glänzenden hellen Haare und die goldenen Augen.

»Eine Arasá, die so jung ist, dass sie wahrscheinlich erst seit ein paar Wochen eine Identität besitzt, und die es auf sich genommen hat, nach Kalipar zu kommen, obwohl sie schwanger ist – das weckt tatsächlich mein Interesse. Also sprecht!«

Die junge Frau zuckt nicht einmal. Sie steht einfach da, inmitten der Bänke, die während der Messe gefüllt mit Äbten sind, und bleibt stark.

»Ich habe vor vier Wochen meine Identität erhalten, Shadbrig. Mein erwählter Name ist Sheliak.«

»Ihr habt Euch nach einem Stern benannt?«

Die Frau nickt und ich hebe leicht meinen Mundwinkel, weil ich die Menschen verachte. Sie ist nicht besser.

»Was wollt Ihr, Sheliak? Wollt Ihr eine Gabe genannt bekommen? In Eurem Zustand? Ihr wisst, dass ich Euch im Gegenzug eine Erinnerung nehmen muss. Was, wenn Ihr vergesst, in anderen Umständen zu sein?«

»Ich will etwas anderes von Euch«, sagt sie fest und sieht mich durchdringend an.

»Und was ist das?«, frage ich, während ich mir fasziniert einen Finger auf die Lippen lege.

»Ich weiß, wer Ihr seid, Shadbrig. Und deshalb werdet Ihr meinem Kind eine Gabe schenken.«

Ich sehe sie belustigt an. Was will sie mir damit sagen? Nicht einmal ich selbst weiß, wer ich wirklich bin. Ich besitze zu viele

Gaben und für jede davon hat man mir eine Erinnerung genommen.

»Soll das eine Erpressung sein, Sheliak?«

»Eine Bitte.« Ihre Augen funkeln.

Eine Bitte ist das nicht. Ich spüre es in ihrer Seele. Sehe es in ihrem Blick.

»Eine Bitte?«, wiederhole ich belustigt. »Ich bin aber kein guter Mensch. Also – nein.«

»*Ai nog wat yo ar. Hei u kalipar. I ai wi hu'es if yo do no prote her. – Ich weiß, was Ihr seid. Erbe des Kalipar. Und ich werde es nutzen, wenn Ihr sie nicht beschützt.*«

Ich sehe sie nachdenklich an. »Man kann einem Ungeborenen keine Gaben nennen.«

»Ihr könnt es«, zischt sie entschlossen. Sie hat einen überaus starken Willen, dafür, dass sie gerade einmal achtzehn Jahre alt ist.

Langsam hebe ich meine Hände und berühre ihren flachen Bauch. Ich habe ihr Kind schon gespürt, als sie diesen Raum betreten hat. Jetzt allerdings kann ich seine kleine Seele spüren.

»Und was soll ich Eurer Tochter nehmen, Sheliak? Was wollt Ihr ihr rauben, noch bevor sie überhaupt geboren ist?«

»Die Erinnerung an ihr Erbe.«

Ich sehe Sheliak kurz in die goldenen Augen, bevor ich meine schließe und in dem ungeborenen Mädchen nach seinem Erbe suche. Als ich es schließlich finde und begreife, wer dieses Mädchen sein wird, schrecke ich zurück.

»Sie ist die Nachfahrin der Emza«, raune ich ehrfurchtsvoll.

Sheliak nickt, während sich ihre Augen mit Tränen füllen.

»Sie dürfen es niemals herausfinden, Shadbrig. Sie würden sie töten.«

»Sie können sie nicht töten«, entgegne ich kühl, atme tief durch und lege meine Hände wieder auf ihren Bauch.

Ich spüre die Seele des Kindes so deutlich. So allumfassend, dass sich etwas in mir regt. Eine Verbindung, die uns für immer verbinden wird.

»Ihre Gabe«, sage ich, »ist die der Seelenseherin.«

Stille tritt ein, während die Erinnerungen des ungeborenen Kindes in mich fließen und ich die Augen wieder öffne. Sheliaks Lippen beben. Sie weiß, dass ihr Kind in großer Gefahr ist. Die Gabe, Seelen sehen zu können, ist mächtig. Sie kommt nur selten vor und wird dem Monarchen einen weiteren Grund dafür geben, ihre Tochter töten zu wollen.

»Du weißt, was das bedeutet?«, frage ich leise und lausche meiner Stimme, die von den kargen Wänden des Ordens widerhallt.

Sheliak nickt. Weitere Tränen rinnen über ihre Wangen.

»Sie braucht ein Gegenstück, um zu überleben. Sie wird es immer brauchen.«

Sheliak nickt wieder.

»Das wahre Gesicht«, flüstert sie dann und sieht mich an. »Nur zusammen können sie überleben.«

Ich lege meine Hand auf ihre Schulter und suche in ihr nach ihrer Bestimmung. Das Bild, das ich finde, trifft mich tief ins Herz. Denn ich sehe das Mädchen, das noch ungeboren in ihr lebt. Es ist jung, kniet vor seiner Mutter und weint. Sheliak ist blutbefleckt, sie legt sanft ihre Hand an die Wange des Mädchens. *»Du musst für deinen Bruder sorgen, Sari«,* sagt sie und keucht vor Schmerz auf. *»Ihr seid mächtig, aber auch in großer Gefahr.«* Mit diesen Worten scheidet sie aus dem Leben und ich sehe dabei zu, wie in Sari etwas zerbricht. Es ist, als würde sich ihre Seele verwandeln und sich all das in ihren Augen widerspiegeln. Der

Schmerz über den Tod ihrer Mutter. Das große Leid, das nie aufhören wird. Aber sie lässt ihn gehen. Erlaubt sich den Seelenschmerz nur für Sekunden, bevor etwas anderes in ihren Augen zerbricht. In diesem Moment nimmt ihre Kindheit ein Ende und sie entscheidet sich dafür, alles gehen zu lassen, was sie war, um der Mensch zu sein, der ihren Bruder schützen wird.

Und das erste Mal, seit ich mich erinnern kann, empfinde ich Bedauern und Mitgefühl. Ich spüre, wer sie ist. Wer sie war. Und was sie zu sein gezwungen ist. Und dass sie mein Schicksal ist.

KAPITEL 9

Hamza, Passus I Kalipar, Vers 21

Kalipar sah das Unheil, das Emza über die Welt gebracht hatte, und suchte nach Arasá, um sie um Hilfe anzuflehen. Arasá aber wollte ihm nicht helfen, deshalb rief er seine mächtigsten Soldaten zu sich und ritt zu Emza. Doch sie alle fanden den Stillstand und gefroren zu Eis.

Kalipar sah keinen Ausweg und belegte die Göttin des blauen Eises mit einem Fluch. Sie war auf ewig gezwungen, einen Mann zu lieben, der ihr das Kind und auch den Rest ihres Herzens nehmen sollte.

Ich öffne meine Augen und sehe in die von Keeran, der aus den Schatten hinter Medisa tritt.

»Du!«, knurrt der Schattenbringer, und Angst ergreift mich, als ich seine kalte Stimme höre.

»Keeran, sie …«, fängt Medisa an, doch er bringt sie mit einem zornigen Blick zum Schweigen.

Ich weiche zurück, bis ich gegen die Eiswand stoße. Die Wunde an Keerans Bein blutet, und doch humpelt er nicht einmal. Ich hätte wissen müssen, dass er mächtig ist. Zu mächtig, als dass ich vor ihm fliehen könnte.

Er kommt mit erhobener Faust näher. »Ich bringe dich um!«

»Es tut mir leid«, sage ich mit schwacher Stimme. Die Bilder von Marras Tod lassen meinen Körper erzittern. Und mit einem Mal weiß ich, dass das die Erinnerung war, die mir die Wahrheitsbringerin genommen hat. Meine Seele spürt, dass dieser Moment einst Teil meiner selbst war.

»Es tut dir leid«, sagt er verächtlich und streckt seine Faust in meine Richtung.

Eine unsichtbare Macht strömt zu mir und schnürt mir die Kehle zu. Mein Kopf pocht laut und schmerzhaft. Ich bekomme keine Luft mehr. Verzweifelt kämpfe ich gegen diese Macht an, aber ich bekomme sie nicht zu fassen.

»Keeran«, ertönt wieder Medisas warme Stimme. »Ich habe deine Erinnerungen. Sari hat sie mir gegeben.«

Die Macht des Schattenbringers lässt mich los. Ich sinke hustend zu Boden und halte mir die brennende Kehle.

»Verschwinde! Ich will dich nie wieder sehen!«, schreit Keeran.

Ich will aufstehen und gehen, aber ich kann es nicht. Nicht, nachdem ich das alles gesehen habe. Keeran kannte meine Marra. Er hat mir die Erinnerung an mein Erbe genommen. Daran, dass ich die wahre Nachfahrin von Emza bin. Meine Haut prickelt unruhig. Alles in mir fühlt sich an, als wäre ich selbst ein Fremdkörper.

»Warum hast du es mir verschwiegen?«, frage ich und rapple mich wieder auf.

Keeran sieht erst mich irritiert an und dann Medisa. Er weiß, wer ich bin. Und er weiß auch, welche seiner Erinnerungen Medisa mir gezeigt hat.

»Weil ich mein Erbe antreten werde. Und weil du mir nur im Weg stehst, wenn du davon weißt und es dem Monarchen förmlich ins Gesicht schreist.«

»Ich hätte …«

»Was hättest du?«, fragt er und kommt näher. Er sieht mich an. Und von der Zuneigung, die zuvor noch da war, ist nichts mehr zu erkennen.

»Gib ihm seine Erinnerungen zurück!«, sage ich zu Medisa, doch Keeran schüttelt nur lachend den Kopf.

»Ich will sie nicht mehr! Du hast mir einen Gefallen getan. Ohne Erinnerungen an dich bin ich besser dran.«

»Keeran!« Red erscheint im Höhleneingang und sieht abwechselnd mich und Keeran an.

»Wo warst du?«, fährt Medisa ihn an und berührt angestrengt ihre Schläfen.

»Ich habe nach einem Weg hinaus gesucht«, entgegnet Red und bleibt dann an Keerans kühlem Ausdruck hängen. Als er begreift, was los ist, macht er ein entsetztes Gesicht.

»Gib sie ihm!«, faucht er mich an.

»Ich will sie nicht!«, schreit Keeran.

Red packt ihn an den Schultern und schüttelt ihn. »Bist du jetzt vollkommen verrückt geworden?«

»Lass mich los!«

Medisa zischt, als würde sie ihn davon abhalten wollen, etwas zu sagen.

»Du liebst sie, Keeran«, sagt Red und winkt Medisa zu sich.

Ich erstarre. Keeran lacht und sieht mich an, als würde er nicht begreifen, wie Red so etwas sagen kann.

»Ich liebe sie nicht.«

»Doch, Keeran.« Red nickt Medisa zu. »Es ist Zeit.«

»Nein!«, sage ich. Sie alle starren mich an. Ich erhebe mich und schüttle den Kopf. »Er liebt mich nicht! Uns verbindet nur ein dummes Schicksal, das ich nicht annehmen werde!«

»Ich habe nicht von dir geredet«, sagt Red scharf und kühl. Er wendet sich wieder Keeran zu. »Du liebst sie und du brauchst sie, deshalb willst du sie befreien.«

Mein Herz bricht, als ich begreife, dass Keerans Plan nicht nur die Königreiche und sein eigenes Erbe betrifft. Er will mich benutzen, um irgendeine andere Frau zu retten, die er in Wirklichkeit liebt. Und die Erinnerungen an sie hat Medisa für ihn bewahrt. Ich sehe dabei zu, wie sie in seinen Geist zurückkehren. Wie sich sein Blick und seine Züge verändern. Aber vor allem spüre ich es in seiner Seele.

Keeran kommt langsam wieder zu sich und nickt Medisa zu, die näher tritt und seine Schläfen erneut berührt. Diesmal, um ihm die Erinnerungen an mich zurückzugeben.

Ich kann mich nicht bewegen. Kann nicht fassen, was Red da gesagt hat. Warum war ich so dumm? Warum bedeutet mir dieser Schattenbringer so viel? Warum …

»Sari«, raunt Keeran, als er seine Augen wieder öffnet. Er ist wieder da. Aber in mir ist etwas anders. Er mustert mich, als wollte er begreifen, was ich fühle.

»Du willst mich benutzen, um die Frau zu retten, die du liebst?«, schleudere ich ihm entgegen. Die Worte hören sich unwirklich an. So fremd, als würden sie meine Lippen und meine Brust verbrennen.

»Lasst uns allein«, befiehlt Keeran den beiden anderen und sie verschwinden sofort durch die Höhle in ein anderes Gewölbe.

Keeran kommt auf mich zu, aber ich hebe meine Hand, um ihn aufzuhalten.

»Hast du je darüber nachgedacht, mich einfach zu fragen? Mich zu bitten, dir zu helfen, statt mir …« Meine Stimme bricht. »… mir die ganze Zeit nur etwas vorzutäuschen?«

»Ich habe dir nie etwas vorgetäuscht, Sari.«

»Doch!« Ich will ihm an den Kopf werfen, dass er mich geküsst hat. Aber ich wusste doch die ganze Zeit, dass er nichts für mich empfindet.

»Ich?«, hakt er nach und kommt dann doch näher. So nah, dass ich seinen Geruch wahrnehmen kann. Er riecht wie eine kühle Nacht im Wald, nachdem es geregnet hat. Wie die Finsternis und die Natur selbst.

Tränen wandern über meine Wange. Ich kann sie nicht aufhalten. Mein törichtes kleines Herz fühlt etwas für ihn.

»Wer ist sie?«, frage ich leise.

Keeran legt den Kopf schief und mustert meine gläsernen Augen. Er bemitleidet mich. Und das macht alles noch schlimmer.

»Ich wollte nicht, dass du …«

»Dass ich mich in den Nächstbesten verliebe, der mir hilft und mich küsst? Glaub mir, das wollte ich auch nicht!«

Er sieht zu mir herab. Sein wie gemaltes Gesicht wird nur spärlich von dem leicht glitzernden Eis beleuchtet. Ich spüre keine Kälte. Obwohl ich sie wahrscheinlich spüren sollte. Aber die einzige, die ich wirklich wahrnehmen kann, ist die in meiner Seele.

»Sie ist die Nachfahrin der Arasá«, antwortet er schließlich, und dieser Satz zerbricht etwas in mir.

»Und der Monarch hat sie eingesperrt? Oder warum musst du sie befreien?«

Er nickt.

»Und du liebst sie?«

Er nickt wieder, dann hebt er seine Hand und berührt meine Wange. »Es tut mir leid, Sari.«

»Erspar mir das!«, entgegne ich und schüttle seine Berührung ab. In mir brennt es. Es ist, als würden die Flammen alles zerstören. Nur meine Enttäuschung bleibt zurück.

»Warum hast du mich geküsst?«

»Weil ich es wollte«, gibt er rau zurück.

»Und was würde sie dazu sagen?«

Seine Lider zucken kurz. »Sie ist nicht hier. Sie war in dieser Nacht nicht bei mir. Und Medisa hat meine Erinnerungen an sie aufbewahrt, sodass sie mir nicht im Weg standen.«

Ich lache herablassend. »Und das Ganze mit mir war nur ein Spiel, um mich gefügig zu machen?«

Er schweigt, was jedoch Antwort genug ist.

»Ich will dich nicht mehr bei mir haben«, flüstere ich gebrochen. Was habe ich eigentlich erwartet? Wie konnte ich jemals denken, dass jemand wie Keeran mich … ja, was? Mich lieben könnte? Ich schüttle den Kopf und lache leise über mich selbst. Bitter und heiser.

»Wir dürfen uns mitten im Lauf nicht trennen«, sagt Keeran und fährt sich genervt durch sein Haar.

Ich sehe ihn nicht mehr an. Starre einfach auf das gläserne Eis hinter ihm und die winzigen Kristalle, die sich darin formen.

»Dann …« Ich suche vergeblich nach einem Ausweg. Die drei sind meine Begleiter, und wenn ich mich von ihnen entferne, verliere ich the Run und kann nicht zu Jarrusch zurückkehren. »Wirst du mir oder Jarrusch etwas antun?«

Sein Gesicht bleibt ausdruckslos, dann beugt er sich zu mir. »Euch wird nichts passieren, solange ich lebe, Sari. Du musst mir vertrauen.«

Ich lache wieder. Ich habe ihm schon einmal vertraut. Und wohin hat es mich gebracht?

»Wenn du Jarrusch verletzt oder ihn verrätst, werde ich dich töten. Ich werde dich jagen, Keeran, bis zu deinem bitteren Ende.«

»Das klingt fair«, sagt er und hebt einen Mundwinkel.

Ich wünschte, ich könnte ihn hassen. Ich möchte dieses Zucken seiner Lippen nicht überwältigend finden. Seine schimmernden dunklen Augen einfach vergessen. Nicht in jeder seiner Narben eine Geschichte sehen, die ich gern hören würde. Seine Hände nicht auf mir spüren wollen. Aber das kann ich nicht. Und trotzdem reiße ich mich jetzt zusammen und straffe meinen Körper. So wie es Marra vor Jahren schon von mir verlangt hat. So wie es sein muss.

Nachdem wir zu Red und Medisa ins nächste Gewölbe getreten sind, gehen wir stundenlang durch die eisigen Höhlen der Berge, bis wir Rast machen und etwas essen. Red hat einiges vom casta te ahh mitgenommen, vom Gefängnis der Asche. Wahrscheinlich, weil er wusste, dass wir hier keine Tiere jagen können.

Nachdem ich gegessen habe, lege ich mich hin und überlege fieberhaft, wie diese Frau wohl aussieht. Wie sie ist. Ob sie stark ist. Stärker als ich. Aber ich erreiche damit nur, dass ich kaum Schlaf finde.

Nach ein paar Stunden gehen wir weiter. Die Gänge werden immer enger und dunkler, je tiefer wir in den Felsen dringen. Irgendwann erkenne ich einen gleißenden Lichtschein. Er stammt aus einer Grotte, deren Eingang nur wenige Meter vor uns liegt. Er wird von zwei aus Eis gemeißelten Löwen flankiert.

»Te pitmé te stasis«, raunt Keeran neben mir. »Die Grube des Stillstands.« Seine Stimme lässt mich erschaudern. »Ab jetzt dürfen wir dir nicht mehr helfen. Bist du bereit?«

Ich nicke und gehe auf die große Grotte zu. Mir bleibt gar nichts anderes übrig, als bereit zu sein, denn Schwäche wird in dieser Welt mit dem Tod bestraft. Das hier ist meine letzte Aufgabe in Emza, bevor ich die Malsprüfung absolvieren muss. Es ist, als wäre dieses Wissen tief in mir verankert. Als hätte das Tattoo auf meiner Haut es mir in mein Blut hineingestochen und das, was ich tun muss, zu einem Teil meines Instinkts gemacht.

Als ich den Torbogen passiere, spüre ich etwas Warmes in meiner Seele. Etwas wie Verbundenheit. Ich muss daran denken, dass Emza meine Vorfahrin ist. Vielleicht empfinde ich deshalb eine Art Zugehörigkeit, die mir Sicherheit gibt.

Wie in Trance gehe ich weiter und mustere die wunderschönen Malereien an den Wänden. Dann komme ich in eine weitere große Höhle aus Eis. Durch ein Loch in ihrer Decke strahlt blaues Licht, das auf unzählige zu Eis erstarrte Tierwesen fällt. Hinter ihnen sind Türen, die wahrscheinlich ins Freie hinausführen. Es gibt keinen anderen Weg hinaus.

»*Ris*«, flüstere ich. Es ist eine weitere Eigenschaft von Emza. Sie kann die Auferstehung bewirken. Ich muss eines dieser Wesen zum Leben erwecken.

Ich trete näher und mustere die Tiere. Als ich sie erkenne, öffnet sich mein Mund voller Ehrfurcht. Es sind Greife, uralte Tiere, über die ich in einem von Jarruschs Büchern gelesen habe.

Ich gehe auf einen der Greife zu, bleibe vor ihm stehen und betrachte ihn. Er ist riesig und seine wunderschönen Flügel liegen eng an seinem majestätischen Körper an. Seine dunklen Augen sind starr nach vorn gerichtet. Sein Maul, das einem Schnabel gleicht, ist geschlossen. So als wäre er stark und sicher dem Erstarren entgegengetreten. Ich spüre sofort eine Verbindung zu ihm, hebe meine Hand und streiche sanft über seinen Kopf.

In Jarruschs Buch stand, dass Greife gefährliche, mörderische Tiere sind, solange sie keinen Herrscher haben. Schafft man es aber, sie zu unterwerfen, dann bleiben sie auf ewig an der Seite ihres Gebieters.

Ich atme tief durch, bevor ich in mir nach dem Feuer des Lebens suche. Jeder von uns trägt es in sich. Es ist ein Geschenk der Götter. Manche denken, dass dieses innere Feuer unsere Seele ist.

Ich lasse meine Hand auf dem Kopf des eiskalten Greifs liegen, während ich die Wärme spüre, die durch meinen Körper strömt und auf ihn übergeht. Unter meinen Fingern wird das Eis allmählich zu Federn. Aber ich öffne meine Augen nicht. Noch nicht.

Ich weiß, dass Keeran, Medisa und Red ein Stück hinter mir stehen und mich beobachten. Ich spüre sie. Nehme ihre Seelen wahr.

Ein Schnaufen lässt mich zusammenzucken und ich öffne meine Augen. Ich starre direkt in die Augen des Greifs. Er legt den Kopf schief, und dann stürzt er sich auf mich. So schnell, dass ich nach hinten geschleudert werde, eine seiner Krallen zieht eine lange Wunde über mein Gesicht.

Ich keuche, rapple mich auf und stelle mich ihm entgegen. Keerans Seele schreit hinter mir so laut, dass ich mich kaum auf den Greif konzentrieren kann. Aber dann spüre ich sie ganz leise. Die Seele des Tiers. Ich suche darin nach einem Weg, es zu unterwerfen. Aber da ist nichts. Nur der Wille, mich herauszufordern.

Ich trete näher, während der Greif ein lautes Krächzen von sich gibt. Auch er kommt auf mich zu. Ich sehe ihn fest an. Und dann wandert mein Blick zu der Tür hinter ihm, die nun unbewacht ist. Ich könnte losrennen und würde es vielleicht sogar ins Freie schaffen. Ich müsste die anderen zurücklassen, aber sie wären sowieso schon längst ohne mich gegangen, wenn sie mich nicht so dringend brauchen würden.

Als ich den Greif wieder ansehe, bemerke ich, dass ich keine Angst vor ihm habe. Es ist, als wäre ich mit ihm verbunden.

Als er seine riesigen Schwingen ausbreitet, tue ich das Einzige, was ich diesem gigantischen Tier gegenüber angemessen finde. Das, was jeder mit einem *purhat*, einem reinen Herzen, tun würde. Ich verbeuge mich vor ihm, denn ich habe Respekt vor ihm. Zu viel Hochachtung, als dass ich ihn in einem Kampf in die Knie zwingen wollte.

Als ich aufblicke, sieht mich der Greif durchdringend an, und dann – verbeugt auch er sich. Mein Herz macht einen Sprung. Ich stehe auf, gehe zu dem Greif und streiche ihm sanft über seine Federn. Er gibt ein wohliges Schnurren von sich, und als ich mich sicher fühle, lege ich meinen Kopf auf seine Brust und lausche seinem Herzen. Es ist, als würde es im Gleichklang mit meinem schlagen.

»Das war die schnellste Vorstellung, die es je gab«, stellt Red fest und kommt auf mich zu.

Die anderen folgen ihm und sehen mich irritiert an. Red klopft mir anerkennend auf die Schulter, und dann verbeugen sich alle nacheinander vor meinem Greif.

»Na dann, auf zu deiner zweiten Malsprüfung«, sagt Red und lacht. Medisa folgt ihm zur Tür, während Keeran mich und den Greif mustert.

»Wie heißt er?«, fragt er mich.

»Aradas«, antworte ich flüsternd. Ich habe den Namen in seiner Seele gesehen.

»Hast du auch einen Greif?«, frage ich, als ich den traurigen Ausdruck in den Augen des Schattenbringers sehe.

»Er ist nicht hier«, ist alles, was Keeran sagt, und dann gehen auch wir durch die Tür hinter dem Greif, die nun offen steht.

Kurz darauf erblicke ich endlich wieder Tageslicht. Ich trete auf einen schmalen Felsvorsprung und blicke hinab auf das Königreich Emza. Überall ist Eis, blaues, glänzendes Eis, Eisblumen und Bäume. Sie alle glitzern und ihre weißen Blätter wehen im Wind.

Ganz hinten am Horizont erkenne ich den Palast von Bonara, der Hauptstadt des Königreichs. Aber von hier aus sieht er winzig aus. Trotzdem leuchtet er bis zu mir und hebt sich von dem rötlichen Abendhimmel ab.

»Es ist wunderschön, nicht wahr?«, fragt Keeran mit bebender Stimme.

Ich sehe zu ihm. Sein Körper zittert vor Kälte. Und als ich begreife, dass ich selbst gar nicht friere, erkenne ich mein wahres Erbe. Das hier ist mein Zuhause, mein Königreich.

»Dort müssen wir hin«, sagt Keeran und lenkt meinen Blick auf große Eisberge, die zu meiner Linken in den Himmel aufragen.

»Te lak te ice – der See des Eises«, raune ich und atme die frische, kühle Luft ein, die so sauber wirkt, dass ich mich wie reingewaschen fühle.

Meine Gedanken wandern zu Jarrusch. Ich würde alles dafür geben, ihm das hier zeigen zu können. Ihn aus seiner Kammer herauszuholen und hierherzuführen.

»Ich helfe dir, sie zu befreien«, sage ich und sehe Keeran entschlossen an. Es tut weh, dass er eine andere Frau so sehr liebt, dass er mich benutzen will, um sie zu retten. Aber tief in mir weiß ich, was es bedeutet, einen Menschen so sehr zu lieben. Ich weiß, dass ich selbst alles opfern würde, um Jarrusch zu beschützen.

»Danke«, sagt er mit gebrochener Stimme und bedeutet mir, ihm einen schmalen Bergpfad hinab zu folgen. Der Weg ist beschwerlich und steil. Immer wieder sehe ich hinauf zu Aradas, der über uns fliegt, als wollte er jede Sekunde seiner Freiheit nutzen.

Die Gesichter der anderen drei werden weiß vor Kälte und sie müssen sich immer wieder vor den Schneestürmen schützen. Mein Körper reagiert eher mit Wärme darauf.

Als wir unten ankommen, finden wir einen vereisten Weg, der uns in die richtige Richtung führt.

»Wir können keine Rast mehr machen, bevor wir da sind«, sagt Red und deutet auf die Eisberge in der Ferne. Aber sie würden es ohnehin nicht überleben, wenn wir uns hier mitten auf dem Eis ausruhen oder schlafen würden. Ihre Körper zittern jetzt schon vor Kälte und ihre Lippen sind blau.

Wir laufen stundenlang. Immer wieder brechen Eisstürme über uns herein und halten uns auf. Und dann erblicke ich plötzlich etwas vor uns.

»Achtung!«, schreit Red und deutet auf die Tiere, die sich uns nähern. Panik ergreift mich. Es sind vier Eislöwen, die hungrig die Zähne fletschen.

»Was machen wir jetzt?«, frage ich Medisa, die ihr Schwert zieht und mir einen irritierten Blick zuwirft.

»Wir kämpfen natürlich, kleines Phantom.« Im nächsten Moment rennt sie auf die Löwen zu, die brüllend über das Eis auf uns zustürmen. Keeran nimmt seinen Bogen, spannt einen Pfeil und erschießt einen von ihnen. Jaulend fällt das Tier zu Boden und rutscht noch meterweit, bevor es unter erbärmlichen Schreien und mit zuckendem Körper stirbt.

Medisa stürzt sich auf einen weiteren Löwen und kämpft mit ihm.

»*Aradas*!«, schreie ich, als mich einer von ihnen fast erreicht hat. Der Greif schießt vom Himmel, rammt mit seinem Körper den Eislöwen zur Seite und fliegt so tief, dass ich mich auf ihn schwingen kann. Ich kralle mich in seine Federn, während er mit übernatürlicher Geschwindigkeit aufsteigt, nur um sich kurz darauf schon wieder auf einen der Löwen herabzustürzen. Eine Mischung aus Begeisterung und Panik flutet meinen Körper. Der kühle Wind peitscht mir unablässig ins Gesicht, und das atemberaubende Gefühl der Schwerelosigkeit erfasst mich.

Dann erwischt Aradas den Löwen mit seinen Klauen, reißt ihn in die Lüfte und schleudert ihn auf das Eis zurück.

»Achtung!«, schreie ich ihm zu, doch da rammt der andere Löwe schon seine Zähne in den Körper des Greifs. Aradas schreit auf, schüttelt ihn ab und fliegt wieder hinauf, bevor er erneut angreift und den Löwen förmlich zerfetzt. Schwindel packt mich. Ich starre hinab auf das Blut, das sich langsam über den eisigen Boden verteilt.

Medisas Schwert trifft den letzten Löwen, mit dem zuvor Red gekämpft hat, ehe Aradas wieder auf dem Boden landet und seinen Kopf senkt. Blinzelnd steige ich ab und mustere die toten Eislöwen. Meine Augen wandern zu Aradas. Er hat sein Leben riskiert, um meines zu retten.

»Danke«, flüstere ich, lehne mich gegen seinen Kopf und streichle sein Gefieder, bis mir eine klaffende Wunde an seinem Bauch auffällt.

»Er wird heilen, Sari. Wir müssen weiter!«, befiehlt Keeran und zwingt uns vorwärts, an den toten Löwen vorbei.

Aradas erhebt sich in die Lüfte und ich kämpfe mit jedem Schritt gegen den Drang an, mich zu übergeben. Ich habe bei meinen Kämpfen zu Hause in Golassa nur kleine Jungs verprügelt. Aber das hier, das Blut und der greifbare Tod sind etwas ganz anderes. Der Emza-Teil in mir trauert um die toten Eislöwen. Ich weiß, dass sie uns niemals angegriffen hätten, wenn Marruk Karis sie nicht dazu angestiftet hätte. Sie sind keine mordlustigen Bestien. Der Monarch verbreitet Hass und Tod.

Meine Beine werden schwach, doch dann erkenne ich den See des Eises vor uns. Keeran hält mich an der Schulter auf und klatscht mir mit seinen Händen gegen meine Wangen und meine Lippen.

»Karis darf nicht sehen, wie gut du die Kälte wegsteckst.«

Ich nicke wie in Zeitlupe.

Als wir ankommen, sehe ich ihn sofort – den Monarchen. Er steht auf einem Gebirgsplateau hinter dem See und sieht verächtlich auf mich herab, als wäre ich ein Insekt, das er am liebsten zertreten würde.

»Phantom aus dem Hause Lakar. Du bist die Erste.« Er wirkt überrascht, schaut aber anerkennend zu Keeran, als würde er meinen Erfolg ihm zuschreiben. Dann wandern seine bösartigen Augen zu Aradas, der neben mir auf der Erde landet und seinen Kopf an meinem Arm reibt. Ich mustere die Wunde auf seinem Unterleib. Sie blutet immer noch, scheint aber bereits zu heilen.

»Tritt vor!«, ruft der Monarch von oben.

Neben mir erscheinen Wachen, die einen Kreis um mich bilden, als hätten sie Angst, ich könnte wegrennen.

»Deine Aufgabe besteht darin, diesen Greif wieder einzufrieren.«

»Was?«, stoße ich hervor und beiße mir sofort auf die Zunge, während Keeran hinter mir laut zischt. Ich darf in Gegenwart des Monarchen nicht unaufgefordert sprechen.

Aber … ich kann das nicht tun. Ich kann Aradas nicht wieder zu einer Statue machen. Das hat er nicht verdient.

»Gibt es ein Problem?«, fragt der Monarch grinsend, beinahe siegessicher.

Aradas berührt meinen Arm mit seinem Schnabel und sieht mich fragend an.

Natürlich gibt es kein Problem. Keines, das er verstehen könnte. Denn für Karis ist dieser Greif nur ein unnützes Tier. Aber ich spüre seine Seele. Ich spüre, dass er sich frei fühlt, wenn er fliegt, und dass er nicht wieder in diesem Gefängnis des Stillstands leben will.

»Tu es!«, flüstert eine Stimme in mir, die mir fremd ist. Es ist die Seele des Toten, die ich erweckt habe. »Du musst!«

Ich drehe mich zu Aradas um. Seine dunklen Augen mustern mich liebevoll. Sie suchen nach dem Grund für meine Qualen. Und dann scheint er es zu begreifen.

»Ich kann nicht«, flüstere ich so leise, dass nur ich es hören kann. Aber mein Zögern bleibt nicht unbemerkt. Die Wachen stürmen auf Aradas zu und legen ihm Ketten um seine Beine. Der Greif wehrt sich und breitet seine Flügel aus, doch sie reißen ihn an den Ketten zurück.

»Haltet ein!«, schreie ich sie an. In mir wächst die Wut. Am liebsten würde ich sie alle töten. Wieder reißen sie an dem Greif. Er rutscht weg und landet mit einem lauten Knall auf dem Eis.

»Lasst ihn los!«, knurre ich und will mich gerade mit all meiner Macht auf sie stürzen, als das Eis unter ihren Füßen plötzlich zu brechen beginnt. Panik schleicht sich auf ihre Gesichter, und als es vollends zerbricht, lassen sie die Ketten los und rennen davon.

»Sari!«, flucht Keeran hinter mir.

»Interessant«, ruft der Monarch von oben und lacht. Er mustert mich neugierig. »Hat dir ein Schattenbringer oder eine Wahrheitsbringerin diese Gabe gegeben?«

Ich beiße die Zähne zusammen und überlege fieberhaft, zu

welchen Gaben das Eisbrechen zählen könnte. Karis darf auf keinen Fall erfahren, dass ich sie besitze, weil sie mein Erbe ist.

Ich lausche den Seelen um mich herum, bis ich die von Keeran höre.

»Eine Wahrheitsbringerin«, sage ich, was mir sein Innerstes zugeflüstert hat.

Der Monarch nickt und deutet dann wieder auf Aradas. Ich schließe meine Augen und atme tief ein, bevor ich mich zu dem Greif drehe und ihn schuldbewusst ansehe. Er senkt seinen Kopf.

»Ich werde wiederkommen und dich befreien«, verspreche ich ganz leise. Aradas' Seele vertraut mir. Und dann suche ich in mir nach der Macht des Stillstands, die wir alle in uns tragen. So wie das Feuer des Tunis, die Weisheit der Arasá und die Stärke des Kalipar. Das sind die Gaben, die uns angeboren sind. Gaben, die die Götter jedem Einzelnen von uns geschenkt haben. Sobald ich die Gabe in mir gefunden habe, berühre ich Aradas' Kopf, drücke ihm einen Kuss auf seine Stirn, und kurz darauf erstarrt er zu Eis. Ich spüre es kaum. Ich spüre nur noch den Schmerz, den diese Welt in mir auslöst.

»Bringt ihn auf seinen Platz zurück!«, befiehlt der Monarch und deutet auf den Eisberg in der Ferne, woher wir gekommen sind.

»Ich werde zu dir zurückkehren. Ich werde einen Weg finden«, flüstere ich. Ich gelobe es mir.

»Tritt ein«, sagt der Monarch und deutet hinter sich, wo sich ein gewaltiger Höhleneingang im Berg öffnet. Auf seinen Lippen liegt ein befriedigtes Lächeln. Und da schwöre ich mir noch etwas. Ich werde ihn töten.

KAPITEL 10

Hamza, Passus II Arasá, Vers 88

Arasá reiste in das Königreich von Emza, ihrer Schwester im Geiste. Sie selbst war von ihrem sterblichen Mann verraten worden und suchte nach einer Möglichkeit, ihr Kind wiederzufinden. Sie suchte nach einer Antwort, die Emza ihr jedoch nicht geben konnte.

Als Arasá das Königreich betrat und all das Leben sah, das zu Eis erstarrt war, begriff sie, dass auch Emzas Seele tot war. Ihr Herz war gebrochen.

Ein Labyrinth aus Gängen erstreckt sich vor mir. Blaues Eis, das aus sich heraus leuchtet. Keeran, Red und Medisa wurden zum Monarchen gerufen, also gehe ich allein durch das palastähnliche Innere des Berges, von einer Wache geleitet. Mein Herz fühlt sich schwer an. Alles in mir wiegt plötzlich Tonnen und meine Seele schreit.

Die Wache bringt mich in eine Art steinernes Zimmer und schließt die schwere Tür hinter mir mit der Anweisung, ich solle mich für ein Fest fertig machen. Da ich als Erste hier zur Malsprüfung angekommen bin, habe ich Zeit, bevor dieses Fest beginnt, bei dem ich ein weiteres Mal erhalten werde.

Als ich das Bad betrete, mein Tahill abnehme und in den Spiegel sehe, erkenne ich mich selbst nicht mehr. Nicht wegen des Schnitts, der sich quer durch mein Gesicht zieht, und auch nicht weil meine Wangenknochen prägnanter hervorstechen als je zuvor. Es ist vor allem der Ausdruck in meinen Augen, der mich zusammenfahren lässt. Mein starker, fürsorglicher und ein wenig naiver Blick ist einem harten und kühlen gewichen.

Ich sehe nicht länger hin, sondern ziehe mich komplett aus und steige in das Bad, das irgendeine Dienstmagd vorbereitet hat. Ich spüre nicht, ob ich weine, als ich mein Gesicht untertauche, und bin dankbar für das Wasser, das meine Schwäche verbirgt.

Als es klopft, schrecke ich auf und starre zur Tür, in der Keeran erscheint. Ich sehe ihn stumm an, während er das Badezimmer betritt und sich auf das Sims des riesigen Fensters setzt.

»Dein Vater wurde festgenommen.«

Alles in mir erstarrt.

»Er hat Obst geklaut und einen Händler angegriffen.«

»Nein«, sage ich fassungslos. »Das ist unmöglich. Er ist nicht bei Sinnen und er hat genug zu essen.«

»Sari, du musst mir jetzt jede meiner Fragen wahrheitsgetreu beantworten.«

Ich presse meine Lippen aufeinander und nicke.

»Wo ist Jarrusch?«

Ich zögere. Wenn ich ihm das verrate, weiß er von meinem größten Geheimnis. Was, wenn ich ihm doch nicht vertrauen kann? Ich atme tief ein und treffe eine Entscheidung. Wenn sie unsere Hütte wegen Varras Verhalten durchsuchen, werden sie Jarrusch finden. Also muss Keeran ihm vorher helfen.

»In einer Kammer unter den Dielen in unserer Hütte«, stottere ich panisch. »Aber wenn Varra den Tisch nicht darübergestellt hat, kann er jederzeit raus.«

Was, wenn Jarrusch in seinem Versteck eingesperrt ist?

»Hat er genug zu essen?«

»Ja. Ich habe ...« Ich setze mich auf und ziehe meine Beine vor meinen Körper. Aber meine Nacktheit, auch die meines Gesichts, ist mir in diesem Moment egal. Ich nehme sie kaum wahr.

»Du hast all dein Geld dafür ausgegeben? Das weiß ich. Du wurdest mehrmals für das Horten von Lebensmitteln gemeldet.«

Mein Herz hämmert in meinem Körper, es trommelt in jeder Ader.

»Keeran, er darf nicht gefunden werden. Wann kommt mein Varra wieder frei?« Ich suche nach einem Tuch, um aus der Wanne steigen zu können, aber es ist keines greifbar, und so drücke ich meine Beine nur fester gegen meine Brust. Keeran lehnt immer noch am Fenstersims. Seine Miene ist besorgt.

»Man hat ihm die Hand abgehackt, Sari. Ich weiß nicht, ob er die nächsten Nächte im Kerker des Monarchen überleben wird.«

In diesem Moment breche ich zusammen. Ein Schluchzen dringt aus meiner Kehle, aber ich weine nicht. Als würden meine Augen es nicht begreifen.

»Ich ... ich regle das.« Er steht auf und geht zur Tür, kommt aber noch einmal zurück und streicht mir die Strähnen aus dem Gesicht. »Du musst mir vertrauen, Sari!« Er drückt mir einen Kuss auf die Stirn und verlässt das Zimmer.

Er wird sich darum kümmern. Das sage ich mir immer und immer wieder, während ich mich abtrockne und anziehe. Bald werde ich das Mal der Emza entgegennehmen. Ich muss mich beeilen. Aber vor allem muss ich jetzt stark bleiben.

Auf meinem Bett liegt ein neuer Taillengurt mit den goldenen Schmuckelementen der Arasá. Ich binde ihn mir um und warte, bis mich endlich eine Wache holt und durch die eisigen Gänge bis zu einer riesigen Höhle bringt.

Wie im casta te ahh, dem Gefängnis der Asche, sind auch hier langen Tafeln aufgestellt und dahinter steht leicht erhöht ein einzelner kleinerer Tisch, an dem der Monarch, seine Frau, Jeri und Keeran sitzen. In meiner Panik überlege ich, ob ich Jeri darum bitten kann, dass er seinen Vater dazu bringt, meinen Varra zu begnadigen. Aber Jeri hatte noch nie Einfluss auf den Monarchen. Niemand hat das.

Auch hier leuchtet das Blau des Eises und verschafft mir eine gute Sicht auf all die Phantome an den Tischen. Ansonsten gibt es kaum etwas zu sehen. Da sind nur die Tische und das blaue Eis. Als wäre diese riesige eisige Grotte nie dafür gedacht gewesen, einen grausamen Herrscher zu beherbergen.

Widerwillig setze ich mich an einen der großen Tische und sehe immer wieder zu Keeran hinüber. Er strahlt pure Gelassenheit aus. Hat er eigentlich eine Ahnung, was es für Jarrusch bedeutet, wenn mein Varra nicht wiederkommt und er …? Ich kann den Gedanken nicht weiterdenken. Ich kann es einfach nicht.

Stattdessen überlege ich, warum mein Vater das Haus überhaupt verlassen hat. Seit dem Tod meiner Marra war er nicht mehr draußen. Und er hat bestimmt kein Essen geklaut oder jemanden angegriffen. Die meiste Zeit hat er einfach nur panische Angst vor den schwarzen Gestalten, die er sieht. Vor Menschen. Und vor allem vor den Wachen.

Ich muss mich beruhigen. Der Monarch wird bemerken, wie angespannt ich bin. Außerdem hat Keeran mir versichert, dass er sich um meinen Vater kümmern wird.

Als wir gegessen haben und ich zwei Met getrunken habe, erhebt sich der Monarch und deutet auf den Tisch, an dem unsere Begleiter Platz genommen haben.

»Nun werden eure Weggefährten vortreten und uns von euren Stärken und Schwächen berichten.« Der Monarch zeigt seine weißen Zähne, aber ich sehe nur eine mörderische Fratze.

Die ersten beiden Begleiter treten vor. Ich bin offensichtlich die Einzige, die außerdem einen Shadbrig an ihrer Seite hatte.

»Das Phantom des Hauses Gidolin war während all der Aufgaben sehr bemüht und wusste sich immer selbst zu helfen«, sagt die junge Begleiterin.

Ich verdrehe meine Augen. Das sind Floskeln. Mehr nicht.

Sie berichtet von der Prüfung dieses Phantoms in der pitmé te stasis, der Grube des Stillstands. Der junge Mann habe sehr lange gebraucht, um zu verstehen, worum es dort ging, und dann mindestens noch einmal so lange, bis er den Greif so verwundet habe, dass er sich ihm unterwarf. Ich balle meine Hände unter dem Tisch. Wie konnte er nur? Er hätte das Tier nicht verletzen müssen.

Die Berichte der anderen gleichen dem ersten. Alle Begleiter erzählen, was für langweilige Helden ihre Schützlinge sind, bis schließlich Medisa und Red vor die Menge treten.

Ihre Augen sind unsicher auf mich gerichtet.

»Das Phantom aus dem Hause Lakar hat sich in jeder Prüfung hervorragend geschlagen«, sagt Red und deutet auf mich.

Ich straffe gespannt meine Schultern.

»Sie hat den Greif unterworfen, indem sie sich vor ihm verbeugt hat. Ohne einen Kampf in Erwägung zu ziehen«, fügt Medisa hinzu und starrt das andere Phantom, das seinen Greif schwer verletzt hat, wütend an.

»Ihr Greif hat eine solch enge Beziehung zu ihr aufgebaut, dass er uns im Kampf gegen die Eislöwen geholfen und beschützt hat.«

Mein Herz wird schwer, als ich begreife, dass keiner der anderen die Hilfe des Greifs erhalten hat.

»Die Kälte hat sie gut vertragen«, sagt Medisa und verengt ihre Augen. »Aber sie hat dennoch gezittert«, lügt sie dann, als ihr bewusst wird, dass die Phantome der anderen Königreiche alle ungläubig zu ihr herübersehen. Sie haben unter der Kälte gelitten, nur die Emza-Phantome nicht.

»Schön«, winkt der Monarch ab, der es allem Anschein nach leid ist, so viel Gutes über mich zu hören. Ich bin überzeugt davon, dass er es am liebsten hätte, wenn ich versagen würde.

»Dann tretet vor, Phantom!«

Ich stehe auf und knie mich vor ihn. Er packt meinen Arm viel zu grob.

»Du hast dich vor der Göttin des blauen Eises als würdig erwiesen«, sagt er laut und deutlich. »Hiermit erhältst du das Mal der Emza.«

Ein Brennen zuckt durch meinen Arm. Meine Sicht verschwimmt, aber ich kämpfe gegen den Schwindel an. Kämpfe gegen die Dunkelheit an, die mich zu sich ziehen will.

Ich bleibe stark und sehe Marruk Karis in die bösen Augen, bis das Mal vollendet ist. Als er mich loslässt und ich gerade aufstehen will, erhebt sich Keeran und sieht kühl auf mich herab.

»Da gibt es noch etwas, Monarch«, sagt der Schattenbringer, während er eine leichte Verbeugung andeutet.

»Sprecht, Shadbrig!«, befiehlt Karis mit einer auffordernden Geste.

Meine Augen wandern zu Keeran.

»Ich habe in der Zeit mit diesem Phantom herausgefunden, dass es eine Seelenseherin ist.«

Stille im Saal, aber vor allem in mir. Was tut er da?

»Und dass es einen Mutanten als Bruder hat. Das wahre Gesicht. Sie hält ihn bei sich zu Hause unter einer Diele versteckt.«

Ich keuche vor Schmerz auf. Mein Herz bricht. Ich keuche immer und immer wieder, höre es aber nicht. Ich höre es nicht, weil der Raum von einem lauten Schrillen und meinem ohrenbetäubenden Herzschlag erfüllt ist. Weil meine verdammte Welt zusammenbricht.

Medisa und Red starren Keeran fassungslos an, während er um den Tisch herum zu uns kommt.

»Wenn Ihr wollt, werde ich mich sofort darum kümmern«, fügt er eiskalt hinzu.

Der Monarch sieht von Keeran zu mir. Es ist, als würde das alles wie in Zeitlupe passieren. Als würde ich nur ganz allmählich wahrnehmen, wie die Befriedigung sich auf Marruk Karis' Gesicht legt. Dann klatscht er in die Hände und weckt mich damit.

Ich stehe auf, kreische und stürme auf Keeran zu. Als ich ihn erreiche, schlage, kratze und beiße ich ihn.

»Wie konntest du nur!«, brülle ich und schreie wie ein verwundetes Tier.

Red und Medisa ziehen mich von ihm weg. Da ist nichts in seinem Gesicht, was auch nur einen Funken Reue vermuten lässt.

Er hat Jarrusch verraten. Und ich habe ihm gerade noch gesagt, wo er sich versteckt. Sie werden meinen Bruder töten. Oder Schlimmeres. Sie werden ihn benutzen.

Meine Beine versagen, als ich Jarrusch vor mir sehe. Seine vor Angst geweiteten Augen, wenn er begreift, dass die Wachen ihn holen.

»Wie konntest du nur?«, wiederhole ich gebrochen und spuckend. Tränen mischen sich mit meinem Speichel. Mein Mund verzieht sich und meine Kehle ist wie zugeschnürt. Stößt mir den Schmerz in mein Gesicht und meine Brust. Alles in mir stirbt.

»Beruhige dich, Phantom!«, knurrt der Monarch und winkt zwei Wachen herbei. »Leider kann ich dir nicht verbieten, the Run zu beenden. Aber …«

Ich höre seine Worte nicht mehr. Ich verliere die Kontrolle über mich und fege die Wachen mit einem Eissturm davon. Ich fege den Monarchen und Keeran davon. Ich habe keine Ahnung, woher diese Macht kommt. Aber mein Schmerz ist so groß, dass es mir egal ist. Mir ist egal, was mein Erbe bewirken kann.

Und dann stürme ich los. Ich renne um mein Leben, um Jarruschs Leben. Ich muss den Lauf zu Ende bringen, um ihn zu retten. Also werde ich das tun. Und dann werde ich Keeran und den Monarchen töten.

Ich stürze aus dem Saal hinaus. Wachen wollen mich aufhalten, aber auch sie fege ich mit Schneestürmen davon. Ich lasse Hagelkörner auf sie und den Monarchen hinter mir prasseln. Soll er doch spüren, wie es sich anfühlt, gesteinigt zu werden. Sollen sie doch alle spüren, wie groß meine Macht ist und wie stark mein Wille, Jarrusch zu befreien. Ich werde nicht aufgeben. Niemals.

Als ich den Ausgang aus dem Eisberg erreiche, höre ich Schritte hinter mir. Ich drehe mich um, bereit, denjenigen zu töten, der mir gefolgt ist, als ich Jeri erkenne. Er hebt seine Hände beschwichtigend.

Meine Beine drohen nachzugeben. Jeri war tot. Und jetzt steht er so lebendig vor mir, dass mein Herz es einfach nicht begreifen kann.

»Sari«, raunt er und kommt näher.

»Geh weg!«, schreie ich und weiche zurück.

»Ich will dir helfen.«

»Ich werde nicht zurückgehen. Sie … sie wollen Jarrusch quälen und …«

»Ich will nicht, dass du zurückgehst«, sagt Jeri sanft und sieht über seine Schulter, als würde er prüfen, ob ihm jemand gefolgt ist.

»Ich bin es, Sari. Ich habe dich und Jarrusch all die Jahre beschützt. Ich habe meinem Vater nie etwas verraten.«

Ich nicke mit bebenden Lippen. Aber ich vertraue ihm nicht. Er hätte einen Weg finden müssen, mir zu sagen, dass er am Leben ist. Und doch brauche ich ihn jetzt.

»Ich werde dir helfen.«

»Wie willst du das tun?«, schreie ich weinend. »Wie kann man mir noch helfen, wenn mir gerade mein Lebensinhalt genommen wird?«

»Sie werden ihm nichts tun«, versichert Jeri mir und ich spüre die Wahrheit in seiner Seele.

»Ich werde jetzt gehen«, sage ich dann entschlossen und sehe den Abhang hinunter.

»Ich komme mit dir.«

»Und ich auch«, ertönt Medisas Stimme hinter Jeri.

Ich beiße die Zähne zusammen. Aber ich habe ihren Gesichtsausdruck gesehen, als Keeran mich verraten hat. Sie ist auf meiner Seite.

»Und ich auch.« Diesmal ist es Red. Seine Augen sind voller Trauer. Ich habe in den letzten Tagen gemerkt, wie viel Keeran ihm bedeutet. Ihm steht der Schmerz der Enttäuschung im Gesicht. Sie tragen alle drei ihre Kampfkleidung, genau wie immer.

Und genau wie wir Phantome auch immer unser Tahill tragen müssen. In dieser Welt gibt es keine Individuen. Hier gibt es nur die Phantome, die Kämpfer, die Wachen und den Monarchen.

Ich nicke und suche dann nach einem Weg, der den Berg hinunterführt.

Wir schweigen. Auch auf unserem Weg über das Eis, während uns immer wieder Schneestürme plagen. Es gibt kaum eine Sekunde, in der ich Jeri aus den Augen lasse. Auch Keeran hat es geschafft, dass ich ihm vertraue, nur um mir kurz darauf die Hand in die Brust zu stoßen, mein Herz herauszureißen und es vor meinen Augen zu Staub zerfallen zu lassen.

Vielleicht hätte ich es ahnen müssen. Nein, ich hätte spüren müssen, dass er mich verrät. Aber seine Seele ist von Mauern umgeben. Und ich habe nur das von ihr zu Gesicht bekommen, was er mich sehen lassen wollte. Nicht mehr.

Mein Herz ist so schwer, dass ich meinen Körper kaum spüren kann. Auch dann nicht, als wir wieder bei den Eisbergen ankommen und in einer Höhle Schutz suchen.

Während sich die anderen hinlegen, habe ich schreckliche Magenkrämpfe. Ich renne hinaus und übergebe mich. Ich würge so lange, bis nichts mehr in meinem Körper ist und ich weinend zusammenbreche. Ich mache mir nicht einmal die Mühe, meinen Mundschutz wieder anzulegen.

Keeran hat mich verraten und Jarrusch ist in Gefahr. Und zu allem Überfluss besitze ich eine Gabe, die mich all das hätte erkennen lassen müssen. Wenn ich sie nur richtig genutzt hätte.

Ich sehe hinauf zum sternenübersäten Himmel und zum Mond. Vielleicht kann Jarrusch bald dasselbe sehen wie ich. Vielleicht behandeln sie ihn gut, weil er das wahre Gesicht ist und für den Monarchen wichtig. Ja, vielleicht wird er eines Tages ein mächtiger Berater des Monarchen und kann die Welt sehen, die ihm so lange verborgen geblieben ist.

»Verdammt, Sari!« Jeris aufgebrachte Stimme reißt mich aus meinen Gedanken. »Was tust du hier draußen? Es ist ein Wunder, dass du nicht erfroren bist.«

Er beugt sich zu mir und berührt meine warme Wange. Seine Lider zucken. Er scheint nicht zu verstehen, wie meine Haut trotz der Kälte der Emza noch so warm sein kann. Aber ich werde es ihm nicht erklären. Ich werde dieses Erbe nicht annehmen, weil es mit Keeran verbunden ist.

Ich habe im Thronsaal kurz darüber nachgedacht, ob ich dem Monarchen verraten soll, dass Keeran gegen ihn aufbegehren und die Liebe seines Lebens retten will. Aber ich bin nicht wie Keeran. Und ich will auch nie so sein. Soll er sie doch der Gefahr entreißen und in die Arme schließen. Er wird dabei immer daran denken, dass er mir dieses Gefühl genommen hat. Er wird auf ewig mit dieser Schuld leben müssen.

»Was ist deine Aufgabe auf dieser Welt?«, frage ich, als Jeri mir eine kleine Flasche mit Wasser reicht.

»Ich wurde zum fihtcamp berufen. Ich bin Teil der namenlosen Armee.«

»Du wurdest also nie in die Gesellschaft eingeführt, obwohl du the Run beendet hast?«, frage ich mit dünner Stimme.

Er nickt.

»Ich habe um dich geweint, Jeri. Ich habe … dich verabschiedet und …«

»Ich weiß«, flüstert er sanft und befestigt meinen Mundschutz wieder. Er sieht aus wie damals, er hat immer noch diese blauen Augen und die blonden Haare. Doch sein Gesicht wirkt erwachsener und verlebt. Er wirkt stärker, aber gleichzeitig auch mitgenommen. Seine Stimme ist immer noch die von früher und sie gibt mir ein Stück Heimat und Sicherheit zurück.

»Du kannst verschwinden, Sari«, flüstert er verschwörerisch und sieht sich nach allen Seiten um. »Es gibt Menschen, die den Lauf überlebt haben, obwohl sie ihn nicht bestanden haben. Sie leben in den Utlands und …«

»Und was?«, zische ich zornig. »Ich soll mich ihnen anschließen? Und dann? Dann versuche ich sie alle davon zu überzeugen, zurück in die vereinten Königreiche zu gehen, um Jarrusch zu befreien?« Ich schüttle den Kopf und atme tief ein. »Es gibt nur eine Möglichkeit. Während des Laufs gelten die Regeln der Götter. Der Monarch kann nicht verhindern, dass ich danach Teil dieser Gesellschaft werde und bei Jarrusch bleibe.«

»Er wird dich nicht zu deinem Bruder gehen lassen.«

»Du glaubst also, dass es besser ist, wegzurennen?« Ich schnaufe. »Wenn es nötig ist, töte ich deinen Varra, Jeri. Aber ich werde nicht wegrennen.«

»Dann lass uns den Lauf zu Ende bringen. Als Nächstes müssen wir zum volcana te sant«, sagt er vorsichtig und gibt mir seine Hand, um mir beim Aufstehen zu helfen. Zum Vulkan des Sandes also.

»Die Hälfte der Zeit ist schon vergangen.«

Ich sehe den Sohn des Monarchen nachdenklich an. Bin ich wirklich schon fast einen Monat unterwegs? Fünfundzwanzig Tage? Ich weiß nicht einmal, ob es mir viel oder wenig erscheint, denn auf der einen Seite hat sich alles verändert, auf der anderen sind meine Erinnerungen an zu Hause, an Jarrusch und den Menschen, der ich vorher war, immer noch so greifbar. So nah. Und doch so fern.

Unter Schmerzen, die diesmal von meiner Seele kommen,

richte ich mich auf und folge Jeri in die Höhle. Gemeinsam mit Medisa und Red laufen wir stundenlang schweigend durch den trostlosen Tunnel, bis wir auf der anderen Seite wieder herauskommen. Vor uns erstreckt sich die schwarze Wüste von Kalipar, und der Vulkan des Sandes am Fuße des Berges spuckt rote Glut aus. Es ist, als würden zwei Welten aufeinanderprallen.

Wärme streicht über meinen Körper und pulsiert in meinen Adern. Auch wenn ich eine starke Verbindung zu Emza und ihrer Kälte gespürt habe, ist doch die Wärme mein Zuhause.

Wir laufen den Bergpfad hinunter und bleiben vor dem gewaltigen Vulkan stehen. Die Luft flimmert und mein Blick fällt auf den schwarzen Sand unter uns. Es ist schwarzes Turmalin, das leicht in der Sonne glitzert. Seine Schönheit lässt mich für einen winzigen Moment all mein Leid vergessen. Ich hebe etwas Sand auf und lasse ihn durch meine Finger rinnen. Der Wind fegt ihn davon, als wäre es seine eigentliche Bestimmung, zu fliegen. Etwas noch Glänzenderes ein paar Schritte weiter zieht meine Aufmerksamkeit auf sich, also entferne ich mich von den anderen und bücke mich, um es genauer anzusehen. Mitten im schwarzen Sand erkenne ich kleine funkelnde Diamanten. Als ich einen davon aufheben will, gibt der Boden unter mir nach. Ich schreie auf und versuche zurück zu den anderen zu rennen, doch der Sand versinkt weiter und verschlingt mich.

»Jeri!«

Er kommt sofort und greift nach meiner Hand, doch ich bin schon vollkommen unter dem Sand begraben. Ich kann nicht atmen. Nicht schreien. Nicht einmal meine Augen öffnen. Aber als meine Lungen kurz davor sind zu bersten, verschwindet der Sand um mich herum und ich lande einige Meter tiefer auf hartem Boden.

Meine Knochen im rechten Bein beben und der brennende, pulsierende Schmerz zieht sich einmal durch meinen gesamten Körper, bis hin zu meiner Kehle, die ein jaulendes Geräusch von sich gibt.

»Verdammt!«, knurre ich, als der Schmerz des Aufpralls vergangen ist, und versuche mich aufzurichten.

Ich sehe mich um. Ich befinde mich in einem unterirdischen Gang aus schwarzem Turmalin. Die kleinen Diamanten erleuchten spärlich die Höhlenwände. Mein Blick fällt auf einen Stock, der am Boden liegt. Ich greife danach und rapple mich mit seiner Hilfe auf. Ich muss hier raus. Das sage ich mir immer wieder, während ich mich mit dem Stock abstütze und humpelnd vorwärtsgehe.

Mein Wille schwindet mit jedem Schritt. Mein Bein schmerzt, und irgendwann bleibe ich einfach stehen und starre in das Dämmerlicht vor mir. Ich kann nicht mehr. Meine Seele, mein Herz … selbst meine Knochen sind beinahe gebrochen. Und das Vertrauen, das Jarrusch mir entgegenbrachte, dass ich ihn immer beschützen würde, das ist auch gebrochen. Spätestens, als Keeran bei ihm eintraf, um ihn abzuholen.

Ein Wimmern reißt mich aus meinem Selbstmitleid. Ich humple weiter, bis ich vor mir ein Mädchen entdecke, das auf dem Boden kauert. Ihr Tahill ist zerrissen, ihr Gesicht hat sie auf die Knie gelegt. Es ist eine Achtzehnerin.

»Wer bist du?«, frage ich, doch sie reagiert nicht.

Ich hocke mich unter Schmerzen neben sie und berühre sanft ihre Schulter. Als sie mich anschaut und ich ihr entstelltes Gesicht sehe, schrecke ich zurück.

Sie beginnt noch mehr zu weinen.

»Du hast Angst vor mir«, schluchzt sie.

»Nein!«, erwidere ich und rutsche wieder zu ihr. »Nein, es gibt keinen Grund, Angst vor dir zu haben«, beschwichtige ich sie und streiche ihr eine nasse Strähne aus dem von Narben übersäten Gesicht.

»Aber du bist vor mir zurückgeschreckt.«

»Ich …« Ich presse meine Lippen aufeinander und suche nach den richtigen Worten.

»Du hast mich an meinen Bruder erinnert«, flüstere ich und hebe ihr Kinn leicht an, als sie sich vor mir verstecken will. »Ich würde niemals Angst vor dir haben. Du bist wunderschön«, sage ich und lächle sie an.

Doch ihr Blick bleibt skeptisch.

»Ich kann nicht weitergehen«, wispert sie. »Mein Tahill ist gerissen und alle werden sehen, was ich bin.«

Am liebsten würde ich ihr sagen, dass die ganze Welt es ruhig sehen sollte. Dass jeder, der sich anmaßt, schöner zu sein als sie, sie sehen soll. Ich wünschte, ich hätte das auch zu Jarrusch gesagt, statt ihm immer nur einzubläuen, dass er sich verstecken muss. So wie es offensichtlich auch die Eltern dieses Mädchens getan haben.

»Hier«, sage ich, löse meinen Mundschutz und meine Sturmhaube und reiche ihr beides.

»Aber …«, flüstert sie ängstlich. »Sie werden dich steinigen.«

»Ich werde jeden Stein, jeden Schmerz dankend entgegennehmen«, knurre ich, voller Zorn auf diese Welt. Ich setze ihr die Haube auf und befestige dann den Mundschutz.

Das Mädchen nickt mir dankbar zu und steht auf. Wenig später humpeln wir Arm in Arm durch die unterirdischen Gänge. Schließlich räuspert sie sich leise.

»Kannst du ein Lied singen?« Ihre Stimme klingt so jung. Viel unschuldiger als die von anderen Achtzehnjährigen.

Ich nicke und fange leise an zu singen. Ich singe auch dann noch, als ich ihr gedämpftes Weinen höre.

Und dann endlich sehe ich Licht.

»Bald sind wir hier draußen«, sage ich aufmunternd und drücke ihre schmalen Schultern.

Sie kichert und wir beschleunigen unseren Schritt. Ein paar Minuten später haben wir das Ende des Tunnels erreicht und treten in die schwarze Wüste von Kalipar hinaus. Aus der Ferne höre ich Stimmen. Erleichterung durchflutet mich. Jeri, Medisa und Red kommen auf uns zugerannt und ich sehe grinsend zu dem Mädchen hinüber. Doch auf einmal … ist es nicht mehr sie, sondern Jarrusch, der mich mit seinen großen goldenen Augen ansieht. Ich blinzle und sinke auf die Knie, um ihn in meine Arme zu ziehen. Und dann höre ich endlich wieder seine Stimme.

»Du bist so wunderschön, Sari. Du bist so schön wie Emza.«

In dem Moment, als ich begreife, dass er das wahre Gesicht ist und mich sieht, wie ich wirklich bin, vergeht er zu schwarzem Sand.

»Nein!«, schreie ich und halte sein Tahill fest umklammert. »Nein! Jarrusch! Sie werden dich holen!« Doch er ist längst fort. Ich sehe auf meine Hände, die mein eigenes Tahill festhalten, und erkenne, dass er nie hier war.

Jeri kommt als Erster bei mir an und wirft sich vor mir auf die Knie. Er umfasst mein Gesicht und starrt mich an, als wollte er nachsehen, ob ich noch ich selbst bin.

»Was ist passiert?«, fragt er und wischt mir die Tränen von den Wangen. »Und warum hast du dein Tahill ausgezogen?«

Ich weine nur, statt ihm zu antworten, und halte weiter das Tahill fest, das gerade noch mein Bruder getragen hat.

»Jarrusch«, wispere ich und presse meine salzigen Lippen aufeinander.

»Sari, das war ein böser Geist, ein Dschinn. Es war nicht der echte Jarrusch.«

Meine Gesichtsmuskeln zucken, während ich mich an die Geschichten über die Dschinns erinnere. Sie leben in der schwarzen Wüste, sind aus Sand geschaffen und machen die Ängste der Menschen wahr. Trotzdem fühlt es sich so echt an, als hätte ich Jarrusch gerade für immer verloren.

Ganz vorsichtig nimmt Jeri mir das Tahill aus der Hand und will es mir umlegen, als unzählige Schritte auf uns zukommen. Ich blinzle gegen die Sonne an und sehe mindestens ein Dutzend vermummte Gestalten. Es sind keine Phantome. Einige von ihnen reiten auf Pferden, die ich bisher nur von Zeichnungen kannte. Doch ich kann sie kaum wahrnehmen, weil mein Herz versteinert ist.

»Nehmt sie gefangen!«, befiehlt einer von ihnen, und schon packen mich starke Hände. Erst will ich es zulassen, dann aber wehre ich mich. Ich muss diesen verdammten Lauf zu Ende bringen. Das ist der falsche Moment, um aufzugeben.

»Beruhigt euch!«, knurrt Jeri und hebt seine Hand.

Sofort lassen die Männer und Frauen von mir ab. Der Anführer legt den Kopf schief, er scheint ihn zu erkennen.

»Jeri!«, sagt er erfreut, springt von seinem Pferd und klopft sich auf die Brust.

Jeri tut es ihm nach. Was sind das für Leute? Ist das etwa die namenlose Armee?

»Wehr dich nicht«, flüstert Jeri mir zu und stülpt mir mein Tahill über.

Ich nicke. Wahrscheinlich gehört das zum Lauf. Wahrscheinlich werden sie mich zum fihtcamp bringen, in die Kampfarena, wo eine weitere Prüfung stattfinden wird. Und vor allem … wo der Monarch und Keeran schon auf mich warten. Alles in mir verkrampft sich.

Jeri hilft mir aufzustehen. Mein Bein schmerzt immer noch. Das war also keine Illusion. Ich werde von starken Händen auf den Rücken eines Pferdes gehoben und lege meinen Kopf auf seine harte, borstige Mähne. Ich spüre die Wärme seines Körpers, lasse mich fallen und vergesse für ein paar Sekunden alles, was ich war und was ich bin.

KAPITEL 11

No victori wia sacrife. – Kein Sieg ohne Opfer.

Leitspruch des Königreichs des schwarzen Sandes, gegründet von Kalipar, dem Gott des Kampfes

Inschrift in der Bibliothek im Kampfcamp der Stärke

Kalipar gründete sein Königreich und benannte die Hauptstadt nach dem Mädchennamen der Göttin Emza, Salava. Sie wurde die Stadt des Kampfes genannt.

Mit seiner mächtigen schwarzen Wüste, blah deser, hielt er alle Menschen, die seiner unwürdig waren, von seinem Heiligtum, dem Vulkan des Sandes, volkana te sant, und dem Kampfcamp der Stärke, fihtcamp te strogs, fern.

Er erschuf Dschinn, die den Menschen den Weg noch mehr erschwerten und sie mit alldem auf seine Eigenschaften prüften: strogs (Stärke), powé (Power), honare (Ehre) und loyaliti (Loyalität).

Es kommt der Moment, in dem man begreift, was hinter alldem steckt. Hinter den Masken. Hinter dem, was man tun muss, um zu überleben.

Ich habe lange gebraucht, um zu verstehen, dass uns der Lauf nicht auf die Eigenschaften der Götter testet, damit wir bessere und stärkere Mitglieder der Gesellschaft werden. Denn eigentlich zielt er auf etwas anderes ab. The Run soll uns brechen. Jeden von uns. Jeden noch so starken Charakter. Er soll uns nicht besser machen, sondern zu angepassten Mitgliedern der Gesellschaft. Er soll uns unseren letzten Willen, das letzte bisschen Hoffnung nehmen, diese Welt zu einem besseren Ort machen zu können.

Als ich aufwache und das alles begreife, beschließe ich, dass ich mich von niemandem brechen lassen werde. Dass ich jedes Stück, das sie bereits zerbrochen haben, einsammeln und neu zusammensetzen werde. Ich werde mich ihrem Willen nicht beugen. Ich werde stärker aus dem Lauf hervorgehen und immer für meine und Jarruschs Freiheit kämpfen.

Meine Augen suchen den Platz ab, auf dem ich mich befinde. Kleine Zelte und Hütten säumen ihn und dahinter erstreckt sich eine Mauer aus verdorrten Ästen und Vulkangestein.

In der Mitte des Platzes brennt ein Feuer, und ein paar Menschen sitzen rundherum und bereiten Essen zu. Vor dem Wall patrouillieren Wachen. Was ist das hier? Es sieht nicht nach dem berüchtigten *fihtcamp te strogs* aus. Dem Kampfcamp der Stärke, in dem unsere Armee und alle Wachen der Königreiche ausgebildet werden.

Was mich aber am meisten verwirrt, sind die Bäume um uns herum. Wir sind also nicht mehr in der schwarzen Wüste, sondern im blauen Wald. Und das bedeutet, dass wir in die falsche Richtung gegangen sind. Dieser Ort hier kann nicht zum Lauf gehören. Aber warum kannte Jeri diese Vermummten und hat ihnen sogar Befehle gegeben?

»Steh auf! Du musst etwas essen!« Medisa erscheint vor mir und mustert meinen dürren Körper. Aber ich habe nicht freiwillig gehungert. Ich kenne die Bedeutung von Essen und weiß, wie es sich anfühlt, wenn man zu wenig davon hat.

Ich rapple mich auf und folge Medisa zum Feuer, wo sie mir ein Stück Fleisch reicht und sich dann neben mir auf einen Baumstamm setzt.

»Ist mein Varra wirklich verhaftet worden?«, frage ich irgendwann in die bedrückende Stille zwischen uns.

Medisa seufzt und schüttelt dann niedergeschlagen den Kopf.

Keeran wollte also tatsächlich nur herausfinden, wo mein Bruder sich versteckt, und hat mich dafür getäuscht. Er hat meine Sorge um Jarrusch ausgenutzt.

»Warum?« Die Frage gleitet mir unwillkürlich über die Lippen. Obwohl Keeran mir bewiesen hat, dass ich ihm nicht vertrauen kann, will mein Herz es einfach nicht begreifen. Es spürt immer noch eine enge Verbindung zu ihm, wo eigentlich nur Hass sein sollte.

»Warum hat er das getan?«

»Ich weiß es nicht, Sari.«

»Und warum seid ihr mir gefolgt, statt bei ihm zu bleiben?«

Meine Begleiterin sieht mich nachdenklich an. »Weil wir sein Verhalten nicht gutheißen.«

Ihre Seele strömt ein Gefühl aus, das ich nicht einordnen kann. Als wäre das, was sie sagt, nur die halbe Wahrheit.

»Und was ist der wahre Grund?«, knurre ich sie an.

Medisa verengt ihre Augen und sieht hinab auf meine Hand, die sich um den Fleischspieß verkrampft.

»Willst du mich etwa mit einem Spieß töten, Sari?«

»Wenn es sein muss.«

Sie lacht herablassend und ich begreife, dass ich von ihr keine Antwort bekommen werde. Ihre Loyalität gilt immer noch Keeran.

»Verschwinde einfach!«, sage ich zornig.

»Ich würde gerne gehen«, gibt sie ohne Umschweife zurück. Ich setze mich aufrecht hin und mustere sie mit Argwohn. »Aber du bist schwach. Du bist keine Kämpferin«, sagt Medisa. »Selbst wenn du in deinem Königreich für Geld gekämpft hast – du hast es nicht getan, weil du eine Kämpferin bist.«

»Aber warum sonst?«, frage ich lachend.

»Das kannst du nur selbst beantworten, Sari.«

»Und woher weißt du, dass ich keine Kämpferin bin?«

Sie sieht mich einen Moment nachdenklich an, dann hebt sie ihre Hand und löst das Tuch, das sie immer um ihren Kopf und Hals trägt. Ihre dunklen Haare fallen über ihre Schultern, als sie auch noch den Poncho auszieht.

»Diese Narbe hier«, sagt sie und deutet auf ihren Halsansatz, »entstand, als ich zehn Jahre alt war. Mein Varra war brutal und brach mir das Schlüsselbein. Wir hatten kein Geld, einen Heiler der Arasá aufzusuchen, also musste es von selbst heilen. Varra hat mir mit einem Brotmesser die Haut aufgeschnitten und mich meinen Knochen mit eigenen Händen richten lassen.«

Sie zieht ihr dunkles Oberteil ein wenig nach unten und offenbart mir eine weitere, gezackte Narbe, direkt über ihrem Herzen.

»Das ist die letzte Wunde, die er mir zugefügt hat. Wir haben uns beinahe gegenseitig umgebracht. Gestorben ist aber nur einer von uns. Und das war eindeutig nicht ich.«

Ich presse meinen Kiefer zusammen. »Dann hattest du tatsächlich einen Grund zu kämpfen.«

»Das hatte ich. Aber danach hatte ich keinen mehr, denn der Grund, zu kämpfen, mich zu wehren, war tot. Und dennoch kämpfte ich weiter.«

»Und du denkst, ich würde aufhören zu kämpfen, wenn der Grund dafür nicht mehr da wäre? Wenn Jarrusch tot wäre?« Meine Stimme klingt bitter.

»Du würdest nicht einmal diesen Lauf überleben, Sari. Du würdest aufgeben. Du weißt nicht, wie es ist, nur für dich selbst zu leben. Ich habe dich beobachtet.« Medisa bindet sich ihre dunklen Haare nach oben. »Nichts, was du tust, tust du für dich selbst. Du kämpfst, aber nicht für dich, sondern für deinen Bruder. Du bist ein schwaches Mädchen, das gelernt hat, stark zu sein. Für jemand anderen.«

»Du kennst mich nicht.«

»Doch, ich weiß genau, wer du bist. Ich weiß es, aber ich war nie so wie du.«

Ich lege meine Stirn in Falten. Medisa atmet schwer und sieht mich dann ernst an. Und in diesem Moment sehe ich es. Ich sehe ihre zerbrochene Seele und ihren starken Lebenswillen trotz dieses schrecklichen Schmerzes, den sie in sich trägt.

»Du kämpfst für eine Armee, die der Monarch anführt. Macht dich das jetzt noch zur Kämpferin für dich selbst?«, frage ich herablassend.

»Natürlich.« Sie zuckt mit den Schultern. »Hätte ich Nein gesagt, wäre ich gestorben. Ich kämpfe lieber für einen unrechtmäßigen Herrscher, als zu sterben.« Sie sieht mich auffordernd an. »Steh auf!«

Ich gehorche, denn ich spüre, dass sie mir helfen will. Ich kann mich kaum auf meinem schmerzenden Bein halten. Schwindel überkommt mich, als ich damit auf den Boden auftrete.

»Stell dich sicher hin!«, befiehlt sie und tritt gegen meine Füße, bis ich einen festen Stand habe.

»Mein Bein ist verstaucht!«, zische ich unter Schmerzen.

»Das wird deinen Gegner nicht interessieren. Unterdrück den Schmerz! Konzentrier dich auf die Person, für die du nach Hause kommen willst«, sagt sie und sieht mich ernst an.

Ich nicke.

»Und jetzt lass diese Person gehen und denk an dich. Du bist es, die hier steht. Du bist es, die in diesem Wald und all den anderen Utlands überleben muss, Sari. Also finde deinen persönlichen Lebenswillen.«

Ich versuche mich zu konzentrieren, aber in meinem Kopf ist nur Jarrusch. Als hätte ich verlernt, für mich selbst zu sorgen. Ich sehe zu Boden, als mich ein Schlag in die Magengrube trifft.

»Los!«, sagt Medisa.

»Ich kann nicht«, knurre ich und huste gegen den Schmerz an. Ich versuche mich mit all meiner Kraft aufrecht zu halten.

»Du kannst!«

»Ich kann nicht!«, widerspreche ich wütend und stoße sie, wobei ich selbst fast falle. »Er ist alles für mich.«

»Und du bist alles für ihn!«, sagt sie streng. »Denk daran!«

Meine Lippen beben, und schon trifft mich ein weiterer Fausthieb in den Magen. Ich keuche und sinke zu Boden, doch sie packt mich und zieht mich zu sich hoch.

»Lebe, verdammt! Kämpfe!«

»Ich kämpfe doch«, schreie ich und stoße sie wieder.

Aber sie ist viel stärker als ich. Lachend schüttelt sie den Kopf und sieht dann zurück zu den anderen.

»Jerimias!«, ruft sie und er erscheint nur wenige Sekunden später neben dem Baum hinter ihr.

Er lehnt sich dagegen und beobachtet uns, als wäre das hier ein besonders lustiges Schauspiel. Aber da blitzt auch Angst in seinen Augen auf.

»Los!«, raunt Medisa ihm zu.

Jeri sieht mich durchdringend und kühl an, bevor er die Hand hebt und alles um mich herum verschwindet. Panik ergreift mich. Ich sehe mich um. Aber da ist nichts mehr. Hat er etwa dieselbe Gabe wie Keeran?

»Konzentrier dich, Sari!«, höre ich Medisas Stimme hinter mir. »Ich bin unbemerkt hinter dich gekommen. Also konzentrier dich jetzt!«

Hektisch drehe ich mich um und hebe meine Fäuste gegen die Dunkelheit. Ich höre meinen eigenen Atem. Mein Herzschlag klingt dumpf und stark.

»Beruhige dich«, vernehme ich Jeris Stimme. Sie jagt mir eine Gänsehaut über den Körper. Ich nicke und versuche ganz gleichmäßig zu atmen. Allmählich beruhigt sich mein Puls.

Ich humple einen Schritt vor und in dem Moment packt mich jemand von hinten und legt die Hand auf meinen Mundschutz. Ich will schreien, aber meine Stimme erstickt in dem Stoff unter seinen Fingern. Es ist Keeran. Ich spüre es, rieche es. Was tut er hier? Ich will ihn töten. Will ihn schlagen. Aber er verwirrt meine Sinne.

»Du kannst Medisa nicht hören. Sie ist eine Kalipar. Eine ausgebildete Kämpferin«, raunt er ganz nah an meinem Ohr. Und doch weiß ich genau, dass er nicht wirklich hier ist. »Aber du kannst sie spüren, Sari. Nutz deine Gabe. Such nach ihrer Seele.«

Ich nicke widerwillig und schließe dann die Augen. Es ist, als hätte Keeran eine hohe Mauer um seine Seele gebaut, die ich nicht durchdringen kann. Und dann höre ich das leise Wimmern von Medisas Seele. Sie ist nicht weit von mir entfernt. Und jetzt erkenne ich auch den wahren Grund, warum sie bei mir ist. Keeran hat sie darum gebeten, mich im Auge zu behalten. Unwillkürlich stolpere ich auf diese gebrochene Seele zu und stoße gegen eine Faust. Sie rammt sich in mein Gesicht und bricht mir die Nase. Ich schreie vor Schmerz auf und sinke zu Boden. Und dann kann ich wieder sehen. Jeri und Medisa stehen vor mir und begutachten mich, als wäre ich eine gescheiterte Kämpferin.

»Musste das wirklich sein?«, knurrt Jeri und will mir aufhelfen, doch Medisa drängt sich vor ihn.

»Das war nicht schlecht«, sagt sie und reicht mir ihre Hand. »Du darfst nur nicht vergessen, dass ich dich sehr wohl hören kann, wenn du auf mich zugestolpert kommst.« Sie tippt mit ihrem Finger gegen ihr Ohr und ich ergreife ihre Hand.

»Und du solltest nicht vergessen, dass ich Seelen lesen kann. Ich weiß, dass Keeran dich hierhergeschickt hat, um auf mich aufzupassen, und ich will deine Überwachung hier nicht!«

Sie verengt ihren Blick und verzieht dann anerkennend den Mund.

»Was auch immer Keeran dir gesagt hat. Ich habe auch eigene Gründe, hier zu sein.«

»Und die wären?«, frage ich mit schmerzverzerrtem Gesicht, während ich zurück zum Feuer humple. »Wo sind wir hier überhaupt?«

»Dein Schicksal berührt mich, Sari Lakar.«

Ich mustere die Menschen um mich herum, die offensichtlich hier in diesen Zelten rund um den Platz leben. Sie sind keine Soldaten des Monarchen.

»Das sind die Achtzehner, die den Lauf nicht geschafft haben«, erklärt Medisa.

Schnell sehe ich zur Seite, weil ich mir wieder überwacht vorkomme. Überwacht von Keeran, dessen Geruch ich immer noch in meiner Nase habe. Als wäre er wirklich hier gewesen.

»Es sind Rebellen, die nicht bestanden, aber trotzdem überlebt haben.«

»Und du akzeptierst diese Rebellen? Obwohl du zur Armee gehörst?« Ich lache herablassend. »Solltest du nicht losrennen und es deinem tollen Herrscher erzählen? Aber warte … welchen wählst du da? Keeran oder Marruk?«

Sie hebt ihre Brauen. Eine verächtliche Geste. Aber damit sind wir dann wohl schon zu zweit. Ich brauche keine Freundin. Keine Verbündete. Das hier muss ich sowieso eigenständig schaffen. Ich bin auf mich allein gestellt. Das habe ich bitter lernen müssen.

»Ich mag dich nicht sonderlich«, sagt sie ehrlich. »Aber so ein Schicksal sollte niemand erdulden.«

»Und du bist die Wahrerin aller armen Seelen, die Ungerechtigkeit erfahren müssen?«, lache ich. »Sieh dich um, Medisa. Alle Menschen in dieser Diktatur werden ungerecht behandelt. Nicht nur ich.«

Sie runzelt nachdenklich die Stirn und nickt, bevor sie sich ohne ein weiteres Wort entfernt.

»Du hast dein Herz an Keeran verloren, nicht wahr?« Jeris Stimme schneidet die Luft und lässt meine Brust beben. Nicht, weil er ausspricht, was ich längst weiß, sondern weil es mich überwältigt, dass ich so viel für den Schattenbringer empfinde und dass er mich in einem Wimpernschlag vernichtet hat.

Es hat keinen Sinn, es zu leugnen.

»Es gab eine Zeit, da dachte ich, dein Herz gehöre mir«, sagt

Jeri und setzt sich neben mich auf den Baumstamm vor dem Feuer.

Ich wünschte, sie würden mich alle in Ruhe lassen. Mich gehen lassen.

»Was soll ich hier, Jeri? Ich will keine Rebellin sein.«

»Warum nicht? Jarrusch ist verloren.«

Ich greife nach meinem Messer und halte es ihm wutschnaubend an die Kehle. So fest, dass Blut hervorquillt. »Wag es nicht, das je wieder zu sagen, Jeri. Sonst werde ich dich töten.«

»Als Rebellin könntest du ihm helfen«, sagt er, als ich von ihm abgelassen habe.

Ich lache bitter und hoffnungslos. »Wie lange gibt es sie schon? Und was hat sich verändert? Nichts. Diese Welt ist grausam.«

»Sari …«

»Ich will nicht darüber reden. Sobald es hell ist, werde ich zum fihtcamp gehen und meine dritte Prüfung ablegen.«

Mit diesen Worten stehe ich auf und humple davon. Nicht gerade der Abgang, den ich mir gewünscht habe und der stark aussieht. Aber ich bin es leid. Bin es so verdammt leid. Und Jeri hatte zwei Jahre lang Zeit, einen Weg zu finden, mir zu sagen, dass er lebt. Aber er hat es nicht getan. Also werde auch ich keinen Weg suchen, ihn wieder in mein Leben zu lassen.

Ich lege mich auf eine der Liegen, die vor der Mauer stehen. Wie soll ich den Rest des Weges mit einem verstauchten Bein schaffen? Wenn wir wirklich im blauen Wald sind, dann ist der Weg bis zum fihtcamp in der schwarzen Wüste viel zu weit.

Ich werfe einen verstohlenen Blick zu den Pferden der Rebellen, die ein Stück weiter im Wald an Bäumen festgebunden sind. In ein paar Stunden werden die meisten Rebellen wahrscheinlich schlafen. Aber sie haben Wachen aufgestellt. Es wird mir wohl nicht gelingen, eines der Pferde zu stehlen und damit wegzureiten.

»Das ist eine dumme Idee«, sagt Red.

Ich starre ihn an. Hat er nichts Besseres zu tun, als meine Blicke zu beobachten?

»Geh weg.«

»Ich dachte, wir hätten unseren Streit mit dem Kampf beerdigt.«

»Das war, bevor ihr mich verraten habt«, knurre ich und mustere ihn wütend. Ein Teil von mir wünscht sich, ich könnte einfach wieder die Macht der Emza nutzen und sie alle wegfegen. Aber diese Stärke ist nicht mehr da.

»Ich habe dich nicht verraten. Ich kenne dich nicht einmal. Ist es da nicht logisch, dass ich eher zu meinem Freund Keeran stehe?«, fragt er und bleibt weiterhin vor meiner Liege stehen.

»Nicht, wenn er so etwas tut.«

»Ich weiß nicht, wer dieser Jarrusch ist. Und ich hatte keine Ahnung, wie sehr du ihn liebst«, entgegnet er beinahe zornig.

»Und das rechtfertigt es?«

»Du kannst nicht von Menschen erwarten, dass sie dein Vertrauen nicht missbrauchen, wenn du ihnen keines entgegenbringst.«

Ich atme schwer. Vielleicht hat er recht.

»Jarrusch ist mein kleiner Bruder. Aber das weißt du ja«, sage ich und wende meinen Blick von ihm ab. Es ist, als würde ich mir mit diesen Worten ein Messer in die Brust rammen.

»Ich will es von dir hören.« Red schiebt mein verstauchtes Bein vorsichtig zur Seite und setzt sich auf meine Liege. Dann beginnt er das Schienbein abzutasten. Schmerz flammt in meinen Gliedern auf.

»Meine Mutter starb, als ich elf war«, sage ich mit bebendem Kiefer. »Sie sagte, ich müsse auf Jarrusch aufpassen. Er war damals zwei Jahre alt.«

Ich keuche auf, als Red meine Verstauchung berührt. Er sieht mich kurz an.

»Du hast dich um einen Zweijährigen gekümmert? Hat dir keine Amme geholfen?« Er greift in den Gurt, an dem seine Waffen hängen. Aus einer kleinen versteckten Tasche zieht er eine Salbe, zerreißt mein Hosenbein und beginnt sie einzumassieren.

»Schon vor seiner Geburt wusste meine Mutter, dass er ein Mutant sein wird, und hat deshalb seinen Tod vorgetäuscht. Ich konnte also keine Hilfe anfordern.«

Red nickt.

»Mein Varra hat am Tag ihres Todes seinen Verstand verloren«, sage ich und werfe dann einen Blick auf Medisa, die sich uns nähert. Sie setzt sich neben uns auf eine der Liegen.

»Ich wusste nicht, was ein Kind mit zwei Jahren braucht, aber ich habe schnell gemerkt, dass ich nicht genug Geld für Jarrusch hatte. Also klaute ich Essen für uns – das erste Mal, als ich zwölf war. Das ging jahrelang gut. Bis ich vierzehn war. Dann traf ich in Golassa auf einen Händler, der sonst nie dort war. Er hatte außergewöhnliche Speisen und Obst aus fremden Ländern. Er war stark und sehr groß. Und trotzdem brach ich meine oberste Regel, niemanden zu bestehlen, der mich mit einem einzigen Schlag töten könnte – ich stahl ihm Obst.« Ich mache eine kurze Pause, denn Tränen steigen bei dieser Erinnerung in meine Augen.

»Jarrusch war mittlerweile fünf und verstand nicht, warum er nicht aus dem Haus durfte. Ich wollte ihm eine Freude machen. Ihm etwas Außergewöhnliches mitbringen. Etwas, das kaum ein Kind hatte. Aber ich wurde erwischt.«

Reds Blick landet auf meinen Fingern.

»Sie entschieden, dass ich zu jung war, um meine Hand zu verlieren. Sie wussten genau, dass ich einen verrückt gewordenen Varra zu Hause hatte. Aber geholfen haben sie mir nicht. Meine Strafe wurde von Hand-Abhacken auf dreißig Peitschenhiebe und zehn Steine verringert.«

Medisa keucht ganz leise und Red hält kurz inne, ehe er mir weiter die Salbe einmassiert.

»Danach beschloss ich Geld zu verdienen und begann zu kämpfen. Erst forderte ich alle Jungen in unserem Dorf heraus, um zu lernen. Aber bald schon begriff ich, dass ich stärker und schlauer war als sie. Also verdiente ich mein Geld damit, die verwöhnten Söhne der Reichen zu besiegen.«

»Hast du nur mit ihnen gekämpft?«, fragt Medisa mit seltsam belegter Stimme.

»Einmal musste ich mit einer Frau kämpfen, die Ehebruch begangen hatte«, sage ich und beiße die Zähne zusammen, als ich ihr entsetztes Gesicht vor mir sehe. »Das brachte mir mehr Geld als jeder andere Auftrag. Ich kaufte davon Essen und das erste Buch, das Jarrusch je besaß.«

Ich halte kurz den Atem an, ehe ich fortfahre. »Bei jeder Durchsuchung unseres Hauses hatte ich so große Angst, dass ich dachte, the Run wäre nichts dagegen. Ich dachte, ich wäre stark. Aber jetzt …« Ich schnaube. »Jetzt ist sowieso alles verloren, weil der Monarch von Jarrusch weiß. Weil er ihn längst zu sich geholt hat.«

Die beiden schweigen und auch in mir macht sich Stille breit.

»Hattest du nie Freunde?«, fragt Red und mustert mich nachdenklich.

»Ich hatte Jeri und Kerim«, flüstere ich. »Aber ich habe nie jemandem vollkommen vertraut.«

»Und Keeran? Hast du ihm vertraut?«, fragt Medisa und legt damit einen Finger in meine offene Wunde.

»Ja«, hauche ich.

»Ich wurde als jüngster Sohn eines hohen Ratsmitglieds geboren«, sagt Red plötzlich und starrt gedankenverloren ins Leere. »Als ich noch sehr klein war, schickte man mich in ein Ausbildungslager, um mich für den Lauf angemessen vorzubereiten. Nur einmal im Monat durfte ich nach Hause – und auch nur, um bei Bestrafungen zuzusehen, die mein Vater veranlasst hatte. Ich denke, er wollte mich abhärten. Es führte aber nur dazu, dass ich mir schwor, ihn eines Tages genauso zu bestrafen. Er kannte keine Gnade. Weder kleinen Kindern noch Frauen gegenüber. Nicht einmal gegenüber schwangeren Frauen.«

Er wirft mir einen Blick zu und lächelt. »Und ich habe es tatsächlich getan. Nachdem ich Keeran kennengelernt hatte, flehte ich ihn an, mir genug Gaben zu nennen, um meinen Vater zu töten.«

»Was wäre passiert, wenn er dir die Erinnerung an die Grausamkeit deines Vaters genommen hätte?«, frage ich vorsichtig.

Er sieht mich erstaunt an. »Weder Wahrheitsbringerinnen noch Schattenbringer müssen Erinnerungen nehmen, Sari. Das ist kein Gesetz der Natur. Es ist eins des Monarchen, damit er genug Informationen über die Menschen seines Königreichs erlangen kann.«

Ich öffne meinen Mund, um etwas zu sagen, aber nichts kommt heraus. Ich hätte es wissen müssen.

»Ich habe meinen Varra getötet und damit einen Platz im Rat frei gemacht, den mein ältester Bruder besetzt hat«, sagt Red bitter. »Es war, als würde man einen Dolch gegen ein Schwert tauschen. Die Erziehung meines Bruders hatte ihn noch grausamer gemacht als unseren Varra. Und das Erste, was er tat, war, mich einsperren und foltern zu lassen, bis ich ihnen verriet, welcher Shadbrig mir außerhalb des Ordens eine Gabe genannt hatte.«

Ich schlucke schwer. Red nimmt noch mehr von der Salbe und streicht sie sanft auf meine Haut.

»Ich habe Keeran verraten«, sagt er dann tonlos und schuldbewusst. »Er war damals schon der Berater des Monarchen. Wir kannten uns, weil er oft in meinem Ausbildungslager war, um geeignete Kämpfer für die Armee zu suchen.«

»Wurde er ebenfalls bestraft?«

Reds rote Augen treffen auf meine, dann nickt er und zieht sich den Schleier darüber.

»Sie nahmen Alishan gefangen. Seine große Liebe. Ich habe keine Ahnung, wie sie von ihr erfuhren. Nicht einmal ich wusste, dass sie existierte, obwohl Keeran und ich fast all unsere Geheimnisse teilten. Damit hatte der Monarch ihn in der Hand. Später holte Keeran mich zum fihtcamp und bildete mich zum Wächter aus. Wir haben nie wieder über Alishan gesprochen. Ich weiß nur, dass er sie um jeden Preis retten will.«

Ich spüre einen Stich in meinem Herzen, weil ein Teil in mir hofft, ich könnte so jemand für Keeran sein. Und nicht die, die er verrät, um eine andere zu retten. Aber ich weiß, dass auch ich ihn hintergangen hätte, wenn ich damit Jarrusch hätte retten können.

»Liebe ist unsere größte Schwäche und Stärke zugleich«, sagt Red und sieht zu Medisa, die auf der anderen Liege nachdenklich hin- und herwippt.

Ich spüre ihre Seele und bin überrascht, als ich darin Trauer über den Tod ihres Vaters finde – obwohl er so grausam war, dass sie ihn getötet hat. Da ist Kummer und eine Sehnsucht, die auch ich nach meiner Mutter verspüre.

»In all den Jahren hat Keeran niemanden in seine Nähe gelassen. Und mich und Medisa auch nur mit gebührendem Abstand. Bei dir war das anders, Sari«, sagt Red leise.

»Weil er mich brauchte«, entgegne ich bitter.

»Ich glaube, dass du ihm für einen kurzen Moment die Schmerzen genommen hast, die er schon so viele Jahre verspürt.«

Ich sage nichts dazu, obwohl ich genau weiß, dass ich für Keeran nur eine Art Lückenbüßerin war. Jemand, der ihm die Zeit vertrieben hat und gleichzeitig nützlich war.

»Er würde Jarrusch niemals in Gefahr bringen«, sagt Red und sieht mich durchdringend an.

»Und doch hat er ihn verraten. Und selbst wenn der Monarch meinen Bruder leben lässt … unter seinem Einfluss aufzuwachsen bricht auch die stärkste Seele.«

»Ist er stark?«, fragt Medisa einfühlsam und so liebevoll, wie ich es ihr nie zugetraut hätte.

»Er ist der stärkste Mensch, den ich kenne«, flüstere ich und spüre, wie wieder Tränen in meine Augen treten. »Manchmal habe ich das Gefühl, dass ihn nichts aus der Ruhe bringen kann. Er muss die meiste Zeit des Tages in einer winzigen dunklen Kammer leben, die nur von einer Kerze erleuchtet ist. Aber er scheint mit seiner riesigen Buchsammlung völlig zufrieden zu sein. Er weiß viel mehr als ich.« Mir entfährt ein Lachen. »Er ist stark.«

»Jarrusch würde gut in unsere Gruppe der gebrochenen Seelen passen«, sagt Red lachend, bevor er die Salbe wegpackt. »Die Pferde also?«

Ich blinzle und sehe ihn entsetzt an. »Ihr macht mit?«

»Natürlich«, sagt Medisa, als wäre das selbstverständlich. Das erste Mal seit Langem spüre ich ein Lächeln auf meinen Lippen und in meiner Seele.

»Die Pferde«, bestätige ich dann und setze mich aufrecht hin. »Aber wie überlisten wir die Wachen … und Jeri?«

»Ich glaube, Jeri würde alles für dich tun«, sagt Medisa und blickt zu ihm hinüber. Er sitzt am Feuer und beobachtet mich. Medisa winkt ihn zu uns und ich zische wütend. »Was ist? Er ist doch süß.«

»Er ist Marruks Sohn!«, knurre ich.

Das hat früher vielleicht keine Rolle für mich gespielt. Aber nach allem, was in den letzten Wochen passiert ist, kann ich es nicht mehr ignorieren.

Jeri kommt auf uns zu und mustert Reds Hand auf meinem Bein.

»Kannst du uns hier herausschleusen?« Medisa fällt sofort mit der Tür ins Haus und Jeri zuckt leicht mit den Brauen.

»Und dann?« Er wirft mir einen flehenden Blick zu.

»Ich muss diesen Lauf beenden, Jeri«, sage ich zu ihm. In meinen Gedanken füge ich ein »Bitte« hinzu, aber aussprechen kann ich es nicht. Ich konnte noch nie sonderlich gut betteln.

Jeri schüttelt nur den Kopf.

»Ich will, dass du mitkommst.« Als ich das sage, wird mir klar, dass auch ich nur seine Gefühle ausnutzen will. Ich bin keinen Deut besser als Keeran.

»Ich muss sowieso in den nächsten Tagen zur Prüfung dorthin«, erwidert er und fährt sich durch seine blonden Haare, die vom Feuer hinter ihm golden glänzen. »Ich genehmige euch einen Ausritt.« Er wirft mir einen ernsten Blick zu, dreht sich um und geht zu den anderen Anführern.

»So einfach ist das«, sagt Medisa und klatscht in die Hände.

»Ein bisschen zu einfach«, erwidere ich. »Oder ist das hier auch nur eine dieser Prüfungen?«

Als mich beide unschuldig ansehen, schüttle ich den Kopf und stelle mich zum Aufbruch bereit hin.

»Rebellen? Ehrlich?«

»Es stellt deine Loyalität auf den Prüfstand«, sagt sie schulterzuckend. Als müsste man die prüfen. Ich bin nur Jarrusch gegenüber loyal. Und nur deshalb bin ich hier.

KAPITEL 12

Hamza, Passus I Kalipar, Vers 774

Und Kalipar sprach: »Mögen die von euch, die eine reine Seele besitzen, immer siegen.« Sein Blick glitt über die Heerschar, die er erschaffen hatte. Seine Frau war gegangen. Sein Kind verschwunden. Doch am meisten bereute er es, Emza verloren zu haben. Er hatte ihr die Treue geschworen und dieses Versprechen gebrochen.

In jener Zeit gelobte er sich selbst und all seinen Nachfahren, Treue künftig über alles zu stellen.

»Wir brechen morgen früh auf«, sagt Jeri und wirft mir immer wieder nachdenkliche Blicke zu, während er sich wieder zu uns setzt.

Ich kann nichts dagegen tun, aber ich nehme es ihm übel, dass er mir zwei Jahre lang vorgetäuscht hat, tot zu sein. Er hätte einen Weg finden können, mich zu unterrichten. Mir ein wenig Hoffnung zurückzugeben, dass ich nicht ganz allein auf dieser Welt bin. Stattdessen hat er für seinen Vater gekämpft und mich vergessen.

»Kann ich allein mit dir reden?«, fragt er mich, und Medisa

und Red stehen sofort auf und gehen zu den anderen ans Feuer. Nervös halte ich den Atem an, als er sich zu mir beugt und mein verletztes Schienbein begutachtet.

»Es tut mir leid, Sari.«

»Was tut dir leid?«, hake ich nach und wende meinen Blick ab.

»Als ich berufen wurde, durfte ich nicht zurück nach Golassa.«

»Ach so, und Briefe durftest du auch nicht mehr schreiben?« Ich schnaube herablassend und rücke ein Stück von ihm ab, während ich mich fest in mein Tahill hülle. Es ist kühl in der schwarzen Nacht des blauen Waldes.

»Komm mit in mein Zelt«, sagt er und legt eine Hand auf meinen Arm, den ich sofort wegziehe.

»Warum hast du Jarrusch nicht verraten?«, frage ich ihn.

Jeri sieht zu Boden, als könnte er diese Frage nicht beantworten. »Du weißt genau, was ich von meinem Vater halte, Sari.«

»Ach, und das ist immer noch so?« Ich funkle ihn böse an. Wir wissen beide, dass er sich häufig gegen Karis aufgelehnt hat, aber trotzdem stets um seine Anerkennung buhlte.

»Was bringt dir das? Ich habe dich nicht verraten, wie Keeran es getan hat. Schau genau hin, wem du dein Herz geschenkt hast. Er ist böse.«

»Ich habe ihm nicht mein Herz geschenkt«, erwidere ich. Das ist lächerlich. Ich kenne ihn gerade einmal einen knappen Monat.

»Wie du meinst«, erwidert Jeri und nimmt mich dann auf seine Arme.

Erst will ich mich wehren, aber ich bin verwundet, und die ganze Nacht draußen zu frieren würde mir noch mehr Kraft nehmen. Also lasse ich es geschehen.

Sein Zelt ist groß und hinten in der Ecke steht eine ausladende

Pritsche mit einem Fell, auf dem er mich ablegt. Ich sehe mich um, während er Met in zwei Becher füllt.

»Es wird dich wärmen«, erklärt er, als er mir das Gefäß reicht und sein eigenes in einem Zug austrinkt. Ich nippe an dem brennenden Gebräu und mustere ihn, bis er es endlich wagt, mich anzusehen. Für einen winzigen Moment erkenne ich den Jungen wieder, den ich damals geliebt habe. Die goldenen, leicht gewellten Haare und diese schimmernden Augen, als würde darin ein Schatz verborgen liegen. Wehmut erfüllt meine Brust. Eine Sehnsucht nach etwas, das verloren ist und nie wieder zurückkehren wird.

Ein einziges Mal habe ich ihn damals ohne Tahill gesehen. In einer Nacht hat er Steine an mein Fenster geworfen, bis ich aufgestanden bin, um nachzusehen. Ich war damals sechzehn und Jeri stand kurz vor seinem Lauf. Er wartete in unserem verkommenen Garten, um den sich niemand kümmerte, und sah mich einfach an. Dann riss er sich das Tahill von seinem Kopf und ich erschrak fürchterlich, als ich ihn erkannte. Ich wusste schon vorher, dass Jeri wunderschön ist. In seinen Augen wird das Meer lebendig. Aber als ich seine Haut, seinen Mund, seine perfekt geschwungene Nase und diese welligen Haare sah, war ich mir sicher, dass Jeri der hübscheste Mensch ist, den ich je kennenlernen würde. Neben ihm bin ich blass. Neben ihm wirkt Keeran, als käme er geradewegs aus der Hölle, während Jeri den Göttern angehört.

»Ich kann nicht. Ich kann nicht gehen, ohne dass du weißt, auf wen du wartest, Sari«, sagte er und kam näher.

Ich war wie erstarrt.

»Ich weiß genau, auf wen ich warte«, antwortete ich und ließ zu, dass auch er mir den Mundschutz abnahm, um mich anzusehen. Zurückgekommen ist er nie. Obwohl ich gewartet habe.

»Ist das hier deine Arbeit?«, frage ich herablassend und sehe mich um. »Einmal im Jahr Phantome in die Irre führen, um ihre Loyalität zu testen?«

»Ja«, gibt er knapp zurück. »Und dabei werfe ich ein Auge auf Anwärter. Red und Medisa nennen mir Phantome, die für das fihtcamp infrage kommen. Und dann bilde ich sie dort aus.«

»Damit sie zu namenlosen Soldaten werden?«, frage ich.

»Wir haben alle Namen«, widerspricht er, als würde es das besser machen. »Es ist nicht so schrecklich, wie du denkst.«

»Ach wirklich?« Ich schnaube und richte mich dann auf, um mich gegen ein paar Kissen zu lehnen.

»Du solltest nicht über etwas urteilen, das du nicht kennst, Sari.«

Er bleibt vor der Pritsche stehen und mustert mich. »Viele der Phantome, die ich zu Anwärtern mache, sind gebrochen. Sie haben keine Familie, keine Zukunft. Und ich gebe ihnen das alles.«

»Eine Familie, in der sie für deinen Vater kämpfen?« Ich lache. »Für einen Mann, der in diesem Moment meinen unschuldigen Bruder in einen Kerker sperrt oder ihm noch Schlimmeres antut?«

Ich zucke bei dem Gedanken zusammen. Der Monarch ist so allgewaltig, dass seine Wachen meinen Bruder sicher nur wenige Minuten nach Keerans Verrat in Arasá festgenommen und zu ihm gebracht haben.

»Er wird ihn gut behandeln, Sari. Das schwöre ich dir.«

»Woher willst du das wissen?«

»Ich weiß es.«

»Woher?«, dränge ich weiter.

»Er glaubt, dass es Nachfahren der Götter gibt, die versteckt gehalten wurden«, flüstert er.

Mein Körper spannt sich an, aber ich setze eine überraschte Miene auf. Er darf nicht herausfinden, dass ich eine von ihnen bin.

»Er braucht Jarrusch, um sie zu erkennen. Der Lauf soll ihm die Nachfahren offenbaren, aber in den achtzehn Jahren hat er bisher nur einen einzigen gefunden. Es ist eine Frau.«

Unauffällig balle ich meine Hand zur Faust, als er von ihr spricht. Es ist die Frau, die Keeran liebt.

»Jarrusch wird sie erkennen. Dafür wird er nicht gequält oder gefangen gehalten. Er bekommt eine Beraterfunktion. Er wird neben Keeran die rechte Hand meines Vaters sein.«

»Er ist erst neun Jahre alt!«, schreie ich ihn fassungslos an und will aufstehen, doch ich falle, als ich mein schmerzendes Bein belaste. »Er ist ein Kind, Jeri!«

Jeri kommt sofort zu mir und hilft mir auf. Meine Wut fließt eisig durch meine Adern, und als ich Jeri am Arm berühre, zuckt er zurück und starrt mich an.

»Was war das?«, fragt er entsetzt.

Ich weiß, was ich getan habe. Ich weiß, woher ich die Macht habe, ihm Eis durch seinen Körper zu jagen. Emza. Es ist mein Erbe. Aber Jeri darf es niemals herausfinden.

»Mir ist kalt«, sage ich, doch sein Blick bleibt skeptisch.

»Diese Schneestürme beim lak te ice«, flüstert er unruhig. Er beginnt zu begreifen, wer ich bin. Und das muss ich verhindern. Ich schluchze und presse mir Tränen aus den Augen.

»Ich dachte, du wärst tot«, wispere ich, und schon stützt er mich wieder und setzt mich auf die Pritsche.

Er war schon immer stark, aber in den letzten zwei Jahren ist ein Mann aus ihm geworden. Ich fahre langsam mit meinem Finger über seine muskulösen Arme und seine Brust. Immer noch blitzt Argwohn in seinen Augen.

»Ich habe mir Gaben nennen lassen«, versuche ich es mit einer Erklärung.

Doch er bleibt starr. »Was wird das, Sari?«

Ich rücke näher an ihn heran und küsse seinen Hals. Er erbebt. Ja, ich bin nicht besser als Keeran. Genau das hat er mit mir getan, um mich von seinem wahren Wesen abzulenken.

»Ich habe dich vermisst«, sage ich so leise, dass Jeri fast nur meinen Atem an seinem Hals spüren kann.

»Ich habe dich auch vermisst.« Endlich lässt er seine Skepsis fallen und legt seine Hand in meinen Nacken.

»Jeden verdammten Tag wollte ich nur zurück zu dir.«

Mein Herz brennt. Aber nicht nur, weil ich seine Gefühle ausnutze. Nein, auch weil ich mich an meine gebrochene Seele erinnere, als Jeri nicht zurückkam. Doch ich habe mich verändert. Ich bin nicht mehr das Mädchen von damals. Und er nicht mehr der Junge.

Jeri löst mein Tahill und mustert den Kratzer in meinem Gesicht. »Alles, was ich zwei Jahre lang wollte, war, dich wiederzusehen.«

»Ich …«

»Du brauchst nichts zu sagen«, raunt er und streicht mir eine goldene Strähne aus dem Gesicht. »Du dachtest, ich wäre tot.«

»Und trotzdem hat ein Teil in mir gehofft, dich wiederzusehen.« Die Wahrheit.

Seine schwieligen, rauen Finger streichen meine Wange und meinen Hals entlang. Und obwohl ich Jeri wirklich geliebt habe, ist es jetzt Keeran, an den ich denken muss. Immer nur Keeran.

Als ich das begreife, ziehe ich Jeris Gesicht zu mir und küsse ihn. Erst ganz sanft, dann fester. Als würde ich so all den Schmerz hinter mir lassen können. Als würde mein Herz dann klar sehen, dass Keeran böse und falsch ist. Und dass er eine andere liebt. Aber sosehr ich mich Jeri verbunden fühle, so angenehm es ist, seine Lippen auf meinen zu spüren – es ändert nichts.

Als er es bemerkt, schiebt er mich von sich und küsst mich auf die Stirn. »Du musst ein wenig schlafen.«

Mit diesen Worten erhebt er sich und verlässt das Zelt, und ich wünschte, er hätte es nicht getan. Ein dummer, selbstsüchtiger Teil in mir hofft, er würde zurückkommen und mich im Arm halten, bis ich eingeschlafen bin. So wie ich es am letzten Abend bei Jarrusch getan habe.

... ● ...

Mit tränennassen Augen wache ich am nächsten Tag auf. Albträume über Keerans Verrat und Jarruschs Verlust haben mich heimgesucht. Sie haben mich mit einem Brandmal aus Feuer gekennzeichnet, wie es die Bauern bei ihrem Vieh tun.

»Wir müssen los!«, ruft Jeri von draußen. Er kommt nicht in das Zelt. Fast als hätte er Angst, dass ich mich dann wieder auf ihn stürzen würde.

Als ich aufstehe, sind die Schmerzen in meinem Bein zwar ein wenig erträglicher, aber immer noch deutlich zu spüren.

Jeri mustert mich nachdenklich, als ich angezogen heraustrete. Meine Augen sehen sicher furchtbar aus. Rot und geschwollen. Aber das ist mir egal.

»Mein Vater wird alles daransetzen, dass du den Lauf nicht bestehst, Sari«, raunt er mir mahnend zu. »Er kann dich nicht einfach ausschließen. Aber er hat Mittel und Wege, um dich aufzuhalten. Tappe nicht in eine seiner Fallen.«

Ich nicke, und dann hilft er mir auf eines der Pferde. Es ist groß und schwarz und so friedvoll, dass ich mich an seine Mähne lehne, um seine Wärme zu spüren.

Wir reiten eine ganze Weile und ich habe immer wieder Probleme, mein Pferd in die richtige Richtung zu lenken. Mit Medisas Anweisungen gelingt es mir schließlich, und so erreichen wir am Nachmittag das fihtcamp te strogs, wo meine dritte Malsprüfung auf mich wartet. Das Lager liegt in der tumalinfarbenen Wüste wie eine Oase, aber es gleicht eher einer riesigen, aus schwarzem Sandstein erbauten Festung, die nicht das Gefühl in mir auslöst, es wäre eine Stätte der Ruhe. Es ist ein grausamer Ort voller Kampf und Tod. Und auch wenn mein bisheriges Leben genau daraus bestanden hat, will ich es nicht mehr. Ich will nie wieder kämpfen, wenn das alles vorbei ist. Nicht einmal für Geld.

Wir reiten durch die riesigen Tore, die sofort geöffnet werden, als die Wachen Medisa, Red und Jeri erkennen. Sie verbeugen sich vor den dreien. Wahrscheinlich sind es Anwärter. Novizen im ersten Jahr, die ihren Trainern huldigen.

Mein Herz wird schwer, und doch ist es, als könnte ich all das gar nicht mehr richtig fühlen. Als hätte das Herz in meiner Brust all seine Fähigkeiten verloren.

»Du wirst erst zur Prüfung antreten, wenn alle Phantome hier eingetroffen sind«, sagt Jeri und wirft einen Blick auf den riesigen Kampfplatz, der wie eine Arena aufgebaut ist. Der Sandplatz in der Mitte und die Ränge an den Seiten. Ich sehe wieder zu Jeri. Hinter ihm führt ein Weg hinauf zu einem sandsteinfarbenen Gebäude. »Bei der Prüfung der Eigenschaften des Kalipar ist es meinem Vater besonders wichtig, dass auch alle anderen anwesend sind. Jeder soll miterleben, wie sich seine Mitstreiter schlagen.«

Ich nicke nur, denn auch das kann mich nicht mehr überraschen. Ich habe damit gerechnet, dass ich hier kämpfen muss, um mir das Mal des Kalipar zu verdienen – schließlich ist er Gott des Kampfes.

Ein paar Jünglinge kommen auf uns zu, nehmen uns die Pferde ab und helfen mir beim Absteigen, bevor sie die Tiere in die Stallungen bringen.

»Adika!«, ruft Jeri einer jungen Frau zu und winkt sie zu uns.

Sie trägt wie all die anderen hier dämmergraue Kampfkleidung, die Ornamente an ihrer ledernen Rüstung sind allerdings rot und nicht schwarz wie bei Jeri, Medisa und Red.

»Bring dieses Arasá-Phantom hier in sein Zimmer.«

Das Mädchen verbeugt sich und geht dann voraus über den Weg aus schwarzem Sand, vorbei an Sandsteinmauern, an denen sich Öffnungen zu Rüstungs- und Waffenräumen sowie zu den Stallungen befinden. Die Wohnbereiche des Gebäudes sind wie ein Rechteck um die Arena gebaut worden.

Nachdem ich die Eingangshalle betreten habe, mustere ich die spartanische Einrichtung in den langen Korridoren dahinter. Die Kämpfer sollen wohl durch keinerlei Schnickschnack abgelenkt werden.

»Ihr wohnt im Südtrakt«, sagt das Mädchen und führt mich durch karge Gänge, an denen nicht einmal Gemälde oder irgendwelche Orden hängen, bis sie vor einer Tür stehen bleibt.

»Frühstück gibt es von sechs bis sieben Uhr, Mittagessen von zwölf bis eins, und das Abendmahl nehmen wir von sechs bis sieben zu uns«, sagt sie und deutet den Gang entlang. »Dort hinten ist der Essenssaal.« Dann öffnet sie mir die Tür und verschwindet.

Ich atme tief durch und trete in das winzige Zimmer. Darin steht ein Holzbett und sonst nichts. Ich habe keine Lust, hier meine Zeit totzuschlagen, bis die anderen angekommen sind. Also verlasse ich das Zimmer wieder und gehe die langen Gänge entlang, bis ich bei einer riesigen Tür angekommen bin. Das uralte Holz, aus dem sie gefertigt ist, ist das Einzige hier, was ein wenig verziert ist. Ich schiebe sie auf, und meine Augen weiten sich. Dahinter liegt eine Bibliothek. Mein Herz macht einen Satz, als ich mir vorstelle, wie Jarruschs Gesichtsausdruck aussehen würde, wenn er das sehen könnte. Ich hoffe, dass der Monarch auch ihm eine Bibliothek zeigen wird. Vielleicht hat Jeri recht und mein Bruder ist so wichtig für ihn, dass er ihn gut behandelt.

Ich schließe die Tür hinter mir und gehe dann durch die Gänge der riesigen Bücherregale. Uralte Einbände lenken meine Aufmerksamkeit auf sich. Sie wirken so geschichtsträchtig, dass mir der Atem stockt. Die Regale reichen bis zur Decke hinauf. Der Raum ist nur spärlich beleuchtet und hat nur wenige Fenster, sodass kaum Sonnenlicht hereinfällt. Der Geruch hier ist neu für mich und doch vertraut. Es ist, wie wenn Jarrusch ein Buch aufschlägt, um mir etwas ganz Besonderes darin zu zeigen. Ich schüttle die Erinnerung ab, die mir wie bittere Säure in meinem Körper aufsteigt.

In einem der Regale entdecke ich eine Ausgabe der Hamza, die so dick ist, dass sie sicher viele zusätzliche Zeichnungen enthält. Ich ziehe sie heraus und blättere darin, doch da sind nur Buchstaben und Zahlen. Und als ich ein paar Passagen lese, begreife ich, dass das hier eine längere, detailliertere Version unserer heiligen Schrift ist. Als würden sie uns in den Königreichen nur Ausschnitte der Hamza zeigen, die sie für gut erachten.

Vorsichtig setze ich mich vor dem Regal auf den Boden, ohne mein Bein zu belasten, und blättere zu Passus IV, dem Teil, der Emza gewidmet ist. Meine Augen verengen sich, als ich schon die ersten Worte nicht wiedererkenne. Sie sind neu. Da bin ich mir sicher. In der Schule musste ich unzählige Male die Hamza lesen. So oft, dass ich viele Abschnitte sogar auswendig kann. Aber das hier stand in keiner unserer Ausgaben.

»Als der Krieg der Götter vier Gewinner hervorbrachte, wuchs in Emza die Hoffnung, nun endlich in Frieden mit ihrem Geliebten vereint sein zu können. Doch die Götter entschieden, dass sie sich mit den Menschen verbinden musste, um ihr Geschlecht auch auf Erden zu verbreiten und um wahre Herrscher hervorzubringen, die die Menschen leiten sollten.

In einem schwachen Moment, kurz bevor Emza ihr Königreich des Lebens erschaffen konnte, suchte sie Kalipar auf, um ihn zu bitten, mit ihr zusammen zu fliehen. Er willigte ein und liebte sie, und als sie am nächsten Tag erwachte, erblickte sie Arasá und Tunis. Kalipar hatte sie an die beiden verraten. Er hatte ihnen ihre Pläne offenbart und Ezmas Herz brach. Sie sperrten sie ein, bis sie wieder zur Vernunft käme.

Emzas Trauer allerdings war so groß, dass ihr Herz zu Eis gefror. Sie ließ ihre Wachen erstarren, um zu fliehen.

Sie suchte nach Kalipar, um ihn zur Rede zu stellen, und fand ihn in Gesellschaft von Arasá. Da begriff sie, dass es immer Arasá gewesen war, die er geliebt hatte. Nicht sie selbst.

Emza floh in ihr Königreich und verwandelte alles Leben in Eis. Sie brachte alles zum Stillstand, denn nur so konnte sie der Trauer entfliehen.«

Ich bin entsetzt, als ich begreife, dass Emzas Schicksal auch meines ist. Der Nachfahre des Kalipar hat schon wieder eine Emza betrogen, während er Arasá liebt.

Ich atme tief ein und schlage die Hamza zu. Warum enthalten sie uns diese Passagen vor? Warum dürfen wir nicht wissen, was sie getan haben? Weil wir dann sehen würden, dass sie fehlbar sind? Genau wie wir?

Die Tür wird laut geöffnet und ich zucke zusammen. Halte den Atem an, bis ich wütende Schritte höre. Ich schließe die Augen, als könnte ich mich auf diese Weise unsichtbar machen. Mit Sicherheit darf ich nicht hier sein und diese Hamza auch niemals lesen.

»Warum seid ihr schon hier?«

Alles in mir verkrampft sich, als ich Keerans Stimme höre. Sie lässt mich vor Zorn und Hass erbeben.

»Weil Sari schlau ist«, erwidert Jeri.

Ich öffne meine Augen und blinzle. Warum reden die beiden miteinander? Sie scheinen mich hinter meinem Regal nicht bemerkt zu haben.

»Sie will den Run zu Ende bringen, um Jarrusch zu retten. Das hätte dir klar sein müssen.«

Keeran schlägt offenbar wütend gegen eines der Regale. »Sie darf noch nicht hier sein.«

»Was ist dein Problem, Keeran?«

»Mein Problem?«, knurrt er. »Mein Problem ist, dass der Monarch Alishan freilassen wird – aber mit Sicherheit nicht, wenn Sari wieder alles kaputt macht.«

»Es dreht sich immer alles um Alishan, oder?«, sagt Jeri. »Du hast Sari verletzt. Ist dir das egal?«

»Weder ihr noch Jarrusch wird etwas geschehen. Du kennst deinen Vater. Sie sind zu wichtig für ihn. Und das wahre Gesicht kann ohne sein Gegenstück nicht leben. Er wird ihr nichts antun.«

»Er wird sie einsperren!«, schreit Jeri ihn an und räuspert sich dann, ehe er seine Stimme wieder senkt. »Er wird Alishan niemals freilassen. Das weißt du. Sie ist die Nachfahrin der Arasá.«

»Er hat es geschworen.«

Jeri lacht. »Meinem Vater ist es egal, welchen Schwur er bricht. Vor allem dir gegenüber. Du hast dich ihm widersetzt!«

»Das ist eine Ewigkeit her.« Keeran klingt schlagartig traurig und zornig zugleich. »Er wird sie heute freilassen, sodass sie dem Fest beiwohnen kann. Bitte sorg dafür, dass Sari ruhig bleibt und die Feierlichkeiten nicht stört.«

»Warum sagst du mir das nicht selbst?«, frage ich, erhebe mich und stelle die Hamza zurück ins Regal, bevor ich zu ihnen trete.

Die beiden starren mich fassungslos an. Keeran wirkt schuldbewusst.

»Du weißt, dass ich dir geholfen hätte, deine Geliebte zu befreien, wenn du mich nur gebeten hättest.« Ich gehe weiter auf Keeran zu, bis ich direkt vor ihm stehen bleibe.

»Du hättest also zugelassen, dass ich Jarrusch verrate?« Er lacht verächtlich.

»Wir hätten einen anderen Weg finden können«, knurre ich und versuche meine Wut zu beruhigen.

»Die Bedingung für Alishans Freilassung war, dass ich das wahre Gesicht finde«, sagt er und klingt fast so, als würde er es bereuen. Aber das macht es nicht besser. Jarrusch wird auf ewig dem Monarchen gehören.

»Und ihre Freiheit ist wichtiger als die von Jarrusch? Wer gibt dir das Recht, das zu entscheiden?«

Keeran schüttelt den Kopf. »Und wer gibt dir das Recht, zu entscheiden, dass es andersherum ist?«

»Ich habe Jarrusch all die Jahre beschützt. Er war kein Gefangener. Es ist nicht meine Schuld, dass du bei Alishan versagt hast!«, fauche ich.

Seine Wut explodiert und er stürmt auf mich zu, packt mich am Hals und knurrt wie ein Tier. Jeri versucht ihn von mir wegzuziehen. Aber Keeran ist zu stark. Meine Kehle brennt und ich bekomme keine Luft mehr. Er drückt alles Leben aus mir heraus.

»Nimm ihren Namen nie wieder in den Mund, verstanden?« Mit diesen Worten lässt er mich los und verlässt die Bibliothek.

»Pass auf, dass sie keine Probleme macht!«, wirft er Jeri noch zu, bevor er ganz verschwunden ist.

Ich starre ihm fassungslos hinterher. Jeri steht einfach nur da und schaut mich an, als hätte ich mir das alles selbst zuzuschreiben. Als wäre ich verantwortlich dafür, in diese kranke Welt hineingeboren worden zu sein. Egal wie sehr wir uns damals liebten. Diesen Ausdruck hatte er schon immer. Es ist die Art, wie privilegierte Menschen mich ansehen. Weil sie es einfach nicht verstehen.

»Ich werde keine Probleme machen«, sage ich und folge Keeran.

Jeri aber hält mich am Arm fest und zieht mich zurück. »Diesen Bastard liebst du?« Es schmerzt ihn, das auszusprechen. Er verabscheut mich und mein Herz. Und das Schlimmste daran ist, dass ich mich noch mehr dafür verabscheue.

»Ich liebe ihn nicht«, entgegne ich kühl.

»Was ist es dann? Warum siehst du ihn nach allem, was er getan hat, noch so an?«

Ich weiß, dass ich Keeran niemals so hassen könnte, wie ich sollte. Und dafür hasse ich mich selbst.

»Lass mich los, Jeri.«

Er gehorcht sofort und lässt mich gehen. Wie taub humple ich zurück zu der Gefängniszelle, die sie mein Zimmer nennen, und lege mich auf mein Bett. Ich weine nicht. Wahrscheinlich, weil einfach keine Tränen mehr übrig sind. Stattdessen liege ich stundenlang einfach nur da, bis es klopft und ich mich aufrichte. Medisa tritt ein und mustert mich.

»Was soll das werden?«

»Was?«, erwidere ich patzig.

»Warum liegst du da, statt zu trainieren?«

Ich lasse den Kopf sinken.

»Auch das letzte Phantom ist eingetroffen, Sari. Die Kämpfe werden noch heute Abend stattfinden. Los, steh auf!«

Ich lache, als wäre ich verrückt geworden, während wir die Korridore zur Arena entlanggehen. Ich kann nicht kämpfen. Nicht mit einem verstauchten Bein. Und das weiß auch Medisa.

Trotzdem führt sie mich zur Arena, wo bereits Hunderte schwarze Gestalten auf den Zuschauerbänken sitzen. Es sind die Männer, die auch bei meiner ersten Prüfung zugesehen haben. Ich würde sie nie vergessen.

Die anderen Phantome stehen schon in der Mitte der Arena. Dreiunddreißig haben es bis hierher geschafft. Mein Herz wird schwer, bis ich Kerim entdecke und ein wenig Erleichterung verspüre, dass er noch lebt. Er sieht mitgenommen aus und würdigt mich keines Blickes. Aber er ist am Leben.

»Die Ausbeute ist dieses Jahr gering«, beginnt der Monarch, als auch ich mich in die Reihe gestellt habe. Er steht auf einer Empore, neben ihm Keeran und Jeri. Seine Frau ist diesmal nicht anwesend. »So viele von euch haben den Lauf nicht überlebt. Aber genau deshalb sind wir hier. Um die Stärksten, Tapfersten und Treuesten von euch zu Mitgliedern der Gesellschaft zu machen.«

Ich lache laut auf, in die warme, tonlose Luft hinein, und danach ist es noch stiller als zuvor. Sie alle starren mich an. Die Augen des Monarchen durchbohren mich, als wollte er mich mit seinen Blicken töten. Und als ich begreife, dass er es nicht kann, lache ich wieder.

»Alles, was Ihr wollt, Eure Majestät, sind gebrochene Seelen.«

Meine Stimme hallt von den steinernen Bänken wider. Ein Raunen geht durch die Menge. Ich weiß, dass es ein Fehler ist und dass ich mich zurückhalten sollte. Aber ich kann nicht. Und ich will nicht. Denn wenn jeder Mensch schweigt, dann wird nie auch nur irgendjemand seine Stimme erheben und die Schwachen werden auf ewig unterdrückt sein. In so einer Welt will ich nicht leben. Da riskiere ich lieber mein Leben.

»Phantom aus dem Hause Lakar, du wirst beginnen«, raunt der Monarch, und doch höre ich jedes Wort. »Dein Gegner wird Medisa sein.«

Ich presse meine Lippen zusammen und warte darauf, dass Karis weiterspricht. Ich warte auf die Worte, die ich längst in seinen Augen gelesen habe.

»Es ist ein Kampf auf Leben und Tod – für dein freches Mundwerk.«

Ich höre Medisa aufkeuchen. Ich allerdings zeige keine Regung, sondern verneige mich in einer viel zu ausladenden Bewegung. Ich küsse beinahe den schwarzen Sand unter mir. Es ist eine so tiefe Verbeugung, dass jeder hier weiß, dass ich den Monarchen verhöhne. Sein Kiefer mahlt, aber statt noch etwas zu sagen, setzt er sich auf seinen Thron auf der kleinen Empore, die wie eine Loge wirkt, und bedeutet allen anderen auf dem Kampffeld, zu verschwinden. Die restlichen Phantome werden hinausgeführt, sodass sie nicht sehen können, wie ich mich schlage.

Mein Kopf dröhnt, als ich mich umdrehe und in Medisas dunkle Augen sehe. Sie wird mich töten. Und ich habe es heraufbeschworen.

Mein Verstand versucht zu begreifen, warum der Monarch riskiert, auf diese Weise all seine Phantome zu verlieren. Oder ist das alles hier nur für mich? Müssen die anderen nur meinetwegen kämpfen? Ich schüttle den Kopf und rufe mir die Eigenschaften der Kalipar ins Gedächtnis, auf die wir geprüft werden. Loyalität habe ich bereits bewiesen. Ich denke zurück an den Vulkan und das Mädchen, das zu Jarrusch und dann zu Sand wurde. Dort habe ich echte Größe gezeigt. Jetzt fehlen nur noch Stärke und Macht. Deshalb muss ich kämpfen, auf Leben und Tod, und es gibt keinen Ausweg.

Als ich das Schwert, das vor mir im Sand der Arena liegt, ungelenk aufhebe, weil ich mein Bein kaum belasten kann, geht ein Gelächter durch die Ränge. Aber ich ignoriere es und ziehe Stärke daraus. Humpelnd schreite ich auf Medisa zu und lächle unter meinem Mundschutz. In ihrem Gesicht steht Fassungslosigkeit und Panik.

»Beschütze ihn«, flüstere ich und warte, bis sie ganz leicht nickt. »Und töte mich schnell.«

Ich umklammere das Schwert fester. Und dann taucht eine Erinnerung an meine Marra vor mir auf. Sie wirkt so echt, dass ich zurückweiche.

»*Der Gott des schwarzen Sandes*«, höre ich meine Mutter singen. Tränen steigen in meine Augen.

»ist stark und kämpft für dich.
Doch sieh sein wahres Wesen,
getarnt in Turmalin.

Die Treue, die er schwor,
ist alles, was er liebt.«

»Treue«, flüstere ich und werfe einen kurzen Blick auf Keeran. Seine Augen haben denselben panischen Ausdruck wie die von Medisa. »Es ist Treue«, sage ich ein wenig lauter und sehe wieder zu meiner Gegnerin, »die ein Kalipar tief in seiner Seele empfindet.« Kurz suche ich in Keerans Blick nach dieser Treue. Und ich finde sie tatsächlich, weil er nicht will, dass ich sterbe. Ich kann dabei zusehen, wie etwas in ihm zerbricht.

Ich umfasse den Griff des Schwertes noch etwas fester, bevor ich es fallen lasse und mich zum Monarchen drehe. »Ich werde sie nicht töten.«

Karis erhebt sich. Hass und Zorn stehen in seinem Gesicht.

»Sie war mir eine treue Gefährtin!«, rufe ich laut zu ihm hinauf, damit er jedes Wort versteht. »Und ich werde ihre Treue erwidern und ihr nichts antun. Ich werde nicht gegen sie kämpfen. Egal, ob ich gewinnen kann oder nicht.«

Die Nasenflügel des Monarchen beben, während er sich mit den Fingern in das Holzgeländer der Tribüne krallt und zu mir herabsieht.

»Schön!«, faucht er dann und winkt den Wachen zu. »Damit habt Ihr also die Prüfung auf Treue bestanden. Denn Treue ist der wahre Kern von Stärke.«

Er wendet seinen Blick ab, als wäre es ihm zuwider, mich weiter ansehen zu müssen, und setzt sich. Jeri lächelt, und dann entdecke ich die Erleichterung in Keerans Gesicht. Seine dunklen Augen sind auf mich gerichtet. Seine Brust hebt und senkt sich viel schneller als sonst. Wir starren uns an, bis die Wachen mich packen, aus der Arena ziehen und das nächste Phantom geholt wird.

Ich habe die Prüfung bestanden, ohne auch nur mein Schwert zu heben.

»*Denn wer Schwerter hebt, um Frieden zu säen, hat den Kampf bereits verloren*«, zitiere ich, was ich einst in einem alten Buch gelesen habe.

KAPITEL 13

Strog ris en miner. – Stärke entsteht im Geist.

Leitspruch des Königreichs des goldenen Staubes

Inschrift im Tempel von Muri

Arasá, die Göttin des Lichts der Weisheit, gründete ihr Königreich und benannte die Hauptstadt nach der göttlichen Stadt des Orakels, Golassa. Sie wurde die Stadt der Weisheit genannt.

Nur wer durch das goldene Ödland zum Tempel von Muri gelangt, beweist die Stärken, die Arasá von ihren treuen Gefolgsleuten erwartet: wis (Weisheit), clevese (Klugheit), konleh (Erkenntnis) und ampahi (Einfühlungsvermögen).

Wieder muss ich mich waschen. Und wieder bekomme ich ein neues Tahill. Das alte ist zum ersten Mal nach einer Prüfung nicht zerrissen, außer am Bein, wo Red mich verarztet hat. Der Stoff riecht anders. So wie alles hier einen fremden Geruch ausströmt. Aber bald werde ich meiner Heimat ganz nah sein. Die nächste Malsprüfung ist die der Göttin Arasá, und auch wenn ich weiß, dass mein Erbe mit Emza verbunden ist, werde ich doch immer eine Arasá bleiben.

Diesmal holt mich eine Wache ab. Als wir einen kargen Saal erreichen, sehe ich mich nach Tischen um, doch es sind nur einige Stehtische im Raum verteilt. An der Wand hängen riesige Wimpel, auf denen das Wappen der Kalipar abgebildet ist. Es läuft Musik, und nicht wenige der Männer, die bei meinem Kampf vor ein paar Stunden zuschauen wollten, tanzen jetzt mit Frauen. Mit ihren Ehefrauen, die bei den Prüfungen offenbar nicht anwesend sein dürfen.

Ich trete ein und suche nach Kerim. Nur um zu sehen, ob er es geschafft hat, denn dass er sich nicht mit mir blicken lassen will, weiß ich seit der ersten Prüfung.

Ich entdecke ihn nicht weit entfernt von Red und Medisa und gehe quer durch den Saal zu ihnen.

»Wie geht es dir?«, fragt Medisa behutsam.

Ich zucke mit den Schultern, weil mir kein Wort einfällt, das meinen Gemütszustand beschreiben könnte.

»Das hast du sehr gut gemacht«, sagt Red und wieder mache ich nur eine unentschlossene Geste.

Ich schaffe es nicht, sie anzusehen, also schaue ich mich weiter um, bis ich ihn endlich erblicke. Keeran. Und neben ihm eine wunderschöne junge Frau mit rötlichem Haar. Ich taumle zurück und falle beinahe, weil ich mich auf meinem verletzten Bein nicht halten kann, doch Reds starke Arme fangen mich auf. Er sagt nichts, sondern hilft mir, mein Gleichgewicht wiederzuerlangen, und folgt dann meinem Blick.

Keeran sieht glücklich aus. Und fast würde ich glauben, dass es besser so ist, wenn ich nicht sehen würde, dass er mich immer anders angeschaut hat als sie.

Als Keeran mich entdeckt, blitzt etwas in seinen Augen auf. Die Frau an seiner Seite – ich weiß, dass es Alishan ist – mustert mich. Auch sie wirkt glücklich, aber unsicher. Wahrscheinlich, weil sie sich so lange nicht gesehen haben. Und ich will mir nicht ausmalen, welche Qualen sie erlitten hat.

Alishans Blick wirkt plötzlich skeptisch und zornig, und dann zieht sie ihn beiseite, hinaus aus dem Saal. Ich stocke und dann humple ich hinterher. Red ruft mir noch etwas zu, offenbar um mich aufzuhalten, aber mein Verstand hat ausgesetzt. Vielleicht muss ich es einfach sehen. Ja, ich muss mit eigenen Augen sehen, dass er sie wirklich liebt.

Vorsichtig öffne ich die Tür und schaue mich in dem breiten Korridor um. Und dann entdecke ich sie. Die junge Frau, Alishan, weint. Keeran drückt ihren Kopf gegen seine Brust und streicht ihr sanft über das Haar.

Ich will gehen, weil ich mir falsch vorkomme, doch da höre ich, wie sie leise schluchzt.

»Wer ist sie?«

»Nur ein Mittel zum Zweck.«

Ich beiße die Zähne fester zusammen und schließe kurz meine Augen. Das hier sollte ich nicht belauschen. Aber vielleicht muss mein Herz es hören.

»Empfindest du etwas für sie?«

»Hätte ich sie dann verraten?«

»Du hat ihren Bruder verraten«, entgegnet Alishan traurig. »Um mich freizubekommen. Das … das war nicht richtig, Keeran.«

»Ich werde das nicht mit dir diskutieren.« Keerans Stimme klingt belegt. Unsicher.

»Empfindest du etwas für sie, Keeran?«, wiederholt sie in vertraulichem Ton, und doch klingt es, als wüsste sie nicht mehr, wer er ist.

Keerans Schweigen lässt mich erstarren.

»Phantom!«, bellt eine Wache, die neben mir aus dem großen Saal getreten ist. Meine Brust sticht, und dann treffen mich Keerans Augen. Wut flackert darin, also löse ich mich schnell aus meiner Starre und folge der Wache zurück in den kargen Festsaal. Mein Herz hämmert gegen meine Brust. Was habe ich mir nur dabei gedacht?

»Hat es sich gelohnt?«, fragt Jeri, der plötzlich neben mir steht. Seine Stimme klingt zornig.

»Ich musste auf die Toilette«, lüge ich, und auch er weiß, dass das nicht der Grund für mein Verschwinden war.

»Sari«, raunt er und berührt mich ganz sanft an meinen behandschuhten Fingern.

Nervös sehe ich mich um. Für diese Berührung könnte ich gesteinigt werden. Warum riskiert er das?

»Ich könnte trotz allem für dich sorgen.«

Mein Herz wird schwer.

»Nein«, gebe ich vehement zurück.

»Warum nicht? Wir haben doch schon früher darüber gesprochen.«

Ich lache leise und schüttle den Kopf. Ja, damals, als ich noch ein dummes Mädchen war, haben wir uns ausgemalt, dass wir eines Tages heiraten würden. Wenn auch ich meinen Lauf hinter mich gebracht hätte und zur Gesellschaft gehören würde. Aber das ist mehr als ein Leben her. Jetzt ist alles anders. Ich bin anders. Und ich werde ihn nie wieder so lieben können wie damals.

»Was sollte das?«, sagt Keeran. Er steht hinter mir und ich kann seinen erhitzten Körper spüren.

Ich drehe mich zu ihm um und sammle all meine Stärke für eine Lüge. Doch als ich sehe, dass sein Blick auf Jeris Finger gerichtet ist, die immer noch auf meiner Hand liegen, und als ich seine Wut erkenne, entscheide ich mich für die Wahrheit.

»Ich wollte sehen, für wen du mich hintergangen hast«, gebe ich ehrlich zu. »Ich wollte einen Beweis dafür, dass eure Liebe so groß ist, dass sie Jarruschs Leben wert ist.«

»Und?«, fragt Keeran heiser und kommt bedrohlich näher, wie eine Raubkatze. »Bist du fündig geworden?«

Ich beiße die Zähne zusammen und schlucke schwer. Nein. Ich habe nur zwei Menschen gesehen, die sich entfremdet haben. So wie Jeri und ich. Und doch ist alles, was Keeran sieht – immer noch Alishan. Ständig wandern seine Augen zu ihr, als müsste er sie vor dieser Welt beschützen. Und ja, vielleicht braucht dieses zerbrechliche, bezaubernde Mädchen mehr Schutz als ich. Aber hier geht es auch um Jarrusch.

»Nein«, sage ich und wende mich ab. Ich ertrage seine Nähe nicht. Ertrage ihn nicht.

Ich atme tief ein, während er immer noch dicht hinter mir steht, und dann sehe ich plötzlich Jarrusch. Alles in mir wird zu Eis. Er steht neben dem Monarchen und sieht sich mit großen Augen um. Er trägt wie zu Hause kein Tahill. Ich keuche auf, mein Herz brennt. Es sticht, als würde jemand ein Messer hineinrammen.

Als der Monarch meinen Blick entdeckt, legt er seine Hand auf Jarruschs Schulter.

»Lass ihn los!«, schreie ich und stürme auf ihn zu.

Sofort packen mich Wachen und halten mich zurück.

»Jarrusch!«, brülle ich und weine.

Seine goldenen Augen richten sich voller Freude auf mich.

»Sari!«, ruft er erfreut und will auf mich zurennen, doch der Monarch hält ihn fest.

»Das haben wir doch besprochen«, sagt er mit einem höhnischen Grinsen.

»Fass ihn nicht an!«, schreie ich und winde mich unter dem Griff der Wachen.

Es ist still im Raum. Alle starren mich an. Die Wachleute packen mich fester. Ihre Finger graben sich schmerzhaft in meine Arme. Aber ich spüre es kaum. Ich sehe nur ihn, sein wunderschönes Gesicht, seine kleinen Hände und die goldenen Locken, seinen schmalen Körper. Er ist mager geworden. Noch dünner als zuvor, und unter seinen Augen sind dunkle Ringe.

»Lasst mich zu ihm!«, schreie ich und weine weiter.

Eine der Wachen reißt mir den Mundschutz von den Lippen, und ich spüre, wie sich mein Mund grausam verzerrt.

»Lasst sie los!«, knurrt Keeran hinter mir, es kommt mir vor, als wäre er meilenweit entfernt.

Jarrusch will erneut zu mir rennen und wieder hält der Monarch ihn fest. Bis auch mein Bruder in Tränen ausbricht. Er sieht mich verständnislos an. Er weiß nicht, was hier los ist. Versteht nicht, warum ich nicht einfach zu ihm gehe und ihn in den Arm nehme.

Die Wachen lassen von mir ab und stattdessen spüre ich Keerans Berührungen. Wut steigt in mir auf, und dann drehe ich mich um und schlage mit all meiner Kraft zu. Ich stoße Keeran meine Faust ins Gesicht, gegen seine Nase, und er wehrt sich nicht. Auch dann nicht, als sie bricht und Blut über seine Lippen läuft.

»Das ist deine Schuld!«, brülle ich und heule wie ein angeschossenes Tier.

Sein Blick bleibt kühl und starr, als ich auf meinen kleinen Bruder Jarrusch deute. Das winzige Geschöpf, das hier vorgeführt wird wie ein Saurier in einem Käfig. Als wäre er eine verdammte Jahrmarktsattraktion.

»Sieh hin!«, schreie ich den Schattenbringer an und deute immer wieder auf Jarrusch, bis Keeran endlich meinem Blick folgt und Jarruschs Gesicht und seinen schmalen Körper mustert. Der Monarch hat ihm wieder die Hand auf die Schulter gelegt.

»Du hast ihm genau das angetan, was sie auch dir angetan haben!«, fauche ich Keeran an und will mich aus seinem Griff lösen. Aber er hält mich fest, bis meine Knie nachgeben.

»Gib mir nur eine Sekunde!«, flehe ich nun. »Lass mich ihn ein letztes Mal in die Arme schließen.«

Keerans Kiefer mahlt, und dann höre ich das kalte Lachen des Monarchen. Er übergibt Jarrusch einem der Wachmänner und kommt dann langsam und bedrohlich auf mich zu. Kalkuliert. Er genießt das Ausholen, denn der Schlag wird folgen, wenn er bei mir angekommen ist.

»Du wirst ihn nie wieder berühren, Phantom«, raunt Karis ganz leise. Er lässt sich jedes Wort auf der Zunge zergehen. »Jarrusch gehört jetzt zu mir.«

»Bitte!«, flehe ich auch ihn an und kralle meine Finger in seinen bestickten Ärmel. »Ich will ihn nur in den Arm nehmen.«

Ihn riechen. Ihn spüren. Ihm über seine Locken streicheln. Ich will ihm die Tränen von den Wangen wischen und ihm sagen, dass alles gut wird.

»Er hat jetzt eine neue Familie«, sagt Karis.

Ich verziehe das Gesicht. Meine Augen brennen, während mir weitere Tränen über die Wangen laufen. Als würde meine Seele bluten und niemand könnte diese Blutung je stillen.

»Vergiss es!«, knurre ich den Monarchen an. Mir ist längst egal, ob er mich tötet. Ich weiß, dass er mich nur provozieren will. Aber das ist nichts, was ich mit meinem Verstand klären könnte.

Ich zerre an Keerans Armen. Sie umfassen mich nicht mehr fest genug, weshalb ich mich losreißen kann und auf Jarrusch zustürme. Als ich ihn erreiche, streiche ich über sein Gesicht, berühre seinen Kopf und sehe ihn an. Ich suche nach Wunden an ihm. Meine Seele schreit.

»Sari«, flüstert er. Immer noch glitzern Tränen in seinen Augen.

Und dann ziehe ich ihn in meine Arme. Ich will weinen, will mein Gesicht an seine Schulter legen und seinen Geruch einatmen. Aber ich bleibe stark.

»Es wird alles gut, hörst du?«, flüstere ich in seine Haare und versuche mit aller Macht meine Tränen zurückzuhalten, damit er mir glaubt. »Ich habe es fast geschafft, und wenn ich so weit bin, hole ich dich.«

»Versprochen?« Seine Stimme klingt zerbrechlich.

Ich nicke. »Hör mir gut zu, Jarrusch«, flüstere ich ihm ins Ohr. »Du musst tun, was er dir sagt. Du darfst ihm niemals vertrauen, aber gehorche ihm! Selbst wenn das bedeutet, mich zu verraten.«

»Ich soll dich verraten?«, fragt er panisch.

Ich will ihm noch antworten, doch da packt mich der Monarch. Ich spüre einen brennenden Schmerz in meinem Arm. Karis' Miene ist zu einem grausamen Lächeln verzogen.

»Hiermit erhältst du das Mal des Kalipar«, sagt er schadenfroh und böse.

»Nicht jetzt!«, flehe ich, und ich spüre, dass ich mein Bewusstsein verliere. Ich klammere mich an Jarruschs Arm, doch meine

Glieder geben nach. Meine Finger lassen seinen schmalen Körper los und ich falle in ein unendliches Loch aus Dunkelheit.

... ● ...

»Willst du mir wirklich erklären, dass du nicht stark genug bist, sie festzuhalten, Shadbrig?«, höre ich die vor Zorn bebende Stimme des Monarchen.

Ich öffne meine Augen und suche nach Jarrusch. Doch ich bin allein und in einer Zelle eingesperrt. Mein Herz wird schwer und meine Seele schreit. Aber mein Körper bleibt einfach liegen, als hätte er längst aufgegeben.

»Ich war nicht konzentriert, Eure Hoheit«, sagt Keeran ruhig.

»Das nächste Mal bist du es!«

Ein lautes Knallen ertönt und ich weiß genau, dass er ihn geschlagen hat. Keeran wehrt sich nicht.

»Ich will, dass du sie weiterhin begleitest. Finde einen Weg, um ihren Lauf zu beenden, damit ich sie bestrafen und einsperren kann, Shadbrig! Egal, was du dafür tun musst. Sonst wird es Alishan nicht mehr so gut gehen wie jetzt.«

»Und wo werdet Ihr sie in der Zwischenzeit unterbringen?«, fragt Keeran gebrochen, aber stark.

»Bei mir. Ich werde auf sie aufpassen.« Die Stimme des Monarchen klingt widerlich und ich erschaudere. Es ist die erste Regung, die mein Körper nach meiner Ohnmacht zeigt.

»Eure Hoheit«, sagt Keeran dann zum Abschied und die Schritte des Monarchen verschwinden. Es dauert einen Moment, bis Keeran vor meine Zelle tritt und mich durch die groben Eisengitter ansieht. Sein Mund ist ein schmaler Strich.

»Geh weg!«, presse ich zwischen meinen trockenen, aufgerissenen Lippen hervor.

»Hör mir zu, Sari«, knurrt er und öffnet die Kerkertür.

Ich will mich in eine Ecke kauern, und gleichzeitig will ich auf ihn losgehen, um ihm die Augen auszukratzen. Aber stattdessen bleibe ich einfach liegen.

»Wir haben beide jemanden, für den wir unser Leben lassen würden. Den wir mehr lieben als alles andere auf der Welt.« Er mustert mich einen Moment lang. Die Wachen müssen mir das Tahill vom Kopf gerissen haben, als ich mich wie ein wildes Tier gegen sie gewehrt habe.

»Wir werden zusammenarbeiten müssen.«

»Ganz bestimmt nicht, dir bastard!« Mit zwölf habe ich aufgehört, die Schimpfwörter zu nutzen, die ich von den Jungs im Dorf gelernt habe. Für Jarrusch. Er sollte solche Worte nicht hören und lernen. Aber jetzt ist es mir egal. Er ist ein dreckiger Bastard, auch wenn ich nur wage, es in der Sprache der Götter zu sagen. Und Jarrusch ist nicht hier. Ich funkle Keeran zornig an.

»Ich werde dich begleiten, ob du willst oder nicht. Das ist eine Anweisung des Monarchen.«

»Ich lasse mir von einem verdammten Schoßhündchen nichts sagen!«, knurre ich und erhebe mich nun doch. Unter grässlichen Schmerzen – erst jetzt sehe ich die Blutergüsse an meinem ganzen Körper.

Keeran folgt meinem Blick. »Der Monarch hat den Wachen gestattet, dich mit Schlägen und Tritten zu traktieren, als sie dich in den Kerker gebracht haben.«

Ich verenge meinen Blick und schlucke gegen den Schmerz an, damit Keeran nicht sieht, wie sehr ich mich quäle. Doch am Ende könnte nichts, keine Wunde, keine gebrochene Nase und auch kein blauer Fleck, mich jemals so sehr schmerzen wie Jarruschs Verlust.

»Zieh Stärke daraus, Sari.«

»Sag mir nicht, was ich zu tun habe!«, schreie ich Keeran nun an.

Er kommt näher und will mir eine Strähne aus dem Gesicht streichen, doch ich schlage seine Hand weg.

»Du hast mir alles genommen!«

»Wenigstens hast du jetzt gesehen, dass es ihm gut geht. Er kann endlich die Welt kennenlernen. Er ist aus seinem Loch herausgekommen.«

Ich schluchze. »Das war meine Aufgabe! Ich hätte ihm die Welt zeigen müssen. Ich habe es ihm versprochen.«

»Das ist egoistisch, Sari«, raunt Keeran mit vorwurfsvollem Blick.

»Er wird ihn verändern. Er wird ihm die Dinge falsch erklären. Er ... er ist nicht seine Familie, Keeran! Das bin ich!« Ich weine weiter und dieses Mal lasse ich zu, dass er mich anfasst. Weil mein verräterischer Körper sich so sehr nach jemandem sehnt, der ihn berührt, der ihn streichelt und mich und meine Seele bewegt.

»Es wird alles gut, Sari«, flüstert er heiser und voller Schuld.

»Hör auf, meine Ängste zu lesen!«, zische ich und schließe meine Lider.

»Wann sind sie verbraucht?«, frage ich dann abwesend, während weitere nasse Perlen meine Augen verlassen und an meinen Lippen enden. Ich lecke die salzige Flüssigkeit ab und sehe ihn an.

»Sie werden nie verbraucht sein, solange deine Seele Schmerz spürt.«

Ich nicke und schiebe dann seine Hand von mir weg.

»Hast du es nur für Alishan getan? Wusstest du, dass Jarrusch verloren ist, wenn du ihn verrätst, oder hattest du einen Plan, ihn zu retten?«, frage ich das, was sich in mir als leise Hoffnung regt.

Aber dieser Hoffnungsfunken stirbt, als Keeran mich mit einem schuldbewussten Ausdruck ansieht.

»Sari«, raunt er und setzt sich dann auf den dreckigen Boden. Er umfasst seine Knie mit den Händen. Seine schwarzen Adern stechen mir in die Augen. »Du hättest nicht weiter für ihn sorgen können.«

Ich lache rau auf. »Ach so, also hast du es für ihn getan? Weil ich nicht fähig bin, mich um jemanden zu kümmern, um den ich mich seit meinem zwölften Lebensjahr kümmere?« Ich spucke vor ihn auf den Boden.

»Du wirst nicht heimkehren.« Keeran sagt es, als wäre es eine Tatsache.

»Was soll das heißen?« Meine Stimme bricht.

Er atmet schwer und fährt sich nervös durch sein dunkles Haar. Dann sieht er mich wieder an. Seine Nase ist geschwollen und blau. Ich habe sie ihm also wirklich gebrochen. Meine Augen wandern zu seinen weichen Lippen, an denen immer noch getrocknetes Blut hängt. Seine Schultern und Arme spannen sich an und jeder Muskel sticht durch sein dunkles Shirt.

»Die letzte Prüfung«, beginnt er und lässt meinen Blick nicht los. Als würde er mir mit dieser Verbindung Kraft geben wollen. »Sie wird dich an das Tor des Todes führen.« Keeran seufzt. »Du musst in die Unterwelt gehen und dich von deinen verstorbenen Vorfahren verabschieden.«

»Von meiner Marra?«, frage ich zittrig. »Warum sollte ich das nicht schaffen?«

»Sie ist nicht deine einzige tote Vorfahrin, Sari.«

Ich verenge meinen Blick und rücke ein Stück näher zu ihm, weil er so leise spricht, dass ich ihn kaum hören kann.

»Und warum sollte ich mich nicht von ihnen verabschieden können?«

Er sieht mich durchdringend an. »Du wirst nicht genug Kraft haben, um diese Wahrheit vor Karis zu verbergen, Sari. Aber dafür ist die letzte Prüfung da – er will die Nachfahren der Götter finden. Die wahren Herrscher.«

»Und warum kannst du nicht einfach wieder meine Gedanken manipulieren?«

Seine Lider zucken. »Das ist nichts, was er in deinen Gedanken lesen kann, Sari. Er wird es dir ansehen.«

»Ich werde also nach meiner letzten Prüfung eingesperrt werden, genau wie Alishan?« Ich atme tief ein und aus. »Und da hast du gedacht, dass das, was du getan hast, das beste für Jarrusch ist, statt ...«

»Statt was?«

»Statt mir zu versprechen, dass du für ihn sorgst!«, fahre ich ihn an, auch wenn ich das nicht von ihm hätte verlangen können.

»Jarrusch ist der Einzige, der verhindern kann, dass der Monarch dein wahres Ich sieht, Sari. Dein Bruder weiß längst, wer du bist.«

Ich sehe ihn ungläubig an. Er hockt immer noch vor mir im Dreck.

»Aber Jarrusch weiß nicht ...«

»Doch. Er sieht schon sein Leben lang dein wahres Gesicht. Er weiß, dass du von einer Göttin und einem Alb abstammst. Es sind Emza und Perseres«, sagt er sanft und beugt sich dann über seine Knie, um meine Hand zu ergreifen. Ganz vorsichtig streicht er mir die Handschuhe ab und fährt jeden einzelnen Finger entlang.

»Dein Bruder wird dich niemals verraten und dem Monarchen alles erzählen.«

»Ich will nicht, dass er sich für mich in Gefahr bringt! Du musst ihn da wegbringen!«, stoße ich hervor und will meine Hand wegziehen, doch er hält sie fest.

»Ich kann es nicht.« Keeran sieht mich mit bodenloser Verzweiflung an.

Meine Kehle ist wie zugeschnürt. »Warum nicht?«

»Weil ich dich nicht verlieren kann, Sari. Ich … kann nicht.«

Mir stockt der Atem und es kommt mir vor wie in einem Traum. Er kann das nicht ernst meinen. »Was redest du da?«

Keeran kommt noch etwas näher. »Ich kann dich nicht sterben lassen«, raunt er sanft.

»Du liebst eine andere!«, stammele ich verwirrt.

»Ja«, gibt er zu und fährt sich wieder nervös durch sein Haar. »Ja, ich liebe sie. In mir ist diese schreckliche Sehnsucht nach ihr. Eine so tiefe Liebe, dass sie mich beinahe umbringt, aber …«

»Aber was?«, frage ich mit bebendem Herzen. Meine Brust hebt und senkt sich, während er schweigt und dann endlich zu mir aufsieht.

»In mir ist noch etwas anderes. Etwas, das nicht ohne dich sein kann. Etwas, das mich zu dir zieht. Etwas, das ich mit keiner Logik der Welt erklären kann, weil ich sie liebe. Aber …«

Ich hebe meine Hand, um ihn zum Schweigen zu bringen. »Ich will das nicht für dich sein, Keeran«, sage ich ruhig. »Ich will nicht neben ihr existieren und etwas in dir auslösen. Und ich kann dir nicht verzeihen, was du getan hast.«

Keeran nickt. »Aber bitte lass mich dich beschützen.«

Er sieht mich erwartungsvoll an. In mir ist alles zu Eis gefroren. Alles ist taub. Und dann schüttle ich den Kopf.

»Nein. Ich kann nicht. Und ich will nicht, dass du in meiner Nähe bist. Bitte hör auf, mich anzusehen. Mich anzusprechen. Mich zu berühren. Und … beschütze jemand anders. Nicht mich.«

KAPITEL 14

KEERAN

Ihre Augen sind ernst und ruhig auf mich gerichtet. Es ist das, was sie fühlt. Sie will mich am liebsten nie wiedersehen, und ein Teil von mir kann es auch verstehen. Ich habe ihr etwas unvorstellbar Schreckliches angetan.

Ein letztes Mal streiche ich ihr über die rauen kampferprobten Finger.

»Wie du willst«, sage ich und erhebe mich. Als ich zu ihr hinabsehe, tauchen Bilder vor meinem inneren Auge auf. Ihr Gesicht, ihr Körper, ihre Stimme, als sie ihren Bruder gesehen hat. Mit jedem Wort, jeder Bewegung und jeder ihrer Tränen ist mein Herz ein wenig mehr gesplittert. Sie liebt Jarrusch so tief und bedingungslos, dass es mir allein bei dem Gedanken daran eiskalt wird. Es ist eine Liebe, die niemals jemand für mich empfinden könnte.

»Wir brechen bald auf«, sage ich so kühl, wie es mir möglich ist, und trete aus der Zelle. Sari wird es schwer haben, bis zum Tempel von Muri zu gelangen. Die Wachen haben sie übel zugerichtet und ihr Herz ist gebrochen. Ich habe es gebrochen.

Ich verlasse das Kellergewölbe und gehe an den anderen Kerkern vorbei bis zu einer steinernen Treppe, die ich hinaufsteige. Oben steht Alishan und sieht mich fragend an.

»Nicht jetzt«, wehre ich ab und gehe an ihr vorbei. Sie ist alles, was ich will. Für sie habe ich all die Jahre am Hof des Monarchen gelebt und getan, was er von mir wollte. Und dann … ja, dann hat Marruk mich zu Alishan in ihr Gefängnis geschickt. Sie hat mich angesehen, als wäre ich ein Fremder, bevor sie mir weinend in die Arme fiel.

In den blauen Eisbergen wollte ich jeden töten, der Sari verletzt. Ich wollte die Welt für sie ändern und die Ungerechtigkeit aus ihrem Leben verbannen. Stattdessen habe ich sie und ihren Bruder verraten und mich damit zu ihrem größten Feind gemacht.

»Keeran?«

Alishans Stimme macht mich so wütend, dass ich meine Faust gegen die Steinwand neben mir schlage.

»Sei still!«, knurre ich.

Alishan schreckt zurück und sofort fange ich mich wieder und berühre sanft ihre Schulter.

»Es tut mir leid.«

»Ist es wegen Sari und ihrem Bruder?«, fragt sie mit engelsgleicher Stimme.

»Nein.«

»Ich habe gesehen, wie sehr du gelitten hast, als sie wütend wurde.«

Ich schüttle lächelnd den Kopf. »Sie ist nicht grundlos wütend geworden, Alishan. Sie …«

»So meinte ich das nicht«, unterbricht sie mich traurig.

»Der Monarch will, dass ich sie begleite«, erkläre ich ihr. »Und du wirst bei ihm bleiben.«

Alishan nickt – wie ein Mensch ohne eigenen Willen.

»Gut«, sage ich, beuge mich vor und küsse sie auf die Wange. Dann lasse ich sie einfach stehen. Ich ertrage weder ihren Anblick noch mich selbst. Mich und meine innere Zerrissenheit.

So schnell ich kann, eile ich in mein Zimmer, schließe die Tür hinter mir und atme tief durch.

Ein Klopfen lässt mich herumfahren. Ich stelle mich kampfbereit hin. Wie damals während meiner Ausbildung hier am Hof, wenn die älteren Novizen hereinkamen, um mich blutig zu prügeln. Heute sollten sie es einmal probieren. Sie würden alle sterben.

Aber es ist keiner der Kameraden von damals, sondern Red, der hereintritt.

»Hast du mit Sari geredet?«, fragt er, nachdem er die Tür geschlossen hat und sich auf mein Bett hat fallen lassen.

»Ja«, gebe ich unwirsch zurück, gehe an den Spiegel, packe meine Nase und richte sie mit einem lauten Knacken. Tränen schießen mir in die Augen. Tränen, die mir noch fremder sind als ich mir selbst.

»Und?«

»Was denkst du wohl, Red?«, blaffe ich und er hebt seine Brauen.

»Sie hasst dich?«

»Ja.«

»Hast du etwas anderes erwartet?«

»Ich habe rein gar nichts erwartet!« Ich drehe mich um und lehne mich gegen das alte Waschbecken in meinem Zimmer. »Ich will doch nur …«

»Was willst du, Keeran? Ich dachte, du willst Alishan. Hast du nicht deshalb Saris Bruder verraten?«

»Du weißt, dass es nicht so einfach ist«, brumme ich und gehe im Raum auf und ab.

»Das mit Alishan oder das mit ihrem Bruder?«

»Beides. Ich habe Jarrusch nur beschützt.«

Red bedenkt mich mit einem argwöhnischen Blick.

»Bist du dir sicher, Keeranath? Ist es wirklich besser für ihn, beim Monarchen zu sein? In seinem Dunstkreis aufzuwachsen?«

Hektisch fahre ich mir durch die Haare.

»Ich liebe Alishan, Red«, sage ich und sehe ihn nachdenklich an. »Ich verspüre Sehnsucht nach ihr und wir haben tausend gemeinsame Erinnerungen, und …«

»Und?«

»Und doch fühlt es sich an, als wären das nicht meine Erinnerungen. Weil ich weniger fühle, wenn ich sie ansehe.«

»Und was fühlst du bei Sari?«, fragt er zögerlich, richtet sich von meinem Bett auf und sieht mich durchdringend an.

»Nichts«, raune ich, »und gleichzeitig alles.« Ich räuspere mich. »Ich weiß vieles über sie. Aber viel zu wenig. Und doch weiß ich, dass sie eine der stärksten Frauen ist, die mir je begegnet ist. Selbst in ihren schwächsten Momenten.«

»Vielleicht fehlen dir die Erinnerungen an Alishan, die deine Gefühle jetzt hemmen würden. Du weißt, wie viel sie dir genommen haben.«

Ich nicke. Vielleicht hat er recht.

»Ich will, dass sie das hier überlebt, Red.«

»Da sind wir schon zu zweit«, gibt er zurück, steht auf und reicht mir seine Hand. »Du weißt, was du zu tun hast, wenn sie ihre letzte Prüfung überstanden hat?«

Ich nicke und presse meine Lippen aufeinander. »Können wir ihr das wirklich antun?«

»Es gibt keinen anderen Weg, Keeran.«

Unsicherheit macht sich in mir breit. Ich weiß seit einiger Zeit, dass wir den letzten Erben finden müssen, bevor wir den Monarchen stürzen können. Den Nachkommen des Tunis. Und bis es so weit ist, muss ich Sari dringend vergessen.

Es gibt keine andere Möglichkeit, sie und die Erben der Götter zu schützen.

KAPITEL 15

Hamza, Passus III Tunis, Vers 174

»Der Tod verlangt immer einen Preis«, sprach Tunis zu seinen Bewachern. Das Tor strahlte in roter Glut und Tunis trat hindurch. Ein Mann war gekommen. Einen Obolus in seiner Hand, stand er da und bat Tunis um Gnade.

»Der Tod verlangt einen Preis«, wiederholte Tunis und ging auf den Mann zu. »Du wirst leben. Aber ich werde einen Teil deiner Seele mit mir nehmen.«

Medisa holt mich aus meiner Zelle und befiehlt mir, mein Tahill wieder vollständig anzuziehen. Die Wachen haben es in eine Ecke geworfen und ich erkenne getrocknetes Blut daran.

Ich will die Festung nicht verlassen, weil Jarrusch hier ist. Dabei weiß ich genau, dass er in Arasá ebenfalls dabei sein wird. Der Monarch wird Jarrusch mitnehmen und ihn wahrscheinlich nie wieder aus den Augen lassen. Mein Bruder ist in Sicherheit – wäre sein Beschützer nicht der Monarch, der gleichzeitig sein größter Feind ist.

Wir gehen eine Steintreppe hinauf, durch die kargen Gänge

hinaus zu dem Vorplatz neben der Arena. Als wir draußen ankommen, ringe ich nach Atem. Allein die wenigen Meter bis in den Festungshof haben meinem Körper alles abverlangt. Ich keuche und versuche die Schmerzen zu unterdrücken. Keeran, der zusammen mit Red aus dem Haupteingang der Festung tritt, mustert mich. Er hat wieder eine Maske aus Kälte aufgesetzt, die seine Gesichtszüge hart und undurchschaubar macht. Red sieht zwischen uns hin und her.

»Was ist mit Jeri?«, frage ich, als sie zum Aufbruch drängen, diesmal ohne Pferde.

Keeran wirft mir einen verächtlichen Blick zu. »Willst du ohne deinen Liebhaber etwa nicht gehen?«

Ich stocke, bekomme kein Wort heraus.

»Er muss bei seinem Vater bleiben.« Keeran wirkt, als wollte er noch etwas hinzufügen, aber ich weiß auch so, was es ist, und es beruhigt mich. Jeri muss bei seinem Vater und bei Jarrusch bleiben. Und das ist gut. Jarrusch kennt ihn und vertraut ihm. So wird er sich nicht ganz so allein und verloren fühlen.

Mit jedem Schritt, den ich unter Qualen gehe, wird der Sand zu meinen Füßen heller. Ich weiß, dass wir bald das goldene Ödland erreichen. Das Mal an meiner Haut verrät mir unser Ziel. Wir müssen zum Tempel von Muri, dem Heiligtum der Arasá. Dort wird die vorletzte Prüfung stattfinden.

»Sari!«, knurrt Medisa und kommt auf mich zu. Erst da begreife ich, dass ich in Gedanken versunken war und völlig vom Weg abgekommen bin.

»Ich brauche eine Rast«, sage ich bestimmt und lasse mich auf den Boden fallen. Manchmal ist es Stärke, seine Schwächen einzugestehen, erinnere ich mich an einen Satz, den meine Marra einst sagte.

»Wir können nicht mitten im goldenen Staub Rast machen, Sari. Was, wenn ein Sturm aufzieht? Wir würden im Schlaf ersticken.«

Ich sehe hinauf zur Sonne, die eine sengende Hitze verbreitet. Es ist kaum auszuhalten und ich spüre jede Schweißperle brennend in meinen Wunden.

»Aber da vorn gibt es Felsvorsprünge.« Sie deutet auf ein paar Felsen in der Wüste vor uns. »Es ist nicht mehr weit. Versprochen.«

Ich nicke widerwillig, stehe auf und kämpfe mich weiter durch den Sand, der meine Füße verschlingt und jeden Schritt schwer macht.

Es ist die letzte Götterprüfung. Die Prüfung meiner Göttin. Der Göttin des Lichts der Weisheit. Danach muss ich nur noch meine Vorfahren verabschieden und werde endlich frei sein. Dann kann ich auch Jarrusch befreien.

Als wir endlich bei den kleinen Felsen ankommen, unter denen wir Rast machen, lasse ich mich resigniert in den Sand fallen und schließe meine Augen. Mein Körper ist schwach.

»Sari …«

Es ist Keeran. Ich lasse meine Lider geschlossen. Er soll verschwinden.

»Ich habe etwas für dich«, sagt er und setzt sich zu mir. Er weiß genauso gut wie ich, dass ich nicht schlafe. Nach ein paar Sekunden gebe ich auf und öffne die Augen, um ihn gelangweilt anzusehen. Er gibt mir einen kleinen Beutel.

»Der ist von Jarrusch.«

Alles in mir verkrampft sich. Trotzdem greife ich hastig danach und öffne den Leinenbeutel. Sekundenlang starre ich auf die goldenen Münzen in dem Beutel, als wären sie nur eine Illusion.

»Er hat sie vom Monarchen bekommen, um sich Dinge kaufen zu können, aber …«

Ich sehe Keeran auffordernd an, damit er weiterspricht. Meine Lippen beben.

»Er hat mir das Geld für dich gegeben, weil er gesehen hat, dass ich dich in den Arm genommen habe.«

Ich hebe meine Brauen. Jarrusch sieht also immer noch nur das Gute in jedem Menschen.

»Er … er sagte, dass du deinen Tribut nicht zahlen konntest.«

Ich presse meine Lippen aufeinander und nicke gequält.

»Und ich soll sie dir geben, damit du das nachholen kannst.«

»Wann hast du ihn gesehen?«, presse ich hervor.

»Ich habe mich heimlich in sein Zimmer geschlichen«, sagt er, während seine dunklen Augen warm auf mir liegen.

Ich versuche zu schlucken, aber es gelingt mir nicht, und es löst einen Würgereiz in meiner Kehle aus. Ich krieche durch den Sand, bis ich die Galle nicht mehr zurückhalten kann und mich weinend übergebe. Ich spüre es sofort, als Keeran zu mir kommt und meinen Mundschutz zur Seite schiebt, den ich gerade noch öffnen konnte. Ich versuche ihn wegzustoßen, aber ich bin zu schwach. Und als ich alles in mir losgeworden bin, drücke ich mich von Keeran weg. Doch der packt mich und legt meinen Kopf auf seine Beine. Streicht mir über das Haar und summt ganz leise. Ich lasse es zu. Aus Dummheit oder Einsamkeit. Ich weiß es nicht.

»Er ist wirklich ein toller Junge, Sari. Das hast du sehr gut gemacht.«

Ich weine weiter. Weine und weine. Als hätte ich in den letzten Wochen verlernt, etwas anderes zu tun. Ich will Keeran gern an den Kopf werfen, dass er ihn zum Monarchen gebracht hat. Aber mir ist klar, dass Jarrusch es bei ihm im Moment besser hat als in seinem Loch.

»Wie geht es ihm?«, frage ich mit schwacher Stimme.

Keeran seufzt und streicht dann über meine Lippen. Es lenkt mich ein paar Sekunden von meiner Traurigkeit ab.

»Er hat nicht verstanden, warum er dich nicht sehen darf. Und …« Keeran schluckt schwer. »Und er wollte, dass ich ihm verspreche, dich zu beschützen.«

Ich hebe meinen Kopf und sehe ihn an.

»Ich habe ihm natürlich gesagt, dass du meinen Schutz nicht annehmen willst, weil du sehr gut allein zurechtkommst. Da war er ziemlich stolz.« Keeran lacht heiser und auch ich muss grinsen. »Aber es geht ihm gut, Sari. Er hat erzählt, dass er zwar das Essen am Hof nicht mag und lieber ein Stück Brot hätte. Aber er findet den schwarzen Sand wunderschön und freut sich auf den goldenen Staub – und darauf, dich dort wiederzusehen.«

Ich nicke und versuche mein Herz zu verschließen. Aber als ich zurück zu dem Beutel sehe, brechen alle Mauern sofort wieder.

»Ich habe veranlasst, dass die Dienstmägde ihm Brot aus Arasá bringen«, fügt Keeran leise hinzu.

»Du hättest es nicht annehmen sollen.«

»Ich wollte es nicht. Aber falls es noch einen stureren Menschen auf dieser Welt gibt als dich, Sari, dann ist er es.«

Ich lache auf, verstumme kurz, und dann lache ich aus vollem Halse. Lache bei der Vorstellung, dass mein kleiner Jarrusch Keeran in den Schatten gestellt hat. Stur und clever, wie er nun einmal ist.

»Hast du ihm gesagt, dass ich meinen Tribut nicht einfach nachzahlen darf?«, frage ich belegt.

Keeran schüttelt den Kopf. Dann rapple ich mich mühsam auf,

und Keeran hilft mir auf die Beine. Seine starken Hände halten meinen Körper und ich lasse zu, dass er mich zurück zu dem kleinen Felsvorsprung bringt und mich dort hinlegt. Ich schlafe sofort ein.

Als ich kurz aufwache, spüre ich Red, der wieder Salbe auf mein Bein und meine Blutergüsse schmiert. Aber erst als Keeran mich leicht an der Schulter berührt, komme ich wieder zu mir.

»Wir müssen weiter«, sagt er.

Ich nicke, richte mich auf und stelle erleichtert fest, dass meine Schmerzen vergangen sind. Mein Bein ist schon wieder vollständig belastbar und meine Lippe geheilt.

Mein Blick wandert zu dem Beutel von Jarrusch, der immer noch am Boden neben mir liegt, und ich nehme, ohne lange darüber nachzudenken, die Goldmünzen heraus und reiche sie Keeran, Red und Medisa.

»Ihr habt keinen Obolus und …« Ich atme tief durch. »Steckt sie einfach ein.«

Mit diesen Worten löst sich ein wenig Schmerz von meiner Seele. Jarrusch hätte es so gewollt, wenn ich damit schon nicht meinen Tribut nachzahlen kann.

Wir gehen weiter durch das goldene Ödland. Die Stürme des glitzernden Staubes werden immer heftiger und nehmen uns den Atem und die Sicht, bis ich die anderen irgendwann nicht mehr sehen kann.

»Sari!« Keeran taucht neben mir auf und streckt mir seine Hand entgegen

Ich zögere einen Moment, ergreife sie dann aber und kämpfe mich mit ihm durch den Sandsturm. Immer wieder falle ich, weil der Sturm mächtiger ist als mein Körper. Aber Keeran zieht mich wieder auf die Beine.

»Wir müssen weiter!«, ruft er mir durch den tosenden Wind zu und zerrt mich vorwärts. Red und Medisa kann ich in dem Sandsturm weder sehen noch hören. Ich kann rein gar nichts erkennen. Irgendwann schließe ich meine Augen, um sie vor dem Sand zu schützen. Keeran zieht mich immer weiter vorwärts. So lange, bis ich meine Beine nicht mehr spüren kann. Das verstauchte knickt einfach weg und lässt sich nicht mehr bewegen.

Ich schreie auf. Keeran beugt sich sofort über mich, um mich vor dem Sturm zu schützen.

»Bleib liegen!«, knurrt er mich an, als ich mich unter ihm herauswinden will. Er stützt seine Arme rechts und links neben meinem Kopf ab, zieht sich die Kapuze über und kommt meinem Gesicht ganz nah. Seine Kapuze schließt unsere Köpfe ein. Ich rieche ihn, spüre ihn und seine Wärme und halte den Atem an.

Keerans dunkle Augen ruhen auf meinen. Es ist, als würde er mir mit diesem Blick viel mehr sagen, als er aussprechen kann. Und jedes dieser unausgesprochenen Worte jagt mir Blitze durch den Körper.

»Wie lange wird dieser Sturm dauern?«, frage ich, als ich endlich wieder Luft bekomme.

»Sicher noch eine Weile«, sagt Keeran und hebt belustigt seinen Mundwinkel. »Warum? Hast du schon genug von mir?«

»Ich hätte selbst dann genug von dir, wenn du ganz weit weg in einem anderen Königreich wärst«, knurre ich.

Sein Körper sinkt immer tiefer. Als würde ihm die Kraft ausgehen, sich über mir zu halten und den Abstand zu wahren.

Ich sehe ihn an. Sekunden oder Minuten, und dann lässt er seinen Körper ganz langsam auf meinen sinken. Ich keuche auf. Seine Nähe berührt mich viel tiefer, als sie es sollte. Alles in mir wird kalt und heiß, und mein Atem geht stoßartig. Seine Augen sind immer noch fest auf mich gerichtet. Wieder dieses Lächeln, und dann beißt er sich auf die Unterlippe.

»Es tut mir leid, Sari.«

Ich höre nur noch meinen lauten Atem. Als wäre alles um mich herum stehen geblieben.

Es dauert eine Ewigkeit, bis ich mich endlich räuspere. »Ich denke, der Sturm ist jetzt nicht mehr so schlimm.«

Keerans Lider zucken, dann hebt er die Kapuze und sieht sich um.

»Ja«, knurrt er und will gerade aufstehen, als sich sein Gesicht schmerzhaft verzieht und er mit voller Wucht auf mir landet.

Ich keuche und versuche herauszufinden, was passiert ist.

»Keeran?« Mein Mund wird trocken.

Er bewegt sich nicht mehr.

»Keeran!«, rufe ich panisch und versuche ihn von mir zu schieben. Als ich es endlich geschafft habe, entdecke ich einen Pfeil in seinem Rücken. Die Zeit steht still und ich brauche ewig, bis ich mich nach dem Schützen umsehe. Aber hier ist niemand außer Keeran, mir und dieser unendlichen Wüste. Red und Medisa muss der Sturm weit von uns entfernt haben.

Ich beuge mich über Keeran und lege zwei Finger an seinen Hals. Ich spüre ganz schwach seinen Puls und die Erleichterung in meinem Herzen und meiner Seele.

»Keeran!« Ich schüttle ihn. »Wach auf!«

Doch er bewegt sich nicht. Ich versuche aufzustehen. Mein Bein ist immer noch taub, aber ich kann es ein wenig belasten.

Ich packe Keerans Arm und bemühe mich, ihn zu ziehen. Dabei falle ich immer wieder in den Sand und stehe wieder auf. Wieder und wieder.

»Verdammt!«, schreie ich in die Stille. »Verdammter Sand und verdammtes Bein. Und verdammter Keeran!« Ich balle meine Hände zu Fäusten und suche nach etwas, was ich tun kann. Doch ich weiß längst, dass ich ihn hier zurücklassen muss. Ich kann ihn nicht mitnehmen.

»Red!«, schreie ich, um den Gedanken zu verscheuchen. Nichts. Medisa und er müssen einfach weitergelaufen sein.

Verzweifelt lasse ich mich vor Keeran auf den Boden fallen und berühre sein Gesicht, schlage ihm mit meiner flachen Hand auf die Wange. Seine Lider flackern.

»Keeran!«, stoße ich hervor und schlage ihn immer mehr, vorsichtiger dieses Mal.

Er stöhnt, als er langsam zu sich kommt. »Was ist passiert?«

»Du wurdest angeschossen«, erkläre ich zögerlich und sehe auf seinen Rücken.

Er richtet sich unter Schmerzen auf und tastet dann nach dem Pfeil in seinem Rücken.

»Du musst ihn durchstechen«, befiehlt er mir mit schwacher Stimme.

Ich wusste, dass er das sagen würde. Ich wusste es, weil ich eine Arasá bin, die seit ihrer Kindheit Heilkunde erlernt hat. Es ist eine der ersten Regeln, dass man einen Pfeil nicht herausziehen darf, sondern ihn durchstoßen muss, um dann die Spitze abzubrechen.

»Ich weiß, dass das schwer ...«

In diesem Moment packe ich den Pfeil und ramme ihn weiter in seinen Körper, bis er auf seiner Brust durch die Haut bricht. Keeran schreit laut auf.

»Schwer? Mir hat es große Freude bereitet«, sage ich und grinse.

Er wirft mir einen ungläubigen Blick zu, lächelt dann aber schwach und bricht die Pfeilspitze ab.

»Wir müssen uns beeilen«, sagt er leise.

Ich verenge meine Augen, während er die Spitze voller Zorn wegschmeißt und aufsteht.

»Warum?« Ich werfe ihm einen fragenden Blick zu.

»Weil du deine Prüfung absolvieren musst.«

»Warum, Keeran? Was ist mit der Spitze?«

Er stöhnt auf. »Sie ist vergiftet, Sari. Wenn wir nicht schnell sind, kann ich dich nicht bis zum Tempel bringen.«

»Wirst du sterben?«, frage ich nüchtern. Viel zu nüchtern, denn es lässt mich nicht kalt. Ganz und gar nicht.

»Ja«, gibt er knapp zurück und wendet sich dann ab. »Komm!«

Er schleppt sich mühsam durch den goldenen Sand. Hier gibt es nichts anderes als ihn und die helle, sengende Sonne über uns, die den Sand glitzern lässt. Ich bleibe stehen und schüttle den Kopf.

»Wir müssen Red und Medisa suchen. Red hat sicher …«

»Sari!«, flucht Keeran, dreht sich um und packt mich an den Schultern. »Wir werden sie nicht finden. Nicht hier im Ödland der Arasá. Der Sturm hat sie sicher mehrere Meilen von uns entfernt. Sie werden einen anderen Weg gehen.«

Ich sehe hinab auf seine Wunde. »Was für ein Gift war es?«

»Curare«, presst er hervor und lacht dann bitter auf.

Ich schüttele entsetzt den Kopf. Das ist das Gift der Lilienrinde, das zu Muskellähmungen führt, wenn es in den Blutkreisläuf gelangt. Bis die Lunge versagt und man irgendwann nicht mehr atmen kann.

Meine Lippen beben. »Schnell, lass uns gehen.«

»Sari«, hält er mich auf. »Ich werde sterben.«

»Nein!«, schreie ich ihn zornig an und schlage seine Hand weg. Er folgt mir und sagt kein Wort mehr. Was sollte er auch sagen?

Dass ich mich wie ein Kind benehme, das nicht akzeptiert, dass es keinen Ausweg gibt? Er weiß genauso gut wie ich, dass es kein Gegengift gibt. Aber er ist der Nachfahre von Kalipar. Sein unsterblicher letzter Erbe.

»Ich höre deine Ängste, Sari«, flüstert er hinter mir.

Schlagartig bleibe ich stehen und suche in mir nach dieser Furcht. Ja, ich habe Angst, dass er sterben wird.

Ich will es nicht akzeptieren.

Während wir weiterlaufen, setzt wieder ein Sturm ein. In dem tiefen Sand unter unseren Füßen kommen wir nur langsam voran. Wir laufen auch dann noch, als es bereits dunkel wird und Tausende Sterne über uns am Himmel stehen. Ich blicke hinauf zu den zwei Monden. Es sind Neumonde.

»Weiter!«, treibe ich ihn, aber auch meine eigenen Beine an.

»Wir müssen Rast machen«, knurrt Keeran von hinten.

Ich stapfe weiter, ohne mich umzusehen. Doch dann kann ich ihn nicht mehr hinter mir hören und drehe mich um. Keeran sieht mich zornig an. Er macht einen Schritt und sein Bein gibt nach. Wie eine Puppe fällt er in den goldenen Sand und bleibt regungslos liegen. Ich renne zu ihm, packe ihn und versuche ihn wieder hochzuziehen.

»Du musst mir helfen, Keeran!«, fauche ich, doch er schüttelt nur den Kopf. »Bitte, Keeran.«

»Ich spüre mein Bein nicht mehr, Sari.« Seine Seele schreit mich an. Kummer und Schmerz überfluten mich. »Geh ohne mich weiter.«

»Hör auf, den Helden zu spielen. Diese Typen hab ich schon in Jarruschs Büchern gehasst.«

»Ich bin nicht heldenhaft, Sari. Es dauert nicht mehr lange, bis meine Lunge gelähmt ist. Verstehst du, was das bedeutet?«

»Natürlich!«, fauche ich. »Ich bin nicht dumm. Aber du hast blaues Blut, Keeran. Du bist ein Nachfahre der Götter!«

Ich packe ihn wieder und ziehe ihn zu mir hoch. Diesmal lässt er es geschehen. Mit all meiner Kraft lege ich seinen schlaffen Arm über meine Schulter und stütze ihn. »Und deshalb werden wir nicht aufgeben. In Ordnung?«

Er sieht mich kurz an, nickt dann und humpelt zusammen mit mir weiter.

Immer wieder befürchte ich, dass es mein Bein sein wird, das als erstes aufgibt. Aber es hält uns, als hätte es neue Kraft gewonnen. Als wollte es für Keeran stark sein.

»Da ist ein Felsen«, sage ich und will darauf zusteuern, als Keeran plötzlich einknickt und mich fast mit sich zu Boden zieht. »Nein!«

Ich brauche all meine Kraft, um ihn aufrecht zu halten. Seine Beine sind schlaff und seltsam verdreht.

»Nur noch bis zum Felsen, Keeran!«, flehe ich und ziehe ihn mit mir. Er hilft kaum noch mit. Selbst sein Arm kann sich nicht mehr an mir festhalten. Ich kralle meine Finger in seine Hand, um ihn weiterzuziehen, und schreie vor Schmerz und Schwäche.

»Los!«, knurre ich, und dann erreichen wir endlich den kleinen Felsvorsprung, wo ich Keeran vorsichtig in den Sand sinken lasse.

Seine Lider sind halb geschlossen, als könnte er sie nicht mehr offen halten. Ganz leicht zuckt sein Mundwinkel, als wollte er lächeln.

Ich muss irgendetwas tun. Ich kann ihn nicht sterben lassen. Fieberhaft fahre ich mir durch mein Haar und denke nach.

»Sari«, raunt Keeran kaum hörbar. Seine Zunge scheint schon

fast taub zu sein. »Bitte versprich mir, dass du das auch ohne mich schaffst.«

Ich beuge mich zu ihm und lasse ihm ein wenig Wasser aus der Feldflasche in den Mund tropfen. Seine Lippen zucken.

»Hör mir zu!«, sagt er dann und greift mit seinen schwachen Fingern nach meinem Gesicht. Er löst mein Tahill und fährt über meine Lippen.

»Wenn ich sterbe …«

»Du darfst nicht sterben.«

Er hustet und schüttelt den Kopf. »Nein, Sari. Ich werde sterben, und dann musst du etwas tun.«

»Was soll das sein?«, frage ich voller Wut. Ich könnte seinen Tod einfach hinnehmen. Nach dem, was er getan hat, könnte er mich zumindest kaltlassen. Aber ich will ihn nicht verlieren. Ich kann mir nicht vorstellen, ohne ihn weiterzuleben.

»Nach dem Lauf ist der Monarch verwundbar, Sari«, flüstert er und streicht mir sanft über die Wange. »Er hat so viel von seiner Macht genutzt, dass du in diesem Moment zuschlagen musst. Nur dann kannst du deinen Bruder zurückbekommen. Verstehst du?«

Ich sehe ihn einfach nur an. Und ein dummer Teil in mir fragt sich, ob er Jarrusch deshalb verraten hat. Weil mein Bruder mich in der letzten Prüfung beschützen kann, ehe Keeran ihn wieder befreit. Ohne dass ihm etwas geschieht. Aber das hätte er mir sagen können. Nein. Er hätte es mir sagen müssen.

»Sari …«, haucht er, kaum noch hörbar.

Ich beuge mich näher zu ihm. So nah, dass ich seinen flachen Atem an meiner Wange spüren kann.

»Ich wollte dich immer nur beschützen.« Der Klang seiner Worte weht zu mir. Sanft und so leise. »Du bist der stärkste

Mensch, den ich kenne. Ich …« Seine Stimme bricht und er hustet schwach. »Ich empfinde so vieles für dich, Sari aus dem Hause Lakar. Vor allem tiefen Respekt und …« Ich presse meine Lippen aufeinander und rücke noch näher. »Und das erste echte Gefühl, das ich in den Jahrhunderten meines Lebens gespürt habe.«

Sein Atem wird noch flacher. Ich schließe meine Augen, hebe meinen Kopf und sehe ihm in sein bleiches Gesicht. Vorsichtig lege ich meine Hand auf seine Brust und spüre das Klopfen seines Herzens. Wenn er nicht mehr atmet, wird es nicht mehr mit Sauerstoff versorgt und allmählich aufhören zu schlagen. Ist die Prophezeiung also auch nur eine Lüge? War Keeran nie wirklich der Erbe des Kalipar?

»Du kennst die Antwort«, raunt er.

Eine Träne glitzert auf seiner Wange. Ich lasse meinen Kopf sinken und küsse sie weg, bevor ich meine Lippen ganz kurz und vorsichtig auf seine lege. Ich habe begriffen, was ich tun muss.

Ohne ein weiteres Wort stehe ich auf. Ich werde ihm nicht sagen, was ich trotz seines Verrates für ihn empfinde.

Mit strammen Schritten marschiere ich an dem Felsen vorbei und sehe mich um. Ich suche nach einem Hügel oder einer winzigen Erhebung, denn dort lebt das, was ich jetzt brauche.

Im Ödland des goldenen Staubes leben viele Wesen. Besonders eines gibt es hier überall – den Amphisbaena, eine Art Schlange, die zur Gattung der Drachen gehört. Sie besitzt einen langen schlangenartigen Körper und einen Kopf an jedem Ende. Es ist ein riesiges und gefährliches Tier, denn seine Zähne sind giftig und sein Körper ist so kräftig, dass es mich innerhalb von Sekunden zerquetschen könnte.

Um es aus seinem Nest herauszulocken, brauche ich ein Lockmittel.

»Der Amphisbaena wird auch als die Königin der Ameisen bezeichnet«, flüstere ich. Schon in der Schule haben wir gelernt, dass der Schlangendrachen sie verspeist, um sie dann neu gebären zu können.

Hier in der trockenen, heißen Wüste leben nur Silberameisen. Meine Augen wandern über den Sand und suchen nach dem winzigen Eingang zu ihrem Nest.

Hastig laufe ich immer weiter und versuche fieberhaft, Ameisen zu finden. Und dann stößt mir ein übler Geruch in die Nase. Er stammt von dem verwesenden Kadaver eines Greifvogels, der mitten in der Wüste auf dem goldenen Staub liegt. Das Tier muss sich hierher verirrt haben, denn in dieser Hitze können sie nur schwer überleben. Außerdem gibt es hier kaum Beute und kein frisches Wasser für sie.

Angewidert starre ich auf den toten Vogel. Kleine silbern glänzende Tierchen nehmen sein Fleisch auseinander und tragen es zu ihrem Nest. Ich kann es kaum fassen und lache vor Glück laut auf. Tausende von Ameisen sitzen auf dem verwesenden Tier.

Ich packe den toten Greifvogel an seinem Hals und suche nach einem Schlangenhügel, bis ich endlich einen gefunden habe. Er hebt sich deutlich von den natürlichen Unebenheiten des Staubes ab.

Eine Erinnerung lässt mich zögern. Etwas, das ich im soiel te das gehört habe. Mein Blick wandert wieder hinauf zu den beiden Mondsicheln, die ein weiches Licht auf den goldenen Sand strahlen.

Der Tod verlangt immer einen Preis. Zwei Sensen, ein Pfeil. Im Gegenzug für ein Opfer findet auch den Tod, was nie zu verblühen droht.

Das hat mir die Stimme im Erdreich des Todes gesagt. Warum habe ich nie darüber nachgedacht, was sie mir damals sagen wollte? Jetzt ist es deutlicher als je zuvor. Die Lilie besteht aus zwei herabfallenden Blättern, die sich zu einer Sichel formen, wie die beiden Monde über mir. In der Mitte hat sie ein Blatt, das steil nach oben ragt wie ein Pfeil. Wie der Pfeil mit ihrem Gift, der Keeran durchbohrt hat.

Er könnte sterben. Diese Erkenntnis jagt Stärke und Willenskraft durch meinen Körper.

»Amphisbaena, ich habe etwas für dich!«, rufe ich und werfe das tote Tier vor den Schlangenhügel. Sofort greife ich nach meinem Messer. Mit zitternden Beinen stehe ich da und warte. Und dann stößt etwas aus dem Hügel hervor und wirbelt den goldenen Staub auf. Erst nach einigen Sekunden erkenne ich das riesige Tier und erstarre. Seine Köpfe überragen mich um einen Meter. Ich weiche panisch zurück. Wie soll ich dieses gigantische Biest töten?

Seine glühenden Augen starren mich an. Seine Köpfe bewegen sich hin und her. Ich stolpere weiter in seine Richtung.

»Denk nach, Sari!«, rede ich mir selbst zu. Doch mit diesem Tier kann ich es nicht aufnehmen. Und schon gar nicht nur mit einem kleinen Messer bewaffnet.

»Der Greif!«, höre ich die Stimme des Toten in mir, die Stimme der Seele, die ich erweckt habe und die ich für immer in mir trage.

Ich schließe meine Augen. Aradas muss aufwachen. Er muss hierherkommen und ... Völlig unerwartet spüre ich diese Verbindung. Ich spüre, dass er meinen Ruf hört, und schicke ihm all die Flammen, die in mir brennen. All das Feuer, das vom Mal des Tunis ausgeht und schon seit meiner Geburt in mir brennt.

Die Zeit steht still, während die Augen des Schlangendrachen mich weiter fixieren und während er mit schräg gelegtem Kopf den Kadaver inspiziert. Wenn Aradas nicht kommt, werde ich sterben … Über mir höre ich einen imposanten Flügelschlag. Meine Augen wandern zum Himmel, wo ich den Greif erkenne. Mein Herz wird leichter. Und im nächsten Moment schnellt der Kopf der Schlange auf mich zu. Ihre riesigen Zähne schnappen nach mir, doch Aradas stürzt sich auf sie und wehrt sie ab.

Ich schwinge mich auf den Rücken meines Greifs und lasse mich von ihm in die Lüfte tragen. Kurz streichele ich über seinen Hals, bevor ich ihm zuflüstere: »Wir müssen sie töten.«

Und im nächsten Moment stürzt er sich wieder in die Tiefe, krallt seine riesigen Fänge in den Körper der Schlange und reißt sie in die Höhe. Die Wucht, mit der sie sich wehrt, lässt uns meterweit fliegen. Ich falle und lande auf dem heißen Sand.

Aradas rappelt sich einige Meter entfernt wieder auf und greift erneut an.

»Denk nach!«, sage ich wieder zu mir selbst. Ich weiß nicht viel über dieses Tier. Viel zu wenig, um es töten zu können. Aber ich weiß, dass es mit einem Kopf nicht überleben kann. Nur wie soll ich einen der beiden abschlagen?

Ich sehe wieder hinab auf das winzige Messer, das ich von Keeran bekommen habe. Ich kann die Schlange damit nicht töten.

»Du musst!« Dieses Mal ist es die Stimme meiner Mutter, die ich in meinem Kopf höre. *»Man kann alles, wenn man es nur will.«*

Verzweifelt schließe ich meine Augen, bevor ich das Messer fester greife und wieder aufstehe. Aradas kämpft immer noch mit dem riesigen Tier, das sein Maul weit aufgerissen hat. Immer wieder schnappt die Schlange nach meinem Greif und richtet sich zu seiner vollen Größe auf.

Ich habe mich entschieden, ich kann Keeran nicht einfach sterben lassen. Ich werde es mit diesem gigantischen Tier aufnehmen, um ihn zu retten.

Ich spanne meinen Körper an, schärfe meinen Geist und renne los. Der Schlangendrache sieht mich nicht. Er nimmt das winzige Geschöpf nicht wahr, das mit einem kleinen Messer bewaffnet auf ihn zurennt.

Als ich bei der Bestie ankomme, die gerade wieder nach Aradas schnappt, schwinge ich mich auf den Körper der Schlange und krieche zu ihrem Kopf. Sie spürt mich sofort und versucht mich von sich zu stoßen. Ihre Haut ist glitschig, also steche ich das Messer in ihren Leib, um mich oben zu halten. Das Biest schreit auf und ich starre fassungslos auf das Messer. Wie konnte es die dicke Haut überhaupt durchschneiden?

Ich habe keine Zeit, darüber nachzudenken, also hangle ich mich weiter nach oben.

»Fast alle Wesen sterben, wenn du sie in der Mitte ihrer Stirn erwischst, Sari. Auch wir Menschen.«

Meine Marra ist so nah. Es ist, als würde sie dieses Messer halten. Aber bevor ich erneut zustechen kann, windet sich das Ungeheuer. Es dreht sich und wirft mich in den Sand. Es stürzt sich mit seinem ganzen Gewicht auf mich. Doch als mir bewusst wird, dass ich gleich zerquetscht werde, greift Aradas an und das Tier dreht sich wieder, um seinen Unterbauch zu schützen. Ich blinzle, aber so muss es sein. Das Vieh kriecht über den Boden, damit seine Feinde nie seine Unterseite zu Gesicht bekommen. Das macht es unverwundbar.

»Aradas!«, schreie ich und gebe ihm stumme Befehle.

Er versteht, was ich meine, und greift den langen Körper der Bestie an. Er hackt ihr seinen Schnabel in die Haut, bis sie sich wieder umdreht, um Aradas loszuwerden. Und das ist der Moment, in dem ich angreife, auf seinen hellen Unterbauch zurenne und ihm das Messer genau in die Mitte seines Körpers ramme. Ein hoher und grausamer Schrei ertönt, sodass ich das Messer stecken lasse und mir die Hände auf die Ohren presse. Der Klang ist so brutal und schmerzhaft, dass ich selbst schreien muss.

Als der Schrei verklingt und Stille eintritt, öffne ich meine Augen wieder und starre auf das Wesen vor mir. Das ist ein Amphisbaena, wie ich ihn auf den Zeichnungen in meinen Schulbüchern gesehen habe. Er ist immer noch größer als ich, aber viel kleiner als zuvor. Er ist geschrumpft.

Ich lecke mir über meine blutige Lippe. Ich muss während seines Schreis daraufgebissen haben.

»Aradas!«, rufe ich meinem Greif zu und deute auf das Tier. »Wir müssen ihn zu Keeran bringen.« Wenn es nicht schon zu spät ist, füge ich in Gedanken hinzu. Dann setze ich mich auf den Rücken des Greifs, der die Schlange packt und losfliegt.

Die Stelle, wo Keeran liegt, ist nicht weit entfernt. Ich springe von Aradas' Rücken in den Sand, packe die Schlange und ziehe sie bis zu Keeran. Er ist leichenblass und ich brauche ein paar Sekunden, um mich dem zu stellen, was mich erwartet. Keeran hat keinen Puls mehr. Schmerz und Angst ergreifen mich, als ich mein Ohr an seine Brust lege und ihn nur ganz flach atmen höre. Seine Glieder sind schlaff und liegen seltsam abgespreizt von seinem Körper im Sand.

»Du wirst nicht sterben«, flüstere ich, während ich den Leichnam des Amphisbaena packe und ihn mit all meiner Kraft um Keeran wickle. Ich hülle ihn mit der Schlange ein, wie ich es aus all den Büchern und Sagen kenne. Sie heilt Menschen. Diese Art, die ich anwende, kann Krankheiten und Vergiftungen lindern.

Schwangere Frauen haben sich das Wesen angeblich um den Hals gelegt und hatten damit eine sichere Schwangerschaft. Wieder andere schlangen es um einen Baum und konnten ihn so mühelos fällen. Es muss also funktionieren.

Stundenlang sitze ich da und rede mir das ein. Immer wieder steigt Hoffnung in mir auf, weil Keeran noch atmet, bis mich die Angst lähmt und verzweifeln lässt. Immer dann, wenn ich ihn nicht mehr höre. Bis ich mich irgendwann auf seine Brust lege und dem monotonen Herzschlag und dem rasselnden Atem lausche. Ich male mit dem Finger Muster und Blumen auf seinen Brustkorb. Schließlich beginne ich Wörter zu schreiben, um mich selbst abzulenken und um ihm zu zeigen, dass ich noch da bin.

»Du wirst nicht sterben«, flüstere ich, als mich die Müdigkeit überwältigen will. »Du wirst nicht sterben«, wiederhole ich immer wieder, um mich wach zu halten. Damit er meine Stimme hört und den Zugang zu unserer Welt nicht verliert.

»Sari?« Plötzlich hebt sich seine Brust, und erst da begreife ich, dass er meinen Namen gesagt hat.

Ich hebe sofort meinen Kopf, lege meine Finger an seine Wange und starre in seine dunklen Augen.

»Was …« Keerans Blick wandert zu dem toten Amphisbaena, der um ihn geschlungen ist. Seine Augen nehmen einen ungläubigen Ausdruck an, als er begreift, was ich getan habe. Kurz darauf entdeckt er Aradas, der sich ein Stück von uns entfernt auf den Boden gelegt hat und die Umgebung beobachtet. Dann sieht er wieder zu mir.

»Du hast einen Amphisbaena getötet?« Keeran klingt fassungslos, heiser und voller Anerkennung.

»War ein Kinderspiel«, gebe ich schulterzuckend zurück.

Er hebt seinen Mundwinkel und erst da begreife ich, dass ich ihm leicht über die Wange gestrichen habe. Sofort ziehe ich meine Hand weg und sehe mich um, als würde es hier auch nur irgendetwas geben, was ich in den letzten Stunden nicht schon zur Genüge angesehen habe.

»Warum hast du das getan?«

»Hätte ich dich sterben lassen sollen? Jemanden, der eigentlich unsterblich sein sollte?«

»Es gab Momente, da hast du mich angesehen, als würdest du nichts lieber tun, als mich mit eigenen Händen zu töten«, sagt er und steht mühsam auf, während ich die Schlange von seinem Körper löse.

»Zumindest wollte ich nicht, dass dich irgendein dummes Gift tötet.«

»Sari …«, sagt er sanft und berührt dann mein Kinn, damit ich ihn wieder ansehe.

»Ich will nicht darüber reden«, wehre ich ab und versuche mich abzuwenden, doch Keeran hält mich fest.

»Sari!«, sagt er wieder, diesmal mit Nachdruck.

Und dann sehe ich ihn endlich an. Mein Herz schlägt laut und hart gegen meine Rippen. Alles in mir glüht. Meine Haut prickelt, als ich in dieses tiefe Schwarz seiner Augen blicke. Es liegt mehr Ehrlichkeit darin als je zuvor. Und dann spüre ich seine Seele. Ich spüre die Verbundenheit und vor allem die unumstößliche Zuneigung, die er für mich empfindet. Einen so tiefen Einblick hat er mir noch nie gewährt.

»Keeran, bitte«, flehe ich mit gebrochener Stimme.

»Diese Geschichte wird nie enden, wenn wir so weitermachen«, sage ich und fluche, weil ich einfach nicht in der Lage bin, seine Berührungen auszublenden. Seine Augen, die meine suchen.

Weil ich einfach nicht blind sein kann für seinen starken Körper, sein schönes, aber auch kantiges Gesicht und seine sich hebende und senkende Brust.

»Du brichst mein Herz und ich stehe am Ende da mit den Einzelteilen«, flüstere ich und mustere die kleinen Narben in seinem Gesicht. Seine Nase, die immer noch blau von meinem Schlag ist. »Und jedes dieser kleinen Bruchstücke ...«, ich schlucke schwer, »schlägt für dich.« Ich schüttle den Kopf, als ich heiße Tränen in meinen Augen spüre. »Du hast das verraten, was ich am meisten auf dieser Welt liebe. Und seitdem blutet jeder einzelne Tag für mich. Jeder Tag ist so dunkel wie die schwärzeste Nacht. Jede Sekunde, die Jarrusch bei ihm ist, sticht in meine Seele und mein Herz. Und das Messer hältst du in deinen Händen.«

Ich wende mich von seinem bohrenden Blick ab.

»Aber ich rette dich trotzdem. Ich weine trotzdem um dich. Mein Herz weint um dich und um den Verlust, den dein Verrat mir zugefügt hat. Und ...«, ich schüttle den Kopf, »... das will ich nicht, Keeran. Lass uns das hier vergessen und nie wieder darüber sprechen. Niemand darf je erfahren, dass wir verwundbar sind.«

Er kommt näher und streicht mir mit seinen Fingern über die Wange. »Ich werde dich nie wieder verraten oder verletzen.«

»Ich glaube dir nicht, Keeran!«, schreie ich in die Stille hinein und schüttle weinend den Kopf. »Vielleicht will mein Herz dir glauben. Vielleicht will diese dumme Wunde darin dir glauben, damit sie wieder heilt. Aber ich kann es nicht.«

Seine Hand wandert in meinen Nacken, und da erkenne ich auch in seinen Augen Tränen.

»Bitte, lass mich nicht fallen, Sari. Ich weiß, dass ich ...«

»Dass du was?«, unterbreche ich ihn.

»Dass ich es nicht wert bin. Und ich habe nichts, um dich davon zu überzeugen, dass du bei mir bleiben musst.« Er senkt seinen Blick. »Ich kann dich nur darum bitten, mich nicht aufzugeben. Mir die Chance zu geben, alles wiedergutzumachen. Die Chance … dich zu verdienen, Sari.«

Meine Lippen beben. Mein gesamter Körper zittert und die Wärme seiner Worte wandert meine Wirbelsäule hinauf bis in meinen Nacken.

»Du hast niemanden verdient! Und niemand hat es verdient, dass du ein Teil seines Lebens bist!«, fauche ich, weil ich nicht will, dass er mich mit seinen Worten erreicht.

»Ich weiß«, raunt er und greift verzweifelt in meine Haare, als würde ihm diese Erkenntnis Schmerzen bereiten. »Aber ich will mich bessern. Bessern für …«

»Sag jetzt nicht, für mich, Keeran. Du weißt, dass es eine Lüge wäre.«

Endlich schaffe ich es, ihn direkt anzusehen. »Bitte!«

Sein Mund verzieht sich, als würde er mit sich hadern, aber dann nickt er.

»Wirst du mir je verzeihen?«, fragt er und beugt sich zu mir. Sein Atem streift meine Lippen.

»Ja«, sage ich. Sein Griff wird fester. »Aber das wird eine Weile dauern, Keeran.«

Er kommt noch näher, und als seine kühlen Lippen meine ganz leicht berühren, zucke ich zusammen. Meine Brust brennt vor Verlangen. Vor Sehnsucht. Und dann beuge ich mich zu ihm und küsse ihn. Vorsichtig und bedacht und dann fester. Alles in mir prickelt und wird gleichzeitig taub. Es ist, als würde ich darum kämpfen müssen, bei Bewusstsein zu bleiben, weil er mich so allumfassend berührt.

»Ich werde immer für dich und Jarrusch sorgen«, flüstert er gegen meinen Mund und zieht mich näher zu sich. »Immer.«

»Und was ist mit Alishan?«, wage ich endlich zu fragen. Seine Lider senken sich kurz, und dann sieht er mich fest an. Unsere Augen sind nur Zentimeter voneinander entfernt.

»Erinnerst du dich an das erste Mal, als wir uns begegnet sind, Sari?«

Ich nicke, während mir die Bilder in der Schenke durch den Kopf gehen.

»Du weißt, dass du etwas in mir bewegt hast, als wir uns dort begegneten, Sari. Etwas, das ich noch nie zuvor gefühlt habe. Und ab diesem Zeitpunkt war dieses Gefühl für dich da, das nicht mehr verschwinden wollte. Ein anderes als das, was ich für Alishan empfinde.«

»Ändert das etwas daran, dass du sie liebst, Keeran?«, frage ich und schüttle den Kopf.

»Das Einzige auf dieser Welt, was für mich echt ist, bist du, Sari. Du bist das einzige Wesen, an das ich Erinnerungen habe. Alishan fühle ich nicht. Ich sehe sie nicht einmal. Und ich sehe auch nicht, warum ich all das für sie empfinde. Echt bist nur du.«

Ich schlucke und berühre dann seine Wange. »Sie ist auch echt, Keeran.«

»Ich weiß nicht einmal, wer ich bin. Ich kenne mich und meine Vergangenheit nicht.« Er zögert kurz. »Du gibst mir die Sicherheit, zumindest einen Teil von mir zurückzubekommen.«

»Willst du den Monarchen töten?«, frage ich und sehe Keeran ernst an. Ich will nicht über seine Gefühle nachdenken. Ich muss wissen, ob es Hoffnung gibt.

»Ich werde ihn töten«, verbessert er mich, hebt dann seinen

Kopf und küsst mich auf die Stirn. »Ich werde ihn töten und Jarrusch befreien. Und dann werde ich meinetwegen ein Leben lang darauf warten, dass du mir verzeihst, Sari aus dem Hause Lakar.«

KAPITEL 16

Hamza, Passus II Arasá, Vers 974

Halte inne. Lasse die Dinge vorüberziehen. Bewege deinen Geist und führe ihn in die wahrhaftige Richtung. Lasse deine Seele in ein Reich voller Wissen und Weisheit eingehen. In ein Reich voller Liebe und Schmerz. Zähle die Tage und lerne die Sprache derer, die mit dir reden.

Siehe, was du erschaffen hast. Was deine Vergangenheit war und deine Gegenwart ist. Sei dir bewusst, was deine Aufgabe ist, und leite deinen Verstand mit deinem Herzen.

Stimmen wecken mich. Laute Stimmen, die durcheinandersprechen.

»Sari!«, sagt Keeran leise und rüttelt mich sanft. »Wir müssen hier weg.«

Ich blinzle und sehe mich um. Weit hinten auf einem Sandberg stehen Menschen, seltsam gekleidete Staubgeborene, mit Speeren, Pfeil und Bogen. Sie tragen Leinenponchos und Turbane.

»Das ist das Wüstenvolk«, erklärt Keeran und zeigt bedeutungsvoll auf seine Wunde.

»Sie waren das? Weiß der Monarch, dass sie …?«

»Der Monarch weiß alles. Und er nutzt gewisse Gegebenheiten für sich.«

Keeran sieht zu Aradas, der ein paar Meter von uns entfernt im Sand liegt und das Wüstenvolk bedrohlich mustert.

Ich verstehe sofort und nicke. Keeran nimmt meine Hand und zieht mich zu meinem Greif. Ganz langsam und vorsichtig steigen wir beide auf, und ich gebe Aradas den Befehl, so schnell er kann davonzufliegen.

Pfeile sirren hinter uns, als er sich in die Lüfte hebt, doch Aradas ist schneller.

Keeran hat seine Arme so fest um mich geschlungen, als könnte ich mich nicht selbst auf meinem Greif halten, aber ich lasse es geschehen.

Als ich am Horizont ganz klein das hospital te lit erkenne, spüre ich ein warmes Gefühl von Zuhause. Aber im Krankenhaus des Lichts wartet niemand mehr auf mich. Nur mein Vater, der zusammen mit meiner Mutter starb und jetzt eine leere Hülle ist.

Mein Blick landet auf einer riesigen Weihestätte, mitten in dem goldenen Staub, dem Tempel von Muri, auf den Aradas zusteuert. Er ist das Heiligtum meines Königreichs.

Aradas landet vor den riesigen Säulen, die den Eingang flankieren, und fliegt dann zurück nach Emza. Würde der Monarch erfahren, dass er hier ist, dann würde er mich wahrscheinlich dazu zwingen, ihn wieder einzufrieren.

Keeran folgt mir, als ich den goldenen Weg entlang zum Tempel schreite. Meine Gedanken kreisen um diese Prüfung, und ich frage mich, ob Red und Medisa es wohl bis hierher geschafft haben. Ob sie noch am Leben sind. Und als ich an den riesigen Säulen vorbei in das Innere des Tempels trete, entdecke ich sie. Ich verspüre Erleichterung – bis mein Blick auf das wutrote Gesicht des Monarchen fällt, der auf einer Empore hinter ihnen steht. Meine Lippen verziehen sich zu einem überheblichen Lächeln. Er dachte, ich wäre tot. Er dachte, dass ich es ohne Medisa und Red, die mich jetzt mit ebenso großer Erleichterung ansehen, nicht schaffe. Aber ich stehe hier leibhaftig vor ihm.

»Tretet ein!«, bellt er voller Hass.

Die Gänge und Nebenräume des Tempels sind voller Menschen. Ich höre sie tuscheln und raunen. Keiner von ihnen versteht, wie ein kleines, schwaches Mädchen wie ich es bis hierher geschafft hat. Kein Wunder, denn sie wissen nicht, welche Macht die Liebe auslösen kann. Und meine Liebe zu Jarrusch macht mich mächtiger als sie alle zusammen.

»Eure Prüfung, Phantom, wird daraus bestehen, ein Rätsel zu lösen. Damit könnt Ihr Euch vor Arasá, der Göttin des Lichts der Weisheit, als würdig erweisen.«

Ich atme tief ein. Ein Hohepriester betritt den Raum. Ich erkenne ihn sofort an seiner Robe aus Gold und mit perlenbesetzten Ornamenten. Auf seinem Kopf trägt er eine große goldene Haube. Neben ihm gehen zwei Mönche des Ordens mit gesenkten Häuptern und weniger prunkvollen braunen Gewändern.

»Phantom«, begrüßt er mich und hebt seine Hand, um dann in der Luft an meinem Körper entlangzufahren. »Willkommen im Orden der Muri.«

Ich verbeuge mich leicht, wobei mein Bein schmerzhaft zusammenzuckt.

»Bei unserem Fest morgen müsst Ihr die Lösung präsentieren«, spricht der Priester mit seiner tiefen und monotonen Stimme weiter. »Niemand wird das Rätsel hören außer Euch, und Ihr werdet nicht in der Lage sein, es auszusprechen oder aufzuschreiben.«

Dann tritt er zu mir und sieht mich eine halbe Ewigkeit lang an, bevor er seine Hand hebt und meine Schläfe berührt. Unter seinem Gewand kann ich etwas an seinem Arm leuchten sehen – eine Gabe. Und im nächsten Moment höre ich seine Worte in meinem Kopf.

»Ein Mann von niederem Stand hat drei Töchter. Eine von ihnen tritt einem Orden bei, die Zweite heiratet einen ehrbaren Hufschmied und die Dritte bleibt zu Hause, um den Vater zu versorgen.«

Ich bemühe mich, alles auszublenden und nur seine Worte zu hören und sie mir zu merken.

»Eines Tages kommt ein Ritter des Königs am Haus vorbeigeritten und verlangt das Gastrecht. Der ehrbare Mann gewährt es ihm und seine Tochter bereitet ihnen das Essen. Der Ritter und die Tochter verlieben sich ineinander, und der Ritter will sie am nächsten Tag mit zum königlichen Hof nehmen, doch der Vater weigert sich.«

Ich beiße die Zähne zusammen und bete, dass er noch etwas sagt, was das Rätsel leichter macht. Was es überhaupt zu einem Rätsel werden lässt.

Der Hohepriester fährt fort: *»Da der Ritter aber von höherem Stand ist, nimmt er sie gegen den Willen ihres Vaters mit und bringt sie an den Hof seines Königs, um ihn um die Eheschließung zu bitten.«*

Mein Herz schlägt immer lauter. Die Blicke der Menschen um mich herum durchbohren mich, als würden sie alle erwarten, dass ich schon jetzt eine Lösung herausschreien könnte.

»Sie heiraten und nach ein paar Tagen muss der Ritter seinen Aufgaben nachgehen und weiterreiten, um im Land des Königs nach dem Rechten zu sehen. Doch bei einem Unfall auf seiner Rei-

se stirbt er und hinterlässt sein Erbe der Frau, die er zuvor geheiratet hat.«

Der Hohepriester verstummt. Er nimmt seine Finger von meiner Schläfe und sieht mich ausdruckslos an. Dann tritt er zurück und stellt sich neben den Monarchen. Und ich bleibe verwirrt stehen. Was ist die Aufgabe? Was ist das Rätsel in dieser Geschichte?

Mir wird heiß und kalt zugleich. Und dann winkt der Hohepriester, damit ich zur Seite gehe, während hinter mir ein weiteres Phantom den Tempel betritt.

»Geht auf Euer Zimmer. Die Bibliothek des Ordens Muri steht Euch zur Verfügung, Phantom.«

Nach diesen Worten kommen zwei Wachen, die hinter den Altären postiert waren, auf mich zu und geleiten mich durch die prunkvollen Gänge des Ordens in den Keller. Dort zeigen sie mir die Tür zu meinem spartanischen Zimmer, ehe sie wieder gehen.

Ich lege mich auf die kleine Pritsche und mustere gedankenverloren den leeren Schreibtisch und den schmalen Kleiderschrank.

Wie soll ich ein Rätsel lösen, wenn ich nicht einmal die Frage kenne? Was soll ich Karis beantworten? Warum der Ritter starb? Warum die Frau sich gegen ihren Vater wandte? Ich fahre mir durch mein Haar und gehe noch einmal alles durch, was der Hohepriester gesagt hat. Aber da ist keine Frage und auch keine Antwort, die ich ihm geben kann.

»Der Ritter starb, weil Tunis ihn für seine Taten bestrafte«, flüstere ich, schüttle aber sofort den Kopf und vergrabe mein Gesicht in dem alten, staubigen Kissen.

»War es vielleicht Lenieus?«, überlege ich und erinnere mich an die Seele, die ich erweckt habe. Manchmal frage ich mich, wer Lenieus eigentlich war. Aber ich würde mich wohl nie danach erkundigen. Meine Erleichterung ist zu groß, dass er die meiste Zeit still ist.

Das hier muss eine Falle sein. Eine andere Erklärung gibt es nicht, denn der Hohepriester hat mir kein wirkliches Rätsel genannt. Wie also soll ich ohne Frage eine Antwort finden?

Als ich schon beinahe aufgegeben habe, rapple ich mich auf und suche den Weg zur Bibliothek. Ich finde sie am Ende von einem der alten Gänge. Ich bin so erschöpft, dass ich nicht einmal mehr staunen kann. Es ist, als würden meine Sinne den Geruch der Bücher nicht mehr riechen und die Schönheit ihrer goldenen Einbände nicht sehen können.

In den riesigen, hohen Gängen zwischen den Bücherregalen erkenne ich einige andere Phantome, aber keines von ihnen sucht meine Gesellschaft. Sobald sie mich entdecken, wenden sie ihren Blick ab. Ich bin eindeutig unerwünscht, was ich mir selbst zu verdanken habe.

Mit gesenktem Kopf streife ich durch die Regale, bis mir bewusst wird, dass ich nach der Hamza suche. Nicht nach irgendeiner, sondern nach der, die ich auch in Kalipar, im fihtcamp gefunden habe. Als ich den Gang erreicht habe, in dem unsere heilige Schrift in sämtlichen Ausgaben steht, weiß ich sofort, dass ich hier nicht fündig werde. Ich kenne all diese Bücher. Ich kenne sie, weil ich in Golassa jede Bibliothek besucht habe.

»Weißt du, wer sie ist?« Die Stimme eines Mädchens weht zu mir, und mir ist sofort klar, dass sie über mich spricht. Als eine bekannte Stimme antwortet, setzt mein Herz einen Schlag lang aus.

»Ja, wir waren gemeinsam in der Schule.« Es ist Kerim. Er

klingt so verändert, nicht wie der Junge, der er vor dem Lauf noch war. »Ich weiß nicht, was mit ihr passiert ist. Sie hat einmal die Regeln gebrochen, aber sonst hat sie immer …«

Ich kann ihn förmlich vor mir sehen, wie er verständnislos den Kopf schüttelt. Vorsichtig und lautlos lehne ich mich gegen das Regal, berühre eines der Bücher der heiligen Hamza und schließe meine Augen. Es gibt Momente, da wünsche ich mir die Zeit von damals zurück. Ja, und jetzt gerade wünsche ich mir Kerim zurück. Kerim, der durch die Straßen der Stadt meinen Namen schreit, damit ich ihn bemerke. Kerim, der mich die Hausaufgaben abschreiben lässt, bis er sie irgendwann selbst für mich schreibt, weil er genau weiß, dass ich sie nicht erledigen werde. Er hat es immer auf den Zustand meines Vaters geschoben, nicht wissend, dass nicht nur mein Varra, sondern auch ein Kleinkind meine Aufmerksamkeit benötigte. Kerim hat nie nachgefragt, mich nie verurteilt. Er war einfach mein Freund. Aber jetzt ist alles anders. Jetzt ist da eine Distanz in seiner Stimme, wenn er über mich spricht, und eine noch größere in seinen Augen, wenn er mich anschaut.

»Du solltest dich nicht mit ihr sehen lassen«, sagt das Mädchen und ich höre, wie sie ein Buch aus einem Regal zieht. »Sie hat ein unlösbares Rätsel erhalten.« Sie kichert und ich kralle meine Finger fest in den Einband der Hamza.

»Was? Das ist unfair«, erwidert Kerim.

»Nichts, was der Monarch entscheidet, ist unfair. Er weiß, was er tut.«

»Aber dann wird sie keine Chance haben. Und haben wir nicht alle eine Chance verdient?«

Das Mädchen schnaubt, und dann höre ich Schritte. Sie senkt ihre Stimme. »Der Monarch hat Pläne mit uns allen. Und wenn er keinen Plan für einen von uns hat, dann sorgt er dafür, dass wir kein Teil der Gesellschaft werden. Das ist eine einfache Rechnung, Kerim.«

»Phantome!«

Reds vor Zorn bebende Stimme lässt mich zusammenzucken und den Atem anhalten. Ich bücke mich und spähe zwischen den Büchern hindurch in den Gang gegenüber. Red steht da, in seiner vollen Kampfmontur, immer noch schmutzig und blutig, und seine rötlichen Haare sind aschfarben von dem Sand des goldenen Ödlands. Seine Hände hat er zu Fäusten geballt, während er die beiden anstarrt.

»Erklärt euch! Warum steht ihr da und flüstert? Und warum benutzt ihr Namen?«

Kerim und das Mädchen sind wie erstarrt.

»Wir haben nur …«, stottert sie, doch Red hebt sofort seine Hand und starrt sie bedrohlich an.

»Spar dir die Worte. Ich hab's mir anders überlegt. Eure Erklärung könnt ihr dem Monarchen geben.«

Ich höre, wie sie zischend die Luft einzieht. »Bitte …«

»Geht mir aus den Augen!«, knurrt Red und wirft kurz einen Blick in meine Richtung.

Sie lassen sich nicht lange bitten und verschwinden, so schnell es geht. Red atmet ein paarmal tief durch, bevor er zu mir kommt.

»Ignorier sie einfach«, sagt er.

Ich lache laut auf, halte mir aber sofort die Hand vor den Mund.

»Er ist mein bester Freund und sie kennt mich nicht einmal.«

»Und? Herzchen gebrochen?«

»Red!«, fahre ich ihn an. Er verzieht den Mund, während ich mich auf den Boden sinken lasse, und kniet sich dann zu mir.

»Nimm es dir nicht zu Herzen. Du musst stark bleiben.«

»Und wie? Haben sie recht? Ist mein Rätsel tatsächlich unlösbar?«

»Er kann dir kein solches Rätsel geben, Sari. Das wäre gegen die göttlichen Regeln. Aber ich bezweifle nicht, dass deines das schwierigste ist.« Red sieht sich kurz um, bevor er mir seine Hand auf die Schulter legt. »Ich bin so froh, dass du es geschafft hast. Als wir euch verloren hatten, dachte ich …«

»Dass ich sterbe?«, frage ich mit einem Lächeln, das unpassend ist. Und doch ist es die einzige Regung, die ich gerade zulassen kann.

»Ich weiß nicht. Ich habe immer geahnt, dass du stark bist. Aber ich hatte trotzdem Angst um euch.«

Wieder lächle ich und werfe dann einen Blick auf die vielen heiligen Schriften vor mir. »Ich glaube, dass die Götter mir helfen können.«

»Das wäre ja mal was Neues«, gibt er lachend zurück.

»Im fihtcamp habe ich eine andere Hamza gelesen. Sie enthielt einige zusätzliche, unbekannte Passagen.«

Er verengt seine Augen und sieht mich auffordernd an.

»Darin ging es um den Verrat an Emza. Kalipar und Arasá haben sich heimlich geliebt und Emza ausgenutzt.«

Als Red sich unruhig auf die Unterlippe beißt, weiß ich, dass er meine Gefühle kennt. Er weiß, dass Keeran genau den gleichen Verrat an mir begangen hat.

»Hat dein Rätsel vielleicht etwas damit zu tun, Sari?«, fragt er plötzlich und kommt mir näher.

Ich will es verneinen, aber meine Stimme ist verschwunden. Und ich bin auch nicht mehr in der Lage, meinen Kopf zu schütteln.

»Ich darf nicht darüber sprechen«, flüstere ich.

Red sieht sich noch einmal um, dann erhebt er sich und reicht mir seine Hand, um mich hochzuziehen. »Ich muss mit Keeran reden.«

»Aber warum«?, frage ich, doch Red ist schon um die Ecke gebogen und verschwunden.

Nachdenklich sehe ich ihm nach. Kann es sein, dass der Monarch längst weiß, dass Keeran und ich Nachfahren der Götter sind, und dass er mir deshalb dieses Rätsel aufgegeben hat? Aber wer in diesem Rätsel wurde verraten? Der tote Ritter oder das Bauernmädchen? Oder am Ende doch der Vater?

Und was, wenn ich dieses Rätsel nicht bis morgen lösen kann? Werden sie mich dann töten? Mich einsperren? Mich verbannen?

Ich starre auf eines der Bücher mit der Hamza und denke nach. Warum haben Kalipar und Arasá Emza betrogen? Weil sie wollten, dass sie ordnungsgemäß in ihrem Königreich herrscht, statt bei ihrem Geliebten Kalipar zu sein. Weil sie wollten, dass sie ihre Pflichten erfüllt. Tunis hat ihnen dabei geholfen. Aber welche Verpflichtungen wurden in dem Rätsel nicht erfüllt?

»Die des Bauernmädchens«, flüstere ich und schlucke bittere Galle. Genau wie auch ich meine Pflicht nicht erfüllt habe, indem ich Varra und Jarrusch im Stich gelassen habe. Aber wer hat dafür gesorgt, dass das Mädchen sie wieder erfüllt? Niemand. Sie hat geheiratet und ihr Mann ist gestorben.

Ich schüttle den Kopf. Der Monarch würde es doch niemals zulassen, dass ich die Geschichte der Götter, die ich in der anderen Hamza gelesen habe, vor all den versammelten Phantomen erzähle. Ich selbst dürfte sie nicht einmal kennen. Aber es ist das Einzige, was mir einfällt. Oder geht es nur darum, ihnen zu sagen, dass das Mädchen sich falsch verhalten hat und bei ihrem Vater hätte bleiben sollen?

Als ein paar Phantome an mir vorbeilaufen, verengt sich mein Blick. Warum war das Mädchen im Rätsel kein Phantom? Es war auch nicht die Rede davon, dass sie einen Lauf hinter sich gebracht hat. Also muss es vor der Zeit von the Run gewesen sein. Oder es soll … die Geschichte der Götter widerspiegeln.

Ich lasse die Bücher hinter mir und verschwinde aus der Bibliothek. Laufe die langen Gänge des Tempels entlang, bis ich durch das Eingangstor trete und die heiße Luft des goldenen Ödlands einatme. Das Gold glitzert in der sengenden Sonne und blendet mich. Ich habe keine andere Wahl. Ich muss mit Keeran reden. Er kennt die Geschichte der Götter bestimmt, vielleicht habe ich etwas übersehen oder nicht weit genug darin gelesen.

Entschlossen nicke ich und kehre um. Ich laufe wieder durch die prunkvollen Gänge, bis ich plötzlich Keerans Stimme aus einem der angrenzenden Zimmer höre. Die Tür steht offen.

»Du musst!«, knurrt er und sein Tonfall lässt mich erstarren. Für heute habe ich schon genug gelauscht, und doch bleibe ich angespannt im Flur stehen.

»Ich kann nicht!« Es ist Medisa, die ihm antwortet, sie klingt verzweifelt. »Ich kann nicht, Keeranath!«

»Warum nicht?«

»Weil ich dich liebe. Ich liebe dich schon so lange, dass es wehtut!« Sie schreit es förmlich heraus, obwohl ihre Stimme leise und rau bleibt.

»Dann musst du das für mich tun.«

»Nein!«

»Medisa!« Keerans Stimme wird zornig und herrisch.

Völlig unerwartet stürmt sie aus dem Zimmer. Als sie mich entdeckt, hält sie schlagartig inne. Tränen stehen in ihren Augen, und dann geht sie einfach an mir vorbei.

Ich schlucke schwer und beuge mich vor, bis ich durch Keerans geöffnete Tür sehen kann. Sein Oberkörper ist nackt. Er trägt nur eine Hose und seine Stiefel. Mein Atem stockt. Auf seiner Brust prangt das Tattoo eines riesigen Wolfskopfs, schwarze Adern erstrecken sich von dort bis zu seinem Arm. Keerans linke Körperhälfte ist übersät mit fein gezeichneten Gaben. Sein dunkler Blick ruht auf mir, während ich seinen Körper betrachte.

»Sari«, sagt er und hebt einen Mundwinkel.

»Was verlangst du von Medisa?« Meine Stimme klingt ähnlich zittrig wie ihre. Ich habe ihre Gefühle in ihrer Seele gespürt, als wären es meine eigenen. Bei Keeran spüre ich wie fast immer nur Leere, eine Mauer aus schwarzem, undurchdringlichem Stein.

Keeran zögert kurz. Dann schüttelt er den Kopf und nimmt ein Tuch von einem Tisch vor dem Kamin.

»Das geht dich nichts an, Sari«, entgegnet er und beginnt die Wunde, die der Pfeil ihm zugefügt hat, damit abzutupfen. Sie ist schon fast verheilt, nässt aber ein wenig.

»Das wird nicht helfen«, sage ich und trete näher. Seine Wärme und seine Aura erschlagen mich beinahe. »Darf ich?«

Keeran hebt kurz seine Brauen, nickt dann aber und reicht mir das Tuch. Ich greife nach meinem Messer, gehe zum Feuer und halte es einen Moment darüber, damit es steril ist, bevor ich wieder zu ihm gehe und die Wunde vorsichtig öffne. Keeran verzieht nicht einmal das Gesicht, als erst Wundwasser und dann Blut aus seiner Verletzung tropft, das ich mit dem Handtuch auffange.

»Deine Wunde ist zu schnell verheilt und die Infektion hatte keine Möglichkeit auszutreten«, erkläre ich ihm und denke an Jarruschs Wunden, die ich häufig reinigen musste, wenn er sich mit seinen dreckigen Fingern gekratzt hatte.

»Warum bist du hier?«, fragt Keeran, während er mir das Tuch wieder abnimmt und es auf seine Wunde drückt. Ich wende mich von ihm ab und setze mich nachdenklich auf sein Bett.

»Im fihtcamp habe ich eine Hamza gelesen, in der mehr stand als in den anderen.«

Er mustert mich, als wäre ich verrückt geworden.

»So etwas gibt es nicht, Sari.« Seine Stimme ist düster, rau und irgendwie besonders. Sie trifft mich direkt ins Herz. Wie sie es auch damals in der Schenke schon getan hat. Ich spüre sie in meiner Seele und kann es mir endlich eingestehen.

»Aber ich habe darin gelesen, Keeran. Es ging um den Verrat von Kalipar an Emza, weil er eigentlich Arasá liebte.«

Keeran beißt sich auf die Unterlippe und kommt dann langsam auf mich zu.

»Ich werde direkt nach der Zeremonie Alishan heiraten – und du Red.«

»Was?«, platzt es aus mir heraus. Ich starre ihn einfach nur an.

»Das ist es, was ich von Medisa will. Sie soll alles für die beiden Hochzeiten vorbereiten.«

»Und mich zu fragen gehört nicht zu deinem Plan?«, sage ich und lache hysterisch. Ich bin nicht einmal in der Lage, von seinem Bett aufzustehen.

»Vielleicht verstehst du irgendwann, dass ich das alles nur tue, um dich zu beschützen. Aber ich werde dich nicht um deine Einwilligung bitten, denn du bist stur und …«

»Es ist mein Leben!«, schreie ich, springe auf und gehe mit erhobenen Fäusten auf ihn zu.

»Red wird für dich sorgen«, knurrt Keeran, als könnte er nicht verstehen, warum ich mich so aufrege. »Er weiß von Jarrusch und wird sich auch um ihn kümmern.«

»Und du kannst das nicht?«, fahre ich ihn an und schlage mir dann bestürzt die Hand vor den Mund.

Er sieht mich erschrocken an.

»Ich meine …«, stammle ich. Aber es hat keinen Sinn. Ich habe es ausgesprochen und jetzt steht es wie ein riesiges Hindernis zwischen uns.

»Ich kann Alishan nicht im Stich lassen.« Keeran sieht auf mich herab. Er trägt immer noch nur eine Hose und drückt das Tuch auf seine Wunde, als wäre das hier ein belangloses Gespräch.

»Aber mich. Mich kannst du immer wieder verraten und betrügen«, fluche ich. »Ich bin nicht sie, Keeran. Ich bin keine deiner Dienstmägde. Ich tue nicht, was der große Shadbrig und Erbe von Kalipar mir befiehlt.« Wutschnaubend drehe ich mich um, doch er packt mich an der Schulter und zieht mich zu sich zurück.

»Du hast gesagt, dass du mir nicht verzeihen kannst«, presst er zwischen zusammengebissenen Zähnen hervor und sieht mich so durchdringend, so bittend an, dass ich unter seinem Blick einknicke. Er hält mich an meiner Taille fest.

»Ich habe gesagt, dass ich dir eines Tages verzeihen werde. Aber nur, wenn du mir meine Freiheit lässt.«

»Bitte, heirate Red«, fleht er.

»Nein!« Ich schüttle fassungslos den Kopf. »Ich werde niemanden heiraten. Es ist doch nur wieder einer deiner Pläne, um dem Monarchen …«

»Schhh«, macht er und legt einen Finger über meinen Mundschutz. »Nicht hier, Sari.«

»Vergiss es. Ich werde niemanden heiraten«, wiederhole ich dann entschieden und löse mich aus seinem Griff. »Und ich weiß genau, was ich in dieser heiligen Schrift gelesen habe.«

Sein Blick verengt sich. »Ich denke, dass es keine besondere

Hamza war, Sari«, raunt er und fährt sich durch sein dunkles Haar. »Du hast nur ihre Wahrheit gespürt und konntest deshalb mehr darin lesen als alle anderen.«

Natürlich, Keeran hat recht. Es kommt von der Gabe, die er mir bei meiner ersten Malsprüfung genannt hat. Ich kann die Wahrheit in den Dingen erkennen, wenn ich sie berühre. Ist das also die Wahrheit der Hamza? Finde ich sie auch in den anderen heiligen Schriften, die hier im Tempel aufbewahrt werden?

»Ich kenne die Geschichte der Götter. Sie ist uralt und vor Tausenden von Jahren aus den Köpfen der Menschen verbannt worden«, sagt Keeran. Er nimmt ein Hemd aus seinem Schrank und zieht es sich über.

»Emza liebte Kalipar und sie wollten zusammen vor ihren Pflichten fliehen. Doch Kalipar verriet Emza, und so brachten die drei anderen Götter Emza zurück in das Königreich des Lebens, das sie daraufhin zu Eis erstarren ließ.«

Keeran atmet schwer. »Warum sprichst du gerade jetzt darüber?«

Ich zucke mit den Schultern. Als ich mich umdrehe, um sein Zimmer zu verlassen, räuspert er sich.

»Ich habe dir versprochen, immer für dich und Jarrusch zu sorgen. Und dieses Versprechen halte ich. Auch wenn dir die Art und Weise, wie ich es tue, nicht gefällt, Sari.«

Ich antworte ihm nicht. Keeran fehlt etwas, das tief in seinen verlorenen Erinnerungen vermutlich noch existiert. Er hat keine Wärme erfahren. Er hatte keine Eltern, die ihm gezeigt haben, wie diese Welt mit all ihrer Grausamkeit funktioniert. Sie sind nur Schatten, die er nicht zu greifen bekommt. Wahrscheinlich wird er mich immer bevormunden. Das heißt aber nicht, dass ich es zulassen werde. Denn wenn er es nicht schafft, den Monarchen zu töten, werde ich diejenige sein, die Marruk Karis das Messer in die Brust rammt und dabei zusieht, wie das Leben aus seinen grausamen Augen weicht.

KAPITEL 17

KEERAN

»Der Monarch verlangt nach Euch, Shadbrig«, sagt ein Mädchen, das kurz nach Sari erschienen ist.

»Natürlich«, brumme ich kaum hörbar und nicke der jungen Frau zu. Dann nehme ich meinen Waffengurt, binde ihn mir um und mache mich auf den Weg zu dem Tempelraum, den der Monarch zu seinem Thronsaal erklärt hat.

Karis sitzt auf dem prunkvollen Stuhl des Hohepriesters und schickt die Wachen nach draußen, als ich eintrete. Ich setze mich vor ihm auf eines meiner Knie und verschränke meine Hände über das andere. »Eure Hoheit.«

»Shadbrig«, sagt er und wedelt mit der Hand.

Dennoch bleibe ich in der Hocke. Dass er mich nicht bei meinem Namen nennt, ist ein schlechtes Zeichen.

»Erzählt mir von den Begebenheiten im gol wastla«, befiehlt er mir und sieht drohend auf mich herab. Als würde er mich jede Sekunde mit einem Fingerschnipsen vernichten, wenn auch nur ein falsches Wort meinen Mund verlässt.

»Wir wurden im goldenen Ödland von Medisa und Redian getrennt und suchten Unterschlupf an einem Felsvorsprung«, beginne ich und wähle meine Worte mit Bedacht. »Ich wurde durch einen vergifteten Pfeil verletzt und das Phantom des Hauses Lakar hat mich gerettet.«

»Wie hat sie das gemacht? Sie ist ein kleines, schwaches Mädchen.«

Karis lacht so herablassend, dass ich wütend meine Hände zu Fäusten balle.

»Sie hat einen Amphisbaena angelockt, ihn getötet und um mich geschlungen.«

Der Monarch runzelt die Stirn, dann erhebt er sich von seinem Thron und schreitet zu mir – langsam, bedächtig und verdammt gefährlich.

»Mir ist zu Ohren gekommen, dass Ihr das Phantom bei einem Namen nennt.«

»Nein, Mylord«, lüge ich und senke meine Lider.

»Nein? Also nennt sich dieses Phantom nicht Sari?«

Meine Kehle schnürt sich zu. »Darüber ist mir nichts bekannt.«

»Mmh«, macht er und legt einen Finger auf seine blutroten Lippen. »Shadbrig, ich habe ein Geschenk für Euch.«

Unruhig mahle ich mit meinen Zähnen. Ein Geschenk ist in seiner Welt kein echtes Geschenk. Es ist eher eine Warnung, eine Erpressung – oder gleich ein Dolchstoß.

Dennoch bleibe ich reglos sitzen, als er seine Hand nach mir ausstreckt, bis er meine Schläfe berührt. Da zuckt mein Körper jäh zusammen, mein Geist reißt an mir und plötzlich tritt Licht an eine Stelle meiner Seele, wo vorher nur Dunkelheit war.

Bilder tauchen vor mir auf. Uralte Bilder. Und dann sehe ich *sie*. Sari.

Ich laufe über einen staubigen Weg. Um mich herum sind nur Bäume. Aber vor mir sehe ich dieses Mädchen, das Pilze pflückt und sich immer wieder unruhig umschaut. Dann entdeckt sie mich. Als ihre Augen auf meiner schwarzen Kampfkleidung landen, zückt sie ein Messer und steht auf.

»Verschwindet!«, knurrt sie mich an.

Ich runzle die Stirn. »Ihr wisst sicher, dass Pilze sammeln verboten ist, Phantom. Aber ich habe Besseres zu tun. Also packt Euer Spielzeug zurück.«

Ich trete näher und werfe einen Blick in den Korb des Mädchens. Darin befinden sich keine Pilze, sondern Kräuter. Wieder runzle ich meine Stirn. In der Dunkelheit des Waldes kann ich die Kräuter nicht auseinanderhalten, aber ich erkenne sofort, dass es Arzneipflanzen sind, die nur hier in den goldenen Wäldern von Arasá wachsen.

Das Mädchen richtet ihr Messer entschlossener auf mich.

»Ihr habt nichts gesehen!«

Ich hebe meinen Mundwinkel und mustere ihre goldglänzenden Augen.

»Was seid Ihr? Eine Hexe?«, frage ich lachend. »Wofür braucht Ihr diese Arznei?«

Sie schüttelt nervös den Kopf, atmet tief durch und begegnet endlich meinem Blick.

»Mein Varra ist sehr krank.«

»Was fehlt ihm?«, frage ich und kann mich kaum von diesen Augen lösen. Sie wecken Vertrauen in mir und … ein Gefühl, das uralt ist.

»Er hat die Grippe«, sagt sie mit bebender Stimme.

»Und warum bringt Ihr ihn nicht ins hospital te lit? Das Krankenhaus ist nicht weit von hier.«

»Weil ich keinen Karren besitze und mein Vater … verwirrt ist. Er würde nicht mitkommen.«

Sie nimmt ihren Korb und erhebt sich.

»Und ihr wisst, wie man diese Kräuter verwendet?«, frage ich weiter. Ich weiß zwar, dass alle Arasá Heilkunde in der Schule lernen, aber die Arznei, die man für die Grippe braucht, benötigt mehr als das Wissen eines Laien.

»Ihr könnt es mir ja erklären«, faucht sie, hebt ihren Korb und schreitet erhobenen Hauptes weiter den Weg entlang.

Ich folge ihr, warum auch immer. Soll ihr Vater doch sterben, weil sie ihn nicht richtig verarztet. Soll sie doch allein verhungern, weil niemand mehr das Gold verdient, das sie zum Leben braucht.

»Wann ist Euer Lauf?«, frage ich, um ihr Alter zu erfahren, und versuche möglichst gleichgültig zu klingen. Aber ich weiß längst, dass dieses Mädchen mich durchschaut. Genau aus diesem Grund hat sie das Messer sinken lassen. Sie wusste, dass ich ihr nichts tun würde.

»In zwei Jahren«, zischt sie mir zu, dreht sich noch einmal um und mustert mich. »Ihr seid ein Shadbrig.«

»Habt ihr etwa Angst vor Schattenbringern?«, frage ich grinsend und arrogant. Natürlich hat sie Angst. Alle haben Angst vor mir.

Sie zuckt mit den Schultern und hält vor einer kleinen Hütte an, die am Wegrand steht. Der Vorgarten ist verwahrlost und voller vertrockneter, toter Pflanzen. Ich verziehe das Gesicht. Das ist sehr unüblich für Arasás. Normalerweise haben sie heilende Pflanzen in ihren Gärten und pflegen sie sorgfältig.

»Danke fürs Nachhausebringen und auf Wiedersehen«, brummt das Mädchen und geht zur Tür.

»Ich helfe Euch«, entfährt es mir unwillkürlich. »Ich weiß, wie

man das Heilmittel zubereitet, sodass Ihr Euren Vater nicht damit umbringt.«

Sie runzelt die Stirn, scheint aber einzusehen, dass sie nicht in der Lage ist, die Arznei selbst anzurühren.

»Gut, dann kommt herein«, sagt sie, öffnet die Tür und gibt einen seltsamen Laut von sich, als würde sie jemandem etwas zuzischen.

»Varra!«, ruft sie dann in die Hütte.

Als ich ihren alten Vater auf einem Stuhl in der Küche entdecke, erstarre ich vor Schreck. Ich kenne den Mann. Aber er ist nur noch ein Schatten seiner selbst.

»Wir haben Besuch, Varra«, sagt das Mädchen viel lauter, als eigentlich nötig wäre. Wahrscheinlich um irgendwie zu ihm durchzudringen. Aber er ist nicht mehr von dieser Welt. Sein Körper bebt, seine Augen sind verschleiert und er wippt immer wieder hin und her.

»Liegt das an der Grippe?«, frage ich vorsichtig, während ich zu ihm trete.

»Sieht das nach Anzeichen einer Grippe aus?«, fragt sie kühl und sieht mich ausdruckslos an.

Ich schüttle den Kopf.

»Meine Mutter starb vor einigen Jahren. Und Varra …«, sie wirft ihm einen resignierten Blick zu, » … starb mit ihr.«

»Und wer ernährt Euch?«

Das Mädchen lacht und stellt den Korb in der kleinen Küche ab. »Das mache ich, Shadbrig.«

»Keeran«, korrigiere ich sie schnell. Die Bezeichnung Shadbrig mochte ich noch nie.

Das Mädchen wirft mir einen unschlüssigen Blick zu, nickt dann aber und beugt sich über den Korb, um die gesammelten Kräuter zu sortieren. Als sie die einzelnen Halme herausnimmt und fein säuberlich auf die Theke legt, erkenne ich Zistrosenkraut, Lindenblüten und Spitzwegerich. Ganz ahnungslos ist sie also doch nicht.

Immer wieder nimmt sie die einzelnen Stängel hoch und riecht daran, als wollte sie sich vergewissern, dass ihre Augen sie bei der Wahl nicht betrogen haben.

»Seit wann ernährt Ihr Euch selbst?«

»Seit ich elf Jahre alt bin«, gibt sie knapp und nüchtern zurück.

»Ihr wisst, dass es finanzielle Unterstützung durch den Monarchen gibt …?«

Sie hebt ihre Hand und bringt mich so zum Schweigen. »Lasst gut sein, Herr Keeran.«

»Nur Keeran, bitte.« Ich sehe sie ernst an, beinahe herrisch. Weil ich es so gelernt habe.

»Keeran, was wollt Ihr von mir?« Sie deutet auf die Kräuter. »Falls Ihr mir wirklich helfen wollt, dann kümmert Euch jetzt bitte um die Arznei!«

Ich mustere sie, ihren ernsten goldenen Blick und ihre strenge Haltung. Sie trägt keine Handschuhe, wie es für Phantome eigentlich vorgeschrieben ist. Ihre Finger sind voller Schwielen und an einigen Stellen hat sie Narben und dunkle Blutergüsse. Sie scheint also zu kämpfen, für Geld und für Essen. Sie weiß, wie sie überleben kann. Und was sie dafür tut, sollte nicht meine Sorge sein.

»Ich war vor vielen Jahren bei einem Hohepriester in der Lehre«, sage ich und gehe mit ihr in die Küche der kleinen Hütte. Sie liegt hinter dem winzigen Wohnraum, in dem nur ein Tisch, Stühle und eine alte Bank stehen.

Das Mädchen reicht mir einen Stößel und einen Mörser, und ich beginne die Kräuter zu zerkleinern. Sie sieht mir dabei zu, als könnte sie es nicht fassen, dass die Hände eines mörderischen Shadbrig Arznei herstellen können.

»Das war in der Zeit der ersten Grippewelle«, fahre ich fort.

Sie sieht zu mir auf, bis sie meine dunklen Augen trifft. »Ihr habt vor zweihundert Jahren schon gelebt?«

Ich ärgere mich über mich selbst, nicke dann aber, weil ich es jetzt nicht mehr leugnen kann. Sie erwidert nichts, sondern sieht wieder hinunter und verfolgt jede Bewegung meiner Finger. Sie will lernen. Sie will überleben.

»Es war im Tempel von Muri«, sage ich leise.

»Aber Ihr seid ein Kalipar«, erwidert sie und geht dann zu einem Eimer direkt neben der klapprigen Hintertür, um mir Wasser zu holen.

»Ich diene einflussreichen Menschen. Damals habe ich dem Hohepriester gedient.«

»Hat er Euch gut behandelt?«

Ihre Frage überrascht mich. Ich räuspere mich und werfe ihr einen nachdenklichen Blick zu. »Besser als all die anderen, in deren Diensten ich stand.«

Sie mustert mich, als würde sie nach Narben und Wunden suchen. Aber die wird sie nicht finden. Niemand außer mir kann sie sehen.

»Euer Schicksal tut mir leid«, sagt sie zögernd.

Ich runzle die Stirn und sehe mich noch einmal um. In der Wohnstube sitzt ihr kranker Varra und die Kälte zieht durch das morsche Holz der Hütte herein. Wie kann sie Mitleid für mein Schicksal empfinden, wenn ihres noch viel schrecklicher ist?

Ein Poltern lässt mich erstarren. Mein Blick wandert wieder zu dem zarten Geschöpf, das jetzt neben mir steht und die Luft anhält.

»Verdammt«, zischt das Mädchen und bemüht sich die Kräuter zu verstecken, doch ich greife nach ihrer Hand.

Sie zuckt bei der Berührung leicht zusammen und sieht mich mit großen, ängstlichen Augen an.

»Ich regle das.«

Mit bedachten Schritten gehe ich zur Tür und öffne sie. Die zwei Wachen, die davorstehen, starren mich neugierig an.

»Wie immer kommt ihr zu spät«, fahre ich sie an. »Ich habe dieses Phantom hier beim Kräutersammeln erwischt.«

Als mich der hasserfüllte Blick des Mädchens trifft, erstarrt alles in mir zu Eis.

Aber ich ignoriere ihren Zorn, nehme den Mörser und den Stößel vom Tisch und stelle beides in die kleine Spüle, bevor ich den Wachen die restlichen Kräuter zeige. »Konfisziert das!«

»Nein!«, knurrt das Mädchen und will auf die Männer losgehen, doch bevor sie sich strafbar macht, packe ich sie und drücke sie gegen die Wand. Sie keucht auf und spuckt mir ins Gesicht.

»Möge Kalipar Euch bestrafen und Tunis Euch die Überfahrt in sein Reich verwehren!«, schreit sie heiser und weinend. Ich packe ihre Handgelenke fester, bevor ich mich zu ihr beuge. So nah, dass es für die Wachen so aussieht, als würde ich mir einen Spaß mit ihr erlauben.

»Gebt noch drei Löffel Wasser und Zitronenschale dazu«, hauche ich ihr stattdessen ins Ohr. Es klingt, als würde ich ihr anzügliche Worte zuflüstern, was die Wachen hinter mir widerlich auflachen lässt.

Sie schluckt so laut, dass mein Blick auf ihren Mundschutz fällt. Wie gern würde ich die Lippen darunter sehen. Wie gern würde ich ihre Seele sehen. Denn dieses Mädchen löst etwas in mir aus, was ich noch nie gespürt habe.

»Gebt Eurem Vater nicht alles auf einmal«, flüstere ich und drücke meinen Körper weiter gegen ihren.

Sie stöhnt und plötzlich verändert sich ihr Blick. Diese Berührung ist sicher ungewohnt für sie, und sie weiß nicht, wie sie mit der Reaktion ihres Körpers umgehen soll.

»Wenn er die Grippe hat, werdet Ihr sie auch bekommen und sterben, wenn Ihr nicht ein wenig Arznei aufspart«, flüstere ich.

Sie bewegt sich nicht. Ihr immer schneller werdender Atem betäubt mich.

»Habt Ihr mich verstanden, Phantom?«, schreie ich sie an. Sie zuckt kurz, nickt dann aber. »Ja, Shadbrig.«

Ich sehe zu den beiden Wachen, die die Kräuter bereits in ihren Taschen verstaut haben. Mit Sicherheit werden sie die wertvollen Pflanzen nicht abgeben, sondern für sich behalten. Aber wenigstens haben sie nicht alle mitgenommen.

Als die Wachen zur Tür gehen, drehe ich mich noch ein letztes Mal um.

»Ich hoffe, dass wir uns eines Tages wiedersehen, Phantom«, sage ich zu ihr.

»Sari«, verbessert nun sie mich. Es ist mutig von ihr, dass sie mir ihren Namen verrät. Einen Namen, den sie nicht tragen darf.

»Und bis dahin, bleibt am Leben, Sari.« Mit diesen Worten greife ich in meine Tasche, ziehe ein paar Goldmünzen heraus und lege sie in ihre kühlen schmalen Finger.

Als ich wieder zu Bewusstsein komme, sehe ich das breite Grinsen des Monarchen vor mir.

»Wie hat Euch mein Geschenk gefallen, Shadbrig?«

Ich beiße die Zähne zusammen und schweige. Mein Herz schlägt laut gegen meine Brust. Ich habe gespürt, dass ich Sari kenne. Meine Seele hat es gewusst. Aber da ist etwas anderes, was mich hadern lässt.

»Ihr seid schlau, Shadbrig, deshalb werde ich Euch ein weiteres Geschenk machen.«

Er winkt wieder und ein junger Mann wird von zwei Wachen hereingeführt. Er sieht verwirrt und hilflos aus, und als er mich sieht, scheint er sich an etwas zu erinnern.

»Wer ist das?«, frage ich vorsichtig und stehe auf. Auch wenn ich meine Wut auf den Monarchen bändigen muss, weil er mir diese Erinnerung an Sari einst genommen hat – ich will nicht weiter vor ihm knien.

»Das ist der Mann, dessen Erinnerungen du in dir trägst, Keeran.« Ich erschaudere und höre mein Herz, das auszusetzen droht.

Der Monarch klatscht erfreut in die Hände und weckt mich aus meiner Starre. »Das ist der Verlobte von Alishan.«

Töte ihn jetzt!, schreit eine Stimme in mir. *Marruk Karis verdient es nicht, zu leben.* Doch ich sehe den Monarchen nur an und begreife, dass er die Wahrheit sagt.

»Ich liebe sie nicht«, sage ich aufrichtig.

Das Grinsen des Monarchen wird breiter und er beginnt wie ein kleines Kind zu nicken. Und da setzt etwas in mir aus, ich balle meine Hand zur Faust und stoße sie dem Monarchen ins Gesicht. Einmal, zweimal, er wehrt sich nicht. Ich höre nur sein hysterisches, krankes Lachen, das mich ein drittes Mal zuschlagen lässt, bevor die Wachen mich ergreifen und Dutzende Fäuste in meinem Gesicht und auf meinem ganzen Körper landen. Doch ich spüre es kaum.

Ich habe alles geopfert. Ich habe Sari verraten und ihm Jarrusch ausgeliefert. Und das nur, weil er mir die Liebe zu einem Mädchen eingepflanzt hat, das ich nicht einmal kenne.

• • • ● • • •

Als ich meine Augen öffne, sehe ich zuerst die nassen steinernen Wände des Kerkers. Ich erkenne diese Zelle sofort. So viele Mönche, die nicht enthaltsam waren, habe ich auf Befehl des Hohepriesters hier eingesperrt. Und jetzt bin ich es, der hier in Fesseln liegt. Doch dann sehe ich ihn. Marruk Karis. Er steht vor der vergitterten Tür und schaut wütend auf mich herab. Sein Gesicht ist blau angelaufen und sein Blick wahnsinnig und euphorisch.

»Dachtest du wirklich, dass du mich täuschen kannst, Keeran?«, fragt er und redet mich ohne Höflichkeitsform an.

Das hier ist mein Ende. Wenn ich es zuvor nicht gewusst habe, dann jetzt.

»Dachtest du, dass ich nicht sehe, wer du bist? Welches Blut in deinen Adern fließt? Dachtest du wirklich, dass du mich töten und an meiner Stelle über das Königreich herrschen kannst?«

Ich erwidere nichts. Er ist meine Worte nicht wert, und sie würden all das nicht ungeschehen machen, sie würden Sari und all die anderen nicht retten.

»Und dachtest du tatsächlich, dass ich nicht weiß, wer diese kleine Schlampe in Wirklichkeit ist?«

Ich stürze mich auf ihn. Will ihm die Augen auskratzen und das Herz herausreißen, aber schwere Ketten ziehen mich unsanft zurück. Der Monarch lacht nur und ich suche verzweifelt in mir nach meinen Gaben. Ich versuche sie aufzurufen, aber Marruk verhindert es. Er legt meinen Körper und meine Magie lahm, so wie ich es Dutzende Male bei Sari getan habe, damit sie meine wahren Beweggründe nicht sieht. Es ist die Gabe eines Schattenbringers. Denn wer Gaben nennen kann, kann sie auch unterdrücken. Ich weiß schon lange, dass Marruk ein Shadbrig ist. Denn er hat mir Gaben genannt, um mir meine Erinnerungen zu nehmen und mich zu seinem mächtigen Spielball zu machen.

»Mit deiner Hilfe habe ich drei der vier Verräter gefunden. Und mithilfe des wahren Gesichts werde ich auch noch den letzten finden«, sagt er siegessicher und lächelt. »Du hast wirklich gute Arbeit geleistet.«

»Ihr werdet nie der wahre Herrscher sein, Marruk.« Ich reiße an meinen Ketten, doch Karis zuckt nicht einmal. Er steht einfach nur da, wie die majestätische Person, die er selbst erschaffen hat.

»Oh doch, Keeranath. Ich werde über euch alle herrschen, und nach mir wird mein Sohn den Thron besteigen.«

»Jeri?« Ich lache und spucke dabei Blut. Schmerz übermannt mich. Aber ich nehme ihn an. Nehme all das an, um Stärke daraus zu ziehen. Ich kann mich nicht heilen. Auch diese Gabe unterdrückt er.

»Jerimias und das Phantom, das du Sari nennst, werden heiraten. Sie sind sich sehr nah. Und ihr Kind wird einen von euch heiraten und wieder Kinder bekommen. Siehst du, wie man die göttliche Rasse züchtet?«

Ich lache vor Verzweiflung und Fassungslosigkeit.

»Ihr wollt uns einsperren, bis eines Tages eines Eurer Kindeskinder bereit ist, sich mit uns zu vereinen?«, rufe ich höhnisch. »Was habt Ihr davon?«

»Das ist es, was dir fehlt, Keeranath. Du wolltest immer nur herrschen. Aber man muss in größeren Dimensionen denken. Ich werde auch dann noch leben, wenn mein letzter Nachfahre alle Götter und die Macht der Alben in sich trägt. Ich werde ihm zur Seite stehen und dieses Königreich einst zu dem machen, was es sein sollte.«

»Macht … das ist alles, was Ihr wollt, nicht wahr?«

»Es ist alles, was zählt«, sagt er beinahe nachdenklich, bevor er zur Tür schreitet. »Sieh es so, Shadbrig. Vielleicht wirst du eines Tages ja Saris Tochter heiraten.«

Bittere Galle steigt meine Kehle hinauf.

»Niemals!«, knurre ich und spucke in Marruks Richtung.

Der Monarch lächelt. »Noch eins – Sari erinnert sich nicht an dich. Ich habe ihr alles genommen, als Jeri mir damals berichtet hat, dass sie einem Shadbrig begegnet ist.« Er macht eine lange künstliche Pause. »Nur war es bei ihr wesentlich einfacher, ihr alle Erinnerungen an dich zu stehlen. Sie wird niemals wissen, dass sie die Liebe deines Lebens ist. Deine Schicksalsgefährtin. Und auch du nicht, Keeranath, denn ich werde dir die Erinnerung erneut nehmen. Ich werde dafür sorgen, dass du derjenige bist, der sie in Jeris Arme treibt.«

Ich sehe ihm stumm und kalt nach, als er die Zelle verlässt.

Die Erkenntnis, dass ich alles zerstört habe, erdrückt mich. Es war nie Alishan. Sondern immer nur Sari.

KAPITEL 18

Hamza, Passus IV Emza, Vers 924

Als alles zu Ende war, sah Emza einen Weg. Es war nicht der, den sie gehen wollte. Denn dort war der Tod von allem, was sie war, und auf der anderen Seite ein Leben voller Leid. Sie wählte dieses Leben. Denn ihre Seele, ihre göttliche Macht, ließ den Tod nicht zu. Also traf sie die Wahl, für sich und all diejenigen zu kämpfen, die zurückgelassen und verraten worden waren. Sie entschied sich, wieder zu vertrauen, obwohl sie zuvor so oft verraten worden war.

»Wird er heute Abend kommen?«

Red verzieht den Mund. »Keine Ahnung, Sari. Ich wüsste selbst gern, wo der Idiot sich herumtreibt.«

»Achtung, Kronprinz im Anmarsch!«, zischt Medisa, als sie zu uns an den Tisch im Speisesaal der Abtei kommt und ihren Suppenteller abstellt.

Ich schaue mich um und entdecke Jeri, der mir einen mitleidigen Blick zuwirft.

»Kann ich mit dir sprechen?«, fragt er und mustert Medisa

und Red. Sie löffeln ihre Suppe, als könnten sie kein Wässerchen trüben.

»Sicher«, gebe ich zurück und deute auf den leeren Platz neben mir.

Jeri verzieht den Mund, setzt sich aber.

»Keeran ist abgereist«, sagt er.

»Was?« Ich schüttle irritiert den Kopf »Wohin?«

»Zum fihtcamp. Er hat das Angebot erhalten, dort als Shadbrig zu arbeiten.«

Ich lache auf und sehe dann zu Red und Medisa, die ebenfalls wenig überzeugt wirken.

»Das würde er niemals tun«, erwidere ich bitter.

»Und warum? Weil er dich gernhat, Sari? Er ist ein Shadbrig, der keine Gefühle empfinden kann.«

Jeri klingt zornig.

»Wie auch immer«, brummt er und schiebt dann ein Blatt Pergament über den Tisch. »Das soll ich dir von ihm geben.«

Ich ziehe die Brauen zusammen und will ihn gerade fragen, was das sein soll, als er auch schon aufsteht und verschwindet.

Ohne auf die anderen zu achten, entfalte ich das Pergament und mustere die geschwungenen Buchstaben. Mein Blick wandert fragend zu Medisa, die sich über den Tisch beugt, auf das Schriftstück blickt und dann nickt.

»Es ist Keerans Handschrift.«

Angespannt beginne ich zu lesen.

Ich werde gehen. Es ist besser für uns alle. Bleib am Leben, Sari. Ich weiß, dass du mich dafür nicht brauchst. Du brauchst niemanden.

Ich lese es immer und immer wieder. Doch es ergibt keinen Sinn für mich. Keeran hat einen anderen Weg eingeschlagen.

»Das ist alles?«, wende ich mich an Red und Medisa.

Sie sehen mich beinahe schuldbewusst an. »Er wird seine Gründe haben.«

»Aber er ist anders«, sage ich verzweifelt.

»Woher willst du das wissen?«, erwidert Red kühl und leise. »Dieser Brief klingt für mich ganz nach Keeran.«

»Du weißt genauso gut wie ich, dass er einen Plan hatte!«, zische ich wütend. Ich bin wütend auf Keeran und auf Red, aber vor allem auf mich selbst.

Ich presse das Schriftstück auf den Tisch. Lege meine Hand darüber, als wäre es so nicht wahr. Als würde es nicht existieren.

»Aber du hast ihm dabei im Weg gestanden.«

Ich sehe Red einfach nur an. Er und Medisa sind so etwas wie Freunde für mich geworden. Aber ich weiß, dass mich nicht das Gleiche mit ihnen verbindet, was sie mit Keeran verbindet.

»Du solltest dir lieber Gedanken über das Rätsel und über deinen Bruder machen, als auf Keeran zu warten, der nicht zurückkommen wird.« Medisas Stimme klingt auf einmal anders, fast als würde sie mich für mein dummes Herz verachten.

»Bin ich etwa die Einzige, die weiß, dass Keeran nicht einfach verschwinden würde? Und dass hier irgendetwas faul ist?«, frage ich und schlage mit der Faust auf den Tisch.

»Oder bist du vielleicht die Einzige, die es nicht wahrhaben will?« Red schüttelt den Kopf. »Kannst du überhaupt noch an einer Hand abzählen, wie oft er dich hintergangen hat?«

Ich blinzle fassungslos. Dann nehme ich den Brief und stehe auf. »Vielleicht kann ich das nicht. Aber ich habe ihn kein einziges Mal im Stich gelassen. Und damit fange ich jetzt auch nicht an.«

Mit diesen Worten gehe ich auf mein Zimmer und setze mich schwer atmend auf mein Bett. Auch wenn etwas anderes hinter Keerans Verschwinden stecken sollte – die beiden haben recht: Ich muss dringend das Rätsel lösen. Und wenn ich es auf einem fairen Weg nicht schaffe, dann muss ich eben einen anderen finden …

Ich rapple mich auf und laufe durch die Gänge, bis ich den Gebetsraum der Priester finde. Die Decke des Gewölbes ziert ein buntes Gemälde. Im Raum stehen dunkle Holzbänke, und auf einer Bank ganz vorn kniet der Hohepriester direkt vor dem Altar und betet. Er hat seine Kopfbedeckung abgenommen und sein goldenes Haar lässt mich kurz erstarren. Er ist einer von uns, ein Arasá, und doch würde er jeden von uns opfern. Ich verscheuche den Gedanken und versuche seine Seele zu erspüren. Niemand außer ihm ist hier im Raum und dennoch prasseln unzählige Empfindungen auf mich ein. Eine davon ist am stärksten: Dieser Priester verspürt Bedauern. Aber ich habe keine Zeit, diesem Gefühl nachzugehen, und suche weiter in seiner Seele. Immer weiter, bis tatsächlich ein Rätsel in meinen Geist gleitet, als könnte ich seine Worte fühlen. Leider ist es nicht das Rätsel, das der Hohepriester mir gegeben hat. Doch plötzlich spüre ich etwas wie Zerrissenheit, und endlich taucht mein Rätsel in seinem Geist auf, gefolgt von einer List, die der Hohepriester offenbar bereut.

»Man sucht nicht in der Seele eines anderen Menschen herum«, sagt er leise, während ich zusammenschrecke und seine Gefühle aus dem Blick verliere.

»Ich dachte, wir dürfen unsere Gaben nutzen«, entgegne ich und gehe im Mittelgang vor, bis ich den ersten Betstuhl erreiche. Ich mustere den Hohepriester, der die Augen geschlossen und die Hände zum Gebet gefaltet hat. Es dauert einige Minuten, bis er sich zu mir dreht und die Augen öffnet.

»Hast du gefunden, was du gesucht hast?«

»Dass mein Rätsel keines ist?«, hake ich in der Hoffnung nach, dass er mir zustimmt.

»Gibt es etwa Dinge auf dieser Welt, die keine Rätsel sind?«

»Es gibt Rätsel, die nicht lösbar sind«, flüstere ich, da der Raum eine seltsame Ehrfurcht in mir auslöst.

»Und trotzdem hast du noch nicht aufgegeben.«

»Nein«, erwidere ich und sehe zu den alten Buntglasfenstern des Gebetsraums hinauf. Das Sonnenlicht, das hereinfällt, malt kunstvolle Muster auf die Betstühle.

»Es ist kein Rätsel …«, sage ich dann nachdenklich und setze mich auf die Bank neben ihm. »Es ist eine Falle, nicht wahr? Er weiß, wer ich bin.«

Es ist riskant, mit dem Hohepriester darüber zu reden. Aber ich spüre in seiner Seele, dass er dem Monarchen gegenüber nicht so loyal ist, wie ich erwartet habe.

»Wenn ich ihm die Lösung präsentiere, indem ich die Verbindung zu Emza und Kalipar herstelle, bestätigt ihm das meine Herkunft«, sage ich. »Aber wenn ich ihm keine Lösung nenne, werde ich … eingesperrt oder den Utlands übergeben.«

Der Hohepriester nickt. »Alles ist ein Rätsel. Und dieses ist deines.« Er sieht mich an, als würde er mehr in mir entdecken. Als würde er etwas sehen, an das ich schon lange nicht mehr glaube.

»Mein Rätsel ist also, dass ich das Rätsel lösen muss, ohne es zu lösen«, sage ich resigniert und verzweifelt. Alles in mir ist taub und kühl. So vieles hat sich verändert.

»Ist mein Bruder noch hier?«, frage ich vorsichtig.

Der Hohepriester zeigt keine Regung. Dann sieht er mich scharf an. »Deine Mutter kämpfte einst genauso für dich, wie du jetzt für das wahre Gesicht kämpfst, Sari.«

Ich schlucke schwer, als er Marra erwähnt und mich bei meinem Namen nennt.

»Sie war hier. Bei ihrem Lauf. Und ich spürte ein zweites Leben in ihr.« Er fährt sich über seine Robe und streicht sie glatt, bevor er zu dem Kerzenaltar hinaufschaut, als würde er in Erinnerungen schwelgen. »Sie saß ebenfalls hier und bat mich um Hilfe. Aber ihre Sorgen waren andere.«

»Sie war schwanger.«

Er nickt und greift dann nach einer kleinen Hamza, die vor ihm auf der Bank liegt. »Sie bat mich um den Namen eines Shadbrig, der einen Fluch von ihrem Kind nehmen könne.«

»Einen Fluch?«, hake ich nach und reibe meine schweißnassen Finger aneinander.

»Den Fluch deines Erbes.«

»Meine Erinnerungen …«, sage ich und sehe ihn neugierig an.

»Ja, Sari. Aber da war noch mehr. Du weißt, dass die Alben die Götter mit Masken der Sterblichkeit täuschten. Sie erschufen diese mächtigen Masken und setzten sie vier von ihnen auf, sodass sie aussahen wie echte Menschen. Nur so konnten sie die Götter verführen und das Albenblut mit dem göttlichen mischen. Sie hielten all ihre Nachfahren geheim, während Emzas Stammbaum immer größer wurde. Emza trug viel Liebe in sich. Und diese Liebe gab sie an ihre Nachfahren weiter, die sich zahlreich vermehrten. Bis eines Tages die letzte Generation heranwuchs, die durch die Maske der Sterblichkeit geschützt werden konnte.«

»Aber«, hauche ich mit schwacher Stimme, »ich bin doch menschlich.«

»Das bist du«, sagt der Hohepriester sanft und berührt ganz vorsichtig meinen Oberarm. »Zumindest scheinst du es nach außen hin zu sein. Aber dein Bruder sieht dich schon immer so, wie du wirklich bist.« Er räuspert sich und sieht wieder nach vorn. »Ich habe deiner Marra Keeranaths Namen genannt. Er war lange mein Shadbrig gewesen und ich vertraute ihm mehr als mir selbst. Sie suchte ihn auf und bat ihn um Hilfe.«

Ich erinnere mich an die Bilder von Keeran und meiner Marra in meinem Kopf. Auch damals hatte er einem Priester gedient.

»Sie wusste nichts davon, dass du als Albin zur Welt kommen würdest. Doch Keeranath sah es und verhinderte es.«

»Wie ist ihm das gelungen?«, frage ich fassungslos und ungeduldig.

Er schweigt für eine Weile und sieht mich dann durchdringend an.

»Er band sein Leben an deines, Sari.«

Es dauert einen Moment, bis die Worte bei mir ankommen und ich zu begreifen beginne, was er da gerade gesagt hat.

»Seine Maske hält dich verborgen. Sein Herz hält deines am Leben. Ihr seid verbunden. Verbunden durch seine Gaben.«

»Eine solche Gabe gibt es nicht«, erwidere ich.

Der Hohepriester lächelt sanft. »Keeranath ist der Erbe des Kalipar und der einzige Nachkomme der ersten Königsfamilie der Alben. Es ist eine mächtige, jahrtausendealte Familie, deren Macht die Natur selbst ist. Was getrennt ist, kann er verbinden. Was zerbrochen ist, kann er heilen. Nur was tot ist, kann er nie wieder erblühen lassen. Aber er kann den Tod selbst bringen. Keeranath ist die Natur, Sari.«

»Und das weiß er?«, frage ich mit bebender Stimme.

»Sari …«, raunt der Hohepriester und beugt sich näher zu mir. »Keeranath ist nicht nur der Nachfahre dieser mächtigen Geschöpfe. Er ist ihr Sohn. Er ist Kalipars Erstgeborener.«

»Und … was bedeutet das?«

»Dass es höchste Zeit ist, dass er sich erinnert.«

»Ist Keeran noch hier im Tempel?«, wiederhole ich meine Frage.

Der Hohepriester zögert, als müsste er gegen eine starke Macht ankämpfen, doch dann nickt er. Und noch im selben Moment reißt er seinen Kopf zur Seite und ein lautes Knacken ertönt. Seine Augen starren mich leer an. Ich brauche einige Sekunden, bis ich endlich aufschreie und aufspringe. Vor mir liegt die Leiche des Hohepriesters auf dem Boden, und ich starre sie an, als würde ich träumen. Wie in Trance sehe ich mich um, doch niemand ist hier im Gebetsraum. Niemand außer mir.

Fassungslos starre ich auf meine Hände. Auch wenn ich ihn nicht damit getötet habe, bin ich für seinen Tod verantwortlich. Ich habe ihn gerichtet, weil er mir Dinge gesagt hat, die er nicht sagen durfte.

Schuldbewusst presse ich meine Lippen aufeinander, und dann renne ich los. Ich renne durch den Tempel und sehe in jedes Zimmer. Aber Keeran ist nicht hier.

Was meinte der Hohepriester damit, dass er sich erinnern muss? Wird er den Monarchen dann besiegen können? Ist er dann mächtig genug, um Marruk Karis zu töten?

Ich bleibe stehen, schließe meine Augen und lausche nach Keerans Seele oder nach der Wand, die er erbaut hat, um mich von sich fernzuhalten, doch es hat keinen Sinn. Keeran ist nicht hier.

Eine andere Sache ist mir klar geworden, als ich mit dem Hohepriester sprach, aber ich kann nicht erklären, warum. Vielleicht hat er es mir entgegengeschrien oder ich habe es durch eine seiner Handlungen begriffen.

Der Vater und die beiden Schwestern haben den Ehemann der dritten getötet. Es muss ein Unfall mit dem Pferd gewesen sein, denn die zweite Tochter hatte einen Hufschmied geheiratet. Er konnte das Pferd des Ritters dazu bringen, zu stürzen. Die drei haben den Ritter getötet, damit die dritte Tochter nach Hause zurückkehrt und ihre Pflichten erledigt. Genau wie es Kalipar, Tunis und Arasá auch Emza angetan haben. Es ist verrückt und wahrscheinlich würde niemand darauf kommen. Niemand außer einem der vier Erben.

Und dann ist mir noch etwas klar geworden: Keeran wird mich wieder verraten. Nicht, weil er es will, sondern weil es ihm im Blut liegt. Weil es sein Erbe ist. Seine Bürde.

Schmerzen quälen mich. Aber es sind nicht körperliche, sondern seelische Schmerzen, die ich spüre. Seine Qualen.

Und plötzlich weiß ich – Keeran ist noch hier.

Von seiner seelischen Pein geleitet, knie ich mich in einem Korridor vor dem Thronsaal auf den Boden und lege mein Ohr darauf. Der Stein ist kühl und betäubt mich kurz, bevor ich Keeran noch deutlicher höre. Und ich höre einen Namen, den er immer wieder schreit: Sari.

Ich lege meine Hand auf den kalten Boden und versuche die Wahrheit des Kerkers darunter zu erspüren. Seinen Zugang – und da erscheint auch schon die Antwort: Der Eingang befindet sich im Thronsaal.

»Was tust du da?«

Ich schrecke zusammen und starre in Kerims grüne Augen. Blinzelnd richte ich mich auf.

»Du redest mit mir?«, schleudere ich ihm entgegen, wie ich es so nicht von mir kenne. Aber Kerim hat mich verletzt. Es gibt wenige Menschen in den vier Landen, die mir Leid zufügen können. Er gehört dazu. Auch wenn ich nie ganz ehrlich zu ihm war. Wir haben seit unserer Kindheit immer zu dem anderen gehalten und die Schule zusammen gemeistert. Er hat mich immer wieder gedeckt, wenn ich nicht dort erschienen bin.

»Nur weil du offensichtlich immer noch nicht aufhörst, dir Feinde zu machen.«

»Weil ich auf dem Boden knie?«, fahre ich ihn an und streife mein Tahill ab. »Ist das jetzt etwa auch verboten?«

»Versuch einfach, nicht aufzufallen.«

»Und wenn ich das nicht kann, Kerim? Was, wenn es Gründe gibt, warum ich mich so benehme?«

»Deinen heimlichen Bruder zum Beispiel?«

Kerim ist sauer. Das zeigt mir der verächtliche und enttäuschte Ton, der in seinen Worten mitschwingt.

»Zum Beispiel.« Ich nicke.

»Pass einfach auf, Sari«, flüstert er und will gerade gehen, als ich nach seinem Arm greife und ihn zurückhalte.

»Warum hast du dich von mir ferngehalten?«

Er sieht nervös den Gang entlang. Fast so, als könnte uns jemand belauschen.

»Der Monarch hat uns gedroht, Sari. Er hat meiner Familie gedroht.« Mit diesen Worten löst er sich aus meinem Griff und eilt zum Thronsaal, sodass ich allein zurückbleibe.

Ich beruhige mich einen kurzen Moment und ermahne mich dann, endlich weiterzugehen. Weiterzumachen. Aber irgendetwas stimmt nicht. Irgendetwas ist so verdammt schiefgelaufen, dass es uns alle das Leben kosten könnte. Das spüre ich. Ich spüre es, weil es das ist, was Keeran fühlt. Und ich fühle ihn.

Als ich beim Thronsaal ankomme, begreife ich, warum Kerim genau in diese Richtung gelaufen ist. Das Fest hat bereits begonnen, sämtliche Phantome und Adeligen stehen an prunkvoll geschmückten Tischen, trinken Met und plaudern, als wäre das hier ein fröhlicher Anlass und nicht eine grausame Malsprüfung, die uns Phantome das Leben kosten kann.

Mein Blick wandert umher, bis ich oben auf einer kleinen Empore einen Vorhang entdecke, der einen Durchgang verbirgt.

»Phantom«, sagt einer der Diener, der plötzlich neben mir erscheint und mir einen Krug Met reicht. Ich bedanke mich und trinke aus Höflichkeit einen winzigen Schluck.

Und dann trifft mich der Blick des Monarchen vom anderen Ende des Raumes mit all seiner erbärmlichen Machtgier. Neben ihm steht Jarrusch, seine Augen glänzen. Als ich gerade losrennen will, um ihn von Karis wegzureißen, erkenne ich, dass keine Tränen in seinen Augen funkeln, sondern die Begeisterung. Kindliche, ehrliche Freude und Erstaunen über diese festliche Szene. Meine Lippen verziehen sich bitter. Säure wandert meine Kehle hinauf und lässt mich würgen.

Ich schaue schnell woandershin, um nicht in Tränen auszubrechen. Die Phantome stehen in Grüppchen um die Stehtische herum und neben ihnen die alten Männer, die uns schon während des gesamten Laufs bei den Prüfungen begutachtet haben. Sie unterhalten sich ausführlich und freundlich.

Schon bald werden wir keine Phantome mehr sein. Die Erkenntnis trifft mich hart. Dabei hätte mir eigentlich klar sein müssen, dass während dieses Laufs unsere Zukunft geplant wird. Immer wenn ein Phantom unser Dorf verlassen hat, kam es als echtes Mitglied der Gesellschaft wieder zurück – mit einer passenden Arbeitsstelle und einem Lebenspartner. Dieses Fest ist also eine Berufs- und Partnerbörse.

Übelkeit überkommt mich. Ich will in dieser Welt nicht leben. Nicht als Wahrheitsbringerin und auch nicht als Ehefrau. Vielleicht wollte ich das früher einmal. Ja, vielleicht wollte ich mich nach dem Lauf beugen, um für Jarrusch zu sorgen. Aber jetzt kann ich das nicht mehr. Ich werde niemals vergessen können, auf welchen Säulen diese Welt erbaut ist. Unsere Königreiche fußen auf

Verrat, Mord und der Unterdrückung des Willens von jedem Einzelnen. All diese jungen Menschen hier werden unterdrückt werden. Und angefangen hat es, als sie uns ein Tahill anlegten und behaupteten, wir wären nur namenlose Phantome. Dabei sind wir mehr als das. Auch Jarrusch.

»Ihr seid eine Wahrheitsbringerin.« Eine melodische Stimme dringt an mein Ohr und reißt mich aus meinen Gedanken. Ich drehe mich um und sehe in goldglänzende Augen. Es ist eine andere Wahrheitsbringerin. Ihr Mund ist mit einem perlenbesetzten Schleier verdeckt, und doch erkenne ich die charakteristischen drei weißen Striche an ihren Lippen.

»Ja«, presse ich hervor. Es hat keinen Sinn, es zu leugnen. Dieses Schicksal habe ich mir selbst eingebrannt, als ich zu einer von ihnen ging, um mir eine Gabe nennen zu lassen.

»Habt Ihr während des Laufs jemandem irgendwelche Gaben genannt?«, fragt sie interessiert und mustert meine Brust, als könnte sie das Mal der Trubrigs darauf erkennen.

»Ihr habt einem Shadbrig eine Gabe gegeben«, stellt sie anerkennend fest und verengt ihren Blick, wie um in meine Seele zu sehen.

»Das ist richtig«, gebe ich knapp zurück. Ich frage sie nicht, woher sie das weiß, denn sie sieht mehr, als sie mir durch Worte erklären könnte.

»War es dieser dort?«

Ich folge mit den Augen ihrer Geste und starre zu Keeran hinüber, der in seiner schwarzen Kleidung neben dem Monarchen und Jarrusch steht und ernst im Raum umhersieht.

»Er …« Ich stammle, weil ich nicht begreife, was da gerade passiert ist. Wie kommt Keeran plötzlich hierher? Habe ich nicht eben noch die Schreie seiner Seele aus einem Verlies gehört?

»Er war es, ja«, sage ich, weil mich ihre bohrenden Blicke nicht loslassen.

»Ein mächtiger Shadbrig«, stellt sie fest.

Ich nicke und trinke den halben Krug Met aus.

»Dürfte ich Euch dieses Phantom kurz entführen?«, ertönt plötzlich Reds Stimme neben mir.

Wie in Trance sehe ich über meine Schulter zu ihm.

»Natürlich«, erwidert die fremde Wahrheitsbringerin, und an mich gewandt: »Aber nach der Rätsellösung möchte ich unbedingt mit Euch über unseren Frauenorden und die interessanten Aufgabenbereiche sprechen, die wir Euch dort ermöglichen könnten.« Mit diesen Worten beugt sie leicht ihren Kopf und schwebt förmlich davon.

»Wollte sie dir gerade einen Job anbieten?«, fragt Red und verzieht sein Gesicht. Dass er die Frau aber äußerst attraktiv findet, erkennt auch ein Blinder. Es dauert eine halbe Ewigkeit, bis er seinen Blick von ihr abwendet.

»Ich glaube, der Monarch hat irgendetwas mit Keeran angestellt«, sagt er düster.

Ich blinzle und bemühe mich, das alles zu verstehen. »Ich habe seine Seele noch vor ein paar Minuten schreien hören.«

Red hebt kurz seine Brauen, dann wirft er einen flüchtigen Blick auf Keeran und den Monarchen.

»Er hat ihm wieder seine Erinnerungen genommen«, flüstert Red und beißt sich auf die Unterlippe. »Medisa sucht bereits nach einer Lösung, aber sie hat nicht genug von seinen Erinnerungen, um ihn …«

»… wieder zu dem Keeran zu machen, den wir kennen?«, frage ich und spüre, wie alles in mir zu brennen beginnt.

»Aber warum ließ Karis ihn diesen Brief an mich schreiben? Warum, wenn er jetzt hier steht und gar nicht im fihtcamp ist?« Ich balle meine Hände zu Fäusten, um meine Wut zu unterdrücken.

»Er will euch auseinanderbringen. Euch beide …«

»Red!«, unterbreche ich ihn und starre ihn Hilfe suchend an. »Was, wenn der Monarch alles weiß? Was, wenn er …?«

»Phantome!« Die Stimme von Marruk Karis lässt mich mit jeder Faser meines Körpers erbeben. »Ihr alle habt ein Rätsel erhalten, dessen Auflösung ihr nun verkünden werdet. Und damit erhaltet ihr das letzte Mal. Das der Arasá.« In seinen Augen steht kranke Befriedigung. »Der Hohepriester ist leider verhindert, weshalb mein Shadbrig die Zeremonie leiten wird.«

»Verhindert …«, fauche ich so leise, dass nicht einmal Red es hört.

»Tretet vor!«

Wie eine Marionette gehe ich zu den anderen Phantomen und stelle mich neben sie. Ich lausche ihren Lösungen, die Keeran alle abnickt, bevor der Monarch jedes einzelne Phantom packt und ihm das letzte Mal in die Haut brennt.

Als ein Mädchen nach vorn tritt, das schüchtern und ängstlich seine Antwort vorträgt, schüttelt Keeran den Kopf. Wachen packen sie und mein Herz setzt aus, als einer von ihnen ein Schwert zieht.

»Sieh weg!«, schreie ich Jarrusch an, der panisch und mit weit aufgerissenen Augen auf die glänzende Klinge des Schwertes starrt. »Sieh weg!«

In diesem Moment saust die Schneide herab und zieht eine

glatte Linie durch das Tahill des Mädchens in ihren Hals. Sie stockt. Blut sickert aus ihrem Mund, als wäre es ihr Leben, das mit gurgelnden Geräuschen ihren Körper verlässt.

Die Wucht der Grausamkeit erschlägt mich. Sie rammt mir eine unsichtbare Faust in den Magen und ich muss all meine Kraft aufwenden, um nicht zu taumeln.

Wir alle stehen nur da und sehen zu. Keiner unternimmt etwas. Auch ich nicht. Stattdessen breitet sich Angst und Panik in mir aus. Ich trauere nicht länger um dieses namenlose Phantom, sondern fürchte mich vor meiner eigenen Antwort. Kurz schließe ich meine Augen und flehe Tunis an, diesem Mädchen die Überfahrt zu gewähren. Sie zu sich zu nehmen, auch wenn sie keinen Obolus bei sich trägt.

»Tunis, erlaube ihr, an deinem Tisch des unendlichen Todes und der Macht der Unterwelt zu speisen, bis sie zu roter Asche vergeht«, flüstere ich das Gebet und sehe wieder hoch – direkt in Keerans dunkle Augen.

Jemand stößt mich leicht von hinten, obwohl wir uns nicht berühren dürfen. Als ich über meine Schulter blicke, sehe ich Kerim, der mir auffordernd zunickt.

Und dann stehe ich vor Keeran. Blicke wieder in seine dunklen Augen. Suche nach seiner Seele. Aber diesmal ist da keine schwarze Mauer. Da ist einfach nur Leere.

»Wie ist die Lösung Eures Rätsels, Phantom?«

Ich schaue zu Boden, weil ich seinen Blick nicht ertrage. Diese Dunkelheit, diese Gleichgültigkeit mir gegenüber. Ich werfe einen kurzen Blick zu dem Monarchen. Zu Jarrusch, zu dem toten Mädchen am Boden und dann wieder zu ihm, zu dem Erben des Kalipar, der unsere Königreiche retten wollte. Zu dem Mann, der all die Jahrhunderte seines Lebens immer nur benutzt wurde. Er wurde manipuliert, bis ihm seine Erinnerungen verloren gingen und er kalt und gefügig wurde.

Es wäre jetzt meine Aufgabe, die Lösung zu nennen, die mich selbst als Erbin enttarnt. Für ihn, für diese Königreiche und vielleicht auch ein bisschen für mich. Vielleicht würde der alte Keeran dann zurückkehren, um den Monarchen zu töten.

»Die Lösung«, sage ich mit fester Stimme, obwohl alles in mir zittert und bebt. Doch ich habe keine andere Wahl. Was würde passieren, wenn ich jetzt sagen würde, dass mein Rätsel unlösbar ist? Ich würde zum gat te das, zum Tor des Todes, gehen und dort meiner Marra in der Unterwelt begegnen. Zu ihr und auch Emza und all den Vorfahren, die dasselbe Schicksal erlitten haben wie ich. Vielleicht würde Jarrusch mich schützen, indem er mein wahres Gesicht nicht zu erkennen gibt. Vielleicht würde ich am Leben bleiben. Aber was wäre dann noch übrig von mir?

»Phantom!«, fordert Keeran zornig. Dunkelheit umgibt ihn. Eine Finsternis, die ich lange nicht an ihm gesehen habe. Seine schwarzen Adern beginnen zu glühen. Er ist bereit, mich zu töten, wenn ich nicht gehorche. Und obwohl ich vor einem Monat noch genau das getan hätte, was sie von mir verlangen, bin ich heute nicht mehr dasselbe Mädchen. Jarrusch war alles, was ich beschützen wollte. Aber nun gibt es da noch mehr. Ich sehe weiter. Weiter als bis zu dem Punkt, an dem ich Jarrusch in einer Nische im Boden versteckt halte und Menschen verprügle, um ihm Essen kaufen zu können. Vielleicht hat das dem Mädchen von damals gereicht. Aber Keeran und auch Red und Medisa haben mich hinter die Machenschaften des Monarchen blicken lassen. Ich will nie wieder leben wie früher. Und ich will, dass nie wieder jemand so leben muss.

Denn wenn jeder Mensch schweigt, dann wird nie auch nur

irgendjemand seine Stimme erheben, und die Schwachen werden auf ewig unterdrückt sein. Ich werde kämpfen. Für Jarrusch, für Keeran und auch für mich und eine andere Welt.

Ich trete einen Schritt zurück. Keerans Augen werden düsterer. Und doch brennt das gleiche Feuer in ihnen, das ich auch damals in der Schenke gesehen habe.

»Wahres Gesicht!«, spreche ich Jarrusch an. Seine großen goldenen Augen richten sich unsicher auf mich. »Was siehst du?«

»Was …?« Seine kindliche, bebende Stimme lässt mich innerlich zucken.

»Was siehst du, wenn du mich anschaust, Jarrusch?«, sage ich sanft und lächle ihm nickend zu.

Mein Bruder zögert. Hinter mir räuspert sich jemand und ich weiß genau, dass es Red ist. So treu er Keeran auch ist, er würde sein Leben für meines geben. Ich spüre es in seiner Seele.

»Ich sehe dich, meine Schwester.«

»Was siehst du noch?«, frage ich sanft.

Alle schweigen. Selbst der Monarch hat seine Maske fallen lassen und starrt Jarrusch fassungslos und mit riesigen Augen an.

Jarrusch schluckt und tritt vor. Ich gehe vor ihm in die Hocke und er berührt vorsichtig mein Gesicht.

»Ich sehe deine wunderschönen blauen Augen und deine helle glänzende Haut, als wäre sie mit Eis bedeckt.«

Ich nicke ihm zu und bemühe mich, das Lächeln aufrechtzuerhalten, während mir Tränen über die Wangen laufen. Ich spüre es kaum, spüre kaum die Angst. Da ist nur Erleichterung.

Ich beuge mich vor, küsse Jarrusch auf die Stirn und richte mich dann wieder auf. Keiner regt sich, als ich mich wieder Keeran zuwende.

»Die Wahrheit ist, dass dieses Rätsel eine Geschichte erzählt, die nicht unsere sein muss.« Ich atme tief ein und aus. Dann greife ich nach meinem Tahill und ziehe es mir vom Kopf. Meine blonden Haare fallen über meine Schultern auf meine Brust, und als ich jetzt einatme, bereitet die Luft in meinen Lungen mir ein Gefühl von Freiheit. Keerans Augen zucken. »Egal, was er dir auch nimmt, Keeran, du wirst immer wissen, wer ich bin. Du wirst dich jedes Mal erinnern und spüren, dass uns etwas verbindet.«

»Ergreift sie!«, schreit der Monarch, der sich aus seiner Starre gelöst hat.

Ich hebe meine Hand und verlangsame so die Zeit. Das wird nicht ewig anhalten, denn ich kann die Macht des Stillstands, über die Emza verfügt, nicht in gleichem Maße heraufbeschwören.

Ich greife nach Keerans Arm und schließe die Augen.

»Deine Gabe, Shadbrig«, flüstere ich, »ist das Seelensehen.« Und im selben Moment lasse ich diese Gabe in mir los. Ich schenke sie ihm, überlasse ihm meine Macht, Seelen spüren und sehen zu können.

»Außerdem gebe ich dir eine Erinnerung zurück«, flüstere ich und zeige ihm die Bilder von unserer Begegnung in der Schenke. »Er wird dir nie wieder etwas nehmen können, denn du kannst in den Seelen deiner Freunde nach der Wahrheit suchen«, hauche ich und lasse ihn los.

Panik steht in Keerans Augen. Er kann es nicht fassen, dass ich ihm Zutritt zu meiner Seele gewähre. Dass ich ihm erlaube, all das zu sehen, was uns verbindet.

Dann wandert sein Blick zu Red und Medisa. Und die erstarrten Menschen um uns herum fangen allmählich an, sich wieder zu bewegen.

»Wir müssen hier weg«, knurrt Keeran immer noch mit einem

Anflug von Kälte in seiner Stimme. Aber er weiß jetzt, dass er mir vertrauen kann.

Ich sehe zum Monarchen, doch der ist längst verschwunden. Zusammen mit … Jarrusch. Mein Herz wird schwer.

»Sari!«, ruft Red und streckt mir seine Hand entgegen. »Los!«

Ich presse meine Lippen aufeinander. Bisher weiß der Monarch nur von Keeran, mir und Alishan, der Erbin der Arasá. Tunis' Erben kennt er nicht. Und solange der nicht auftaucht, wird der Monarch Jarrusch nichts antun. Denn er braucht ihn. Braucht das wahre Gesicht, um den Erben zu erkennen. Ich klammere mich an diesen Gedanken, während ich mir die Tränen aus dem Gesicht wische, Keeran am Arm packe und losrenne. Wir rennen an Wachen vorbei. An gezückten Waffen. Und fliehen vor einem Hagel aus Pfeilen.

Mein Atem geht schnell und ich spüre jeden Windhauch der Pfeile. Ich spüre Keerans Hand, die meine umklammert, und den Schmerz, aber auch die Freiheit meiner Seele.

Das hier ist richtig. Es ist das Einzige, was uns alle retten kann.

Wir rennen weiter, als mich plötzlich etwas Spitzes trifft. Blut rinnt über meinen Bauch, aber ich zögere nicht und laufe weiter, hinaus aus dem Tempel, in die Dunkelheit des goldenen Ödlands, ohne zurückzusehen. Bis Keeran mich aufhält und wir in den goldenen Staub von Arasá stürzen. Es ist finster, aber das Leuchten des Sandes zeigt uns den Weg.

Mein Herz blickt immer wieder zurück. Es blutet. Es schreit. Aber mein Wille ist nach vorn gerichtet.

KAPITEL 19

Hamza, Passus II Emza, Vers 74

Keine Seele ist rein. Es wird nur das Streben nach Reinheit verlangt. Nach Offenheit. Man soll seine Vergehen akzeptieren, sie annehmen und sich selbst vergeben. Nur die eigene Vergebung lässt jedes Herz rein werden. Nicht die der anderen.

»Was jetzt?«

Reds Stimme dringt zu mir. Mein Gesicht liegt im heißen Sand und meine Kehle ist ausgetrocknet und taub. Stumm.

»Wir müssen zum gat te das«, sagt Medisa.

Wir sind die ganze Nacht bis zum Morgengrauen gerannt. Weg von den Wachen. Vom Monarchen. Aber auch von Jarrusch.

»Sari!«, knurrt Medisa mich an und stößt mich mit ihrem harten Stiefel. »Hattest du einen Plan?«

Ich schüttle den Kopf, nicht in der Lage zu sprechen.

»Hätte sie einen gehabt, dann hätten wir wohl Wasser mitgenommen.«

»Witzig!«, zischt sie Red zu und dreht mich dann auf den Rücken. »Du bist verwundet.«

»Ich weiß«, stammle ich und suche nach Keeran. Er steht ein wenig abseits auf einem kleinen Sandhügel und starrt in die Ferne. Medisa folgt meinem Blick und seufzt.

»Ich konnte ihm ein paar seiner Erinnerungen zurückgeben, die ich für ihn hüte«, sagt sie nachdenklich. »Aber das sind alles keine Dinge, die ihn wirklich ausmachen.«

Ich nicke. Was, wenn Keeran nie wieder der wird, der er einmal war? Wenn nur die Erinnerungen, die wir ansammeln, uns zu dem machen, was wir sind? Wer wäre ich, wenn ich Marra, Jarrusch und mein ganzes Leben vergessen würde?

Schwer atmend sehe ich auf meine nackten Arme und auf die Symbole, die Male der Götter darauf. Eines fehlt und wird immer fehlen. Ausgerechnet das Mal meines eigenen Königreichs. Es schmerzt mich. Auch wenn ich das niemals zugeben würde. Ich habe mich mein Leben lang auf diesen Lauf vorbereitet, um mich vor den Göttern als würdig zu erweisen … Und jetzt …

»Ich denke, dass Arasá dich als würdig empfindet.« Keeran steht plötzlich vor mir und blickt auf mich herab. Er hat es gespürt. Er hat meine Ängste gelesen oder in meine Seele geschaut, wie ich es zuvor konnte.

»Wir müssen noch vor dem Monarchen, dem hohen Rat und den Phantomen am Tor des Todes sein«, sagt er ruhig und nachdenklich. Ich sehe ihn verunsichert an.

»Der Monarch hat mir nicht all meine Erinnerungen genommen, Lakar. Nur die, die mich zu dem machten, was ich war.«

Ich schlucke bittere, trockene Galle. Lakar. So nennt er mich jetzt also?

»Und was machen wir, wenn wir das Tor erreichen?«, zischt Medisa. »Erledigen wir sie mit unserer nicht vorhandenen Armee?« Sie schüttelt den Kopf und lacht herzlos. »Wir haben keine

Chance mehr. Du hättest dem Monarchen das Messer in den Rücken rammen können, als er noch geglaubt hat, dass du auf seiner Seite stehst. Aber diese Chance hat Sari gerade zunichtegemacht.«

»Karis hat ihm die Erinnerungen genommen!«, entgegne ich zornig und setze mich auf. »Keeran hätte nicht einmal gewusst, dass er den Monarchen töten soll. Und der war vorbereitet. Er wusste immer, wer Keeran in Wirklichkeit ist!«

»Und was jetzt?«

Medisa sieht mich an, als hätte ich alles zerstört. Aber ich muss nicht in ihre Seele sehen, um zu verstehen, was wirklich ihr Problem ist. Ich war es, die an Keeran geglaubt und ihn gesucht hat, nicht sie. Und das nimmt sie sich selbst übel.

Ich versuche nachzudenken – was in dieser Hitze, der Trockenheit des goldenen Ödlands und mit den Schmerzen meiner Wunde nicht leichtfällt, und doch blitzt ein Bild vor mir auf.

»Wir müssen zu mir nach Hause«, sage ich entschlossen, stehe auf und blicke über diese unendliche Wüste in die Richtung, in der Golassa liegen muss. Schwindel packt mich, aber ich kämpfe dagegen an.

»Was?«, ruft Medisa entsetzt.

»Jarrusch hat Aufzeichnungen. Er liest viel und hat ein Notizbuch, in dem er sich alles notiert, und …«

»Und dein achtjähriger Bruder soll uns verraten, wie wir den Monarchen besiegen?« Sie lacht bitter auf.

»Wenn du einen besseren Vorschlag hast, dann tu dir keinen Zwang an.« Wut kocht in mir hoch.

»Meine Vorschläge wurden zerstört, als du deinen Bruder gezwungen hast, deine Identität auffliegen zu lassen.«

Ich stürme auf sie zu und stoße sie so heftig, dass sie ins Taumeln gerät.

»Spinnst du?«

»Du warst es doch, die zu mir gesagt hat, ich solle für mich selbst kämpfen. Du warst es, die mir etwas zeigen wollte, was ich selbst nicht sehen konnte. Und jetzt, da ich es gefunden habe, machst du mir Vorwürfe?«, schreie ich sie an. Sie hebt ihre Brauen und tritt näher.

»Nenn mir einen anderen Weg, Medisa, und ich werde ihn gehen. Ansonsten brechen wir jetzt zu meiner Hütte auf.«

Sie runzelt nachdenklich die Stirn und nickt schließlich. »In Ordnung.«

Ohne Keerans oder Reds Meinung abzuwarten, stürme ich los in Richtung Golassa. Auf die Stadt zu, die ohne Jarrusch nie mehr mein Zuhause sein wird.

Der goldene Staub und die sengende Hitze der Sonne lassen mich immer wieder husten, mich innerlich vertrocknen. Und doch gehen wir weiter, bis es zu dämmern beginnt und wir endlich die Wälder meiner Heimat erreichen.

Tausende Male bin ich diese Waldwege entlanggegangen, habe Kräuter gesucht oder Wild, das ich erlegen kann. Jetzt ist alles anders.

Als wir meine Hütte erreichen, bleibe ich stehen und starre auf die Tür, die aus den Angeln gerissen ist. Mein Blick wandert zu Keeran, der zu wissen scheint, wer dafür verantwortlich ist, doch er sieht mich nicht an.

Ich schlucke schwer und trete ein. Ich mustere die alten Holzdielen, unter denen Jarrusch so lange gelebt hat. Sie liegen achtlos und zersplittert herum und offenbaren Jarruschs kleine Höhle.

Unwillkürlich wandert mein Blick zu dem Stuhl, auf dem Varra immer gesessen hat. Auch der ist leer. Es ist niemand mehr da, der wirres Zeug redet und hin und her wippt. Es ist, als wäre das alles hier nur das karge Bild einer Erinnerung, die zu einem längst vergangenen Leben gehört.

Mit zusammengepressten Lippen bücke ich mich zu dem kleinen Hohlraum und suche unter dem Bücherhaufen nach Jarruschs Notizbuch. Es ist golden, genau wie die Hamza. Ich habe zwei Goldmünzen dafür bezahlt, aber das war es mir wert. Jarrusch liebte edle Bücher. Er liebte, dass die Hamza golden glänzte, und sagte mir, dass es zeigen würde, dass dieses Buch etwas ganz Besonderes ist. Und da wusste ich, dass auch seine Worte ein ganz besonderes Tagebuch verdienten.

Als ich es endlich finde, halte ich kurz inne und entschuldige mich im Geiste bei Jarrusch dafür, dass ich es lesen werde. Er hat alles mit mir geteilt. Nur dieses kleine Buch hat ihm ganz allein gehört. Und bis jetzt habe ich das immer respektiert.

Dann endlich ziehe ich es heraus. Während die anderen meine Hütte inspizieren, als könnten sie nicht fassen, dass ich hier wirklich gelebt habe, löse ich vorsichtig das dunkle Band, das dieses Buch verschließt, um es zu öffnen. Kurz blicke ich noch einmal zu Medisa, die leicht angewidert die Küchenzeile und die verschimmelten Brotreste betrachtet. Dann lese ich, was in krakeliger Schrift auf der ersten Seite geschrieben steht.

Liebe Sari

Ich schließe meine Augen, und ein paar Tränen laufen über meine Wangen. Ich kann erst wieder hinsehen, als ich das Salz auf meinen Lippen schmecke.

Eines Tages wirst du das hier lesen. Wahrscheinlich wurde ich von den Wachen entdeckt – oder vielleicht habe ich wieder einmal nicht auf dich gehört und mich so sehr gekratzt, dass diesmal auch du die Entzündung nicht stoppen konntest.

Wie auch immer ich von dir gehen werde, ich will, dass du weißt, dass du die beste Schwester bist, die man sich wünschen kann. Du bist der beste Mensch. Du würdest dich dein Leben lang um mich kümmern. Aber genau das will ich nicht, und ich hoffe wirklich, dass du das hier liest und ein neues Leben beginnst. Ein Leben ohne mich, nur für dich.

Du bist alles, was ich habe. Ich existiere nur deinetwegen. Aber du, Sari, du bist so viel mehr. Du bist gütig, mutig, und ich weiß schon sehr lange, dass du eine Königin bist.

Ich habe viel über Emza gelesen. Ich habe all das gelesen, weil ich die Geschichte liebe. Aber vor allem, weil ich wissen wollte, wer du bist und was dein Schicksal ist.

Du bist Emzas Erbin, Sari. Aber noch viel mehr. Du bist die Nachfahrin eines Alben. Er hat für sein Volk gekämpft, als die Götter kamen und alle vertrieben haben. Du bist die Nachfahrin des Mannes, der ihnen ein neues Zuhause aus Asche erschuf.

Du bist nicht wie sie, die alles Leben in Stillstand verwandeln. Du bist so viel mehr. Du musst dich nur finden, Sari. So wie du auch mich und meine Seele hinter meinem Gesicht gefunden hast. Ein Gesicht, das du mehr liebst als dein eigenes. Aber jetzt wird es Zeit dafür.

Meine Lippen beben. Die letzten Worte und seinen verschnörkelten Namen kann ich nur verschwommen durch einen Tränenschleier wahrnehmen.

»Du bist acht Jahre alt«, flüstere ich, als würde ich ihn daran erinnern. Als würde er hier vor mir stehen. Meine Brust brennt, und dann verlässt ein Schluchzen meine Kehle und ich spüre, wie sich mein Mund verzieht und die Tränen wie Säure in meinen Augen brennen.

Eine Berührung an meiner Schulter lässt mich zusammenzucken. Ich weiß sofort, dass er es ist und dass er mitgelesen hat. Und ohne darüber nachzudenken, drehe ich mich zu ihm um und lege mein Gesicht an seine Brust. Keeran berührt mein Haar und streicht mir sanft darüber, bis keine Tränen mehr übrig sind.

Ich darf nicht über Jarruschs Worte nachdenken, weil mich sonst eine tiefe Trauer überkommt, die mich in den Abgrund ziehen könnte. Stattdessen versuche ich das zu tun, was er von mir wollte. Ich will die Person sein, die er in mir sieht. Eine Kämpferin wie mein Vorfahre.

Ich blättere die erste Seite in seinem Tagebuch um und sehe auf eine Zeichnung. Sie stellt eindeutig mich dar. Nur dass meine Haut schimmert und meine Augen blau strahlen. Schnell blättere ich weiter und lese Jarruschs Aufzeichnungen. Er hat eine herausgerissene Buchseite dazugelegt.

»*Perseres der Lebensbringer*«, lese ich laut, was auf dieser Seite steht. »Perseres *te lifbrig*, der König der neuen Welt.« Ich schlucke, wische mir die Tränen aus den Augen und lese weiter.

»Als die Götter kamen und den Alben alles nahmen, verbrannten sie die Erde. Sie töteten jedes Wesen und jede Pflanze. Die Alben flüchteten, fanden jedoch keinen fruchtbaren Boden und wussten, dass sie sterben würden.

Doch einer von ihnen war ein lifbrig, ein Lebensbringer, der Dinge wieder lebendig machen konnte. Also riefen sie nach ihm und er kam, legte seine Hand auf das tote Land und erweckte es zum Leben.

Sie ernannten ihn zu ihrem König. Doch die Alben wollten sich nicht geschlagen geben. Sie wollten sich nicht vertreiben lassen. Also erschufen ihre mächtigsten Shadbrigs und Trubrigs Masken der Sterblichkeit, die ihre schimmernde Haut und ihre großen Augen verbargen.

Perseres meldete sich freiwillig und zog in das eisige Land der Emza. Die Göttin galt als die Schrecklichste und Herzloseste von ihnen.

Als er sie allerdings kennenlernte und ihre verletzte Seele sah, regte sich Mitgefühl in ihm. Sie war verraten worden, von dem Mann, den sie liebte, und deshalb hatte sie alles zu Eis erstarren lassen und das Leben zum Stillstand gebracht.

Sie liebten sich und Emza gebar ein Kind. Doch dann fand sie heraus, dass auch ihre neue Liebe sie betrogen hatte und in Wirklichkeit ein Alb war. Sie verbannte ihn und wollte ihrem Kind das Leben nehmen, doch er hatte es mitgenommen. So wuchs Emzas Zorn und sie verbündete sich wieder mit den anderen Göttern, um die verlorenen Erben zu finden und zu töten.«

Eine erdrückende Stille erfüllt die kleine Hütte.

»Wir haben eine Armee«, hauche ich tonlos und wage es endlich, aufzusehen.

Keeran, Red und Medisa starren mich an. Sie starren, als wäre ich plötzlich jemand anders. Ja, sie sehen mich so an, wie Jarrusch es immer getan hat. Denn endlich habe ich begriffen, was in mir schlummert. Ich kann das Königreich Emza wiedererwecken.

»Wir müssen nach Emza.« Ich stehe auf und sehe die anderen ernst an.

»In Ordnung«, sagt Red und kommt auf mich zu. »Aber zuerst lassen wir dich eine Nacht ruhen. Die letzte Prüfung findet in zwei Tagen am *gat te das* statt. Am Tor des Todes. Zu diesem Zeitpunkt ist der Monarch am schwächsten und wir werden zuschlagen.«

Reds Stimme lässt keinen Widerspruch zu. Also nicke ich und werfe einen Blick zu Keeran, der sich in ein seltsames Schweigen hüllt.

»Aber wir können nicht hierbleiben. Der Monarch wird nach uns suchen«, wendet Medisa ein.

»Ich kenne jemanden, bei dem wir untertauchen könnten.«

Wir alle starren Keeran an, der seit gefühlten Stunden zum ersten Mal spricht.

»Du … kennst jemanden?«, frage ich völlig irritiert, weil er doch eigentlich keine Erinnerungen mehr hat.

»Es ist eine Erinnerung, die Medisa für mich aufbewahrt hat«, erklärt er und beißt sich auf die Unterlippe, als würde ihm das alles Unbehagen bereiten. »Lasst uns aufbrechen.«

Bevor wir die Hütte verlassen, stecke ich Jarruschs Buch und meine Schlagringe ein und lege meinen Waffengurt um.

Es ist warm draußen, wie so oft in Golassa, und ich bleibe stehen und strecke mein Gesicht in die Sonne. Aber dafür ist jetzt keine Zeit. Gegen jegliche Vernunft und gegen mein Herz habe ich Jarrusch bei dem Monarchen zurückgelassen. Ich habe mich und auch Keeran verraten, und jetzt muss ich eine Möglichkeit finden, ihn zu befreien.

Wir nehmen einen Umweg durch die goldenen Wälder, um nicht an der Hauptstadt vorbeizukommen, und laufen den ganzen Tag, bis es irgendwann dunkel wird und das hospital te lit vor uns aufragt wie ein riesiges goldenes Schloss.

Ich zögere kurz, weil meine Erinnerungen an diesen Ort schrecklich sind. Ich war noch sehr klein, als ich an Mumps erkrankte und meine Marra mich eine ganze Woche dort allein ließ. Sie besuchte mich nicht, denn sie musste Jarrusch zu Hause stillen und beruhigen.

»Alles in Ordnung?« Keerans Stimme klingt viel zu kühl für diese einfühlsamen Worte. Vielleicht spürt er die Verbindung zwischen uns. Vielleicht spürt er aber auch einfach nur Mitleid.

»Ja«, gebe ich knapp zurück.

Wir nutzen den Schatten der Bäume, bis wir am Waldrand ankommen und Keeran die Führung übernimmt. Die Dunkelheit erdrückt mich beinahe. Sie macht mir Angst. Ich habe Angst davor, dass diese Welt dem Untergang geweiht ist. Und vor allem davor, dass diese Düsternis auch in Keeran lebt und nie verschwinden wird.

Unruhig sehe ich mich nach allen Seiten um, bis Medisa mich sanft berührt und damit zur Ruhe bringt. »Es wird alles gut.«

»Wie kannst du das sagen? Wir sind auf dem Weg zu einem eingefrorenen Land. Ich soll es auftauen, damit mir all seine Lebewesen folgen und wir uns in einen Krieg stürzen können.«

»Klingt nach einem epischen Abenteuer«, lacht Medisa und kneift mir in die Wange. »Du hattest recht. Du hast dich gefunden, Sari aus dem Hause Lakar.«

Sie reicht mir ein verdorrtes Blatt und nickt mir dann entschlossen zu. Ich presse die Lippen zusammen und schließe meine Augen. In mir wächst etwas. Meine Macht. Sie fließt durch meine Adern. Durch meinen gesamten Körper, und sie lässt ihn erbeben. Als ich Medisas lauten Atem höre, öffne ich die Augen.

Meine Haut glänzt und meine Adern glühen golden. Das Blatt in meiner Hand ist zum Leben erwacht.

»Das musst du dann nur bei einem ganzen Königreich machen«, sagt sie lächelnd, als ich angestrengt atme und mich am Baum festhalte. Woher soll ich so viel Kraft nehmen?

Ein Flackern am *hospital* zieht unsere Aufmerksamkeit auf sich. So schnell wir können, schleichen wir durch die Dunkelheit, bis wir an einem kleinen Hintereingang ankommen, wo eine junge Frau in einer goldenen Arztrobe steht, die uns misstrauisch mustert. Keeran geht auf sie zu, sie greift mit der Hand nach seinem Arm.

»Das sind Medisa, Red und Sari«, sagt Keeran und deutet auf uns.

Ihr Blick bleibt an mir hängen und ein leichtes Grinsen bildet sich auf ihren Lippen.

»Das ist Sari?«, fragt sie beinahe ehrfürchtig, tritt zu mir und schließt mich in ihre Arme. »Danke«, flüstert sie und drückt mich.

Aber noch ehe ich begreifen kann, was sie damit meint, räuspert sich Keeran laut und sie lässt mich los.

»Das ist Hera. Sie ist Ärztin und wird deine Wunde versorgen.« Seine Stimme klingt ein wenig wärmer. Als hätte diese Frau ihm einen Teil seines Selbst zurückgegeben.

»Ihr müsst euch still verhalten«, sagt sie und geht dann durch die hohen steinernen Gänge voran, bis wir eine Treppe erreichen und sie uns hinab in einen Keller bringt. Sie öffnet eine Tür, winkt uns lautlos in einen Raum und sieht sich nervös um.

»Die Wunde muss gereinigt und genäht werden, hat Keeran gesagt?«, fragt sie mich und wirft unruhig einen Blick in den Gang draußen.

Ich nicke.

»Ich werde die Sachen holen. Seid leise.« Mit diesen Worten verlässt sie den Raum und schließt die Tür hinter sich.

Es dauert einen Moment, bis ich mich umdrehe und mich genauer in diesem Kellerraum umsehe. Mein Atem stockt, als ich die reglosen Körper bemerke, die hier auf zahlreichen Pritschen liegen.

»Sind das alles Leichen?«

»Schscht«, macht Red und hebt seine Mundwinkel. »Weck die Toten nicht auf.«

Wie erstarrt sehe ich auf die Totenbetten.

»Warum sind es so viele? Sie müssten doch sofort nach Tunis zum gat gebracht werden. Zum Tor des Todes.«

Keeran sieht mich nachdenklich an, während ich zu einer der Liegen gehe und dem Toten darauf das Tuch vom Kopf löse. Doch dann erkenne ich das Gesicht und begreife, dass das hier kein Mensch ist. Seine Augen sind geschlossen, und doch erkenne ich sofort, dass sie größer sind als die eines Menschen. Seine Haut wirkt ledrig und als hätte sie einst in voller Pracht geglänzt. Seine blonden Haare sind dicht und weich, und obwohl er tot ist, schimmern sie wie pures Gold. Ich ziehe das Tuch vollends zur Seite. Sein Oberkörper ist übersät mit goldenen Adern, und dann stocke ich, als ich eine riesige Wunde erkenne. Es ist, als hätte jemand seinen Körper geöffnet, um ihn zu studieren.

Schockiert weiche ich ein paar Schritte zurück und versuche durch den Mund zu atmen. Ich will das tote Fleisch nicht riechen und versuche den Würgereiz in meiner Kehle zu unterdrücken.

Entsetzt gehe ich auch zu den anderen Leichen und entblöße ihre Gesichter.

»Das sind alles Alben«, stoße ich fassungslos hervor und weiche weiter zurück, bis ich gegen eine warme Brust stoße. Ich schrecke zusammen, obwohl ich genau weiß, dass es Keeran ist. Ich drehe mich zu ihm um und er streicht mir sanft eine Strähne aus dem Gesicht.

»Woran sind sie gestorben?«, fragt er mich, als wäre ich die Ärztin hier.

Ich nehme all meinem Mut zusammen und berühre die Brust des blonden Albs, der vor mir auf der Pritsche liegt. Bilder tauchen vor meinem inneren Auge auf. Bilder, die ich nicht verstehe und nicht einordnen kann, bis Keerans Raunen an mein Ohr dringt und sein warmer Atem gegen meine Haut weht.

»Konzentrier dich auf das Wesentliche, Sari. Menschen und Alben sind viel komplexer als ein Stein oder ein Buch.«

Ich will ihn fragen, woher er das weiß. Warum er sich plötzlich erinnert. Ein Funken Hoffnung wächst in mir, bis mir klar wird, dass er es nur in meiner Seele gelesen hat.

Ich atme tief durch und versuche auf Keerans Worte zu hören – sie anzuwenden, mich zu konzentrieren –, als ich auf einmal die beeindruckende Natur um mich herum wahrnehme: tosende Wasserfälle, üppige grüne Bäume, farbenfrohe Pflanzen, die ich nie zuvor gesehen habe.

»Sie haben uns gefunden«, schreit jemand aus der Ferne. Aber statt in Panik zu geraten oder wegzurennen, bleibe ich ruhig stehen und sehe mich um. Ich stehe inmitten meiner Heimat, die ich ein letztes Mal betrachten will. Ich will ihr die Ehrfurcht schenken, die sie verdient hat, und ihr für die Zeit danken, die ich hier verbringen durfte. Ich schließe kurz meine Augen – und dann trifft mich ein harter Schmerz und alles um mich herum wird schwarz.

Nur eine Sekunde später sehe ich Keeran wieder. Eine Träne

glitzert in seinen Augen. Er hat gesehen, was ich gesehen habe. Durch meine Seele. Und ich weiß seit den Eisbergen von Emza, dass auch ihn viel mit dem Königreich der Alben verbindet. Ich weiß, dass er in seiner Vergangenheit dort war und meine Vorfahrin in seinen Armen gestorben ist. Ich versuche die Erinnerung festzuhalten, damit er sie in mir spüren kann.

In diesem Moment kommt Hera zurück in unseren Kellerraum. »Ich habe alles, was wir brauchen.« Sie legt die Arznei auf einen kleinen Tisch neben den Pritschen, und als sie sieht, dass ich die Tücher von den toten Alben genommen habe, wird sie wütend.

»Was macht ihr denn da?«, zischt sie, während sie die Leichen wieder zudeckt.

»Warum habt ihr tote Alben hier?«, frage ich sie angewidert.

»Das weiß ich nicht«, knurrt Hera zornig. »Aber wenn ich Fragen stelle, wird man mich umbringen, also stelle ich sie nicht.«

»Und so willst du wirklich leben?«, frage ich fassungslos.

Sie dreht sich zu mir und sieht mich ernst an. »Ja, Sari. Denn nur so kann ich am Leben bleiben. Es gab eine Zeit, in der du das genauso gehandhabt hast, nicht wahr?«

Sie zieht mich auf einen Stuhl und reißt mein Oberteil auf. Dann fängt sie an, die Wunde zu reinigen.

»Woher kennst du mich, Hera?«

Sie sieht kurz auf, verständnislos und müde, bevor sie sich wieder meiner Wunde widmet. »Keeran hat mir von dir erzählt.«

Meine Augen wandern kurz zu ihm. Dunkle Schatten umgeben ihn. Wahrscheinlich liest er gerade die Ängste in meiner Seele.

»Wann soll das gewesen sein?«, frage ich viel zu harsch.

»Vor ein paar Jahren«, gibt Hera knapp zurück, und ihre Pinzette lässt Schmerz durch meinen Körper zucken.

Stöhnend verziehe ich den Mund.

»Da kannten wir uns noch nicht«, erwidere ich.

»Oh doch, Sari aus dem Hause Lakar. Ihr kanntet euch.« Ihr Blick wandert kurz zu Keeran, doch der zeigt keine Regung.

»Er hat sein Leben an deines gebunden. Er hat, seit deine Mutter starb, jeden Tag deinen Schmerz gespürt.«

Meine Lider zucken, aber ich wage es nicht, Keeran anzusehen. Auch der Hohepriester sagte mir, dass unsere Leben verbunden sind.

»Das wollte ich nicht«, flüstere ich und balle meine Hand zur Faust.

»Aber er wollte es so.«

Ich ziehe die stickige Luft ein und denke an den Abend in der Schenke. An die vielen Male, die Keeran mich im Wald beim Lauf gerettet hat. Deshalb war er immer da, wenn ich Hilfe brauchte. Er hat gefühlt, was ich gefühlt habe. Er tut es immer noch.

»Vielleicht kann er das Band wieder lösen, wenn ihr diese Welt gerettet habt. Und vielleicht kannst du dann als Albin weiterleben.«

»Du weißt ziemlich viel über mich, nicht wahr?«

»Keeran hat viel über dich gesprochen.« Hera wirft Red und Medisa einen kurzen Blick zu. Sie stehen neben einer der Pritschen und beobachten sie mit Argusaugen. »Auch ihnen gegenüber.«

Ich sehe zu ihnen hinüber und mein Herz setzt ein paar Schläge aus, als ich ihre schuldbewussten Gesichter entdecke. Sie wussten also auch von diesem Band?

Ich zucke zusammen, als Hera zum ersten Stich ansetzt.

»Du solltest dir ein paar Gaben nennen lassen, damit du genauso leicht heilst wie Keeranath.«

»Kein Bedarf«, sage ich bitter.

Nachdem sie meine Wunde versorgt hat, stehe ich auf, bleibe aber an Ort und Stelle stehen. Ich fühle mich verloren.

»Ihr könnt über Nacht hierbleiben. Doch bevor die Sonne aufgeht, müsst ihr verschwunden sein«, sagt Hera.

»Kannst du mich …« Ich schlucke schwer, während ich zu den Leichen blicke. »Kannst du mich in einen anderen Raum bringen?«

»Ich nehme an, es liegt nicht an den Leichen?«, erkundigt sie sich, aber ich weiß, dass sie keine Antwort erwartet. Denn sie nickt kurz darauf und bedeutet mir, ihr zu folgen. Niemand hindert mich. Wahrscheinlich, weil meinen Gefährten klar ist, dass sie dann meine Faust in ihrem Gesicht spüren würden.

Auch wenn sie mich nur schützen wollten, fühle ich mich hintergangen. So, als gäbe es niemanden auf der Welt, der komplett ehrlich zu mir ist. Nicht einmal Jarrusch war ehrlich.

Hera bringt mich in eine kleine Kammer im hinteren Teil des Kellers.

»Es ist gut, wenn man Menschen hat, die auf einen aufpassen, Sari. Du müsstest das besser wissen als jeder andere.«

»Es ist auch gut, wenn deine Freunde ehrlich zu dir sind. Sie alle kannten mich und wussten, dass Keeran sein Leben an meines gebunden hat. Und doch hielt es keiner für nötig, mir davon zu erzählen.«

Hera nickt und sieht mich dann vorwurfvoll an. »Bist du es denn? Bist du immer ehrlich zu ihnen gewesen?«

Ohne meine Antwort abzuwarten, schließt sie die Tür und lässt mich allein in diesem Kellerraum zurück. Eine Einsamkeit, die Red, Medisa und Keeran verscheucht haben, kehrt wieder in mein Herz zurück.

Ich setze mich auf den kühlen Boden und vergrabe mein Gesicht in den Händen. Ich war ehrlich zu ihnen. Auch wenn ich ihnen nicht von Anfang an erzählt habe, wer Jarrusch ist. Aber als sie meine Freunde wurden, habe ich das nachgeholt. »Nein«, flüstert eine leise Stimme in meinem Kopf. Ich will sie unterdrücken. So, wie ich es schon seit Jahren tue. Aber dieses Mal ist sie so fest. So stark. So zerstörerisch, dass meine Kehle wie von selbst zu schluchzen beginnt. Diese Stimme ist mein Gewissen.

Der wahre Grund, warum mir dieses Krankenhaus Angst macht, ist meine Erinnerung an die Nacht, in der Marra starb. Ich rannte zu meinem Varra, aber er war schon nicht mehr von dieser Welt, also nahm ich Jarrusch aus seiner Nische. Er war so laut. So verdammt laut und er wollte nicht aufhören zu schreien. Angst hatte jede Faser meines Körpers erfasst. Immer wieder habe ich ihm zugeflüstert, er müsse still sein. Aber er hörte nicht. Und er hörte einfach nicht auf zu schreien, bis ich ihm den Mund zuhielt und ihn am liebsten nie wieder losgelassen hätte.

Die Bilder prasseln auf mich ein und zerreißen mein Herz. Und mit einem Mal begriff ich, dass ich ihn beinahe umgebracht hätte, und ich rannte los. Ich rannte stundenlang mit Jarrusch in meinem Arm, bis ich hier am hospital ankam. Ich legte meinen kleinen Bruder vor der Tür ab und ging wieder den ganzen Weg zurück nach Hause.

Varra saß in der Hütte und fragte nicht einmal, wo sein Sohn war. Erst da begriff ich, was ich getan hatte, und lief zurück, um meinen kleinen Bruder zu holen. Jarrusch lag noch da. Eingewickelt in sein Tuch und still. Er schlief, müde vom Weinen. Und da schwor ich mir, ihn nie wieder im Stich zu lassen.

Das ist es, was ich nie jemandem erzählt habe. Aber das macht mich nicht unehrlich. Dieses Geheimnis gehört nur mir.

Ein Klopfen reißt mich aus meinen Gedanken. Ich räuspere mich, sehe auf und erblicke Keeran, der mächtig und düster im Türrahmen steht. Er sagt nichts, tritt einfach nur ein, schließt die Tür und lehnt sich mir gegenüber an die Wand.

»Ich …« Ich versuche gegen die Furcht und Schuld in mir anzukämpfen. »Hast du mitgehört?«, frage ich ihn, als hätte ich die Geschichte meines schlimmsten Fehlers laut erzählt. Keerans dunkle Augen ruhen nachdenklich auf mir, bevor er nickt und über mir an die Wand starrt.

»Ich …«, versuche ich mich an einer Erklärung, kurz bevor mich sein Blick wieder trifft.

»Es ist mir egal, woher du kommst oder was du in einem schwachen Moment getan hast, Sari.«

Ein Brennen durchzuckt meinen Körper. Es wandert von meinem Herzen meine Kehle hinauf, die sich bitter zusammenzieht.

»Es zählt nur, wer du bist. Und ich weiß, dass du mich jedes Mal gerettet hast, wenn ich verloren war.«

Ich lache matt. »Du hast *mich* gerettet«.

»Vielleicht hat genau das auch mich gerettet.« Seine Stimme ist rau. Die Schreie, die ich im Tempel von Muri in seiner Seele gehört habe, haben also seinen Mund verlassen und seine Kehle verwundet. »Manchmal habe ich das Gefühl, als würde diese Geschichte niemals enden. Als wäre ich dazu verdammt, dein Herz zu brechen. Und selbst wenn es gebrochen ist, glaubst du immer noch an mich. Mit jedem seiner gebrochenen Teile.«

Ich atme schwer und sehe ihn mit trauriger Seele an. »Du erinnerst dich nicht an mich, Keeran. So wie du dich auch nicht an Alishan erinnert hast, und doch wusstest du, dass du sie liebst.«

Das Schwarz seiner Augen funkelt, als ich ihren Namen nenne.

»Ich erinnere mich an dich, Sari«, raunt er und beugt sich ein wenig vor.

Er stützt seine Ellbogen auf die Knie und mein Blick fällt auf seine Hände, die mit schwarzen Adern übersät sind.

»Für diese Erinnerung muss ich nicht jeden einzelnen Moment in mir tragen, den wir zusammen erlebt haben. Meine Seele und mein Herz erinnern sich.«

»Und was sagen sie dir, wer ich für dich bin?«, frage ich mit einem freudlosen Lächeln.

»Ich erinnere mich an dich, weil meine ewige Einsamkeit eines Tages verschwunden ist. Du hast sie vertrieben.«

Er seufzt und lacht dann, bevor seine Augen wieder auf mir landen. »Einsamkeit, Sari, ist das Einzige, woran ich mich schon mein Leben lang erinnere«, fährt er fort. »Es ist, als wäre sie mein ständiger Begleiter. Als wäre sie keine Erinnerung, sondern ein Gefühl, das genauso da ist wie meine Hände oder meine Sinne.«

»Aber kennen wir uns überhaupt, Keeran?», frage ich ihn. »Kennst du Medisa und Red nicht viel besser? Warum haben sie dir dieses Gefühl nie gegeben?«

»Der Monarch schenkte mir etwas, als er mich einsperren ließ«, sagt er verächtlich. »Es war eine Erinnerung an meinen Vater.«

Für den Bruchteil einer Sekunde will ich auf ihn zugehen und ihn in die Arme schließen. Ich weiß genau, wie sehr er sich diese Erinnerung an seine Vergangenheit herbeigesehnt hat. Ich weiß es, und noch so vieles mehr. Ich weiß, dass er mich zu einem besseren Menschen gemacht hat. Nein. Ich bin kein anderer Mensch geworden. Er hat nur das aus mir herausgeholt, was ich schon immer war. Ich weiß, dass er die Welt ganz anders wahrnimmt. Dass er mehr sieht als andere. Ich weiß, dass er nie gefühllos war. Dass er manchmal redet, als käme er aus einer fremden Welt. Als wäre er uralt. Aber ich kenne seine Seele, auch wenn er sie die meiste Zeit versteckt gehalten hat. Ich weiß, dass er vieles getan hat, um andere zu schützen. Auch wenn er selbst es nicht weiß.

»Mein Vater war Kalipar«, sagt er sanft, obwohl er sicher sein kann, dass ich das bereits wusste. »Er hat deine Vorfahrin Emza verraten. Aber er hat sie geliebt. Er hat sie wirklich und aufrichtig geliebt und sie verletzt, um sie zu retten.«

»Und das willst du wiedergutmachen? Mir gegenüber?« Ich spüre Angst, Schmerz und Enttäuschung, und diese Gefühle überfordern mich. Bevor ich Keeran kannte, war alles klar und deutlich gewesen. Wenn ich Zweifel oder Schmerz spürte, habe ich es einfach heruntergeschluckt.

»Nein«, sagt Keeran entschieden und sieht mir tief in die Seele.

»Ich kann meine Gefühle für dich nicht erklären, Sari«, raunt er dann beinahe gebrochen und doch so entschlossen, als wäre er sich nie sicherer gewesen. »Aber was, wenn sie viel reiner sind, wenn sie nicht begründet sind? Wenn ich dich will, auch wenn ich mich nicht an dich erinnere? Wenn ich mich nach dir sehne, auch wenn du nicht mein Schicksal bist? Was, wenn unsere Vergangenheit, unser Erbe keine Rolle spielt und wenn ich mich gegen den Monarchen, gegen das verdammte Schicksal und alle Vernunft dafür entscheide, dich immer wieder zu retten und mich von dir retten zu lassen? Was, wenn ich entscheide, dass ich dich liebe, Sari aus dem Hause Lakar? Wer will sich mir in den Weg stellen? Das Schicksal? Ich werde es mit all meiner Macht zerschlagen. Der Monarch? Ich werde ihn töten! Ich werde alles und jeden aus dem Weg räumen, wenn sie sich zwischen uns stellen. Und dafür brauche ich keine Gründe. Keinen, außer dass ich dich, deine Stärke und jeden Teil deiner Seele liebe.«

Mein Herz pocht laut in meinen Ohren, während er vor mir

auf die Knie sinkt. Ich bin völlig benommen. Es ist, als würden mein Kopf und mein Herz explodieren. Als wäre ich nicht mehr hier auf dieser Welt.

»Frag nie wieder, warum. Würde ich dich aus rationalen Gründen wollen, Sari, dann wäre es nur eine gute Partie. Und keine Liebe.«

»Ich …« Meine Stimme versagt.

Um seine Mundwinkel spielt ein Lächeln.

»Aber …«

»Aber?«, hakt er rau nach.

»Alishan«, flüstere ich, weil ich ihn an sie erinnern muss. Weil ich nicht egoistisch sein darf, wenn ich weiß, dass sein Gefühl ihn gerade trügt, wo er schon so lange eine andere liebt.

»Das war nie ich, Sari. Der Monarch hat dafür gesorgt, dass ich Liebe für sie empfinde.«

»Ich werde ihn töten. Nachdem wir uns all deine Erinnerungen zurückgeholt haben«, flüstere ich und wieder hebt sich sein Mundwinkel. Ich betrachte seine Lippen und seine gerade Nase, diese wunderschönen tiefen Augen, die mir so vertraut sind, und die winzigen Narben, die sich über sein gesamtes Gesicht ziehen. Sie sind ein Teil seiner Vergangenheit, den er immer bei sich tragen wird.

Er hebt mein Kinn ein wenig an und mustert mich ebenfalls. »Ich werde ihn schon allein dafür töten, dass er so etwas Schönes hinter einem Tahill versteckt hat.«

Ich presse die Lippen aufeinander und sehe auf meine goldenen Haare hinab, die auf seinen mit schwarzen Adern bedeckten Arm fallen.

Mein Puls stolpert, als er mir noch näher kommt. Ich will aufstehen, doch er greift nach meinem Arm und zieht mich zurück.

»Du musst schlafen, Sari.«

Meine Kehle brennt, aber ich nicke und sehe ihm stumm dabei zu, wie er sich vorsichtig neben mich legt, ohne mich zu berühren. Und doch fühlt es sich an, als würde die Luft zwischen uns so sehr prickeln, dass ich ihn überall an mir spüren kann. Mein Atem geht schneller. Mein Verstand spielt verrückt. Spielt mir vor, Keeran würde mich mit seinen Fingern liebkosen. Mir langsam über den Hals fahren und immer tiefer.

Ich atme schwer. Mein gesamter Körper brennt vor Verlangen. Schmerz fährt durch meine Schenkel, während seine Finger weiter hinabwandern. Mein Atem geht schneller. Schneller und lauter.

»Sari«, flüstert Keeran neben mir. Seine Stimme lässt meinen Körper beben. Sein Geruch betäubt mich.

»Ich höre deine Gedanken«, sagt er beinahe vorwurfsvoll.

»Bist du das?«, frage ich atemlos, und als sein leises, heiseres Lachen ertönt, weiß ich es. Das hier ist keine Vision, die mir mein Körper vortäuscht. Es ist Keeran. Es ist eine seiner Gaben. Er kann Menschen Dinge fühlen lassen, die nicht echt sind. Aber für diesen Zweck wurde die Gabe sicher nicht erschaffen.

Sanft streicht er mir über mein Knie. Es ist, als würde ich seine Haut spüren – als wäre ich nackt.

»Soll ich aufhören?«

Ich drehe mich um und sehe in seine schwarzen Augen, in denen Begierde steht. Ich sage nichts. Mein Mund ist leicht geöffnet, und immer wieder wandern meine Augen zu seinen Lippen und seiner Hand, die seinen Kopf aufrecht hält. Die andere liegt unschuldig auf seiner Hüfte.

Wieder berührt er mich. Er berührt mich durch seine Macht. Ein Stöhnen dringt aus meinem Mund. Seine Lippen zucken und formen sich zu einem süffisanten Grinsen.

»Soll ich aufhören?«, wiederholt er, während seine Berührung sanfter wird.

Wieder entfährt mir ein Stöhnen. Ich beiße mir auf die Lippe, um ein erneutes Stöhnen zu unterdrücken. Sein Atem beschleunigt sich. Auch sein Mund ist leicht geöffnet, während er mir dabei zusieht, wie ich unter seinen Berührungen die Kontrolle verliere.

»Soll …«, fragt er mit Nachdruck und seine Macht packt mein Bein und beginnt es nach außen zu drücken, »… ich …«, flüstert er rau und berührt mich zwischen meinen Schenkeln. Ich keuche auf, während ich ihn erregt anstarre. »… aufhören?«, beendet er lächelnd seine Frage.

»Nein.«

Mit diesem winzigen Wort bricht seine Mauer. Die Mäßigung, die er meinetwegen aufrechterhalten hat, und er packt mich mit beiden Händen. Ich spüre, wie seine Macht durch meinen gesamten Körper fährt und mich erfüllt. Mich glühen lässt. In diesem Moment existiert nur noch er für mich. Er beugt sich über mich und lässt seine kühlen Lippen auf meine sinken. Seine Hand wandert in meinen Nacken und sein Kuss wird allmählich fester. Seine Zunge kitzelt meine Lippen, bis ich sie an meiner eigenen Zunge spüre. Seine Berührungen brennen auf meinem gesamten Körper, und ich keuche lustvoll auf. Keeran nimmt mich und hebt mich hoch, bis er meinen Rücken gegen die Wand presst und ich meine Beine um seine Hüfte schlinge, um mich festzuhalten. Es ist, als würde etwas in ihm erwachen. Als würde ein Tier aus ihm herausbrechen und sich sein wahres Wesen offenbaren. Als würde all seine Macht ihn beherrschen.

Sein Griff ist fest, als er seine Finger in meinen Nacken krallt und mir in den Hals beißt. Ich greife nach seinem Oberteil und ziehe es ihm über den Kopf, bevor ich überhaupt nachdenken kann. Mein Blick wandert hinab auf seine Brust und ich drücke ihn ein wenig von mir weg, um das Mal des Shadbrig auf seiner Haut mit meinem Finger nachzufahren. Er stöhnt unter meiner Berührung. Sein Körper ist angespannt und sein Schritt pulsiert gegen meine Schenkel. Er ist so verdammt mächtig. Und doch ist er gebrochen. Ich sehe hinauf in sein wildes Gesicht und seine düsteren Augen und küsse ihn wieder.

Er wird sanfter und legt mich schließlich auf den Boden, um meine Stirn zu küssen.

»Wenn das alles vorbei ist, Sari, dann werde ich nicht mehr aufhören, dich zu lieben, und dich mit aller Macht nehmen. Aber nicht jetzt«, raunt er dicht an meinem Ohr und lässt Sehnsucht und Verlangen in mir aufsteigen. »Du bist mehr wert als eine Kellerkammer und Leichen im Nebenraum. Du bist alles.«

»Wird es jemals dazu kommen?«, spreche ich meine größte Angst aus. Nicht, dass mir diese Lust vorenthalten bleibt, sondern dass er vorher sterben könnte. Keeran wurde so lange missbraucht und seiner Identität beraubt. Er wurde so lange benutzt. Wenn der Monarch stirbt und Keerans Erinnerungen mit sich nimmt – was wird dann noch von ihm übrig bleiben? Auch wenn er unsterblich ist, seine Seele wird es nicht überleben.

»Ja, es wird dazu kommen.« Er klingt so überzeugt, dass ich für einen kurzen Moment selbst daran glaube, dass wir alles schaffen können. Dass wir diese Welt ändern können. Dass wir überleben werden, um dann herauszufinden, wer wir eigentlich sind und sein wollen.

KAPITEL 20

Hamza, Passus I Kalipar, Vers 574

Die Menschen auf dem Platz blickten hinauf zu Kalipar. Sie warteten auf seinen Befehl, um sich in den Kampf zu stürzen.

Doch sie alle sahen nicht, dass es nicht die Aussicht auf den Kampf war, die sie stark machte, sondern der Frieden. Ein Frieden, den sie und Kalipar, der Gott des Kampfes, schon seit Langem ersehnten. Eine friedliche Welt zu erschaffen, das war es, wonach er strebte.

Eine leichte Berührung an meiner Wange weckt mich.

»Es dämmert bald, wir müssen uns auf den Weg machen.«

Schläfrig nicke ich Keeran zu und erhebe mich. Red und Medisa stehen schon aufbruchbereit im Flur und mustern uns mit wissenden Blicken.

»Medisa«, sagt Keeran zu ihr und sieht sich lauernd um. »Du musst etwas für mich erledigen, während wir zu den ice montar gehen.« Seine Stimme ist ein verschwörerisches Raunen. »Erinnerst du dich an das, was ich dir als Allererstes gab, damit du es vor dem Monarchen schützt?«

Sie nickt. Sie muss es Keeran wohl zurückgegeben haben, wenn er sich daran erinnert.

»Du musst sie finden und ihnen sagen, dass die Zeit gekommen ist.«

Ich habe keine Ahnung, wovon er spricht, doch Medisa scheint es zu wissen. Sie sieht ihn zornig an, wie ein aufmüpfiges Kind, nickt dann aber.

»Zeig es ihnen«, flüstert er, nimmt ihre Hand und legt sich zwei ihrer Finger an die Schläfe. Wie in Trance sehe ich dabei zu, wie ein leuchtender Faden aus Keerans Kopf auf Medisa übergeht und dann erlischt.

Sein Blick wird ein wenig härter, als die Erinnerung ganz aus seiner Seele verschwunden ist.

»Geh!«, sagt er herrisch.

Medisa wirft mir einen entschlossenen Blick zu und rennt dann los.

»Wo hast du sie hingeschickt?«, fragt Red mit belegter Stimme.

»In meine Vergangenheit«, gibt Keeran knapp zurück. Dann wendet er sich ab und wir machen uns auf den Weg, in Richtung Norden zu den blauen Eisbergen von Emza. Sie sind nicht weit vom hospital entfernt.

Mein Magen verkrampft sich und meine Kehle brennt, je kälter es wird. Mein Schicksal und das der Königreiche rückt immer näher. Wenn ich es nicht schaffe, das gesamte Königreich Emza wiederzuerwecken, haben wir gegen die Armee des Monarchen keine Chance.

Ich balle meine Hände zu Fäusten. Zu viele Dinge könnten schiefgehen. Was, wenn es mir gelingt, aber wenn die Wesen des blauen Eises mir nicht folgen wollen?

»*Stasis es lifere*«, flüstere ich den Leitsatz des Königreichs,

»*Stillstand ist Leben*«. Das Wappen der Emza auf meinem Unterarm glüht kaum merklich. Ich ziehe den Stoff ein wenig nach oben und mustere es. Die zwei halben Ziffernblätter, die in verschiedene Richtungen zeigen, und die drei Pfeile nach oben. Der mittlere deutet auf das Unendlichkeitszeichen. Der linke zeigt auf das p, das für *purhat,* das reine Herz, steht, und der rechte auf ein r wie *ris* für die Auferstehung. Drei Dinge, die ich in wenigen Stunden, vielleicht nur Minuten dringend brauchen werde.

Mein Blick wandert hinab auf die drei Striche, die nach links auslaufen, und auf den einzelnen rechts. Ich habe mich schon immer gefragt, warum das Mal der Göttin dieses Ungleichgewicht darstellt. Heute bin ich mir fast sicher, dass der einsame Strich für Emza steht und die drei anderen für die übrigen Götter.

Aber Emza ist nicht länger allein. Ihre Nachfahrin und der des Kalipar sind nicht mehr getrennt. Zumindest diesen Kampf werden sie gemeinsam kämpfen.

»*Stasis es lifere*«, wiederhole ich. Vielleicht wollte Emza damit ja nicht sagen, dass nur Stillstand Leben bedeutet, wie alle glauben. Vielleicht existiert in diesem Stillstand vielmehr Leben, das irgendwann erweckt werden muss.

»Denkst du, ich habe ein reines Herz?«, frage ich Red. Keeran ist ein Stück vor uns zwischen ein paar Bäumen hindurchgegangen, um zu überprüfen, ob irgendjemand in der Nähe ist.

Red wirft mir einen verständnislosen Blick zu, seine Hände ruhen auf dem Waffengurt vor seiner Brust.

»Ich glaube, dass niemand ein reines Herz besitzt. Aber wenn jemand nah drankommt, dann du.«

»Warum?«, frage ich unsicher. »Wegen Jarrusch?« Ich sehe zu Boden. Auch meinem Bruder habe ich etwas Schreckliches angetan.

Red lacht und schüttelt den Kopf. »Nein, nicht wegen Jarrusch. Er ist nun mal dein Bruder und damit auch deine Verpflichtung. Du hast sie angenommen und dich um ihn gekümmert, wie eine Mutter es tun würde. Das macht kein reines Herz, sondern Liebe aus.«

Er sieht mich an. Das Rot seiner Augen glüht. »Du wirst nicht von Rache geleitet, Sari. Keeran hat dich verraten und du hast ihm dennoch das Leben gerettet.«

»Ich will den Monarchen töten. Am liebsten würde ich ihm den Kopf abschlagen«, gebe ich zu.

Red hebt die Brauen und verzieht das Gesicht. »Und wann hast du dich dafür entschieden? Als er dir deine Mutter nahm? Als er dir ein Tahill umlegte und dich namenlos und klein machte? Als er dich steinigen ließ? Als er dich immer wieder herausforderte, um dich zu brechen?«

Ich verenge meinen Blick und versuche darüber nachzudenken, in welchem Moment ich entschieden habe, ihn zu töten.

»Als er Jarrusch zu sich holte und mit Keerans Vergangenheit spielte«, flüstere ich heiser.

»Siehst du. Du willst ihn nicht aus Rache töten.« Red kommt einen Schritt auf mich zu und legt behutsam seine Hand auf meine Schulter. »Du willst ihn umbringen, damit er nie wieder jemandem etwas antun kann und damit Jarrusch, Keeran und unsere Königreiche frei sind. Nicht, um dich zu rächen.«

»Woher weißt du das?« Ich trete ein paar Steine weg, die vor mir auf dem Waldweg liegen.

»Ich war einmal wie du, Sari. Bis ich mich dazu entschlossen habe, meinen Vater so zu bestrafen, wie er auch andere Menschen bestrafte.«

»Und du wolltest es nur aus Rache tun?«

Er verfolgt mit seinem Blick die fliegenden Steinchen vor mir und lächelt. »Zuerst nicht. Aber als ich ihn mit den Gaben tötete, die Keeran mir genannt hatte, und als mein Bruder an seiner Stelle unser Familienoberhaupt wurde, wusste ich, dass ich nichts verändert hatte. Ich habe meinen Vater bestraft, weil er anderen Menschen Schlimmes zugefügt hat.« Red seufzt leise. »Ich bereue es nicht. Versteh das nicht falsch. Aber es war ein Akt der Rache. Ich habe mich für das gerächt, was er auch mir angetan hat.«

Red lächelt wieder. »Mehr als die Zeit, die Medisa, Keeran und ich schon miteinander verbracht haben, verbindet uns die Vergangenheit. Medisa hat ihren Vater nicht getötet, um freizukommen, sondern ebenfalls aus Hass und Rache. Und seit ich denken kann, will Keeran sich an den Königen und an dem Monarchen rächen. Aber du bist anders. Und das ist gut so.«

Keeran tritt vor uns durch die Bäume und gibt uns ein Zeichen, woraufhin wir schweigend weitergehen. Mein Herz fühlt sich stärker an. Red hat mir Zuversicht gegeben, weil er mich sieht, wie ich bin.

Ich bekomme die Meilen, die wir zurücklegen, kaum mit, bis ich die Eisberge vor mir sehe und ehrfurchtsvoll stehen bleibe. Angst überkommt mich. Ich habe Angst zu versagen, aber auch vor dem, was mich erwartet. Ich fürchte mich vor den uralten Wesen und vor meinem Erbe. Wenn ich diesen Schritt gehe, kann ich nie mehr zurückkehren.

»Sari?« Keeran nähert sich mir vorsichtig, als wäre ich ein angeschossenes Tier.

Ich nicke, bevor er mich berühren kann. Das hier muss ich allein bewältigen.

Mein Herz pocht laut und entschlossen, als wollte es mir die

Sicherheit geben, die mir fehlt. Als wäre alles, was vor mir liegt, tief in meinen Genen, in meinem Erbe verankert.

Ich nähere mich dem Gebiet, das von Schnee bedeckt ist. Zerklüftete Eisberge ragen vor mir auf. Sie glänzen bläulich wie Diamanten in der aufgehenden Sonne.

»*Emza, gib mir die Kraft deines blauen Eises*«, flüstere ich einen Teil des Gebetes, das meine Marra mir beigebracht hat.

Langsam gehe ich in die Knie, schließe meine Augen und lasse ein paar Sekunden lang den reinen, eisigen Wind über mein Gesicht streichen, bevor ich meine Augen wieder öffne. Ich spüre, dass sie nicht mehr golden sind. Jetzt bin ich das, was Jarrusch schon immer in mir gesehen hat – eine Göttin. Die Göttin des blauen Eises, das nun in meinen Iriden lebt. Meine blassen, schmalen Finger senken sich und blaues Licht umhüllt sie. Es fährt in meine Adern und lässt sie golden aufleuchten. Ich bin nicht Emza. Ich bin auch keine Arasá und keine Albin. Ich bin Sari.

Als meine Finger den Schnee berühren, wird mein Körper warm, und eine unbändige, tödliche Macht fließt durch mich hindurch. Der Boden unter mir wird zu Eis, und es wandert bis zu Keeran und Red hinüber, zu den grünen Bäumen, die ihr Leben lassen und erstarren.

Ein Kampf tobt in mir. Ich hätte es wissen müssen. Ich hätte vorhersehen müssen, dass in mir zwei Erben gegeneinander kämpfen werden. Aber sie sind nicht ich. Sie entscheiden nicht über diese Welt.

Ein Stöhnen entfährt mir, als ich zu kämpfen beginne. Jeder Muskel meines Körpers spannt sich schmerzhaft an.

»Nein!«, fauche ich die bösartige Macht in mir an. »Es ist mein Leben. Meine Entscheidung.«

Ein Schrei dringt aus meiner Kehle und ich lasse alles los. Ich lasse meine Vergangenheit gehen. Mein Körper bebt vor Macht. Er schüttelt sich und meine Finger stechen und brennen. Blaues Licht erfüllt die Welt um mich herum. Licht, Tod und Leben.

Mein Verstand wird in einen Strudel aus Bildern gerissen. Mein Herz klopft laut. Und dann taucht sie vor mir auf – Emza. Ihr Blick ist kühl auf mich gerichtet.

»Du bist meine letzte Nachfahrin«, stellt sie fest und legt den Kopf ein wenig schief, um mich zu mustern.

»Du musst mir helfen!«, rufe ich ihr verzweifelt zu. Denn das hier kann ich nicht allein schaffen.

Sie verzieht den Mund und tritt zu mir. Ihr langes, blaues Kleid schleift lautlos über den Boden, und erst jetzt bemerke ich, dass wir auf einer grünen Wiese stehen. Wie bin ich hierhergekommen? Und warum begegne ich ihr ausgerechnet hier?

»Gute Frage. Das hier ist meine kleine Oase. Ich bin die Göttin des Lebens«, beantwortet Emza meine Gedanken.

»Und warum hast du alles eingefroren?«

Statt einer Antwort streckt sie ihre Hand aus und hilft mir aus der Hocke hoch.

»Komm mit mir, Sari«, haucht sie mit ihrer melodischen Stimme und zieht mich über die grüne Wiese, zwischen Trauerweiden und Biraks zu einer kleinen Wasserstelle. Das Wasser glitzert so wunderschön, dass ich mich einen Moment lang darin verliere.

»Auch diesen kleinen See habe ich eingefroren«, sagt sie und kniet sich an das Ufer. Ihre Finger schweben über der Wasseroberfläche und ziehen kleine Kreise, die langsam größer werden.

»Ich habe keine Zeit«, dränge ich sie, doch sie klopft nur sanft neben sich auf den Boden.

Ich gehorche und setze mich.

»Hier vergeht die Zeit nicht, Sari. Das ist die Quelle des Lebens und des Stillstands«, sagt die Göttin.

»Warum bin ich hier?«

»Du bist die erste Nachfahrin, die meine Kraft wirklich nutzt. Ich habe euch alle beobachtet und über euch gewacht. Du hast mich zu dir gerufen. Also bin eigentlich ich diejenige, die dir diese Frage stellen sollte: Warum bist du hier?«

»Ich muss das Königreich Emza aus seiner Starre lösen«, erwidere ich.

Die Göttin hebt entzückt ihre Brauen. Ihr Blick fällt auf meine schwieligen schmalen Finger. Fast als wäre sie sich sicher, dass diese Hände keine große Macht besitzen.

»Das war mir bewusst«, sagt sie weise.

»Werde ich es schaffen?«

»Natürlich.« Sie legt mir behutsam ihre Hand auf die Schulter. Wärme und Sicherheit fließen durch meine Adern.

»Warum bin ich dann hier?«

Sie hebt ihre Schultern und sieht mich nachdenklich an. »Diese Frage kannst du dir nur selbst beantworten, Sari aus dem Hause Lakar.«

Ich atme tief ein, um nicht die Beherrschung zu verlieren.

»Wir müssen Marruk Karis töten«, sage ich zu ihr. »Wir müssen die Königreiche befreien.«

Die Göttin nickt und sieht wieder auf das Wasser.

»Aber mein Herz sagt mir, dass wir in Gefahr sind. Dabei sind wir doch unsterblich!«, sage ich verzweifelt.

Die Göttin lächelt und streicht mir stolz über die Wange. Beinahe wie eine Mutter, die ich nie hatte.

»Einzelne Passagen wurden aus der Hamza gestrichen, Sari. Das weißt du, denn du siehst die Wahrheit der Dinge. Du siehst die Vergangenheit, die Gegenwart und die Zukunft. Aber das Wichtigste hast du noch nicht gesehen.« Sie macht eine kurze Pause und lässt ihren Blick über den kleinen Teich zu einem Wasserfall dahinter gleiten. »Es gibt Textstellen, die gestrichen wurden, als wir längst nicht mehr existierten, weil die Menschen sich ihren Glauben gern so zusammenbasteln, wie sie ihn brauchen. Aber es gibt auch einen Teil der Überlieferung, den wir Götter selbst vernichtet haben.«

Ich blinzle irritiert und sehe sie auffordernd an. »Welchen Teil der Überlieferung meinst du?«

Emza lächelt wieder und deutet dann auf den kleinen See. »Finde es heraus, Sari. Du bist stark. Du hast ein reines Herz und du trägst die Unendlichkeit in dir. Finde es heraus.«

Sie steht auf und geht um das Ufer herum in Richtung Wald. Ich will ihr hinterherrufen und sie aufhalten. Aber mein Mund ist taub und meine Lippen beben so sehr, dass ich kein Wort herausbekomme.

Meine Augen wandern zu der Wasseroberfläche, und bevor ich darüber nachdenken kann, lege ich ganz sanft meine Finger darauf, spüre die Kühle und lasse meinen Geist treiben. Mein Herz. Meinen Körper. Ich spüre die Wahrheit in all dieser Schönheit. Ich sehe das Leben, das diese Quelle spendet, aber auch den Tod, den sie bringt.

»Sie kann uns töten«, flüstere ich stotternd und fassungslos. Die Quelle sorgt dafür, dass wir dem ewigen Gesetz des Lebens ausgeliefert sind.

»Wenn ich das Königreich Emza erwecke, sind wir dann sterblich?«, rufe ich zu der Göttin hinüber, die jetzt neben einer der Biraks steht und ihren Stamm sanft, fast liebevoll berührt.

»Leben existiert nur zusammen mit dem Tod, Sari«, haucht sie.

»Es war schön, dich kennenzulernen. Mein eigenes Kind durfte ich nur ein einziges Mal im Arm halten.«

Mit diesen Worten verschwindet sie hinter den Bäumen, als wäre sie ein Teil des Windes und würde davonwehen.

Ich schließe resigniert meine Augen, und als ich sie wieder öffne, starre ich erneut auf die hohen Eisberge, deren Eis allmählich verschwindet. Es weicht zurück, bis der gesamte Berg nackt und grau vor mir liegt und sich wunderschöne Pflanzen darauf bilden. Der Berg erwacht zum Leben. Ich starre ehrfürchtig auf das Land der Emza. Nein – auf *mein* Land. Auf mein Königreich.

Ich werde auch die Quelle des Lebens erwecken. Und sie wird uns sterblich machen. Keeran, Alishan, mich und den letzten Erben des Tunis. Aber ich habe eine Entscheidung getroffen. Ich bin mächtig. Und wir werden alle leben. Durch meinen Körper fließt eine Macht. Nicht die meiner Vorfahrin. Nicht die meines Vorfahren. Nein, es ist meine eigene Macht. Eine Macht, die sie beide vereint.

Etwas löst sich aus dem Felsen über mir, wie ein riesiger Stein, der herunterbrechen will. Doch bevor er bei mir landet, falten sich majestätische Flügel heraus und ein riesiger Vogel erhebt sich in die Lüfte. Es ist ein uralter Flugsaurier mit dem Körper eines Adlers. Hinter ihm brechen weitere Vögel aus dem Gestein und fliegen über mich hinweg. Sie kreisen über mir. Aber nicht weil ich ihre Beute bin, sondern ihre Herrscherin. Ich blinzle gegen das Licht der Sonne an, um die Schönheit der Natur zu betrachten. Das herrliche Königreich Emza, das viel zu lange im Stillstand verharrte.

Weitere Tiere kommen von allen Seiten auf mich zu. Sie fliegen oder klettern über die Berge von Emza, bis sie vor mir innehalten und sich auf den Boden legen. Eislöwen, deren Fell nun golden glänzt. Saurier und weiße Wölfe, die in Rudeln zu mir traben.

Das hier ist die neue Welt. Die alte Welt. Und die Gegenwart.

Als ich es begreife, drehe ich mich zu Keeran und Red um, die alles um uns herum mit aufgerissenen Augen beobachten. Und dann begegne ich dem dunklen Blick des Schattenbringers, der mir so vertraut ist. Es liegt so viel Liebe und Anerkennung darin, dass ich lächeln muss.

»Wir können Karis besiegen«, flüstere ich und Keeran nickt, während er die zahlreichen Tiere betrachtet, die sich wie eine Armee vor mir versammelt haben.

»Wir werden am gat te das erwartet«, sagt er und streckt seine Hand nach mir aus. Das Tor des Todes. Unser letztes Ziel.

Gestärkt durch meine Macht und all die Wesen, deren Herrscherin ich nun bin, gehe ich zu Keeran, ergreife seine Hand und nicke ihm selbstsicher zu.

Nun tritt Red zu uns, der sich im Hintergrund gehalten hat.

»Da gibt es noch etwas«, sage ich zu den beiden und beiße mir unruhig auf die Unterlippe. »Ich bin Emza begegnet und … In ihrem Königreich gibt es die Quelle des Lebens, die uns sterblich macht …« Ich deute auf das blühende Land vor uns. »Ich habe diese Quelle und das alles hier erweckt.«

Keeran sieht mich an, als würde er überlegen, was das zu bedeuten hat. Dann nickt er und drückt meine Hand fester. »Es geht also endlich um Leben und Tod«, raunt er mit einem süffisanten Lächeln auf den Lippen und nickt mir zu.

»Aber wollen wir wirklich mit dieser Armee hier gegen den Monarchen kämpfen?«, sagt er, während er kurz zu den Tieren hinüberblickt.

»Diese Tiere sind mächtig. Sie können uns helfen«, sage ich, viel zu unsicher, dafür, dass wir den mächtigsten Mann dieser Welt besiegen wollen.

»Ist euch klar, dass wir nicht nur gegen ihn kämpfen werden, sondern gegen alle Phantome und Wachleute, die ihm gehorchen?«, sagt Red.

»Sollen wir ihn etwa weiter gewähren lassen?«, erwidert Keeran wütend. »Wir haben nur diese eine Chance. Am gat te das sind wir dem Tod so nah, dass unsere Macht geschmälert sein wird. Aber auch der Monarch ist dort geschwächt.« Keeran fährt sich durch sein dunkles Haar. »Wir bräuchten mehr Vorbereitung und eine noch größere Armee. Aber das haben wir nicht. Und das werden wir auch nie haben, wenn sich diese Welt nicht ändert.«

»Marruk Karis wird Jarrusch töten, wenn er den letzten Erben gefunden hat, und uns einsperren«, sage ich mit fester Stimme, obwohl ich am liebsten wegrennen würde.

»Wenn wir am Tor ankommen, wird dort gerade die letzte Prüfung stattfinden«, erwidert Red.

»Was müssen die Phantome dabei machen?«, frage ich und spüre eine Art Wehmut in mir, weil ich diese Prüfung nun nicht antreten werde. Dabei sollte ich eher Erleichterung oder Freude empfinden. Auch wenn ich mich mein Leben lang genau auf diese Prüfung vorbereitet habe.

»Sie müssen sich von ihren Vorfahren verabschieden«, antwortet Keeran.

Ich blicke gen Südwesten, wo sich das Tor befindet. »Das ist alles?«

»Ja, aber es ist nicht leicht. Unterschätze die Liebe nicht, die sie immer noch für ihre Vorfahren empfinden.«

Ich nicke und sehe mich um. »Wo ist Medisa?«

»Sie versucht noch von anderer Seite Hilfe zu holen«, sagt Keeran nachdenklich.

»Und wenn sie keine findet?«

»Dann müssen wir uns mit deinen Tieren zufriedengeben.« Er grinst.

»Ich bin auch noch da«, meldet sich Red zu Wort und deutet siegessicher auf sein Schwert, das in seinem Gürtel steckt. »Ich werde diesen Bastard umbringen, wenn keiner von euch sich traut.«

Keeran lacht leise und schüttelt den Kopf. Er kommt mir auf einmal so nah, dass meine Haut zu kribbeln beginnt. Ich habe keine Ahnung, wann oder warum ich mein Herz an ihn verloren habe. Er hat mich verletzt, mich verraten und geglaubt eine andere zu lieben. Und doch hat er mir sein Vertrauen geschenkt.

»Wir werden ihn besiegen«, sagt er jetzt grimmig. »Ihr nehmt die Tiere mit, und wenn wir am *gat* sind, bleibst du immer bei Red, Sari. Er wird dich beschützen.« Keeran deutet auf den roten Wald, res fore, der die Eisberge vom Königreich Tunis trennt.

»Und was wirst du tun?«, frage ich ihn.

»Ich hole Jarrusch, bevor wir den Monarchen angreifen. Koste es, was es wolle.«

Ich nicke und schlucke bitteren Speichel. Keeran hat recht. Der Monarch würde Jarrusch sonst als Schutzschild benutzen oder ihn töten. Und das müssen wir verhindern.

Ich befehle den Tieren in Gedanken, mit uns zu kommen, und sie folgen uns. Sie halten Abstand, während wir den Pfad der Phantome entlanggehen. Fünfzig Tage ist es her, dass mich ein Karren genau hier in diesen Wald gebracht hat. Zu einem Lauf, der mich und alles verändert hat.

Nachdem wir eine Weile durch den Wald gegangen sind, erscheint Aradas mit zwei weiteren Greifen am Himmel.

»Meras!«, stößt Red atemlos hervor und rennt auf einen der Greife zu, die neben uns auf dem Pfad gelandet sind. Er legt seine Hand behutsam auf den Kopf des Tieres.

»Ist das dein Greif?«, frage ich.

»Ja«, sagt er voller Zuneigung in der Stimme, während er das Wesen streichelt. »Wir haben uns einen blutigen Kampf geliefert«, sagt er und klopft ihm sanft gegen sein Gefieder. »Sieht so aus, als hätten wir einen schnelleren Weg gefunden, um zu dem Tor zu gelangen …«

Ich nicke und schaue mich ein letztes Mal um. Rechts von uns muss das Erdreich des Todes liegen und geradeaus, irgendwo in der Ferne, Raccara, die Hauptstadt von Tunis. Am Rand von Raccara liegt die biblio te hamza, von wo aus die Phantome zum gat te das gebracht werden, das noch weiter westlich liegt.

Ich verschließe meine Gedanken und schwinge mich auf Aradas, der kampfbereit aufschreit und mit seinen riesigen Flügeln schlägt. Rasch erheben wir uns in die Lüfte und ich kann den res fore unter mir erkennen. In diesem Wald hat alles angefangen. Und jetzt lasse ich ihn und den Lauf hinter mir zurück.

Ich habe the Run bestanden. Auch ohne das Mal der Arasá, denn ich trage ihre Werte schon lange in meinem Herzen.

In der Ferne sehe ich den gigantischen roten Palast von Raccara, und dann erkenne ich auf einmal das riesige schwarze Tor des Todes. Es steht auf einem Platz voller Grabsteine. Manche Angehörige stellen hier ein Andenken an die Toten auf, die in Tunis' Reich gezogen sind.

Ich blicke wieder zum Tor hinab, der Monarch und die Phantome sind noch nicht dort eingetroffen. Anscheinend sind wir schneller gewesen. Jetzt haben wir die Möglichkeit, sie in einen Hinterhalt zu locken.

Als wir landen, umgibt Keeran dichter schwarzer Nebel. Seine Mächte erdrücken mich beinahe, so greifbar sind sie.

Die Stille hier ist übermächtig. Was hat der Monarch vor? Wo ist er, und wo ist seine Armee? Wo sind die Phantome? Mein Blick wandert zum Tor. Seine Gitterstäbe sehen aus wie versteinerte Wesen, die qualvoll ihr Gesicht verziehen. Es sind Nachbildungen von Geistern.

Plötzlich höre ich Schreie, laute entsetzliche Schreie, und der Geruch von Blut weht zu mir, bevor ich hinter dem Tor den Monarchen und eine Armee seiner Wachleute erkenne.

Ich weiche einen Schritt zurück und wäre beinahe über einen Stein am Boden gestürzt, wenn Keeran mich nicht aufgefangen hätte.

»Das …«, stammle ich, als Angst und Panik meine Glieder erfassen. »Das schaffen wir niemals.«

»Ich habe noch eine kleine Überraschung für dich, Prinzessin«, raunt Keeran ganz dicht an meinem Ohr. Seine Stimme klingt selbstsicher und entschlossen. »Es ist hilfreich, der Erstgeborene eines Gottes zu sein. Denn mich kann selbst die Nähe des Todes nicht schwächen.« Dann küsst er mich in den Nacken und geht, umhüllt von seinen Schatten, an mir vorbei, dem Monarchen entgegen.

»Keeran!«, rufe ich ihm hinterher, als er bedächtig und gefährlich, ummantelt von seinen Schatten, auf das Tor zuschreitet, aber Red hält mich auf.

»Er weiß, was er tut, Sari.«

»Das weiß er nicht!«, fauche ich. Ich habe Angst um Keerans Leben.

»Oh doch«, lacht Red. »Du hast keine Ahnung, wie mächtig er wirklich ist.«

Ich balle meine Hände zu Fäusten. In diesem Moment hebt Keeran mit einer lässigen Bewegung seine Hand und der Himmel verfinstert sich. Schwarzer Nebel kriecht über den Boden und Dunkelheit erfüllt die Luft. Der Monarch bleibt dicht neben dem Tor stehen und schickt seine Wachen voraus.

»Wüsste ich es nicht besser, würde ich glauben, Keeran ist Kalipar höchstpersönlich«, sage ich zu Red und gebe dann einigen von den Tieren den Befehl, dem Schattenbringer zu folgen.

»Keeran ist mächtiger als Kalipar, Sari«, erwidert Red. Aber auch er sieht angespannt zum Tor.

Als ich mich genau wie Keeran in den Kampf stürzen will, hält Red mich auf und sieht mich fest an.

»Ich würde für dich in den Tod gehen, Phantom aus dem Hause Lakar.«

Meine Lippen beben. »Und ich für dich.«

Er lächelt. Das hier zwischen uns macht den Mord an seiner Mutter nicht ungeschehen. Aber es zeigt, dass sich die Dinge ändern können. Dass sich Menschen finden, wenn es ihr Schicksal ist. Auch wenn sie ein grausames Schicksal zunächst entzweit hat.

Wir rücken alle auf das Tor zu. Meine Brust wird eng und meine Sicht verschwimmt immer wieder, als wären es die Toten selbst, die meinen Verstand benebeln.

»Sari?« Red sieht mich besorgt an.

»Nein!«, rufe ich voller Angst, als kalter Schweiß meinen Körper bedeckt und unsichtbare Mächte mich bedrängen. Ich versuche mich gegen die Bewusstlosigkeit zu wehren und gegen die Toten. »Sie kämpfen für den Monarchen«, wispere ich, während ich zu Boden stürze.

Red fängt mich auf, aber es ist zu spät. Grausame Stimmen

nehmen mir all meine Kraft und meinen Willen. Wie damals im soiel te das.

»Sari!«, schreit Red und schüttelt mich.

Und dann ist er verschwunden und ich starre in Tausende bleiche Gesichter. Gänsehaut überzieht meinen Körper, als ich sie erkenne und begreife, dass das hier Tote sind. Ihre Gesichter sind zu grausamen Fratzen verzogen. Sie schweben über dem Boden und halten Waffen in ihren Händen, mit denen sie mich umbringen wollen.

»Nein!«, schreie ich wieder und versuche zu Red zurückzugelangen. Zurück in das Reich der Sterblichen. Denn das hier ist eindeutig die Unterwelt.

Ich weiche zurück und warte darauf, dass sie mich angreifen. Aber sie rühren sich nicht. Ihre Stimmen erfüllen meinen Kopf.

»Was wollt ihr von mir?«, rufe ich entsetzt.

Einer von ihnen bewegt sich. Ich strecke ihm mein Schwert entgegen. Meine Hand zittert. Mit einer kleinen Bewegung schleudert der Tote mein Schwert weg und rammt mir seinen Dolch in den Unterleib. Unsägliche Schmerzen erfüllen meinen Körper. Der Tote wirkt erleichtert, seine Gesichtszüge nehmen Formen an, doch als er beinahe menschlich aussieht, verschwindet er in die Welt der Sterblichen.

Ich bin vor Schreck wie gelähmt, sodass ich erst als der Schmerz wieder einsetzt, begreife, dass ein weiterer Geist auf mich eingestochen hat. Auch er wird menschlich und geht durch das Tor zu den Sterblichen. Panik erfasst mich. Das darf nicht passieren. Sie nehmen mein Leben und meine Macht, um für den Monarchen zu kämpfen. Ich rapple mich auf, um mich zu wehren. Aber vergeblich – es sind zu viele. Einfach zu viele.

KAPITEL 21

KEERAN

Red schreit meinen Namen. Verflucht. Ich presse meine Lippen aufeinander und drehe mich um. Der Monarch hat sich weit hinter dem Tor zurückgezogen und seine Wachen kommen unerbittlich näher. Sie haben unsere merkwürdige Armee schon fast erreicht.

Ich schieße ihnen schwarze Schatten entgegen, das wird sie einen Moment aufhalten. Und dann renne ich zu Red, der wenige Meter vor dem Tor vor Sari kniet.

»Sari!«, stoße ich hervor und falle auf meine Knie. Starre auf ihren blutenden Unterleib. »Was ist passiert?«, frage ich Red und meine Stimme überschlägt sich.

»Sie hat das Bewusstsein verloren, und dann …«

Saris Körper zuckt zusammen und eine weitere Wunde gräbt sich in ihren Bauch. Ich lege meine Hände darüber und versuche sie zu heilen. Aber es gelingt mir nicht.

Alles in mir gefriert zu Eis. Ich kann mich kaum bewegen, bis Red mich aus meiner Starre holt.

»Was passiert mit ihr?«, fragt er entsetzt.

Ich schlucke schwer und versuche mich irgendwie zu beruhigen. Wenn ich sie verliere, verliere ich alles.

»Ich habe keine Ahnung«, erwidere ich, während ich ihren schmächtigen Körper und ihre goldenen Haare betrachte.

»Sari!«, flüstere ich und versuche zu ihr durchzudringen.

Ihre Lider flattern, und dann zuckt ihr Körper wieder.

»Sari!«, knurre ich, packe sie und schüttle ihren Körper.

»Sie wird sterben!«, ertönt Reds panische Stimme.

Meine Augen wandern zum Tor, das so verdammt nah ist. Die Wachen sind nun nur noch wenige Meter entfernt. Ihre grimmigen Fratzen sehen bedrohlich aus. Wir haben keine Zeit mehr.

Unruhig balle ich meine Hände zu Fäusten und versuche zu verstehen, was hier gerade mit Sari passiert. Und da fallen mir die Stimmen ein, von denen sie mir im Erdreich des Todes erzählt hat. Was, wenn diese Toten sie zu sich genommen haben? Was, wenn sie durch ihr göttliches Erbe auch einen Zugang zur Unterwelt hat?

Als Sari erneut zuckt und ein Stöhnen aus ihrer Kehle dringt, fällt mein Blick auf einen Mann, der wenige Meter entfernt aus dem Nichts erscheint. Er sieht alt und geschwächt aus, aber er hält ein Schwert in der Hand, kampfbereit.

»Marruk holt Tote aus der Unterwelt zu Hilfe«, stammele ich voller Schrecken.

»Was?« Red starrt mich unsicher an.

»Nimm Sari und verschwinde!«

Ich beuge mich zu ihr und küsse ihre Wange. Dann stehe ich auf und hebe meine Hand. Ich lege all meine Angst und den Hass in diesen einen Schlag und schneide dem toten Mann vor uns den Kopf ab. Mit nur einer winzigen Handbewegung. Nur mit der

Gabe des Windes, die Sari mir genannt hat. Das Mal auf meiner Haut glüht kurz auf, bevor es verglimmt und ich wieder zu Red sehe.

»Bring sie weg vom Tor!«

Meine Worte dulden keinen Widerspruch, also nimmt er sie auf seine Arme und rennt los. Wenn wir Glück haben, wird sie wieder aufwachen, sobald sie weit genug entfernt ist.

Ich kann die Wut in mir kaum bändigen. Dabei würde ich am liebsten den Rückzug anordnen und mit Red wegrennen, um Sari zu schützen.

Das hier sollte nie ihr Kampf sein. Aber ich habe ihn dazu gemacht – an dem Tag, als ich Jarrusch an Karis verriet. Alles in mir zieht sich schmerzhaft zusammen.

Mein Blick fällt wieder auf die Wachleute des Monarchen, die mit den Tieren von Emza kämpfen. Bestialische Schreie dringen an mein Ohr.

Als ich gerade zu ihnen treten will, um all meine Macht auf sie loszulassen, begreife ich, wo Sari jetzt sein sollte. Hier, hinter dem Tor, wo die Wesen der Unterwelt ihr nichts anhaben können.

Ich pfeife Aradas zu mir. Der Greif erscheint sofort und trägt mich zu Red und Sari. Red sieht mich verwirrt an, überreicht mir aber ihren schmächtigen, geschändeten Körper. Ich werfe ihn über die Schulter und schwinge mich wieder auf den Rücken des Greifs. Red eilt hinter uns her.

Als wir beim Tor landen, lege ich meine Hand an Saris Wange und heile ihre Wunden. Doch Sari bleibt nach wie vor bewusstlos. Was, wenn sie für immer in der Welt der Toten eingesperrt ist? Was, wenn ich sie verliere?

Mein Herz schlägt laut und unerbittlich gegen meine Brust,

und plötzlich erinnere ich mich an sie. An Sari, an ihren Duft und all die Momente, in denen sie mir das Leben gerettet hat.

»Ich werde dich beschützen«, flüstere ich und ziehe mein Schwert, genau wie Red, um ihren bewusstlosen Körper zu schützen.

KAPITEL 22

Hamza, Passus III Tunis, Vers 174

Die Macht des Todes ist nicht grausam. Sie ist nicht kalt und nicht unbarmherzig. Sie ist der Schatten zum Licht. Das Gegenstück, das jegliches Leben erst lebendig macht. Denn was wäre Leben ohne den Tod oder Licht ohne Dunkelheit?

Der Tod verlangt immer einen Preis. Aber auch das Leben.

Blinzelnd öffne ich die Augen. Blut. Tod. Um mich herum ist alles wirr und in Aufruhr. Wölfe, die die Wachen von Tunis anfallen und ihre Kehlen zerfetzen. Saurier, die sich auf Wachleute stürzen und sie wie Puppen durch die Luft schleudern.

Ich versuche Keeran und Red in diesem Chaos zu finden. Als ich sie ein paar Meter entfernt entdecke, greife ich nach meinem Schwert und kämpfe mich zwischen den Tieren hindurch, die mich geschützt haben. Der Himmel ist in blutrote Dunkelheit getaucht, als würde er den Ausgang dieses Kampfes prophezeien.

»Was ist passiert?«, schreie ich, als ich bei den beiden ankomme. Sie sind mit Blut und Dreck besudelt.

»Sari«, stößt Keeran atemlos hervor, während mich seine

dunklen Augen voller Erleichterung anstarren. Dann löst er sich von seinem Gegner, stürmt auf mich zu, packt mich im Nacken und küsst mich. Ich schmecke Blut von fremden Menschen. Aber in diesem Moment ist es mir egal.

»Das ist erst die Vorhut!«, raunt er, bevor er sich umdreht, seine Hand nach vorn schnellen lässt und Dutzende Wachen mit einem Windstoß von den Füßen holt. »Geht es dir gut?«

Ich sehe ihn ein paar Sekunden lang stumm an, blicke auf meinen Bauch und schüttle dann den Kopf.

»Ich werde ihn töten.« Meine Stimme bebt und mein Körper zuckt, als spürte er erneut die Messerstiche der Toten. »Vorausgesetzt, dieser Feigling taucht endlich hier auf«, fahre ich wütend fort, während eine der Wachen sich auf mich stürzt und ihre Klinge gegen meine schmettert.

»Es bleibt ihm gar nichts anderes übrig. The Run muss heute beendet werden«, sagt Keeran. »Es ist ein göttliches Gesetz.«

Ich nicke und kämpfe dann weiter, bis ich die Kehle meines Gegners durchschnitten habe und mir sein Blut ins Gesicht spritzt. Ich sehe wie in Trance dabei zu, wie das Leben aus seinen Augen schwindet und er zu Boden sinkt. Vielleicht war er auch ein Feind dieses Lebens. Ein Feind des Monarchen und seiner Schreckensherrschaft. Ja, vielleicht musste er hier kämpfen, weil Marruk Karis seine Familie bedroht.

»Sari!«, schreit Keeran und schickt Schatten, um das Schwert in Staub zu verwandeln, das meinen Kopf beinahe von meinem Körper getrennt hätte.

Ich reiße den Mund auf, um zu schreien. Aber kein Laut verlässt meine Kehle.

»Konzentrier dich!«, brüllt Keeran.

Ich nicke. Die Wache hat kein Schwert mehr. Es ist nicht fair.

Nicht richtig. Nichts von dem hier ist richtig. Und doch töte ich den Mann, ohne zu zögern. Ich steige über seine Leiche, ohne noch einmal zurückzusehen.

Da höre ich die Tiere von Emza knurren, bellen, schreien und weinen, bis sie jäh und für immer verstummen. So viele von ihnen lassen für uns ihr Leben. Es ist, als würden alle Mächte dieser Königreiche gegen uns kämpfen.

Und als ich am Horizont eine weitere Armee sehe, angeführt von dem Monarchen, der Jarrusch vor sich auf dem Pferd hält, weiß ich, dass wir verloren haben und sterben werden. Selbst wenn er uns nicht tötet, wird diese Niederlage eine schreckliche sein. Wir werden ohne Erinnerungen eingesperrt und an seine Kinder und Kindeskinder verkauft werden.

»Red!«, schreie ich, weil Keeran in dem Durcheinander nicht zu sehen ist, und deute auf den Monarchen und seine Armee. Die erste feindliche Reihe bilden die Phantome, die Achtzehner, die vor ein paar Tagen noch das Gleiche wollten wie ich – the Run überleben. Als sie langsam näher kommen, erkenne ich Kerim unter ihnen, einen riesigen Säbel in der Hand.

Mein Herz pocht so laut, dass ich kaum einen klaren Gedanken fassen kann, und als ich gerade überlege, ob ich sie alle zu Eis erstarren lassen soll, ertönt der Klang einer Fanfare. Ich drehe mich überrascht um – und da sehe ich sie, Tausende von Alben, umgeben von Licht und Macht. Sie sind alle so wunderschön und edel, dass mir der Atem stockt. Unter ihnen erkenne ich Medisa. Keeran hat sie offenbar zu seinem Volk, den Alben, geschickt, um ihre Hilfe zu erbitten. Natürlich, er ist bei ihnen aufgewachsen. Sie sind gekommen, um für ihren König zu kämpfen. Und das ist Keeran.

Der Monarch hält weit hinter dem Tor inne. Er starrt fassungslos auf die fremden Wesen und ich erkenne die Panik in seinem Blick. Endlich sieht er, wie groß die Macht der Verstoßenen ist, die er unterdrückt und vertrieben hat.

Noch mehr Menschen tauchen von allen Seiten am Horizont auf. Es sind echte Menschen, die wie die Rebellen im Wald gekleidet sind und doch zu uns gehören.

»Die Achtzehner!«, schreit Red neben mir.

Ich sehe fragend zu ihm, während ein Wolf um meine Beine streicht, als wollte er mich beschützen.

»Es sind die Phantome, die den Lauf nicht geschafft haben. Der Monarch hat jahrelang nach ihnen suchen lassen, denn Gerüchte besagten, dass sie sich zusammengetan hätten, um eine Armee gegen ihn aufzustellen.« Er lächelt voller Ehrfurcht vor diesen Menschen, die offenbar in den Utlands überlebt haben.

»Jetzt können wir siegen«, sage ich und beginne zu lachen.

Red sieht mich verwundert an, doch dann stimmt auch er in mein Lachen ein.

»Ja, Sari. Das können wir.«

Wir nicken uns zu, ehe wir uns in das Kampfgetümmel stürzen.

»Unglaublich, dass ihr mit dem Spaß schon ohne mich angefangen habt!«, ruft Medisa, während sie sich Rücken an Rücken zu uns stellt, sodass wir uns gegenseitig schützen und gleichzeitig angreifen können.

»Wird er Jarrusch mit in die Schlacht bringen?«, frage ich sie so leise, dass nur sie es hören kann.

Sie zieht ihre Klinge aus einem menschlichen Leib, als wäre das ein Spieß, von dem sie sich Fleisch abstreift.

»Nein«, versichert sie mir und stößt wieder mit ihrem Schwert zu.

Ich kämpfe, bis mein Arm taub wird und Keeran endlich zu uns stößt.

»Er ist am Tor!«, ruft er atemlos.

Wir sehen uns an und es dauert einen Moment, bis ich es begriffen habe. Jetzt ist der Zeitpunkt gekommen, wo der Monarch sterben wird. Sterben muss.

Tödliche Stille zieht in mein Herz, meine Seele und mein Bewusstsein, während ich Keeran folge. Er schlägt jedes Hindernis zu Boden. Er tötet jeden einzelnen der Wachleute, ohne auch nur sein Schwert zu heben. Als wäre seine Macht durch die Anwesenheit der Alben zu ihrer vollen Größe herangewachsen. Als gäbe es nichts, was sich ihm in den Weg stellen kann.

Und dann erblicke ich ihn. Den Monarchen. Marruk Karis. Neben ihm steht sein Sohn Jerimias und dessen Mutter, dahinter ihre verhüllten Schwestern. Sie haben sich alle auf ein Podest gestellt, das sie von den Kämpfenden abheben soll. Kurz darauf erscheint Jarrusch neben dem Monarchen. Er sieht mich so vertrauensvoll an, dass mein Herz höherschlägt. Mein Körper und all seine Wunden sind mit einem Mal geheilt. Und doch sehe ich auch Furcht in Jarruschs Blick. Seine Augen haben ihren kindlichen Glanz verloren und sein Körper ist angespannt. Seine Schultern sind straff, als hätte der Monarch ihm eingebläut, wie er richtig zu stehen hat. Ich suche seine Haut nach Wunden ab, kann aber keine finden. Merkwürdigerweise sieht er überhaupt nicht abgemagert aus. Als hätte er es bei Marruk besser als bei mir. Als würde der Monarch besser für ihn sorgen. Aber der fehlende Glanz in Jarruschs Augen sagt mir, dass ich mich täusche.

Ich will einen Schritt auf meinen Bruder zu machen, als ein Rasseln von Ketten meine Aufmerksamkeit auf sich zieht. Ich drehe mich langsam um und entdecke einen jungen rothaarigen Alben, der gefesselt zum Monarchen geführt wird.

Marruk Karis hat mit einem Mal alle Ängstlichkeit abgelegt. In seinem Blick liegt abgrundtiefe Befriedigung.

»Das wahre Gesicht hat den letzten Erben gefunden. Danke, Keeranath, dass du sie wie besprochen hierhergeführt hast«, sagt er hämisch, an Keeran gewandt.

Meine Lider zucken.

»Eure Majestät«, höre ich Keerans Stimme neben mir und sehe, wie er in eine tiefe, geradezu ehrfurchtsvolle Verbeugung sinkt.

Nein, ich weigere mich, das hier zu akzeptieren. Keeran hat mir gesagt, dass er alles tun wird, was nötig ist, um Jarrusch zu befreien und den Monarchen zu töten. Das ist sein Plan. Er täuscht Marruk Karis wahrscheinlich Loyalität vor, um ihn in Sicherheit zu wiegen. Dennoch weiß ich, dass er niemals einen der Alben für diese List opfern würde.

Keeran erhebt sich wieder aus dieser abartigen Zurschaustellung seiner gespielten Ergebenheit und schreitet hinauf zum Monarchen, um seinen Platz neben ihm einzunehmen. Den Platz, den er schon so lange innehatte. Schon vor meiner Zeit. Bevor das alles begonnen hat.

Keeran, der Schlächter der Königskinder, setzt sich auf den Thron des Shadbrig. Aber jetzt wirkt er lauernd. Wir wissen beide, dass der Monarch nicht töricht ist. Er wird Keeran nie vollends vertrauen.

Marruk hebt seine Hand und Jarrusch schreckt auf und krächzt. Die Hände meines Bruders wandern an seinen Hals, als wollte er den unsichtbaren Griff des Monarchen lösen.

»Nein!«, schreie ich und stürme nach vorn, doch Medisa hält

mich zurück. Hinter ihr erscheint Red, der sich endlich zu uns gekämpft hat. Sein Körper und sein Schwert sind blutbesudelt, seine funkelnden Augen auf den Monarchen gerichtet.

»Nehmt mich!«, schreie ich in meiner Verzweiflung. »Lasst meinen Bruder frei!«

Der Monarch lacht laut auf. Ich stürme zu ihm auf das Podest, doch eine grausame Macht bringt mich zu Fall. Marruks unsichtbare Hand lässt Jarrusch los, der weinend zu Boden sinkt, und dann bin ich es, die all seine gnadenlose Macht zu spüren bekommt.

Ich schreie vor Schmerz wie eines meiner Tiere. Sie stehen alle hinter mir und warten auf meinen Befehl. Sie würden sich, ohne zu zögern, in diesen Kampf stürzen und den Monarchen töten. Und wahrscheinlich würde dabei auch Jarrusch sterben. Aber das kann ich nicht zulassen.

Der Alb zerrt an seinen Ketten, wofür er einen Tritt einer der Wachen erntet. Keeran versucht aufzustehen, doch es gelingt ihm nicht. Sein Blick wird panisch. Jeri steht tatenlos daneben.

Wieder lacht der Monarch auf. »Dachtest du etwa, ich glaube dir, dass du wieder angekrochen kommst, Keeranath?«, fragt er verächtlich, während er mit einer kleinen Handbewegung in der Luft meinen Arm brutal nach hinten schnellen lässt. Knochen brechen. Ich höre es, bevor ich den Schmerz spüren kann und erneut aufschreie.

»Hältst du mich für dumm? Du liebst dieses Mädchen schon seit Jahren. Und du hast mich schon damals betrogen, als du dich weigertest, die Königskinder zu töten.« Wieder eine Handbewegung, und mein Bein verdreht sich, als wäre ich eine Marionette und er der Puppenspieler.

Ein brennender Schmerz durchfährt mich, als mein Knöchel

bricht. Ich spüre, wie der Knochen durch meine Haut stößt und mir Übelkeit die Kehle hinaufwandert.

Er kann nicht so mächtig sein. Wir sind am Tor. Keeran müsste ihn eigentlich überwältigen können. Aber der sitzt weiter auf seinem Stuhl, als wäre er daran gefesselt.

Red und Medisa versuchen mich vor Marruk Karis abzuschirmen, damit er mir nicht noch mehr Knochen brechen kann.

Der Monarch hat seine andere Hand auf Jarrusch gerichtet. Er wird ihn töten, wenn einer von ihnen etwas gegen ihn unternimmt.

»Jeri!«, flehe ich, weil er meine letzte Hoffnung ist.

Der Sohn des Monarchen sieht mich kurz an, bevor er sich abwendet. Etwas in mir zerbricht, obwohl ich ihn schon vor langer Zeit verloren habe. Sein herzloses Verhalten schmerzt mich.

»Du mieser Bastard!«, knurrt Red.

Der Monarch lacht und lässt ihn dann durch die Luft davonfliegen. Wie eine Puppe schleudert er ihn über die Wachen und die Tiere hinweg, bis Red mit einem lauten Aufprall auf dem Boden landet und regungslos liegen bleibt. Meine Seele schreit. Hoffentlich hat Red das überlebt.

Keeran stöhnt auf.

»Entweder du oder er«, sagt Marruk, an mich gewandt. Sein Blick wandert zwischen Jarrusch und mir hin und her.

Ich versuche mich über den von Asche bedeckten Boden zu ihm zu robben.

»Ich. Nehmt mich!«, flehe ich den Monarchen an.

Keeran verzieht panisch sein Gesicht. Medisa keucht auf. Aber sie wussten es. Sie haben immer gewusst, dass mir Jarruschs Leben mehr wert ist als mein eigenes.

Der Monarch hebt spöttisch einen Mundwinkel und schlägt

dann zu. So unerbittlich, so endgültig, dass auch der letzte Knochen in meinem Körper bricht, bis ich rein gar nichts mehr spüre. Da ist nur noch eine abgrundtiefe Kälte in meinem Inneren.

Ich höre Jarrusch schreien und weinen. Ich höre den Monarchen grauenvoll auflachen. Medisa brüllt Befehle. Und dann explodiert Keerans Zorn. Ich spüre es in meiner Seele und meinem geschundenen Körper. Ich versuche meine Augen zu öffnen, um etwas zu erkennen. Aber da ist nur Dunkelheit. Doch ein Teil von mir weiß, dass es Keerans Finsternis ist und nicht die des Todes. Seine Seele ist greifbar. Aber dann verschwindet sie und all die Güte, die darin liegt. All die Liebe für mich, Medisa und Red.

··· ● ···

»Sari!«

Medisas Stimme holt mich aus diesem schwarzen Nebel. Ich öffne meine Augen. Wo sind die Schmerzen?

Um uns herum tobt ein blutiger Kampf. Wind peitscht mir ins Gesicht und ich erkenne die Trauer in Medisas Iriden. Da ist Stille, wo vorher so viel Leben war.

Mein Mund wird trocken, als ich begreife, wo ich bin und was passiert ist. Mein Blick wandert zu dem Podest. Zuerst sehe ich Jarrusch, der hinter dem Monarchen auf dem Boden kauert. Dann erblicke ich Keeran. Seine dunklen Augen starren mich an. Meine Beine geben nach, als ich sehe, dass jegliches Leben aus seinen Augen verschwunden ist. Sein Körper hängt schlaff und leblos in dem Stuhl, in den der Monarch ihn gezwungen hat. Er blinzelt nicht. Er atmet nicht. Er lebt nicht.

»Nein!«, schreie ich und will zu ihm eilen, doch Medisa hält mich wieder fest. In mir bricht etwas, das viel mehr schmerzt als jeder Knochen, den Karis mir gebrochen hat. Etwas, das nie wieder repariert werden kann.

»Keeran!«, schreie ich diesem blassen, leblosen Gesicht entgegen. »Wach auf!«

Der Monarch steht nur da, starrt Keeran und dann wieder mich an. Er wirkt beinahe ängstlich. Und dann begreife ich, dass ich es bin, vor der er sich fürchtet. Die Wachen um uns herum sind erstarrt. Keeran muss sie mit seiner Macht zurückgehalten haben, bevor er … sein Leben gab.

Ich sehe hinab auf meine Hände, aus denen schwarzblauer Nebel emporsteigt. Mein gesamter Körper leuchtet.

»Wo ist Red?«, frage ich Medisa, denn ich weiß, dass diese gefährliche Macht gleich aus mir herausbrechen wird.

Medisa sieht hinter sich, wo Reds Körper auf dem Boden liegt. Seine Glieder sind seltsam abgewinkelt und sein Mund ist verzerrt. Auch in ihm existiert kein Leben mehr. Die Tiere müssen seinen Leichnam hierhergebracht haben.

Brennender Schmerz steigt in meiner Kehle auf. Ich gebe einen qualvollen Laut von mir, ehe ich endlich die Macht in mir freilasse. Und als ich die gewaltigen Schatten erblicke, die den Wachen mühelos alles Leben aus ihren Körpern saugen, begreife ich, dass es nicht nur die Macht des Eises ist, die ich in mir spüre, sondern auch Keerans.

»War das Keeran?«, frage ich schwach und sehe in Medisas trauriges Gesicht.

Sie nickt. »Es war eine seiner Gaben. Er hat sie dir vermacht.«

Ich schließe meine Augen und spüre im selben Moment, dass der Monarch die Flucht ergreifen will. Ich muss handeln, auch wenn mein Herz blutet. Keeran hat uns vor langer Zeit aneinander gebunden. Und erst jetzt verstehe ich wirklich, warum er es getan hat. Weil ihm mein Leben mehr wert ist als seines. Weil ich für ihn das bin, was Jarrusch für mich ist. Und dann begreife ich, dass ich auch für Keeran mein Leben geben würde. Ich würde alles geben, um ihn zu retten.

Ein letztes Mal sehe ich zu Keerans totem Körper, bevor ich aus meinen Händen eisige Blitze auf den Monarchen abschieße. Er schreit einen Befehl und dunkle Mächte zerren an mir, die meine Gaben verschwinden und meinen Körper erbeben lassen.

»Nein!«, keuche ich voller Schmerz und wehre mich gegen diese grausamen Mächte. Sie sind so stark, dass sie unmöglich von einer einzelnen Person ausgehen können.

»Der hohe Rat!«, zischt Medisa hinter mir. Sie zückt ihr Schwert und rennt auf einen Mann mit Kapuze zu. Sie köpft ihn, ohne auch nur mit der Wimper zu zucken. Die Wachen sind in einer Art Delirium. Sie geben alles, um Marruk zu schützen.

Langsam kehrt meine Macht wieder zurück, aber sie reicht nicht aus, um Keeran und meine Armee zu retten.

»Medisa!«, schreie ich entsetzt, als mein Blick über die zahllosen Männer des Monarchen wandert, die starr vor uns stehen. Noch kann ich sie zurückhalten. Sie in der Starre halten, in die Keeran sie versetzt hat. Aber nicht mehr lange.

»Ich kann die Mitglieder des hohen Rats nicht entdecken!«, brüllt sie zu mir herüber.

Ich werde die Feinde spüren lassen, wie groß mein Zorn ist. Wie sehr meine Seele zerrissen wurde, als der Monarch Keeran und Red das Leben nahm.

»Jarrusch!«, schreie ich und er hebt seinen Kopf. Seine Augen sind geschwollen, sein Körper ist schwach. »Komm zu mir!«

Mein Bruder sieht sich ängstlich um, bevor er aufsteht und auf mich zugeht. Der Monarch will ihn aufhalten, doch ich schleudere ihn mit aller Kraft zurück.

Aber jetzt lässt meine Macht allmählich nach und die Starre löst sich. Die Wachen greifen erneut an. Auch die Alben bewegen sich wieder und stürzen sich auf ihre Feinde. Eislöwen preschen an mir vorbei. Es herrscht ein grauenhaftes Chaos, und ich fühle mich wie taub, als Jarrusch auf mich zustürmt und sich in meine Arme wirft. Er wirkt erwachsener, und doch ist er ein Kind geblieben.

»Du musst jetzt stark sein«, flüstere ich ihm zu und strecke ihm meine Hand entgegen.

Jarrusch zögert kurz, doch dann ergreift er sie. Ich sehe das Gesicht von Marruks Frau und ihren Schwestern, ehe mein Blick zu Keeran gleitet. Mein Herz bricht und eine nasse Perle wandert über meine Wange. Dann schließe ich meine Augen und Macht fließt durch unsere Körper.

»Zeigt uns euer wahres Gesicht«, flüstere ich. Meine Macht verbindet sich mit der meines Bruders und ich spüre eine Vollkommenheit, die mich erfüllt. Ich spüre Jarruschs Seele und seine Liebe zu mir. Als ich meine Augen wieder öffne, starre ich auf das wahre Gesicht, die wahre Seele des Monarchen, die Jarrusch und ich zum Vorschein gebracht haben. Er ist zu einem schrecklichen Monster geworden. Sein totes Fleisch sieht wie verbrannt aus und er hat spitze, schwarze Zähne und gelbe Augen. Seine Finger sind zu dürren Krallen geworden.

Männer schreien hinter uns auf, und als ich mich umdrehe, erkenne ich auch unter ihnen einige Monster – es sind die Mitglieder des hohen Rats. Ihre Masken sind gefallen.

»Tötet den Rat!«, befehle ich den Wachen des Monarchen, die fassungslos vor dem Tor stehen. Sie zögern, doch auch sie haben begriffen, dass tief im Inneren dieser Menschen grausame Monster geschlummert haben, die nun zutage treten. Es sind Bestien, denen sie gefolgt sind. Schwerter sausen hernieder und ihre Klingen spielen die Melodie des Todes.

Ich drehe mich zu dem Monarchen um, der sich hinter dem Podest und seiner Familie versteckt wie ein erbärmlicher Wurm. Sein Gesicht ist zu einem grausamen Lachen verzerrt.

»Du kannst mir Keerans Erinnerungen nicht nehmen«, sagt er hämisch. »Selbst jetzt nicht. Wenn du mich tötest, wird er sie nie zurückbekommen.«

»Töte ihn!«, flüstert Keerans Stimme in meinem Kopf.

Aber ich kann nicht. Der Monarch trägt Keerans Erinnerungen in sich. Und auch wenn Keeran tot ist, werde ich sie nicht zerstören.

»Der Tod wäre für ihn nicht genug«, hauche ich so leise, dass nur der Monarch mich hören kann.

Ich trete näher. So nah, dass ich ihm eine letzte Drohung ins Ohr flüstern kann.

»Eines Tages werde ich mir diese Erinnerungen holen. Für ihn. Für den Jungen, dem Ihr alles genommen habt. Für den Mann, den ich immer lieben werde.«

Und mit diesen Worten berühre ich seine Haut und lasse ihn zu Eis erstarren. Karis' Gesicht ist zu einem Schrei verzerrt.

Ich atme erleichtert aus, stürme auf Jarrusch zu und schließe ihn in meine Arme. Ich streiche ihm durch die goldenen Locken und kann meine Tränen nicht länger zurückhalten.

Dann drehe ich mich zu Keerans Leiche um und falle auf die Knie. Medisa tritt neben mich. Sie sieht so verzweifelt aus, dass ich begreife, wie sehr sie ihn liebt. Er war ihr engster Vertrauter und bester Freund. Ihr König.

Ich kann ihn nicht länger ansehen, seine toten Augen, das starre Gesicht. Ich kann nicht, weil das hier doch gerade erst begonnen hat. Weil wir uns gefunden haben und weil ich ihn nicht retten kann. Ich liebe ihn und kann es ihm jetzt nicht mehr sagen.

»Dafür bleibt dir noch genug Zeit«, raunt Keeran plötzlich und berührt mein Kinn. »Diese Geschichte wird nie enden.«

Nasse Perlen strömen über mein Gesicht, als ich es endlich wage, in seine dunklen Augen zu sehen, die mir gerade eben noch so leer und tot erschienen. Erschrocken weiche ich zurück und starre ihn an, als wäre er ein Geist. Und genau das muss er sein. Denn Keeran ist gestorben.

»Unsterblich sein heißt nicht, dass man dem Tod leicht entkommt.«

»Aber … wir sind doch nicht mehr unsterblich«, wispere ich.

Medisas Keuchen hinter mir lässt mich zusammenzucken. Lässt meinen Verstand begreifen, dass auch sie diese Szene beobachtet.

»Der Nachfahre des Tunis ist mein Freund«, sagt Keeran, während er vom Boden aufsteht und seine Finger an meine Wange legt.

Mein Herz schlägt laut gegen meine Brust. Mein Blick gleitet zu dem rothaarigen Alben. Er steht immer noch neben dem Podest, nur seine Ketten sind verschwunden.

»Auch er besitzt Mächte, Sari«, flüstert Keeran. »Der Tod verlangt immer einen Preis, weißt du noch?«

Ich versuche seine Worte zu begreifen. Keeran hat mir das Leben gerettet und damit sein eigenes Leben geschenkt.

»Aber der Tod verhandelt gern«, fährt er leise lächelnd fort. »Und Tunis' Nachfahre hat etwas anderes für Reds und mein Leben bekommen.«

»Und was ist das?«, frage ich zittrig, weil ich immer noch nicht glauben kann, dass das alles hier wirklich ist und Keeran tatsächlich lebt. Und dass auch Red bald wieder zum Leben erwachen wird. »Was hast du dem Tod dafür gegeben, Keeran?«

Er hebt einen Mundwinkel und nickt dann auffordernd zu dem Alben. Tunis' Nachfahre holt lächelnd eine Goldmünze aus seiner Tasche. Es ist die Münze, die ich von Jarrusch bekommen und Keeran im gol wastla als Obolus gegeben habe.

»Tunis verlangt immer einen Obolus«, sagt der Alb mit einer melodischen Stimme und steckt die Münze dann wieder ein.

»Außerdem habe ich ihm ausrichten lassen, dass ich ihm sein Reich zurückgeben werde«, erklärt Keeran. »Und ich habe ihm versprochen, dass die Alben und alle anderen Wesen in den vereinten Königreichen für alle Ewigkeit willkommen sein werden.«

»Und das konntest du mir nicht schon vorher sagen?«, fauche ich zornig und schlage Keeran gegen die Brust.

Er hält meine Handgelenke fest und sieht mich durchdringend an. »Dieses Abkommen habe ich getroffen, als ich tot war, Sari.« Ein düsterer Schleier legt sich über seine Augen und ich weiß mit einem Mal, dass der Obolus und das Versprechen nicht alles war, was er dem Tod gegeben hat.

»Du hast mir also dein Leben geschenkt, ohne zu wissen, ob dir dieser Deal mit dem Tod gelingen wird?« Ich schüttle zornig den Kopf. »Das kann doch nicht dein Ernst sein!«

»Gewöhn dich daran, kleines Phantom«, sagt Keeran leise. »Ich werde dich sicher immer wieder in Rage bringen.«

Ich lächle und auch er hebt unter Schmerzen einen Mundwinkel, bevor ich meine Lippen auf seine sinken lasse und ihn ganz sanft küsse.

»Versprochen?«

»Versprochen.«

EPILOG

Hamza, Passus VI, von Sari, der Erbin von Emza, Göttin des Lebens, und Perseres, dem Alben-König der neuen Welt

Die Krone wiegt schwer. Schwerter sind gefallen. Blutbedeckt. Nicht anders als die der Vorfahren, in einem neuen Krieg um die Macht. Was mit Gewalt genommen wurde, wird mit Gewalt zurückgeholt. Was mit Blut besudelt, nie rein sein.

Schwer wiegt die Krone. Schwerer als all unsere Seelen. Schwerer als alles, was war und was kommen wird. So schwer, dass selbst ich unter ihr in die Knie gehe.

Behutsam lege ich den Stift zur Seite und strecke mein Gesicht dem Fenster entgegen, während die Sonnenstrahlen meine Haut kitzeln.

»Es ist Zeit.« Reds Stimme holt mich zurück ins Hier und Jetzt.

Ich werfe einen kurzen Blick in den Spiegel und mustere meine goldenen Haare und meine leicht gebräunte Haut. So vieles hat sich verändert.

»Werden die Menschen eines Tages unsere Geschichte lesen? Werden sie uns als ihre Könige verehren?«, frage ich leise.

»Sie werden euch lieben und gleichzeitig verfluchen. Weil Menschen ihren Königen und Göttern immer die Schuld an allem geben – an den guten, aber auch an den schlechten Dingen, die ihnen widerfahren.« Red lächelt freudlos.

Er hat recht. Auch ich habe immer wieder die Götter für mein und Jarruschs Schicksal verantwortlich gemacht und nun für das, was mir erneut bevorsteht.

In diesem Moment klopft es an der Tür und Keeran tritt ein. Seine düstere Erscheinung lässt mein Herz schneller schlagen. Er hat mit dem Tod verhandelt und das hat ihn verändert.

»Bist du bereit?«, fragt er mit seiner tiefen, kratzigen Stimme und wirft mir einen dunklen Blick zu. Und doch kann ich die Liebe darin erkennen. Ich gehe auf ihn zu, nicke und lege meine Hand auf seine Brust. Ganz sanft führt er seine Finger an mein Kinn, hebt mein Gesicht ein wenig an und lässt ein winziges Lächeln zu.

»Bereit, einen weiteren Run anzutreten, um zu beweisen, dass ich eine gute Herrscherin bin?« Noch eine Frage brennt mir auf der Seele, doch ich bin nicht in der Lage sie auszusprechen. *Einen Run gegen dich?* Stattdessen entgegne ich mit belegter Stimme: »Wie soll ich dafür bereit sein?«

»Sari aus dem Hause Lakar, Erbin von Emza und dem König der neuen Welt. Es ist Zeit, dass wir unsere eigene Welt formen. Und das ist der einzige Weg.«

DANKSAGUNG

Bei diesem Buch fange ich mal nicht mit meiner Familie an, sondern mit meiner Lektorin Nicole.

Als es noch Buchmessen gab, zu denen man gehen durfte, haben wir das erste Mal über diese Idee gesprochen. Darauf folgten weitere Gespräche und dann ein so wunderschöner, eigener »Run«, den ich mit niemand anderem hätte gehen wollen. Danke, dass du mir gezeigt hast, wenn ich meine Richtung verloren habe, und dass du genau wie ich ein Teil dieser ganzen Welt geworden bist. Danke, dass ich mich immer zu hundert Prozent auf dich und deine ehrliche Meinung verlassen kann. Danke, dass du an mich geglaubt hast und immer weiter an mich glaubst. Denn manchmal reicht der Glaube eines anderen, damit man selbst noch Größeres schafft.

Und damit komme ich zu meiner Familie: Sie ist groß, also fasse ich mal zusammen: Danke, dass ihr immer an mich glaubt und mich unterstützt. Danke, dass ihr euch meine Geschichten anhört (auch, wenn ich sehr ausschweifend erzähle und ihr mich deshalb 20-Prozent-Dana nennt). Danke, dass ich bei euch nichts zurückhalten muss und immer einen Ort habe, an dem ich genau die Person sein darf, die ich bin.

Danke, Mama und Papa, dass ihr uns zu diesen Menschen erzogen habt. Dass ihr uns beigebracht habt, unsere Meinung zu äußern. Danke, dass ihr uns zu weltoffenen, toleranten Menschen gemacht habt. Danke, dass wir uns und unser Inneres niemals verstecken mussten. Danke, dass ihr meine besten Freunde seid!

Danke, Niki, dass du ein so gigantisch großer Teil von mir bist. Danke, dass du so viel in meinem Herzen hinterlassen hast. Danke, dass ich deine große Schwester sein darf!

Rudes (Julian) … du weißt schon … Du bist mein Twin, mein bester Freund. Danke, dass es dich gibt, und danke, dass du immer wieder in ein Drachenkostüm für mich schlüpfst. Danke, dass du mein Bruder bist.

Laura … danke, dass du dich über meine Erfolge manchmal sogar noch mehr freust, als ich mich selbst. Und danke, dass du meine große Schwester bist.

Mari und Lauri … danke für alles. Danke, Lauri, dass du meine Schwester geworden bist. Und danke, Mari, dass du sie hier in diesen Haufen Verrückter gebracht hast.

Kim … danke, dass du jedes meiner Bücher liest und es schon getan hast, als es noch das Gekritzel einer Fünfzehnjährigen war.

Annchen … danke, dass du meine allerbeste Freundin bist. Meine Gefährtin durch dick und dünn. Mein Licht, meine Zuflucht. Danke, dass ich deine Trauzeugin sein durfte und du kein Monster angeschleppt hast, sondern die allerbeste Frau, die ich mir für dich hätte wünschen können. Danke, Urmel, dass du meine beste Freundin so glücklich machst und mich, weil du meine Bücher liebst.

Gundeli … danke, dass du eine meiner ersten Leserinnen warst und immer an mich geglaubt hast. Und dass du geweint hast, als du das Cover zu »The Run« gesehen hast.

Franky … danke, dass du wahrscheinlich der Mensch bist, der an einfach alles glaubt, was ich mache. Wahrscheinlich könnte ich sogar eine Fliegenklatsche neu erfinden und du würdest in mich investieren. Danke, dass du deine Bühnenangst immer wieder überwindest, um meinen Drachen zu spielen.

Leon … danke für all diese Gespräche, bis die Sonne aufgeht.

Sabrina … danke, dass du immer wieder einen Menschen aus mir machst, der ich gerne sein will. Danke, dass ich alles mit dir teilen darf. Auch jede winzige Buchidee.

Sanny … danke, dass du mir als Kind Gute-Nacht-Geschichten aus deiner Kindheit erzählt hast und damit meine Fantasie beflügelt hast. Danke für alles, was du für uns und mich getan hast. Danke, dass du noch heute ein so wichtiger Teil in meinem Leben bist.

Mimi … danke, dass du immer wieder meine unkorrigierten Seiten liest und mir so großartige Tipps gibst. Danke, dass ich dich kennengelernt habe, weil meine Welt ohne dich viel grauer wäre. Danke, dass wir mit zwei Fliegern über die Buchmesse gelaufen sind. Danke, dass du immer für mich da bist, weil du einfach ein so wundervoller Mensch bist!

Vi … du bist einfach mein Buddy. Danke, dass ich mit jeder Idee zu dir kommen kann und dich stundenlang volllabern darf. Danke, dass du mir immer mit einem Rat oder einem »Hype« zur Seite stehst.

Danke, Pat, dass du meinen Geschichten immer wieder deine Stimme leihst.

Danke, Ulrike Schuldes, für dieses wunderbare und ganz andere Lektorat. Ich habe viel gelernt!

Danke an die, die meinen Anfang testgelesen haben: Mareike, Vi, Mimi, Chiara, Valentina.

Ich habe höchstwahrscheinlich Leute vergessen. Aber in meinem Herzen seid ihr da, also hier noch einmal ein »Danke« an all jene, die vielleicht nicht hier hinten drinstehen. Aber auf jeder Seite dieses Buchs, dieser Geschichte seid ihr enthalten. Jedes Wort, jeder Satz, den ich schreibe, ist ein Resultat aus dem, was ich heute bin. Und dazu haben so viele Menschen beigetragen.

L E S E P R O B E

416 Seiten
ISBN 978-3-551-58442-7
Klappenbroschur
Auch als E-Book erhältlich

Auf der Vulkaninsel St. Lucien herrscht die mächtige Dynastie der Bell-Frauen. Seit Jahrhunderten wird die Krone an die älteste Prinzessin weitergegeben. Doch hinter der glamourösen Fassade der Königsfamilie lauern düstere Geheimnisse, die nur die zweitälteste Prinzessin zu hüten weiß. Saphina war immer die jüngste und damit unbedeutendste von drei Schwestern. Nun rückt sie durch unerwartete Ereignisse in der königlichen Thronfolge auf und tritt vollkommen unvorbereitet ein dunkles Erbe an. Und ausgerechnet Dante, der undurchschaubare Adelssohn, soll ihr dabei helfen …

»Saphina! Hör auf, in der Gegend rumzuträumen. Komm her und hilf mir gefälligst mal.«

Ertappt schreckte ich hoch und sah in Livias wütendes Gesicht. Ihr sonst so makelloser heller Teint war einer leicht rötlichen Gesichtsfarbe gewichen und ihre kalten blauen Augen bohrten sich förmlich in mich hinein. Meine älteste Schwester war mit vielen guten Eigenschaften gesegnet, doch Geduld gehörte ganz sicher nicht dazu. Ich erhob mich von meinem Stuhl und trottete zu ihr hinüber.

»Halt die Schleppe«, wies mich Livia schnippisch an. Als ich nach dem dünnen Tüll griff, schnalzte sie missbilligend mit der Zunge. »Was ziehst du denn für ein Gesicht? Kannst du dich nicht für mich freuen? Fällt es dir so schwer, mir mein Glück zu gönnen?«

»Saphina! Pass auf, du zerreißt noch den Tüll«, kreischte Livia. Erschrocken ließ ich die Schleppe los und fing mir erneut einen wütenden Blick ein. »Wo ist eigentlich Maylin, wenn man sie mal braucht? Mit dir kann man hier wirklich nichts anfangen. Jeder Besenstiel hat mehr Modegeschmack als du.«

Ich holte tief Luft, ehe ich mir auf die Zunge biss. »Du hast Maylin vor zwei Stunden zum Blumenladen geschickt.«

Livia wedelte abweisend mit der Hand vor meinem Gesicht herum und stieg dann von dem kleinen Podest. Der Stoff ihres Kleides raschelte leise und der breit ausgestellte Rock wogte bei jeder ihrer Bewegungen wie eine sanfte Welle um ihren Körper.

»Was macht sie dann so lange? Sie wollte doch bei der Anprobe dabei sein. Und wo ist die Schneiderin schon wieder?« Mit hektischen Bewegungen strich sie ihr Kleid glatt und ich spürte deutlich, wie die Stimmung mit jeder Sekunde weiter kippte.

Zugegebenermaßen beneidete ich Maylin um ihre Aufgabe. Ich wäre gerade überall lieber gewesen als mit Livia in diesem viel zu kitschigen Anprobezimmer. Die Wände waren in einem dunklen Lila gestrichen und mit einer weißen Bordüre verziert. Überall standen halb angezogene Kleiderpuppen.

»Maylin kommt sicher gleich«, versuchte ich meine Schwester zu beruhigen. Aber so wie ich Maylin kannte, würde sie sich extra viel Zeit lassen, um diesem Martyrium hier zu entgehen.

»In dieser Familie ist wirklich auf niemanden Verlass. Eine Braut sollte so kurz vor ihrem großen Tag mit etwas mehr Herzensgüte umsorgt werden. Aber nein, stattdessen muss ich mich um alles allein kümmern. Glaubt ja nicht, dass ich mir bei eurer Hochzeit mehr Mühe gebe.«

Livia verschränkte die Arme vor der Brust und sah mich erwartungsvoll an. Beinahe hätte ich laut losgelacht. Maylin und ich würden ganz sicher nicht so bald heiraten. Denn anders als Livia mussten wir nicht regieren. Zwar waren Maylin und ihr Freund Dante schon einige Zeit zusammen, doch irgendwie wirkten die beiden in letzter Zeit seltsam distanziert. Aber wie sollte man unter diesen Umständen auch eine normale Beziehung führen? Maylin wollte die Welt erkunden, etwas erleben, nicht in einem gläsernen Palast versauern und den lieben langen Tag neben dem Thron ihrer Schwester sitzen. Vielleicht fühlte sie sich durch die vielen Regeln und die Etikette wieder einmal eingeengt. Wäre ja nicht das erste Mal.

»Ich werd draußen mal nachsehen, ob ich die Schneiderin finde, okay? Und du ziehst dein Kleid aus, nimmst dir ein Gläschen Champagner und entspannst dich. Alles wird gut, du wirst sehen.«

Livias Blick wurde weicher, sie nickte und verschwand kurz darauf hinter einem Vorhang. Ich nahm mir einen Keks von dem kleinen Tisch mit dem Champagnerkühler, ehe ich leise den Raum verließ. Als ich die Tür hinter mir ins Schloss zog, stieß ich ein Seufzen aus.

»Brautzilla hält euch ganz schön auf Trab, was?« Dantes Gesicht zierte ein breites Grinsen. Seine Gegenwart machte mich immer ein klein wenig nervös und ich vermied es, ihm in die dunkelbraunen Augen zu schauen. Zweifelsohne sah er gut aus – und das wusste er –, aber er wirkte weder überheblich noch selbstgefällig.

»Mann, bin ich froh, wenn die blöde Hochzeit endlich vorbei ist und sie aufhört, uns herumzukommandieren wie auf einem Schlachtfeld.« Demonstrativ biss ich ein großes Stück von dem Keks ab und kaute genüsslich. »Hast du zufällig Maylin gesehen? Oder die Schneiderin? Gehetzter Blick, hat immer ein Maßband über den Schultern hängen, man kann sie eigentlich gar nicht verwechseln.«

Dante musterte mich belustigt, während er sich lässig an die Wand lehnte und mir dabei zusah, wie ich mir das letzte Keksstück in den Mund schob. »Tut mir leid. Ich hab weder die eine noch die andere gesehen.«

»Wäre ja auch zu schön gewesen. Dann werd ich mich mal auf die Suche machen.«

Dante nickte mir kurz zu, dann schritt er den Flur entlang und verschwand um die nächste Ecke. Da er offensichtlich nicht zu Maylin wollte, war er sicherlich wegen Regierungsangelegenheiten hier. Vermutlich geisterte sein Vater, Baron De Lacey, auch irgendwo herum.

»Phh, weiß nicht mal, wo sich seine Freundin rumtreibt«, murmelte ich, während ich in Richtung Eingangshalle lief.

ENDE der Leseprobe

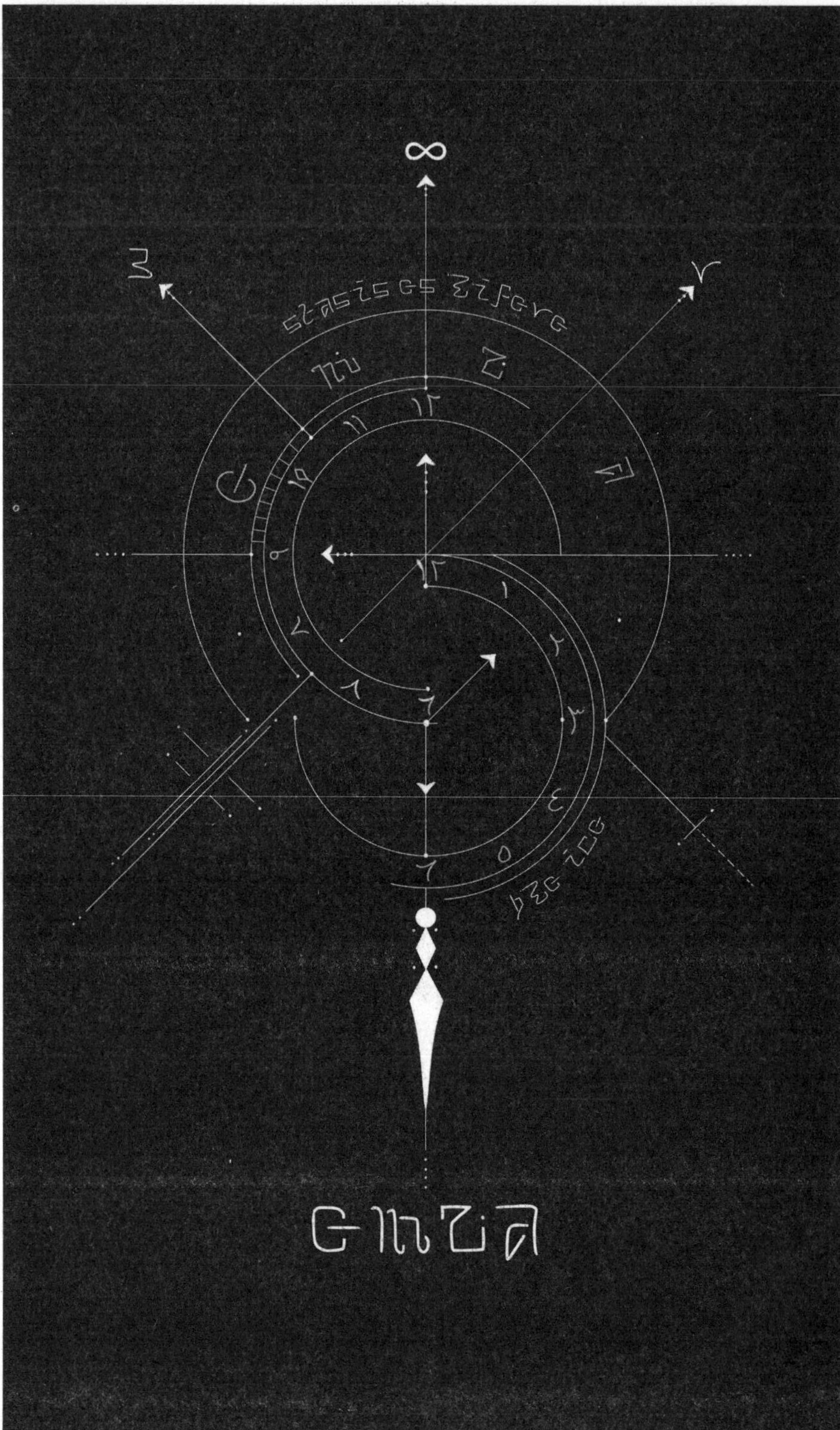